7

大文学评论

主编 李 怡 **副主编** 周 文

组编 四川大学文学与新闻学院 四川大学大文学研究学派培育项目

巴蜀书社

图书在版编目（CIP）数据

大文学评论.7/李怡主编. —成都：巴蜀书社，
2024.3

ISBN 978-7-5531-2197-0

Ⅰ.①大… Ⅱ.①李… Ⅲ.①中国文学—文学研究—
文集 Ⅳ.①I206-53

中国国家版本馆 CIP 数据核字（2024）第 057774 号

大文学评论（7）　　　　　　　　　　　　　　　　　　李　怡　主编

责任编辑　陈亚玲
出　　版　巴蜀书社
　　　　　成都市锦江区三色路 238 号新华之星 A 座 36 层
　　　　　邮编 610023　总编室电话：(028) 86361843
网　　址　www.bsbook.com
发　　行　巴蜀书社
　　　　　发行科电话：(028) 86361852
经　　销　新华书店
印　　刷　成都蜀通印务有限责任公司 (028) 64715762
照　　排　成都完美科技有限责任公司
版　　次　2024 年 4 月第 1 版
印　　次　2024 年 4 月第 1 次印刷
成品尺寸　185mm×260mm
印　　张　17.75
字　　数　350 千
书　　号　ISBN 978-7-5531-2197-0
定　　价　98.00 元

本书若有印装质量问题，请与工厂调换

目 录

学人日记

名家书信

视　野

大文学研究

著述年表

书　评

Contents

Scholar Diaries

Letters of Intellectual Luminaries

Perspectives

General Literature Research

Chronologies of Scholar Writings

Book Reviews

学人日记

　　《大文学评论》自第七辑起将连续刊发北京大学谢冕先生的中学日记。该日记详细地记录了谢冕先生1946年1月至1949年8月的校园生活，谢冕先生授权首发，是一份珍贵的历史文献。日记为保持原貌，除明显笔误外，文字用语遵照原稿。

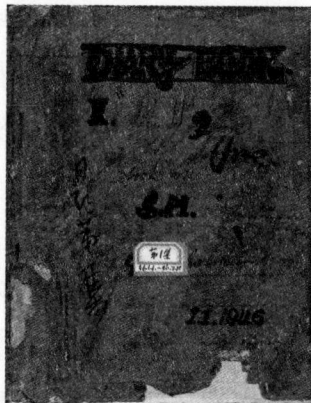

谢冕中学日记（1946年1—6月）

徐丽松　刘福春　整理

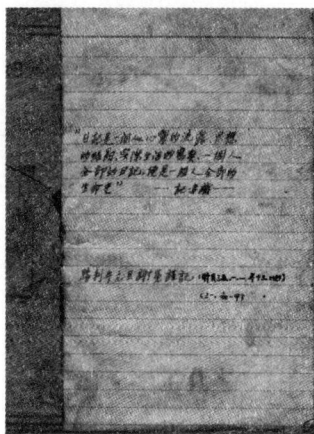

　　"日记是一个心灵的流露，思想的结晶，实际生活的写真，一个人全部的日记，便是一个人全部的生命史"

——记者识——

　　胜利年元旦谢冕谨记（时民三五．一．一．年十三〈十六〉）

（三一，初一甲）

民国三十五年元旦　星期二　晴　新年

　　上午高中部由柯教官带领到城内参加元旦检阅大会。

　　我们在校中举行庆祝元旦大会，行礼如仪，后由教务长致词。现在把它大略的记在下面："第一，我们要从今日元旦起努力。第二，努力为我们自身的道德、学问、体格之健全。第三，努力为社会国家服务。"后并说今年为胜利后第一次之元旦，我们希望世界永久和平等等。会毕往林森公园举行运动会，开会典礼由一位老先生上台演说："我们在青年时期应该努力运动，努力运动不仅对于我们身体能健康，并且还可以养成爱好运动的习惯。锻炼健强的体魄，为世界上爱好自由民族奋斗。"言词极慷慨，博得掌声不停。

一月二日 星期三 晴 运动会

煦风拂拂，晴光满空。今天的运动会继续举行，上午最先比赛的便是五十米赛跑，恰好我也参加这个，于是我便脱了鞋等着，枪声一响，大家飞跑，前者不幸名落孙山，大概因为平常没有运动的缘故。下午举行三千米长径赛，二十多个运动员都是生龙活虎，实在可敬可佩。

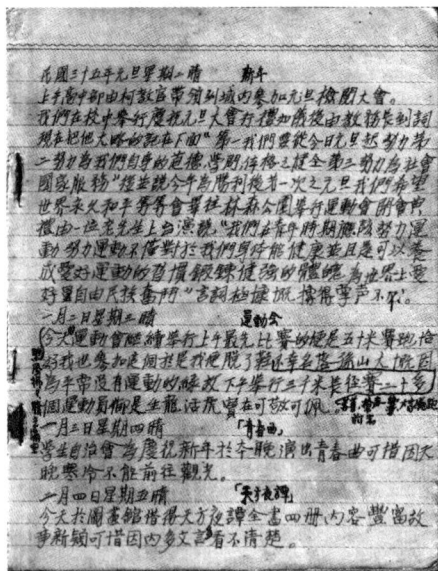

一月三日 星期四 晴 "青春曲"

学生自治会为庆祝新年于本晚演出青春曲，可惜因天晚寒冷，不能前往观光。

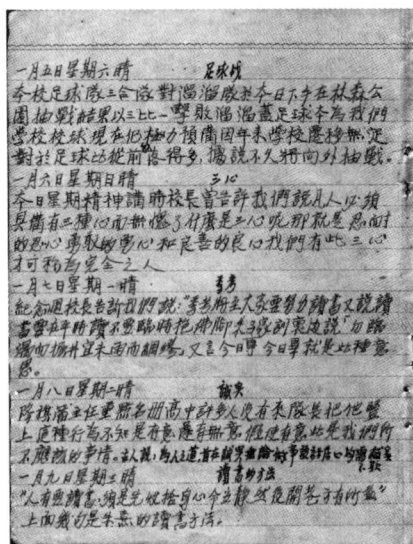

一月四日 星期五 晴 "天方夜谭"

今天于图书馆借得天方夜谭全书四册，内容丰富，故事新颖，可惜因内多文言，多看不清楚。

一月五日 星期六 晴 足球战

本校足球队三合队对溜溜队于本日下午在林森公园抽战，结果以三比一击败溜溜，盖足球本为我们学校校球。现在仍极力预备，因年来学校迁移无定，对于足球比从前忽落得多，据说不久将向外抽战。

一月六日　星期日　晴　　三心

本日星期，精神讲时校长曾告许我们说，凡人必须具备有三种心而无愧了。什么是三心呢？那就是忍耐的忍心，勇敢的勇心和良善的良心。我们有此三心，才可称为完全之人。

一月七日　星期一　晴　　季考

纪念周校长告诉我们说："季考将至，大家要努力读书。"又说读书要在平时读，不要临时抱佛脚。朱子家训里边说："勿临渴而掘井，宜未雨而绸缪。"又言今日事今日毕就是此种意思。

一月八日　星期二　晴　　诚实

降旗潘主任重点名册，高中许多人没有来。队长把他竖上，这种行为不知是有意还有无意。假使有意，此是我们所不应该的事情。古人说：为人之道，首在诚实，无论做事说话，居心均需诚实不欺。

一月九日　星期三　晴　　读书的方法

"人有要读书，须是先收拾身心令安静，然后开卷方有所益。"上面几句是朱熹的读书方法。

一月十日　星期四　晴　　"夜"

今日闲着无事，作了一首小诗题为"夜"。此是我第一次的作诗，凡看我这篇的人希望不要笑话①。现在就把它抄下来吧：

　　夜！一个月亮，澄清的夜

　　萤光点点地

　　抬头望天

　　呀！你看

――――――――――

①　这一句又被作者画掉。

那闪闪烁烁的星星

这星星是何等光芒而有力呢？

夜！一个月色澄清的夜。

一月十一日　星期五　晴　　人生三个时期

我们人生大概可分为三个时期。（一）年青时期：在这个时期内我们要做一个好学生，要做一个好学生最少要注意下列：（1）守校规，（2）尊师长，（3）爱同学，（4）求学问。（二）中年时期：在这时期内我们要努力做一个好公民，为人民谋幸福，为国家服务。（三）老年时期：这时我们的学业已成，在社会上做一个伟人。——精讲

一月十二日　星期六　晴　　衣食住行

训育主任报告关于日常生活应注意之各点：

（一）衣：衣服可以防寒又可以表现我们的外貌，所以我们服装着装必须整齐，衣服破了须补清楚，总之衣服整齐朴素。

（二）食：我们食的问题须特别注意，吃饭必须定时，不要杂食，不要吃不清洁的东西，免生胃病。

（三）住：宿舍要清洁，须时常打扫，棉被也要清洁。

（四）行：行路须靠左，并要观前顾后，不要大喊小叫。

一月十三日　星期日　晴　　学校不要社会化

"学校不要社会化，社会要学校化"——精讲

这句话怎样讲呢？就是说现在社会上的人们太聪明了，许多的社会人士都是为着自己打算盘，不顾公家的事情，这就是假公济私，利己害群。所以学校不要社会化，并且社会要变为学校化才好呀。

一月十四日　星期一　晴　　画图的秘诀

本日图画课先生告诉我们关于画图的秘诀：

（一）地位不得变更。

（二）图画（指物）不得随便拿动。

一月十五日　星期二　晴　　作文的基本态度

国文中有一课叫做作文的基本态度。文章中的基本态度是怎样呢？那课书中这样说着："文章中的基本态度可分六种来说，我们执笔时可以发生六个问题：

(1) 为什么要作这文。

(2) 这文中所要述的是什么。

(3) 谁在作这文。

(4) 在什么地方作这文。

(5) 在什么时候作这文。

(6) 怎样作这文。"

我觉得很重要，所以把他抄录下来了。

一月十六日　星期三　晴　　林森公园

林森公园是在我们学校的附近，是我们唯一的课外活动的场所。在那里有树有岛，有很好看的花草，有很高大的树木生着茂盛的叶子，有许多石桌石椅。假使我们在那里读书、游戏、闲谈都很适合我们心情，陶冶我们的品性。这岛是三角形的，在岛的两端各有一木做的桥，我们可以随便出入。湖中的鱼儿游来游去，看了很觉得趣，一层层地波纹被风激动着是多么好看呀！在园的四周都有很高大的树木，中间还有足球场啦，网球场啦，都是我们所喜欢的地方。或在夜里，清明的月夜里我们可以唱着歌，做着各种游戏，凉风一阵阵地吹来，一定会使你畅快，等到夜阑人静时方才恋恋不舍地回家。

林森公园同时又是国际联欢社，从前本来是叫做跑马场，有许多外国人在那里比赛跑马，现在因为纪念林故主席，因此把他改了名。

一月十七日　星期四　晴　　寒风　　勤

时常听人说勤俭两个字，到底什么叫做勤呢？勤就是做任何事业的基础，成功的一种原动力。有了勤什么事都能成功。同时勤也就是有恒，所以人家说有恒为成功之本，是很有根据的。古人说"有志者事竟成"，这就是形容勤字的效力。韩愈说"业精于勤而荒于嬉"，就是说学校中的功课要有勤而荒于游戏。

一月十八日　星期五　寒晴　　礼拜堂

在礼拜堂中可以得到许多有意义的故事与做人的方法，并且可以使我们品性高尚，智识健全。学校把每星期中做了三次礼拜，也就是每星期中，有三次的陶冶品性、健全智识的机会。

一月十九日　星期六　晴　　田野的早晨

上午上学我在路上，那太阳刚爬出山冈，澄黄的颜色像黄金一般，地上的青草露水还没有晒干，湿透了鞋子。农夫们早已开始他们的工作，在远远的天空中还有三四只小鸟唱出清晰的歌曲，在浓露下的我不禁深深地吸了一口空气，这田野还是肃静的。

一月二十日　星期日　晴　　三格及食米问题

我们人所以为万物之灵应具有三种"格"，那三种格呢？

（1）骨格：可以支撑身体，看人的人品如何由骨格的方正便可知道。

（2）性格：性格是内面发出来的举动，和骨格相并重。

（3）品格：品格与性格是有连带关系。——精讲

近日来百物昂贵，特别的是米，每石达一万元左右。刘主席很关怀民食问题，提议筹款向上海各处采办。

一月二十一日　星期一　晴　　梅花

在桃花山上有百多株的梅树，每年梅果结实的时候我都有尝过味。现在适值梅花盛开的时候，微风吹来花瓣纷纷落下，其芬香扑鼻。梅花是古人说"岁寒三友"之一，他能在寒风凛凛的严冬中和松竹并驾齐驱，并不甘落后，并且还大放出他的精彩，天气越冷他的颜色越美丽。这样崇高的梅花很足以代表中华民族的精神，处处表现着忍耐、坚强和勇敢，这是多么可爱呢！

一月二十二日　星期二　晴　　踢毽

踢毽子是一种很有趣的游戏，又经济又便利，是课外惟一之一种娱乐。他的种类可分为毛毽、钱毽和鸭毛毽等，现在就把毛毽的做法写在下面吧！它的做法很简

单，就是把二个钱子和一把羊毛线，在羊毛线中间介以一铁线，再把铁线串在钱子中间的孔上，然后再把边弯起来，这样一来就成功了。如

一月二十三日　星期三　晴　　退步

今日偶然翻到在小学时的作文簿，觉得和现在比起来还觉得退步，为什么年来还是退步呢？

一月二十四日　星期四　晴　　慰劳

旧历年关将至，本市各处举行慰劳征人家属，我们学校也有献款。

一月二十五日　星期五　晴　　心身的快乐

今天学期考试已毕，我的心里好像放下甚么重担似的。下午考试完后，大家都在林森公园游玩多时而回。

一月二十六日　星期六　早上雨　午后晴　　祭灶

今日是旧历十二月二十四日，为旧俗之祭灶。相传今日为灶君上天的一天，于这天每每买了糖饼果实之类，我想不是祭灶君应该是祭小孩子的嘴吧？

一月二十七日　星期日　晴　　赠品

早上吃过饭就到兆雄先生①家中，兆雄先生买了许多洋饼、花生等款待我们，并且还送了我一面镜框，内框着纪念邮票，排成 v 字形表示胜利的意思，很是美术。

一月二十八日　星期一　晴　　无聊

放寒假了，坐在家里觉得非常无聊，于是独自一个人到了街上，也不知所作何事。回家时到崇智②家里，一同去林森公园。

---

① 兆雄先生，即李兆雄，谢冕小学教师。
② 崇智，谢冕同学。

一月二十九日　星期二　阴　　朋友

——朋友篇——

友爱也；同志为友。

志不同者；不必强合。

同声相应，同声相求。

以财交者，则财尽交绝，以色交者，华落而爱渝。

一生一死乃见交情，一贫一富乃见交态，一贵一贱交情乃见。

士为知己者死，

不知其人则不为其友。

一月三十日　星期三　阴　　清查户口

昨天晚上市政府大规模的清查户口，目的是在保持地方安全，清除盗匪。到了今天上午，我和爸爸到街上去买菜时还是戒严着，好容易站了一个钟头左右警报才解除，才让行人走过。

一月三十一日　星期四　雨　　"汉奸水浒传"

本日于公民书局见了一本书叫做汉奸水浒传，里面描写着一百零八个巨奸。我想拿无耻的卖国贼来譬喻梁山泊上的草寇是很适当的。

二月一日　星期五　阴　　胜利的除夕

今天为旧历之除夕，晚上一家人都是很快乐。谈呀吃呀，多么有趣呢。因为这是胜利后的大团圆，一家人在抗战时都被敌人拆散了，现在胜利了团圆了，是多么有意思呢。

二月二日　星期六　晴　　旧历元旦的早晨

早上起来觉得锣鼓喧天，爆竹之声不绝于耳。最使我奇怪的事就是见了人笑嘻嘻，点头拱手总要你来我往的说"恭喜……发财"。我想现在抗战胜利，我们不要为私人之利益恭喜发财，所以我们要在恭喜头上加胜利二字，发财上面加上建设二字，这样才有意义，才合理由。所以我的口号是：

"大家恭喜，抗战胜利

全国发财，建设成功"

二月三日　星期日　晴　　脚踏车

早上去韫姐[1]家，在她家的附近有一脚踏车店，我和甫[2]到他那里租了一架最矮的，可是我及甫都不会踏，好容易我互你，你互我的轮流的踏着。脚踏车是一种交通用具，并且也是一种游戏，所以我欢喜它。

二月四日　星期一　晴　　火灾

"风高物燥，火烛小心。"这两句话已为各救火会所共告，可是在这热闹万般的春节中民间旧俗未消，放花啦，放炮啦，都不能避免这种灾害。今天走到鼓东路，看见有一家发生了火灾，并且还死伤了七八人，这是何等可怕呢？

二月五日　星期二　晴　　农民节

昨天为抗战后首届农民节，本市在暖和之日光下庆祝这意义重大之农民节。我们中国是以农立国，农民一向是国家主要组成份子。刘主席联合庆祝农民节大会时提出本省农业应注意努力的有如下几点：

(1) 要改进技术。

(2) 要集体经营。

(3) 要扩大耕地。

(4) 要注意山地作业之经营。

(5) 要发展海洋渔业及水产。

二月六日　星期三　晴　　奇闻

报载本省有一人一胎而生三男，地方社会局给奖三万元。

---

① 韫姐，谢冕姐姐谢步韫。

② 甫，谢冕之弟谢韛。

二月七日　星期四　晴　　喜年图

今天在家与甫弟及炳炎①等作喜年图，玩了一整天。

二月八日　星期五　晴　　打篮球和看台湾风景片

早上与国雄②、贤正③到英华打篮球。

下午到姐家，在大桥头看了一幕台湾风景片。

二月九日　星期六　晴　　球趣

振兄④带回一粒排球，近日来球类对我颇有趣味。这不仅是能养成爱好运动的习惯，并且能使身体健康。

二月十日　星期日　晴　　兵士

父亲说："娼优隶卒"在清代都是下流人物，别的都不说就说卒呢。卒就是兵士，他们替国家出入枪林弹雨之间，牺牲自己生命换取国家之自由，应该是特别尊重才是呀？

二月十一日　星期一　晴　　迎大王

上午与道源⑤同赴校中注册，手续完毕后方回。

今天乃是农历一月初十日，是本境大王爷行香的好日子。晚上十二时左右大王爷出宫了，真锣鼓喧天，满耳都是"发财呀！……发财呀！"闹成一片。喜灯一对对的排列着，还有许许多多的人，有的提灯，有的扛轿，有的吹京鼓，真是威风。我想这种迷信举动既浪费金钱和时间，并且也会使精神疲倦。

---

①　炳炎，谢冕之侄谢炳炎。
②　国雄，谢冕同学。
③　贤正，谢冕同学。
④　振兄，谢冕三哥谢振藩。
⑤　道源，谢冕同学。

二月十二日　星期二　晴　　米价高涨

日来米价如飞一般地高涨，以致每担达一万五千元左右，这是空前所未有的奇闻。在街头或巷尾三五成群地谈着："好贵呀，不知将贵到如何程度呢？"

二月十三日　星期三　晴　　连环图

近日新出版的连环图，有原子弹、汉奸末路、十九路军等名目。我想这不仅对于儿童的知识能增进，并且是文化界的新贡献。

二月十四日　星期四　晴　　环境压迫下的青年

傍晚我在楼上，甫弟慌慌忙忙地跑到房里道：抢劫呀！我连忙掉过头来说道：为什么事情这样慌张？他说庙前保安队捉到了一个劫犯。我不禁吃惊了一下，难道白天有劫犯吗？于是我被好奇心所冲动，跑到庙前从人丛中挤进去看，看见他是一个二十岁左右的青年，脸儿白白地，头上梳着发，身上穿着半新旧的汗衫，脚上穿着皮鞋。一会儿全乡纷纷地议论起来，有的说他一定和被劫人有仇，我想他还有被环境所迫吧！

二月十五日　星期五　晴　几句可笑的话

晋朝时候，有一个皇帝看见人民饥荒，他问道：米贵为何不食肉？宋代蔡京问他的子孙道：你们知道米从哪里来？他们都答道：不知。

二月十六日　星期六　晴　　"龟和桃"

我们乡间风俗，每于农历正月十五如有"喜"的人（无论生子或结婚），必须用米磨成米粉，造成龟和桃的。坏便称为龟桃，并且在龟桃上面插上鲜花或张上乾电，排在庙里并有放各种花，所以今天庙里希常热闹。

二月十七日　星期日　晴　　随记

上午到各旧书店去买书，可是中午没有买得一本。

二月十八日　星期一　晴　　学校如此?

今天缴学米代金,本定每斤一百元,可是没有一点钟光景涨高①

二月二十八日　星期四　晴　　谦和

易经说:"圆招损,谦受益",我想这是很有意义的,大凡为人都须以谦和为旨。

三月一日　星期五　阴　　吐痰

潘主任今日告诉我们说,卫生是很重要的,假如不随地吐痰才不致发生肺病。我们中国人肺病的有百分之九十,吐痰就是重要的原因之一,所以不要吐痰才好,因为既不雅观,又要妨害团体卫生。

三月二日　星期六　雨　　拗九遗事

福州旧俗以正月二十九日为拗九节,于今日上午以术米煮粥,加以糖果之类便称为拗九粥。据说是唐时黄巢造反将陷福州,那时幸有一个将军叫陈岩者率兵平乱后卒于今日,故于此日称拗九节,以作纪念之意。

三月三日　星期日　雨　　强硬手段

报上载,美国对苏联之破坏世界和平采取强硬手段。

三月四日　星期一　雨　　阴森森

上午雨下得很大,无法举行纪念周,于是全部都在初中礼堂举行,于是那样小的礼堂被七八百人挤得水泄不通,满屋子阴森森地怪怕死人。

三月五日　星期二　晴　　童军节

太阳从高盖山上爬了起来,照遍了大地上的泥土。太阳的面上显着笑容,好像在庆祝这胜利后之第一次童子军节日的降临。

---

①　日记未完,后页缺。

三月六日　星期三　晴　　桃花山上

下午道源邀我去桃花山游玩，一路上风吹着我们的面，脚底下踏着青青的草地，温暖的太阳呈着淡黄色，是何等美丽呢！看到山顶上屹立着一座破旧不堪的神庙，在庙的旁边有一块大石岩，于是我便向着这石岩进发了。山上有许多果实树，可是现在并不是果实季，树木被风吹着婆婆地摇个不住。在远远地有许多株杨柳也特别地显出瘦骨娉婷的舞态，好像跳舞场中的舞女一般。到了目的地我便卧在石岩上看着书，谈着话，凉风阵阵地吹来，我禁不住说道："呀！我被大自然陶醉了！"在山上游玩多时，可以看林森公园中的草地、河和我们学校中的国旗，是可以看到好多的东西山水，可惜我并非画家，要不然把它——这幅美丽的图画——画起来岂不好呢！

三月七日　星期四　晴　　科学家的话

美国科学协会威利先生说："每日有三十万颗光芒的流星向地球轰炸，并且其中有六颗会爆炸有声，每年有一百三十颗会落地面，并且立刻即能化为灰烬。"

三月八日　星期五　晴　　妇女节

今天为妇女节。在从前妇女是没有享受权利的，现在我们是民主国家，应该提高女权，男女平等。现在社会上各机关大都有女公务员，甚至女人做的事比男子还要利害，可见女子活跃的一般了。

三月九日　星期六　晴　　可怜

今天考地理考了十八题，把大家弄得摇头缩颈。

下午走到石厝山中看见一头狗子被人关在土坑里，没有吃，多么可怜呀！

三月十日　星期日　晴　　星期日

礼拜了，日历上是红的一页。许多的学生好像笼中之鸟地关了一星期，现在重获自由了，是何等快乐。星期又叫来复日，什么叫做来复，它是什么意思呢？关于星期放假的原因大概为下列几点：（1）一星期中的生活太辛苦了，所以于星期日来休息休息。（2）在学校中没有空闲来预备功课。（3）可以于星期来理发及洗澡等。

三月十一日　星期一　晴　　故事般的叙述

作文课教务长出了一个题目，为一个苦学生的自述。许多的同学们都是故事般的叙述着，而我呢却也不在其外。我文中大概是说一个穷苦的半工半读的学生口中所说的话。

三月十二日　星期二　晴　　植树节

今天是总理逝世纪念日，并且也是植树节。宋先生说了许多关于总理生前的事略和牺牲的精神，并说希望我们能效法总理来替中国四万万同胞谋幸福。呀！努力呀，奋斗呀，打倒我一切的敌人，打破我们一切的束缚，我们要继续孙总理的遗志，努力革命。"和平，奋斗，救中国。"这声音，常在我心胸大声地叫喊。

三月十三日　星期三　晴　　小花咪

上午坦兄①带回了一只小花咪，那闪闪的眼睛和那活泼可爱的样子真是有趣。午后我放学回家，它咪咪地叫着跑着跳着，是多么天真活泼呀。

三月十四日　星期四　晴雨不定　　好运气

今天的运气真好，早上上学去的时候快要下雨了，天空布满了乌云，到了校中刚坐定哗啦哗啦地好像天崩地裂，雷电交作，真是下雨了，到了放学时太阳笑嘻嘻地在云端了。但是我并没有带伞，一滴雨也没有落到身上。哈哈！

三月十五日　星期五　晴　　粗心

傍晚放学时见有许多人在校门口闹成一片，我问同学为什么？他说一个小学生一不小心被一辆汽车辗伤了大腿，现在已扛往塔亭医院医疗了。于是我便想起先生们常说的一句话，那就是在路要小心。

三月十六日　星期六　雨　　汤里之鸡

今天真倒霉，上学时大雨整天价地倒卸下来，声音像千军呐喊、万马奔腾，我们

---

① 坦兄，谢振藩另名。

都好像跌在汤里之鸡。衣服、帽、书都被雨变一团糟。

三月十七日　星期日　阴　　五子登科

校长说：现在收复区里的复员是后什么员呢，那就是"五子登科"。什么是五子登科呢？就是金子、面子、妻子、车子、屋子，这五子差不多每个人都欢喜它，都爱它。——精讲

三月十八日　星期一　上午晴　下午雨　　雨后的黄昏

傍晚雨后天方晴，天空深蓝色地衬着缕缕的炊烟是何等美妙呀！对面的高盖山显得十分清楚，树上一滴滴的露珠，乌鸦三三两两地回去了，许许多多的农夫戴着草笠肩着锄头回去休息了。

三月十九日　星期二　雨　　讨论时事，纷争

早上上公民课，先生和我们讨论了许多时事，我觉得这种举动对于我们学业大有益处。音乐课先生没有来，大家因为选举国语比赛代表润藩①和钧禹②大起纷争，几乎相打架来，后来经剑塘③排解才互相谅会。

三月二十日　星期三　晴　寒风　　打架

降旗时，初中部屋顶上有许多乌鸦，在屋顶上打架，三三五五互相地打。我想禽兽尚如此何妨我们人类呢？况且人是自私的动物。

三月二十一日　星期四　晴　极冷　　安静

今天教育所派了督学到我们学校里来，奇怪的很，今天上课预备铃一响操场上一个人也没有，大家都坐在自己的座坐上拿起书提起精神，一些的声音也没有。我想不要有督学来才如此，要时时刻刻如此才是。

---

① 润藩，谢冕同学。
② 钧禹，谢冕同学。
③ 剑塘，谢冕同学。

三月二十二日　星期五　晴　亏心事

今天好像做了一样亏心事的样子，身子上好像有十五个吊桶七上八下的非常的不安。

三月二十三日　星期六　阴或雨或晴　导师和导生

今天为我们学校中的导师导生的节日（因学校定每星期六导师导生的节日）。我们的导师是宋长民先生，他说：导师就是督导老师，也便是小学时的级任一样，有了导师可以使我们的品性高尚。为什么呢？因为导师能时常教我们做人的方法，待人及接物等。又如讨论会及研究会都是能使我们的学问丰富，如举行野餐、旅行及游览名胜及参观有益于学业方面的举动等等，都可使我们身体健康，生活才不枯燥。后来他又介绍他自己的籍贯及姓名、年龄、住处等，我们六十多人也都介绍了。接着便选举本导师组的队长及文书、游艺、会计等股的股长。

三月二十四日　星期日　雨　代价

做完了德育训练班觉得无事便到中洲游玩去了，目的是买几本现代儿童，到公明书局门首遇着逢介①，便一同去小桥路改进出版社，可是因为星期日所以没有营业，我们希常的尽兴而返回去了。一会儿大雨来了，如怒涛排壑，身上头上以及脚上都弄得一团糟。走到中洲觉得白走了一趟非常不值得，如是便（在）公明书局买了二本联合周报合订本，每本只三十元还算便宜，总算不白走一趟，有一点儿代价吧。

三月二十五日　星期一　阴　防疫生病和韫组的信

纪念周校长说：当这初春之际百病丛生，如脑膜炎啦，回归热啦，以及鼠疫霍乱啦，大概这些病的起源都是吃的不谨慎，不可杂食不清洁的东西以及不要吐痰等等，因为吐痰不但对于自己的健康有关系，并且有妨害他人，此是其一种原因。其次就是穿的方面，这时的天气忽而寒冷忽而热燥，所以衣服必须多穿免生风寒等病。关于这些病的基本方法就是打防疫针，我们校里的校医已经从高三起开始打，我本来就怕打针，但，这是无法避免的事。

---

① 逢介，谢冕同学。

晚上母亲推我写一封信给韫姐，我于不得已之间写了下面这一封短短的信：

姐：

好久没有到你家了，请原谅，因为功课繁忙，不得空闲的时间。

你身体好吗？在这春光明媚的季节里是人们游兴最兴奋的时候，你有没有到各处去玩，我想培德①应该很活泼可爱了。母亲说最近天气很温暖，一二天内一定要回家一玩的机会不可错过了。

仲年伯②在报社中，想来有许多隔日报纸可以拿一点给吗？母亲说回来时去澄澜阁的香粉买一包回来。不多写了，请你写一封回信给我好吧！祝你快乐

弟谢冕写 3.26。

三月二十六日③

下午举行国语演讲比赛，每班选举代表二人，题目为国防与科学。我的班中选举了景煜④和利斌⑤，利琏本是天津人，他的国语讲得很好，所以也得了第三名。这次演讲题的内容大概都是说：建设空军、海军、陆军，举创教育以及有研究科学的精神等等。我想这次时间虽然极为短促，但是我们所得的利益却也很多。

三月二十七日　星期三　晴　　不小心，学生自治会

动物课一不小心剑塘⑥的手被我的刀子割了一大孔，为什么呢？事实是这样的，起先剑塘向我借刀子，因为我在削，所以他只得等一下。后来他见章钧⑦有，便说不要不要，说罢伸手去拿，恰巧我的刀子从下面拿上来，和他的手相碰一下，他的手便割破了一大孔，幸亏到训育主任那里涂了止血药才止住了血，我受了这种的刺激真是比自

---

① 培德，谢冕姐姐之子王培德。
② 仲年伯，谢冕姐夫之父。
③ 日记此日日期缺。
④ 景煜，谢冕同学。
⑤ 利斌，谢冕同学。
⑥ 剑塘，谢冕同学。
⑦ 章钧，谢冕同学。

己手割破了还要疼。

降旗后在小学部操场开本校学生自治会宣誓并新职员就职大会。学生自治会是一种自治机会，其目的最重要的是使我们养成自治习惯。

三月二十八日　星期四　晴　雾

早上，上学经过这没有一个人的田野，什么声音也没有，只有咯咯的蛙声四起和一片白茫茫烟腾腾的雾，整个田野整个的现实都被遮没了，人也罩在雾里，甚至连脑子里都塞着烟腾腾的雾。雾能为自己遮蔽缺陷，也能抹煞别人的美点，因此有缺陷的人都爱雾。爱雾，仰仗雾的都懂得它的真正好处就是拿它去包围别人，而自己却也被雾包围着。雾只要太阳一出就收敛了，而且发雾的早晨正可保证一天的好太阳。

三月二十九日　星期五　晴　青年节，韫姐的回复信

今天是三·二九黄花岗七十二烈士殉难纪念日，同时又是青年节。我们在和煦的阳光下庆祝这壮烈伟大的纪念日，我们应该效法七十二先烈的精神，完全七十二先烈未竟之志才算对得起同胞，对得起殉身报国的先烈和我们的国家。今天街上都高高地挂起光明灿烂的国旗，到处贴着红红绿绿的标语，里面都是写着效法先烈精神啦，青年是国家的啦，我们学校里高初中全体学生都去参加。宋先生说死有重于泰山，不要轻如鸿毛。

姐姐的回信来了，她的信中这样的写着：

冕弟：

　　春来了，万物争春，春是四季中最可爱的季节。姐早就想回家一玩，但因雨天所阻，不能如愿，这两天又因种种阻碍：①廿九号青年节振藩已约福享①及一般友人到姐处打牌。②清明节日去上墓。③仲年母生日。故又作罢，这次姐回家定要住上半月或一个月以上，你讨厌吗？报纸已同仲伯说过，谅可拿回来，等爸爸进城时带回好吧？草复　　祝你健康　　韫姐三，二十七日早

　　你青年节有放假否？如有放假时你同甫弟同来玩一天好否？姐来请客，开一

---

①　福享，谢冕同学。

次兄弟会好不好？又及。

三月三十日　星期六　晴　　春天不是读书天

下午和道源、陈骏①同去跑马场，目的是读些英文，可是却被那春天的景物所陶醉，一句也读不得。这还是我自己没有专心吧！于是我便想起来了这首诗："春天不是读书天，夏日绵绵正好眠，待得秋来冬又至，不如收拾等明年。"春天不是读书天……

三月三十一日　星期日　晴　　公共汽车

从去年十月间起说的公共汽车现在已经开车了，从此我们的行动也颇为便利了。明天是第一月考的第一天，许多人都在家里读书，可是我们几个都在街上逛来逛去。

四月一日　星期一　晴　　"人格担保"

今天考了英文和公民两本，可是两本都考得不好。常听到有人向人家借东西时恐怕人家不相信，总要说一句"人格担保"吧。人格到底是样怎样的东西呢？有人说人格是人的第二生命，我想很对。

四月二日　星期二　晴　　蜜蜂

放学回家看见依垒哥②正在树上捉蜂，这一群蜂有几千个，本来是他养的，后来因为巢子太小不够容纳于是便全部迁居到龙眼树上。它们是何等有义气，是有何等的团结力，我们人假使不能团结而互相残踏那就是蜂蚁之不如了。

四月三日　星期三　晴　　地震

今天的正义日报上说太平洋的海底发生大地震，美国的南北两岸和夏威尔岛被海啸所破坏，并且还说这种力量非原子弹所能强。据书本上记载，发生地震的原因是因为火山爆发。

---

① 陈骏，谢冕同学。
② 依垒哥，谢冕邻居。

四月四日　星期四　晴　　前年的儿童节

今天是儿童节，我们的学校里没有放假，因为现在已经是初中了。

说到儿童节便想起了二年前的今天，在那一间破旧不堪的祠堂里，这祠堂便是我们的学校——仓山中心——那时兆雄先生还在校里教书。今天早上一骨碌爬了起来，到校里开完庆祝会后就做拔福田引的游艺，那时我只拔一粒橄榄和一粒糖，可是我却欢天喜地的回去。晚上举行恳亲会，我记得有一幕闽剧叫做榕陷榕光，是说福州第一次沦陷前后的情形，还有兆雄先生编的大义灭亲的话剧和藤小的一位老师表演一幕独幕剧叫做汉奸的末路，很有趣。十二时始散会回家，母亲问我你欢喜这样快乐的日子吗？我说我希望天天都是儿童节，天天都是快乐。往事隐约还在眼前，抚今思昔不免有不胜设想之感叹！失去的小学时的乐趣能不能挽回呢！

四月五日　星期五　晴　　清明节

今天是清明节，我们中国的旧俗以这天为民族扫墓节，在街上家家都插上一枝杨柳，这问谁也不知道。桃花山下哭声遍野，履东①问我：为什么哭呢？我说：是祭墓，人死了怎么不哭呢？他又问道：死到底是怎样一回事？我说死是一个人最后的结局。我讲完了便默默地对看着。同时我又想到古人说"丰而祭不如养之薄"的话，人死了哭一下有什么用呢。

四月六日　星期六　晴　　春假旅行记

短短地两天的春假，我们决定到城南西湖去野餐。正值这"花红柳绿，千紫万红"的季节，天上虽然下着濛濛的细雨，可是这大自然的美景依然是美丽的，可爱的。那柳堤上的柳树儿吐出了绿色的嫩芽，迎风招展，好像在欢迎我们这一群。青草铺着地上好像绿毯一般，到达时丙组已经先到了，我们欢呼着，跳跃着，后来先生去商量好了，我们才坐上船。我的船是坐六个人的，最有趣的是，利琏和章钧因船坐不平均跌到湖里，一身烂泥，害得大家不禁大笑起来。玩到中午才休息下来，先生叫润藩等几个担任炊事，我也在其内。买了二十斤的切面，我们几个，有的去打水，有的去劈

---

①　履东，谢冕同学。

柴，有的烧火，大家分工合作，连宋先生也脱了中山衣来帮助我们。不一会儿煮好了，哨声响了，大家集合在开化寺前吃饭，同学们个个争先恐后，大概因为肚子太饿的缘故吧。饭毕大家又照旧地努力地工作——划船到了三时大家便照了相，照相的地点是在假山上面。四时集队回家，从公园打一圆环然后才恋恋不舍地走出了公园的门子。在回家的途中看到一样希常奇怪的事，便是在乌石山下有一片稻田，青青的稻，远远看去只是一片绿色的广洋，在广洋中间显出四个大字，这四个大字就是"正气在×中"，同学们见了欢呼起来。队伍到南门儿便散了，我因为弟弟在姐姐家里，所以便到杨桥路和甫一同回家，谁知甫已于早上回去了。我因姐姐的再四留住，只知盛意难却也只得在她家里宿一宵。

昨天晚上来了几个贼子，幸喜被母亲知道了，不然的话恐怕会被他偷了。

四月七日　星期日　晴　　扑克和听音乐会

昨天晚上在姐家里，有许多报馆里的人，在她家里打扑克。他们打得很大，一千二千三千……，每次输赢大概在万元左右，多么大呢。仲年伯从报馆里拿了一张音乐会的券，是国立音专学校庆祝音乐节而举行的。我和阿毛[1]没有吃饭就跑到花巷尚友堂去参观，果然名不虚传，堪得称赞。有独唱、钢琴独奏，以及混合唱等等节目。

四月八日　星期一　晴　　耻辱

英文科月考分数只得56分，这是我从出生以来最大的耻辱，老诚说，我从来没有过不及格一科，以后应该努力才好。

四月九日　星期二　晴　　丢面

这一月考考的成绩太坏了，一共不及格了二科，在学校里同学们在笑我，先生也在笑我，甚至连树木好像也在笑我，好羞人呀！我经过了这次的磨折，才知求学以勤为目的，以傲为失败之由。易经上说：满招损，谦爱益，我们都应该履行这一句话，所以这次我得到许多的教训。唉！丧尽了脸子，对不起父母，对不起十二分热望

---

① 阿毛，谢冕姐夫之弟。

我的李先生①。

四月十日　星期三　晴　　鼠疫

天气一天一天地热起来了，有许多的疾病也在这时发生了，尤其是世界人类所恐怕的鼠疫也大显出它的身手，许多的人们，都作它的牺牲品。据说这几天合组医院和城内的几间医院也住满了人，不必说那就是鼠疫的患者，昨天我们初三一位同学也患这症，不知是家里带呢还是学校里传染来呢？

四月十一日　星期四　晴　　打针，给泓师的信

打针，我生来就怕打针，这次被先生迫得无可如何了，才鼓着勇气去。走到兆培医院门口，有许多同学已经打了，我问道：朋友，痛不痛呢？你说：痛得很呢，针头都打秃了。因此我更加害怕了，几次想畏缩但是想了又想只得咬定牙关打了。打毕，虽然痛但是心里却轻松得多了。

好久没有写信给兆雄先生了，今天闲着便写了一封短短的信。是这样的：

雄师：

儿童节很快地过去了，接着便是春假，多么快乐呀！想你应该也很快乐。本来想在春假第一天（清明节）到你府上，和逢灯②、国柱③都已约好，但是事情偏不凑巧，国柱因事不能如愿，故又作罢，请你原谅。

先生你应该记得在两年前的儿童节，我们在那一座破旧不堪的庙里，那就是我们的校舍。那天上午举行福引，晚上还有恳亲会，节目有榕陷榕光和先生自己编的话剧大义灭亲，那时是何等快乐呀？

今年春假，班里同学决定到西湖野餐去，那时欢乐的情形是笔墨难以形容的。不多谈了，以后再写信给你好吧！祝你

健康快乐

受业谢冕上　　四，十二

---

① 李先生，即李兆雄，也称泓师。
② 逢灯，谢冕同学。
③ 国柱，谢冕同学。

还有一件事，是最觉得耻辱的，便是月考不及格了两科。我想先生听到这事应该是很着急吧！但是，我自己从今以后努力勤学，才对得起先生对我的期望了。生又及。

四月十二日　星期五　晴　　读了"鞭虎救弟记"后的感想

昨天写给兆雄先生的信，今天还没有寄去，因为我没有勇气寄去。读了鞭虎救弟记，课后先生要我们自己的感想用文言写出，但是没有一个人能写得出（不知是不写呀还是不会写），结果先生自己便评了几句：重手足，而轻身命，急难相拯，不畏凶暴，此等义士，千古罕觏。我也模仿他的语气，写了这样的四句：舍身救弟，虽死不惜，流传万世，后人太息。

四月十三日　星期六　晴　　有趣

今天妈妈和爸爸都去城内吃仲年母的寿酒去了，只留振兄、弟弟和我。晚上自己去煮饭，以及顾鸡喂鸭，也觉得很有趣。

四月十四日　星期日　晴　　寂寞

今天在家中无事可做，又冷，又不能到各处玩，下午道源来同画地图方不寂寞。所以今天的日记没有什么可记！

四月十五日　星期一　雨　　一个沉痛的纪念日

今天是我们学校中最悲痛的一个纪念日，因为学校搬往崇安时遭了敌人的残杀，校中殉难的有护士先生一人，高三同学五六人，有工友一人，所以今天纪念周时大家都默念一分钟以资纪念。

四月十六日　星期二　晴　　万不及一，奴才

由陈仁[①]同学处看到一本模范日记，是一位小学生记的，和我自己所记的相比较起

---

① 陈仁，谢冕同学。

23

来，有万不及一之感。

傍晚回家，邻家发生了这么一回事：菊伯家里有着一个牧牛妹，照例每天当天刚亮时她已牵了牛出去工作。可是今天不幸的事发生了，就是一只小牛不见了，可是那粗大的拳头在她的身上扑通扑通的打了十多下……这是多么不平呢？同样是一个人，为什么有的人却待的那么好，有的人却过着牛马不如的奴隶生活呢？

四月十七日　星期三　晴　　可敬可佩的同学，已会衔老鼠了

放晚学回家，因为今天体育课有打篮球，所以在校中逗留了一时。这时草场上只有同学们的欢笑声、呼喊声……闹成一片，当这时候有几个高中学生，有的拿着锄头在锄草，有的拿扁担在挑土，刚要西沉的夕阳照在他们的面上，都显出忧郁萎丧的样子。我问仰圣①：他们为什么不去打球或者做别种游玩，而在这里做苦工呢？他说：他们是寄宿生，大概因为家里经济来源缺乏无法缴膳费，所以不得不以血汗来换取饭吃。我们听了就大大地感动这几位值得钦佩的在经济魔鬼压迫之下的青年们，于是我便踏着暖和的步子回去。在途中，不时地会想念到他们生活，他们那忧郁萎丧的面庞不时之间会在我的眼前出现……

十多天前振兄从马尾带回来的小花猫，现在已经很大了。晚饭时，我们正在吃饭，忽然炳炎、秀仪②大喊起来，后来问清楚才知道小花猫已会衔老鼠了，今天从后园那边捉到了一只小老鼠。我们都发狂地喊了起来，它也跳跃着，玩弄着它已死的敌人，或者用脚去抓，或者用口去咬，它好像在庆幸自己现在已经消灭了鼠辈，它充满了快乐，跳跃着，……它是何等活泼可爱呢！

四月十八日　星期四　　投稿

放学回家和罗治③同去买做书包杂料。

我们组里举行一种期刊，每个人都要投稿，限星期六缴清。我也写了两首诗，现在抄在下面以供参考：

①　仰圣，谢冕亲属。
②　秀仪，谢冕亲属。
③　罗治，谢冕同学。

春假旅行西湖杂兴　两首

春游

陌上桃花含笑，

引起了游客的清兴；

堤中春柳泛绿，

惹动了人们的颠狂；

山上的闲花怒放，

湖边的野草蔓生。

听着婉转的鸟语，

看那翩翩的蝶舞，

这是何等美妙鲜艳的春景啊！

划船

我们这一群，

三三两两地，

划着船。

啊！前进，前进

翻起了层层的波浪

惊走了只只的游鱼

虽然水浪会溅湿了我们的衣服

但，总能够达到目的地。

四月十九日　星期五　晴　　作文比赛

今天校里举行作文比赛，每人都要参加，我们一班的题目是"新青年"，我写了五百多字，自己觉得很满意！

四月二十日　星期六　晴　　参观火柴厂记

今天下午一时半，我们由导师宋先生带领到港头建华火柴厂参观，一路上谈谈笑笑，不觉之间穿过了下渡街，转一个弯，一片田野风景呈在我们眼帘间。那火红的太阳照着大地上，天上没有一丝云，田里的麦被太阳映着都变成黄金色，被风吹着摇摇摆摆。远处更有几个农夫在车水，依依哑哑的声音是多么美丽呢。一会儿，只听见隆隆的机器声和缕缕的黑烟，我们才知道火柴厂是到了，一时都欢呼起来。最先参观的是造盒部，其次是锯木部、杆部，以及压药部、制药部、装药部，最后看的便是包装部和运输部。成千成万工人们不分男女，处处分工合作不偷懒，这是很使我们佩服的。到了四时许，我们便乘着余兴回家，我还带了几种标本回家作为纪念，那时太阳已经将要休息了，它一天工作的劳苦，电灯已经光了。回家后，急急把它记起来。

四月二十一日　星期日　晴　　选举市参议员，不灰心

今天是本市参议员普选的日子，大家都显得紧张。选举什么人呢？这个问题是不时会在一般人民的脑子里思索过，我们现在应该还有一般所谓"猪仔议员"的不肖份子在其中倒蛋。

昨天晚上七时许，逢灯来喊我同去泓师家里。先到乡里喊国柱，国柱不在家，又去恒廉①处喊，恒廉又不去。我和逢灯气极了，不服气又去喊国柱，又不在，两人便鼓着勇气，我拿一枝竹杆，逢灯也拿一枝，在黑暗中摸索光明的到来。到了竹园，喊！喊了半天，才听见有人说兆雄先生不在，出去了。我和逢灯大气起来，急得暴跳如雷，只得一同回家。到庙前我对逢灯说：不要灰心，明晚再去。不知他今晚能否去尚未决定，我在期待着。……

四月二十二日　星期一　晴　　用功，野猫

平时，我虽然想到要用功，每天睡在床上，独自想，"从明天起一定用功了"，但是一到校，见了这许多玩着的同学，心里不觉摇动，"伊呀；明天再用功吧！"但是一到明天，又不肯用功了！这样一天天的下去，我总没有实行用功的勇气！从明天起，我的每天除当日所教的课本整理清楚之外，现在计定下列的课程表：

上午 5 时起床，温习功课后，游玩半小时，早饭毕，上学。

---

① 恒廉，谢冕同学。

中午时间极为短促，吃饭毕，就要上校。

下午，放学大约在四时，在四小时到天黑中间几小时，可作游戏或特殊工作之用。晚上照例写日记，如果时间许可的话可作一篇作文。诸事毕，便要温习当天功课或第二天之功课。

上午周考时，大家正在聚精会神之际，忽然有许多人的喊声和奔跑的脚步声，大家为是追贼，后来经先生调查清楚，才知是一种动物走进学校里来。巴不得下课，同学已先去交卷了，我也不甘落后连忙也去交卷，二脚三步地跳走了，教室门外去看这新奇的动物去。哦！原来是只野猫，俗叫"狐狸猫"，据一般老人家说：这种野猫是会成精，成精后会迷人，加之狐狸是一种狡猾的家伙，终究不是好东西。又说：成精大约要二三千年。我不禁叹曰，呜呼！千年道行，废于一旦。下午，这只小动物便了结了它的一生。

四月二十三日　星期二　晴　　假自由

今天上公民课，先生说：你们现在要自动、自爱，不要像小学生那般要打骂，要用强硬手段……先生的话还没有说完，陈熙①站起来说：先生你不是说现在是自由平等的时代吗？先生笑着说：自由平等是以不妨碍他人的行动、言语才是。

四月二十四日　星期三　晴　　佛印的故事

动物课来了一位新先生，叫黄启章的，他很温和。教完了书，他说一个关于苏东坡和佛印的故事：佛印是苏东坡的好友，惟是佛印极为贪吃，每见东坡吃东西，他总是先抢着吃。有一次，东坡自己一人在吃着一尾鱼，远远地看见佛印来了，便把鱼放在厨上，和佛印畅谈了好久。佛印说：近来有人把"蘇"字的鱼和禾相换一方向成"穌"字，可是把鱼字放在禾和草头顶上成"蘇"可以吗？东坡说：那当然不可以啦。那么请把厨上的鱼拿下来吧！佛印说罢大笑，东坡无法，只得与他同吃。

还有一次，东坡因和秦少游相约去江中饮酒作乐，不给佛印知道。船荡到江中，两人便行令作诗，后来东坡提议作赋，末端两句要用古语。东坡说：青云拨

---

①　陈熙，谢冕同学。

开，明月出来，天何言哉！天何言哉！少游说：浮萍拨开，游鱼出来，快何如哉！快何如哉！谁知佛印早已知情，与船家约好伏在船底，如今听得两人行乐作赋不觉怒从心起，翻起船板说：船底拨开，佛印出来，人何电（欺满之意）哉！人何电哉！

四月二十五日　星期四　雨　　春雨

天边浮着乌黑黑的浮云！慢慢地占领了蔚蓝的天空！勇猛而有威权的太阳，被这万恶的魔鬼监禁了！你看！他占领美丽的天空，打败了勇猛的太阳，在作起他的凶顽的妖法。天空中充满了一层薄薄的雾气，雾气下落着点点的春雨，久不经雨的道路上，顿沾着春雨的湿泥！一般的学生们，都愁苦着脸，穿着皮鞋，撑着雨伞，农夫们更是乐得不可开支。然而春雨却似和我作对一般，还是不停地落着，它落着，尽量的落着，直落到屋檐下落着瀑布似的檐水。午后，天上的乌云没有了，水也没有了，天空中恢复了原来的形状，太阳在天空现出笑容，树上落下一滴一滴的露珠，远远的山，看得很分明，青青地、绿绿地多么美丽呀！万恶的魔鬼完全失败了，仁慈者终得到最后的胜利。

四月二十六日　星期五　阴（下午大雨）　　闷沉的天气

昨天晚上下了一夜的雨，天气真觉得闷沉。今天起身，还好可爱的太阳已照临了大地，苦闷的天气，改为清朗的晴天了。那知道下午放晚学时，黑云又渐渐地布上来了，把好好的青天都遮蔽了，落下一点一点的雨，而变为一条一条的，渐下渐大，直到现在还没有止。啊，天气真是闷沉极了。

四月二十七日　星期六　雨　　失败

不幸的消息，在我的眼前出现，使我羞惭无地，我负了师长负了父母负了十二分希望我的李先生。虽说不是只是我一人，然而为我失败而名落孙山，削尽了父母的光荣，毁灭了李先生的声誉，使我心中万分难过……

四月二十八日　星期日　阴　　书房

今天做毕礼拜，因为有事到楼上去，觉得好多天没有打扫了，所以灰尘满壁，以前的装饰品都破旧极了，假使再布置上去，觉得有些不大雅观，所以在今天之内一定要把它布置清楚，打扫清楚。经过了好多的时间，我已经布置好了，再看看这书室，已和以前大不相同了。一进书室，登觉光明异常，空气非常流通，我见了很是快乐，心花怒放。书桌恰巧在窗下，正可以一面用功，一面欣赏天然的美景，有说不尽的愉快，我越看越欢喜。这间书室，竟不舍离开，到晚餐的时候，真是不得意而离的。

四月二十九日　星期一　晴　　侥幸的成功

"铛——铛——"的上课钟，直冲进了我们的耳膜，一向静默着的空气，一时嘈杂起来。同学们都集到操场上，我也混在中间，纪念周的仪式做完后，教务长走上台报告这次作文比赛的结果。呀！侥幸极了！这次竟是第二名啦！我那时已偿平日之愿，是非常快乐荣幸，但我还不能以此而满足，我希望以后以后作文要能进步。

四月三十日　星期二　晴　　我最欢喜的功课

在学校里有许多课程，什么国文啦，算术啦，动物啦……很多很多，而在这许多的功课中，我最欢喜的要算：作文、体育和动物了。在作文课时，可以充分发挥平日的意见和思想，并且在文章上，写一些忠实的议论和国难事实，以劝世人。在体育方面可以锻炼我们的体格使身体强健，动物课我们可以明了各种动物的种类、形态、习性，以及内部构造、特征和人生关系等。

五月一日　星期三　晴　　劳动节　篮球赛

这一年一度的劳动节，又在一般劳动者的眼前出现了。在民国十五年前的今天，我国工人因受到资本家的虐待，和欧美各国的劳动风潮，发起一致罢工，游行示威，提倡工作八小时，休息八小时，睡眠八小时的三八主义。就在这天，定了劳动者最光荣的劳动节。现在呢，我们睁开眼睛来看看，在国内几百万的劳动者，有没有受到平等的待遇呢，非但不能，并且工作超过八小时的很多很多，而睡眠不足八小时的也很多。资本家为了自己的利益，扣折工钱，弄得一般工作者苦不欲生。我想，要想复兴我们的中华民国，必须先着手提高劳动者的生活费。

放晚学，因为今天是礼拜三，有篮球课，所以在校中等。恰好在万般无聊中，高初中的篮球队和小学先生队比赛，我便跑去看。哨子一响，两边赛球员早已飞跑前去，起初两边各有输赢还不甚剧烈，战斗约半小时之久。第二课的上课钟"锵——锵——"的在响，我便跑去上课。下了课，天色沉沉濛濛，人家屋顶的炊烟正向上升，到小学操场，见许多小学生围住球场，叫采不停。我便和罗治一同去看，见两队还在比赛，并且还血战了一场。每个球员，都把衣服脱得赤裸裸地，面上红得像桔皮一样红，汗像雨一般地落下，他们还是不住地跑着喊着。我的心里，不免有许多的敬佩，没有看完，便回家去，因为路灯早已发亮，夜幕早已布满了大地上。

五月二日　星期四　晴　　五月的血痕　野外

五月——多难的五月，帝国主义狰狞的原形，弱小民族的呼号，全世界的劳动者为贱价血汗的不平而嘶鸣。

五月——悲惨的五月，烈士的热血，壮烈的牺牲，这一条条悲惨的血迹，永不会消灭。

五月——黑暗的五月，烈士的骨堆成山，血流成渠，这都是黑暗的五月所得的报酬。

五月——火花的五月，留给我们的只有悲哀，暗惨，和伤痕血迹，多难的五月呀！

傍晚，走过静悄悄的田野，一些的尘浊空气都没有，只有风微微的吹着和远远地传来车水声，以及树上一二只鸟的歌声以外，别的什么也听不见。田野是浸在沉静的空气中，还看见那时农夫插秧忙忙碌碌，一点也不敢偷懒。在远远地山边，有一二个牧童，骑在牛背上，谈谈笑笑，有几个，把牛放在青草地上吃草，自己去钓鱼，或者捉蝴蝶。我的心里很愉快，我想这是一幅很美的图画，不，这是一幅天然的图画。

五月三日　星期五　晴　　教育科长的话　扛沙记　五三纪念国耻

上午，教育科长到了本校训话，他说，他也是三一的校友，他是和陈校长同届的毕业生。他说了许多的往事，他说了许多勉励我们的话，他还说了三一的特长：1. 是周考，就是每周把所有的书籍通通考一遍，这样到了月考、季考，才不慌忙。他说他想将来去上海时，把这种的精神，去宣传，希望每一个学校都有我们三一的精神。2. 是头名坐第一位，二名坐第二位，这不仅能够使名次高的人荣耀，并且能使学生有竞斗心。他说这也是我们的特长，是别的学校所没有的。最后，他说希望三一能把这种好习惯永久的保守起来，永久的努力。

今天的天气很好，上童军课，教官要我们到寻珍扛沙去，因为操场的沙坑里缺少沙，所以我们两人合拿一只面盆盛沙。出发了，走到洋墓亭，许多同学早已"杭唷，杭唷"地扛来了，我想这样的一盆沙，两人扛为什么还这样的吃力呢？他们太不中用了。我们拿着空盆子，凉风吹着正觉得很爽快哩！不多一刻已到寻珍学校了，走进校门，将沙堆进面盆里去，两人就把它扛起，很轻呢，我们于是向归途上走。哪知一会儿，就觉很重起来了，越走越吃力起来，为闰①向我提议："太重了，放下休息一会吧！"我很坚决的回答他："只走这一程就休息，还是到洋墓亭休息吧。"话虽这么说，其实我自己早已累了，我们只得勉强一步步地拖着，到了洋墓亭我们就放下担子休息。因为时间已经不早了，稍稍休息一下，就继续前进，可是担子一上手，就觉得很吃力，只得一拐一跛地走。不一会，已到学校里了，衣服已经被汗湿透了，现在我们才知道"眼高手低"的道理。卸下担子，重重地吐了一口气，真是叫做如释重负一样的轻松。

今天，是五月三日，是一个国耻日。帝国主义者，在今天，在济南，大起了兽性，大屠杀人民，这便是历史所不能忘的济南惨案。

五月四日　星期六　雨　　"五四"

五四——光荣的五四，在今天，有着这么一个的学生运动。

五四——耻辱的五四，在今天，哪能许帝国的压迫我们。

五四——愤怒的五四，在今天，全国的学生都起来示威游行。

五四——永远的五四，在今天，希望我们要永久保持这种精神。

五月五日　星期日　阴　　精神讲话　还都纪念

"铛……铛"的钟声冲进了我们的耳膜，照例今天是精神讲话。校长走进了礼堂，"立正""向右看齐"口令喊完后校长开始讲话了。他说今天以四个人代表我国四

---

① 为闰，谢冕同学。

种古道德：第一是忠，忠的意思是心正于一，古时的忠是忠于君，现在是忠于国，忠于民。现在所举一个人来是什么人呢？那就是鼎鼎大名的关公。关公名羽字云长，是刘备、张飞的异姓兄弟。有一次刘备不知何往，关羽就单身匹马去寻找，因为他的目中只有刘备，只有汉，所以他虽然被曹操捉住，曹操想用金钱酒肉买动他的心，但是他的忠心不变，任你千般巴结，三日小宴五日大宴，总奈不得他何。后来他打听了兄长的下落，连夜不别而去，所以他可算是忠字的代表。第二是孝，孝就是孝顺，尧舜可以做个代表人物。尧舜的父亲是个盲人，娶一个后母，很妒嫉他几次想弄死他，可是尧舜却非常孝敬他。古书上说：老吾老以及人之老，就是这个意思。尧舜到五十岁时还思念他的父母，像这样的父母还思念他干什么呢，所以尧舜可称为孝字的代表。第三是廉，廉的意思是清清白白的辨别，做官要做一个清官，不贪污，不受意外之财，概可称为廉。廉的代表是杨震，杨震在做一个太守时为官清于水。有一天，有一个人拿了一包珠宝送给杨震，说道这点小意思请老兄收了吧！杨震听了立刻把脸子一变，不但不受他的，并且还大骂了他一场。那人又笑嘻嘻地对他说："老兄收了吧，是没人知道的。"杨震说："天知，地知，你知，我知，已有四人知了，怎么还说没人知道呢？"所以以后的人们，把一部分姓杨的，称为四知堂。第四是节，节的意思是气节，例如苏武，他是一个很有气节的人。他被匈奴捉去，在北海牧羊十三年，吃的是雪和羊乳，但是他能吃得痛苦，所以古语说："吃得苦中苦，方为人上人。"像苏武这样的人真是人上人了。校长说完恰好也下课了。

在抗战时，中央政府为了不甘受敌人的威胁，把国都迁到重庆，这是我们的耻辱，并且也是我们的光荣。为什么觉得耻辱呢？因为我们堂堂的大中华民国为什么被这小小的矮奴的威胁而步步退让呢？这点是觉得很耻辱的。又一点是我们政府的迁都重庆，是不甘做敌国的奴隶坚持抗战，奋斗了八年，在这八年当中，我们不知损失了多少的金钱，多少的生命……一直到得到最后的胜利才止。由于这一点可知我们的忍耐精神，这不仅是我们国家的光荣，而且是全世界爱好自由国家的光荣，这该是何等欣喜呀！现在侵略国家已经投降，我们已恢复了旧有的自由，全国各地都在复员中，当然，国都也要"打回老家去"了。所以政府就定今天为国民政府还都纪念，并且在今天本来也是革命纪念，所以加倍觉得有意思。在这五月中本来都是沉痛的，悲哀的纪念日，现在加添了这样一个隆重的纪念日，使这多难的五月加添了不多的异彩，这可说是一个好音呀！

五月六日　星期一　阴　　英文比赛

今天上午第三课，我校举行英文比赛，每个人都是要做默书，先生念一句，我们写一句。钟声响了，全级同学都已很整齐地坐在位上，监视英文的"马蛋"先生从外面踱了进来，照例把比赛章程说了一遍，就开始念了。默的题目是 Helning each othe 和 a lette，我只会做 a lette 不会做 Helning each othe①，因为是前月考考的，所以我都忘记了，所以我今天做得很不好，我想以后应该特别注意。

五月七日　星期二　晴　　蜘蛛的教训

屋前檐下有一只蜘蛛，它在风雨破坏中努力地做它的家——蜘蛛网，它几处被风吹断了丝，可是它并不因此而灰心，还有再接再厉地努力，努力和恶劣的环境奋斗，最后还是被它的毅力所克服。我看了便得到许多的教训，我想我们人做事，第一次不成功，第二、三、四……以至最后总有成功的可能。古话说："失败为成功之母。"又说："有志事竟成。"这两句话我们都应该是很了解的。从前英格兰和苏克兰打仗，英格兰国王屡战屡败，最后他灰心了，逃到深山中，忽然他看见了蜘蛛在结网，也是将完成时被风一吹，又吹断了，这样做了好多次，到底也被它成功了。于是英格兰国王便带领残兵，经过了几次的恶斗，英格兰是最后胜利了。

五月八日　星期三　阴　上午晴　　可怕的暴雷雨

（日记后缺页）

五月十三日　星期一　雨　　月考

光阴如流水一般的过去，自开学到现在，匆匆而二个月多，后天便要举行二月考了。月考的意思是试验各学生在一月中进步几何，和以前所教的课程，是否能够统统明了，所以这月考，便被认不可缺少的考试了。本月考从星期三考到星期六止，所以

---

①　日记原文如此。

大家都忙着温书，无暇游戏了。早上到校，将走进教室的时候，忽然听见朗朗的书声，一时充满了我的耳朵，我忙走进见有许许多同学在用功，我也翻开书来，看。

五月十四日　星期二　雨　　学生时代的错误

最近，校中发生了极可叹的耻事，这事情我本来不知道，到昨天纪念周校长说出才知道的。事实的大略是这样的：礼拜堂中本来有二十多粒电灯泡，是新装上去的，可是过了几天二十多粒的电灯泡，通通不见，都飞去了。校长还对潘主任说：恐怕是学生拿去了，潘主任还是说，应该不会做的。前天开追悼会，在初中礼堂，又装上五粒电灯，可是又不见了。真的能飞去吗？不。先生拿去吗？不。是工友拿去吗？也不。是我们学生拿去呀，唉，这是多么可耻的事呀！现在学校当局已查出是何人所拿，可是因为学校名誉有关和这个人的前途有关，所以不肯发表出来，就是给他一个自新的机会。一个人本来都是有错误的，有了错误能痛改前非，那也就是一个好人了，我希望这个人能改过自新。

五月十五日　星期三　雨　　考英文

刚走进学校，陡闻一阵铃声，传入耳鼓。哦，今天开始考试了，于是整队鱼贯走入礼堂。今天是考英文，题目一共有五题，本来我看见美文就要头痛，再加上难的题目，以致绞尽了脑汁，费尽了心血，埋头去做。但幸平日有些预备，除第三、四题没有把握确定对否外，其他侥幸还没有答错，这是十分欣幸的。

五月十六日　星期四　晴　　友爱

从门房拿到祚生①寄来的信一封，在信中，他说了许多值得感谢的话，他还问在校中各同学的学业，又问道源是否还是作组长？陈熙、镇枢②的生活怎样？以及动植物先生为谁？等等，都问得个透澈。最后他还抄了几首唐诗，有"相思恨"和"长相思"等等，都是真实的友谊的流露。我当天就回复了一封给他，并且一一地回答他。

———————————

① 祚生，谢冕同学。
② 镇枢，谢冕同学。

五月十七日　星期五　晴　　可爱的花猫

每天放学回家，第一件给我快乐而欢喜的，便是可爱的花猫。当我跨上门槛的时候，她一见我便跳跃起来，好像欢迎的意思，我便把她抱在怀中轻轻的抚摩她的毛，她便也用舌头舐着我的手，慢慢的闭上眼睛很安稳的便要睡着。当她仰卧在地上时，常常用前面两只小爪，拨弄着皮球或是其他东西的时候，往往会自惊自跳，我觉得她是充满了活泼和欢悦。有时，她会偷吃东西，被我用竹打，她便很敏捷地避入藤椅之下，睁着碧油油的两眼，"咪呜"的叫了一声，好像向我忏悔一般。

五月十八日　星期六　雨　　愉快的日子

走廊边，教室里，楼梯下，花园里，都有许多同学在那里读书，脸上都露出一种紧张的颜色，这是考试之前的光景。现在月考已是过去了，那些日，我们整天只在烦闷中打日子，现在也该准备去游玩游玩了——旅行啊！愉快的日子快来了，那时，我们将要怎样的欢喜，这样的快乐，因为我们可以趁着这月考后所有的空闲，到野外去玩一下，欣赏那像毯子一样的田野，看那初青的秧苗，美丽的花草树木，借此提醒我们的精神。

五月十九日　星期日　天晴雨　　无聊的星期日

阴云密密，细雨纷纷，这样的天气真使人扫兴。小雨飘了一上午，在家中觉得非常无聊，既没有太阳，又没有和风，地上的滑泥和檐前的滴雨使我的灵魂不安。终于冒着雨走了，走着走着，走到林森公园，公园里静悄悄没有一个人。呀！他们躲在家里干吗的，这样的天气好玩吗？于是鼓足了勇气前进，前进……

五月二十日　星期一　雨　　纪念周

进了庄重严肃的大礼堂，就开始做纪念周。我们对着总理遗像及党国旗行了三鞠躬致敬礼后，陈校长走上台来，开始报告了。第一就是最近教育厅要举行普通考试，每校都要参加，是一种比赛式的，高中第一名悬赏五千，第二五千①，一共取四

---

①　此处记录疑有误。

名。初中也是四名，第一名赏四千。第二是郭老师的奖学金，已经收二十多万，还有许多没有收来，希望大家努力劝募。下课铃已传入了各人的耳膜，于是我们徐徐地离开那尊严的礼堂。

母亲要我写一封信给新哥①，说现在家中经济恐慌，母亲病了，甫也患虐疾，要新哥即刻赶钱回家。

五月二十一日　星期二　雨　　我最喜欢的两种儿童读物

我最喜欢的两种儿童读物就是现代儿童和儿童报。现代儿童是一个月刊，每月出版一次，在里面可以看到各科常识、精神谈话、儿童创作等。儿童报是报纸化的杂志，和现代儿童差不多，内容也很丰富，是一个周刊，可惜现在已经停刊了。这两种杂志，我都喜欢它，因为它是我的严师，也是一个良友。

五月二十二日　星期三　雨　　前程

和罗治走在路上，谈谈笑笑，忽然罗治问我："谢冕，你将来欢喜做哪种人？"我说："我愿意做一个文学家，用我的笔，写出人间的不平，用我的笔，唤醒了醉生梦死的人。那么你呢？"我这样地反问着。"我啦！我将来欢喜做一个兵士，做一个机械化军队的兵士，用我的新军器，打倒破坏世界和平的倒蛋份子，用我的新武器，为世界上弱小民族挣扎奋斗。"后来他又说，你最崇拜的现代人是谁？我说，我最崇拜的人就是鲁迅先生，因为他的一生，是为人民喉舌，一直到鞠躬尽瘁才罢。他说，我最崇拜的人便是我们的主席蒋中正先生，他的才智，他的精神是值得我们赞许的，他替中华民国从火炕中救出来，奋斗八年，最后胜利，这都是他的功劳。这样的坚苦卓绝为中国四万万民众谋幸福的救星，怎不值得我的崇拜呀！

五月二十三日　星期四　阴晴　　一件残忍的事

今天，在林森公园中，我见了一件可耻，极残忍的一件事，这不是我们人所做的事，现在就把事实写在下面吧。今天有一群二年级的学生，看见林森公园中有一棵白

---

① 新哥，谢冕大哥谢址，也称址兄。

皮杨树上有一个鸟巢，到了傍晚，他们便去拆了。这是何等忍心人呀！巢中有四只小鸟，通通被他拿去，我想鸟母回来时不见了她的爱儿该是何等悲伤呀！这小鸟被人捉去，该是怎样的不自由呢？可惜我不能救它们逃出虎口。

五月二十四日　星期五　晴　　钓虾

今天天气很好，我想林森公园应该很晴和了，放晚学时，我便踱进公园里。天上的金黄色的夕阳，映着湖中的水，是怎样的美丽呀！这时，我看见有许多同学手里拿着一根竹竿儿，绕着线儿，挂着饵儿，直垂到水里去，微微的浪花，漾着钓丝，好像有鱼儿上钩似的。他们不时的举起竿儿来看，几次都是空的，可是，他们并不因此而灰心。

五月二十五日　星期六　雨　　看了"挪威双生子"后

从镇枢同学处借我一本"挪威双生子"书，里面描写在挪威国里的一个快乐的农家，有夫妇一对生了二个二双生子，男的叫做依那克，女的叫做依那沙。在书里写他们一年四季的生活，是很有趣的一本书。

写一封信给韫姐，叫她代订《现代儿童》半年。

五月二十六日　星期日　晴雨　　一天的生活

精神讲话，点过了名，教官说声"解散"，大家欢天喜地地跑去了，我便和为闰、可宁①、克清②等去公园中游玩。起初举行一千米长径比赛，我是第一名，克清跑得最慢。后来克清说："我有皮球，来做足球吧！"这提议，算是通过了，于是便开始比赛。我输了七粒，很是扫兴，大雨来了还是不顾一切地在奋斗，可惜因为大局已去，不能挽回。我们倦极了，躺在草地上，时间已是十时半了，我们还想玩。我说："这粒球，太小了。我家中，有一粒更大的排球，可惜没有胆。"大家都说可以，如是我跑回家拿了。来到学校中，一时兴高采烈，又向着公园进发，可恨，事实来得太巧了，碰着祖祢③，说着要踢，我们因为见他强，一时允许了他。后来，克清不知怎的，和他有

---

①　可宁，谢冕同学。

②　克清，谢冕同学。

③　祖祢，谢冕同学。

些不和起来，差一点打了起来。如是这半天，就这样地过去了，害得我们尽兴而散。吃完午饭，觉得倦极，躺在床上，昏昏沉沉，睡得个痛快。醒来钟已打了四下，写了日记，一天就这样完了吗？唉！

五月二十七日　星期一　雨　　集邮

前几天玩七巧板的风气极盛一时，但，不过几天便平淡下去了，近日又提倡集邮，很是有趣，红红绿绿五花十色，多么美丽呀！在邮票里可以看见各国的主要人物和名胜古迹，是有历史性的记载，所以集邮实在是一种正当的娱乐。

五月二十八日　星期二　晴雨　　苦雨

近日大雨，江河水涨，弄成水灾，米价跟着水涨，每担竟达五万元左右。昨天报上说：仓前桥有人投江，其原因是没有饭吃。作文课出的题目是"大雨之夜"，今天林先生在班里作了一首五言诗，题为苦雨，现在把它抄如下："春初才苦旱，今日又苦雨，旱时禾苗枯，雨多江涨水，雨旱两失时，米价贵如此。"由此可知雨的为害了。

五月二十九日　星期三　阴　　怪事

今天接吴永埻①自英华寄来的一封信，不，不是一封信，他信中这样的写着"幸福之言"，有"如果中断这信话，就遭恶报"之语，并有"请你抄写九封给你的九位朋友"等，这不是一件奇怪的事吗。

五月三十日　星期四　雨晴　　一场剧烈的辩论

今天放学时举行自治会，全体会员大会，是讨论欢送毕业同学的事。行礼如仪后，由自治会主席报告开会目的，游艺股又报告关于演剧问题。会议结果，一人有一人的意见，议论纷纷，不能一致，争论了二小时之久结果还不能彻底解决，便散会。

放学回家，和柱、灯、琛、廉、林②等同学同去李师家，讨论关于母校的恳亲会的参加节目，结果举我演讲，我心里很害怕，其余几位都有担任各种的活动。又有银

---

① 吴永埻，谢冕同学。
② 柱、灯、琛、廉、林，均为谢冕同学。

盾，赠给学校，预定每人先出五百元，长短以后再算。

五月三十一日　星期五　晴　　大水

照常经过了这上学必经之路，啊！奇怪呵，为什么今天的田里变成一个大海，路不能行走呢？我们走到林森公园，啊，真是好看啊！一片汪洋，我想就是海也不过如此吧。有许多农夫，他们还是不敢懒惰，不管水怎样大，他们还是低头苦干，他们的样子，都狼狈不堪啊！有许多同学在水中游玩，我看他们的面容和农夫们恰成一个反比例，我们这大水的时期，真是好玩啊！

六月一日　星期六　晴　　我的演讲词

今天母校举行恳亲会及游艺会，有许多的节目，大家推举我为校友会代表，我在许多的掌声中，战战兢兢地走上了讲台。我的讲词是："科长，赖校长，诸位敬爱的师长，全体同学：今天好像是在梦中憧憬，一群离家的孩子，有一天居然躺卧在他母亲的怀抱里。我们离开了母校，弹指已过了两个夏天，那一个时候为了时局的关系，继着家乡的沦陷，不但匆促地别了母校，而且也万分仓惶地别了家乡。今天家乡重光了，日德意，倒下了，我们又是一群地回到母校来，而且面临着胜利的今天，难道我们不更感到兴奋，不更感到愉快吗?！今天我们得以重新站在许多师友面前，我们深深地应向母校全体师长敬一个校礼！一个从他自己家里出来的人，无论如何，总有一个时候会想念到他自己的家，因为他究竟是从他自己的家里走出来的，也应该走向那里去，这似乎是一种定则。我们虽然明白今天站在我们面前的师长，都是陌生的，但是，看到我们的家，还是我们曾经躺卧过的老旧的一个摇篮，我们并不感到生疏，因为我们之间正有一个共同的标记，永远地联系我们，使我们忘不了，我们的母校！今天看到许多新的师长，为母校继续苦心经营的师长，我们如同湿雾心情蒙受阳光的访问！末了，我们谨以小小的礼物，献给母校，这些区区的意思，代表我们一群离家的孩子——第一届毕业全体学生——想念母校的心。完毕。"说罢献了银盾，在大家的掌声中走下台来。接着便举行游艺会，我们也有参加几个节日，到了五时左右才散会。

六月二日　星期日　阴雨　　书的散章

室中没有书籍，犹如人身剥去了精神。——西散洛

书籍堆积着，不常去翻阅，就等于木片一样。——英谚

一个作家给世人的影响，有时不亚于一个大将或政治家的力量。一本书有时正和一个战役一般重要。——狄斯雷利

一本书，往往内中有许多错误，但不失为是一本极有风趣的书；一本书，有时全部寻不出一个谬点，但终究是一本沉闷无谓的书。——葛德史密斯

必须是要有好的读者，然后才能有好的书——爱默逊

书籍有如一座袖珍的花园。——哥林斯

六月三日　星期一　雨　　吸烟

翻开日历一看，今天又是一个纪念日，不是国庆也不是国耻，正是林则徐在广州消灭鸦片的禁烟纪念。我想吸烟有许多害处：1. 伤脑筋，2. 费金钱，3. 丧精神。他们为什么要吸这伤脑筋的烟呢？

六月四日　星期二　晴　　端午节

一年一度的端午节，一眨眼间又到了。早上，一骨碌地爬了起来，揉了眼屎，呀，今天是过节呀！应该换新衣服，如是穿了皮鞋，衣服，吃了三只粽子，就算是一餐早饭了。三跑二跳走到学校，也没有什么现象，到了第二课，宋先生说：下午可以特准自由请假。我巴不得下课，怀着满腔热望，下午可以去看龙舟了。可巧，走到半路，碰着国柱的姐，硬要我到他家中过节，我被闹不过，只得在他家里吃了半点钟的菜。走到家里恰好也已煮好，胡乱地用了些，到楼上写了一张告假条。又到学校，同学们寥寥无几，第一课点了名，下课和三个同学一同去龙潭角，看龙舟竞渡去。原来今天不是在那里赛，所以没有一个人，走到仓前桥头，呀，真是人山人海，挤得水泄不通，只好尽兴而回了。回到学校，刚好是下第二课，英文先生也没有来（应该也是看龙舟去了），于是玩了一课。放学钟响了，我们挟着书包回来。

为什么会有龙舟和粽呢？据说楚时有一个忠臣名叫屈原，为官极清白，善直谏，后来因为犯了楚王的怒，把他免了，他便投江自杀。许多的老百姓听见了，便做了长而细的船去追，又因为恐怕被蛟龙擒去了，所以又用锣鼓在船上打。后来因为时间过得太久了，便找不到屈原，百姓们又用竹叶包着米，上端系一条线到坠到海里给

屈原吃，这就是龙舟和粽的来历。

六月五日　星期三　晴　　夏来了

火球一般的太阳，照耀在无边的大地上，一阵阵的和气，吹动了柳树，远远的山边有着二三个牧牛的孩子和弯着背的农夫。池边的草，长的有一尺左右这么高，青青的颜色看来好像青色的小山，高大的树木，都生出茂盛的叶子。许多的蝴蝶、蜜蜂也忙得飞来飞去，嗡嗡地叫着不停，好像在说：工作是幸福，忙碌是快乐。

六月六日　星期四　晴　　读书问题

为了闲谈，我和景煜君①曾谈到读书问题，起初我问他读书该在何时读？他说，根据他自己的经验，最好是在将要上床前看一遍，到了第二天清早，把它清理，这样到了临考才不手慌脚乱，而且能养成今日事今日毕的习惯。以后又说了各科应备的条件。

六月七日　星期五　晴　　孵小鸡

一月前，母亲拿了六粒鸡蛋，放在母鸡的下面，今天早上，听见略略的声音，原来是一只一只的小鸡。母鸡教它们啄东西，喝水，只是略略的叫着，跳着，我看是很快乐的。这六只小鸡，有葱黄的，有黑的，黄的全身的羽毛好像绒团，一双黑眼好像墨晶，它的叫声，比山泉的声还要清脆。

六月八日　星期六　晴雨　　洗澡

吃罢晚饭，身体觉得非常不舒服，因为天气非常闷湿，汗流太多的缘故。母亲说：洗个澡吧！如是我便洗了一个澡，果然，洗了以后，精神突然好了起来，的确洗澡有许多好处，①精神饱满，②身体健康，③养成习惯，在这炎热的夏天我们应该常常洗澡才行。

六月九日　星期日　阴　　罪恶的福州（进城记）

布店里，剪刀声，女人声，钞票声，"大减价"、"大拍卖"的招牌骄傲地在空中飘

---

①　景煜，谢冕同学。

41

然着，"这块布多少钱？""一万八千元不讲价。"走到聚春园或者……里面停着汽车、人力车，车夫坐在车里打瞌睡。吹拳和行令的声音，不时会随着酒肉的香味，扑到鼻里，真的要垂涎三尺了。南华，三山，文艺，"坐位无多，诸君请早"，并且在门口挂上"客满"，此外贤南商场，华侨澡堂，皇宫……很多很多，一时也说不完。反面来看一看，大桥头上无家可归的儿童，投人的，饿死的，浙江、两湖的灾民，触目皆是，惨不可言，令人不忍一睹。呜呼！罪恶之福州。

六月十日　星期一　晴　　时事测验

今天上午周考课，拿来做时事比赛（测验），凡是当选的，学期考试史地成绩加一等，如是大家都抱着重大的希望，期待。试卷共分五十题，有是非选择、填充三种。

六月十一日　星期二　晴雨　　小事

今天的命运非常不好，上美术课因为下象棋品行被扣了二分，懊悔不及。奈何，奈何。回家又和父亲吵了一阵，挨了一顿骂，真的气死吾也！

六月十二日　星期三　晴　　理发记

头发长得黑蓬蓬的，几乎把全部面子遮了三分之一，怪难看的，近不得人家面前的，多么不便当呀！如是乎，巴不得放学连球也不打，连忙到庙前，小得像猪槽一样的理发店里去，理一次发。因为一个多月没有理发了，不到半点钟，已经修清楚了，问一下价格，"小孩一百五十元"，害得我把心肝都疼掉了，因为我想不到，这样半小时的时间，能赚了这么多的钱。金钱实在太不值得了。

六月十四日　星期五　晴　　杂记

今天小学（三一）举行恳亲会，包括展览会、运动会和游艺会，节目很多。许多小学生都是活泼泼地，非常愉快，如是我便也回忆起在小学时的生活。傍晚回家，和甫、志端①等行象棋，因为身体觉得不舒服，借此消遣消遣！

---

①　志端，谢冕同学。

六月十五日　星期六　晴　　月蚀

昨天晚上有月蚀，可惜我没有看见。那时锣鼓齐响，据说是"求月"，我觉得这种迷信举动，实在有点好笑。到底为什么会有月蚀呢？因为地球在轨道上行走，一时和月球成一直线，太阳的光不能照到月球上面，而月球却黑暗了，如是，便成了月蚀。

六月十六日　星期日　晴雨　　校训

我们的校训是"博爱，服务，牺牲"，先生说：博爱不是溺爱，服务不是傻瓜，牺牲也不是"二百五"。今天是本校一个特别纪念日，小学的世和先生，讲德育班的演讲题目是此三个。他说得很好，很动听，大家都鼓掌起来。

六月十七日　星期一　晴雨　　壮士归来

青年远征军第一批今日已经到达福州，分配各学校居住。我们学校，也分配二中队，住在小学部。小学全体放假十天，我们照常上课，下午在做作文，同学都说青年军来了，大家都跑去看。我们都欢呼起来："欢迎青年军胜利归来"，他们也笑着，唱起歌来，我不禁暗暗的钦佩他们。

民三五级毕业班今晚为留别师友演出"沉渊"，不幸晚上下雨，不知有否举行。

六月十八日　星期二　阴雨　　失望

本来打算今晚去看剧，可是天君不作美，下了一场大雨，真是扫兴。

英文课和先生交涉，季考英文不能考得那么多，然而先生并没有答应。全班和他几乎打了起来。

六月十九日　星期三　雨　　受罚

倒霉极了，放学时到教室里拿书包，打算回家去，谁料，同学们太恶作剧了，拿了书包，故意把桌子的盖狠狠地打了几下，接着嘣嘣嘣嘣，大响起来。四个眼的潘主任，立刻跑了进来，陈熙站得最先，打了几个耳光，之后，把我们关在教室里。唉！我们没有啊！……

六月二十日　星期四　晴　　玩笑要不得

昨晚，本校学生自治会为欢送本届毕业同学，放映有声电影"文素臣"，我因为母亲病了，家中没有人料理所以就不去。

下午，第二课，先生没有来，庆瑞①和仰圣在开玩笑，后来不知为何，两人互相不和起来。庆瑞用铜尺向仰圣掷去，恰好丢到仰圣胸部，只见仰圣"唉呀！"一声，身上已经受了伤，哭了起来。玩笑真是要不得呀！前几天不是慰人②和林璧③打伤了，只一槌，医费五千元。唉！五千元一槌，真是玩不得呀！

六月二十一日　星期五　晴　　中国的前途

为了谈国家大事，我们说到了中国的前途是怎样。志仁④说：中国现在需要工业，因为许多的矿业没有开采，许多的建国事业需要工厂，许多的地方没有铁道……许多，许多都非工业不能完成，所以工业的振兴实成是不容否认的呀！我说：中国现在需要科学，这次的世界大战，人家都说是科学战争，我们中国可是科学最落后的国家了。人家会造原子弹、航空堡垒……可是我们连飞机还做不清楚，还谈到什么呢？于是大家互相议论起来，有的说，农业需要改良，……

六月二十二日　星期六　晴雨　　病

振兄病在马尾，址兄病在城内。昨晚址兄回家，脸容又黑又枯焦。下午振兄回来，身体瘦得像骷髅。唉，病魔多可恶呀！

六月二十三日　星期日　风　细雨　　搭车记

母亲要我去韫姐处，因为现在家中已经没有钱，只得到韫姐处借些用。回家时，走到南门儿去搭汽车，当一辆公共汽车出现于我们的视线内，立刻使这散漫的一群紧张起来。大家握着票子，预备冲锋似的，搭客们还没有完全下车，这许多"候补

---

① 庆瑞，谢冕同学。
② 慰人，谢冕同学。
③ 林璧，谢冕同学。
④ 志仁，谢冕同学。

的”早已拥上去了。在这儿见不到“礼让”的影子，可是，"奋勇争先"的精神却表现得无遗。因为人太多的缘故，热气快把我们蒸熟了，汗臭更使人恶心，我的身子被人压得极不自已，头又痛。不只是我如此，许多人都有同样的感觉，真所谓"怨声满车"了。颠簸的车子，每过一站，总引起一阵骚动。好容易下了车，松一口气。唉，下次绝对不再搭这囚车了。

六月二十四日　星期一　大风　细雨飘飘　　积水

昨夜下了一个整夜的雨，夹着暴风，许多的树木被吹倒。去学校从陶园走（那边也有水），原来水积成江，许许多多的卖菜人、学生等都赤着足走过，我便也脱了鞋走过。水有尺来深，我们在水里走过，觉得很快乐。

六月二十五日　星期二　阴　　"一双鞋子"

花了几天工夫，积了四百元钱，今天买了一本"一双鞋子"，是王西彦著的。里面包含八个短篇，都是抗战时在民间发生的故事。

六月二十六日　星期三　晴　　家庭状况

振兄病在家中，家中又没有钱，址兄又不负责任，怎么办法呀！前天到仲年处借的一万元钱，现在又完了，怎么办。因为这个问题，父亲母亲不知吵了多少处，母亲哭，哭有什么用呢！唉，再这样下去，真是束手待毙了。

六月二十七日　星期四　晴　　考

考。又是考，生死关头的考。头读痛了，眼读眩了，先生只出了二题。唉！我们读得死去活来，只考二题，先生玩弄我们吗？

六月二十八日　星期五　晴　　无事

整天里，埋着头，拿着书，除此之外觉得没有什么事要做了。

六月二十九日　星期六　晴　　荣誉

今天下午，本来是考童子军，后来，因为毕业班要举行毕业典礼，所以童军便换下礼拜二下午考。下午五时，开会了，炮响了，教务和训育两主任都穿着学士服，带着学士帽，领导全体毕业同学，走进这庄严伟大的场所。仪式都完了，教务长发给奖状，高中的是陈天枢同学，后来训育主任又发给荣誉奖章，校长亲身与他搭上，这个又是天枢，大家都鼓起掌来，我想这真是荣幸极了。

六月三十日　星期日　晴　　分数的马牛

是一个星期日，许多的同学都去看分数。"唉！我只六十分"，"哈哈痛快"，这两种声音，都在耳膜里。他们为什么要为分数打算盘呢？为什么不脚踏实地的干呢？

（整理者单位：四川大学文学与新闻学院）

🦋 名家书信

《大文学评论》自第七辑起特辟名家书信专栏，拟刊中国现当代著名作家、学人之重要书信，本期首发胡思永致汪原放信函三十一通。新诗人胡思永（1903—1923，安徽绩溪人）是胡适的侄儿，胡适追称其为"新诗中胡适之的嫡派"。在胡适的印象里，胡思永"长于写信，写的信都很用力气"，并希望"将来这些信稿收集之后，也许有付印的机会"。值胡思永逝世百年之际，《大文学评论》完成胡适遗愿，刊示这些信件以飨读者。书信为保持原貌，除明显笔误外，文字用语遵照原稿。

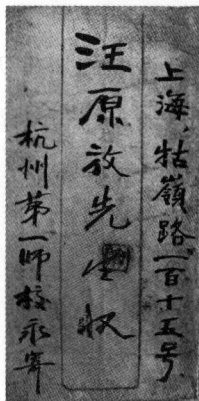

胡思永致汪原放书信三十一通

胡维平　整理

致汪原放明信片（编号一）

原放：

信收到多日了，但是书还没有寄来，不晓得是什么缘故？寄书来时可开一单子给我，价值若干，邮票若干，请均开上。因为我是代人购书，不得不如此，——或在你们店里也有这个规矩罢。

书请快寄来，我的同学已催问过我好几次了。

《向导报》，我没看见过。你有吗？

我到如今还不晓得你洛大哥①是否已到了京，真有点气闷。你们的三脚班，现在可曾□□②。

过两天或几天，我当写一信给你，并抄几首诗给你批评。

因为下星期要考试，并且还要交植物图与地图，故现在只好潦草的写这信给你。

永。十月十三晚③。

致汪原放快信（编号二）

原放：

你骗得我好！你骗得我真好！

我没有钱了，（本想今天来沪，因无钱，故不能来。）我被困在杭州了，请你在钱上替我想法。拜托，拜托，要紧要紧。

快々々々々回信！！！

思永。

四月三日④早七时书

致乃刚、原放信（编号三）

乃刚⑤、原放：

你们竟打定主意，无论如何决不写信给我吗？即使不是朋友，是一个不相识的人，这样连一连二的写信给你们，（原放更是可恶），你们也该要随便的复他几句呀！

我于去年十二月廿一⑥由南京到芜⑦，在芜住了两夜。廿三由芜雇轿回家，在路上走了四天，廿六夜晚饭后赶到家。在路上遇了落雨落雪的天气，又是独自一个人，真

---

① 洛大哥，即汪原放的表兄章洛声。
② 此处原字不清，用□代替。下同。
③ 明信片邮戳的时间为 1922 年 10 月 14 日。
④ 此信邮戳时间为 1921 年 4 月 5 日。
⑤ 乃刚，即汪乃刚，汪原放胞兄。
⑥ 此系指农历，下同。
⑦ 即安徽芜湖，下同。

是寂寞得不堪言状！

我到家总算是有已有半个月了，可是这半个月中，对于在京时预备回家要做的事，一件也不曾做过；在家一研究家庭，真要使我短十岁的年纪！我是一个很能出计画的人，但对于自己所做之计画，十之八九都是不能实现，连我自己也不知其故。我的希望并不大，所作之计画更是不大，但我总遇不到一件能使我满意的事。人力不到吗？命运注定吗？我不能自知。

在这种悲戚的生活的里面，却也还有一件能使我欢喜的事，就是这个年假中有许多老朋友都回了家。杭州的三位朋友，最能使我快乐，因为我们聚在一块儿，不是说笑，便是打架。

我们现在决定，十四十五十六三日，在我家中开同乐会，集合起许多朋友，大家大大的乐一下。我们还想演新剧，但这件事恐怕十之八九是做不到。

我大概是正月廿后由家起身返京。我现在预定的路程是在杭游一星期，在上海游三日，在南京游两日，然后再回北京。如有信给我请写杭州□□□□□□弄五号王子元君转，以预我到杭时大看一气。

永。正月十二夜①。

致汪原放信（编号四）

小汪老板：

两日前收到你六月廿一日的信，今天又收到你四、五两日的《觉悟》和一本《大江集》，谢谢你。

你来京住了两个多礼拜，我每天必要和你打几次，我以为你一定要被我打怕了，谁知你这信居然还有"再不知何日才可以同你们打架了"的话，这实是有点出我意料之外。你既然不怕打，今年暑假里，我和我聪哥大概都要到上海，那时我们再又大打而特打，你看何如呢？

近来不曾做得有诗，但却可以抄一两首你见过而未看完的诗给你看看：

---

① 此信写于民国十一年正月十二。

颐和园道中

远望去都是青山。

天和青山啣接着，

白云飘在天空里。

呵！这似乎是我家乡中的景致，

我已有三年没有回家了！

四面都是田畴，

青青的不知种的是什么，

田中还有许多的土墩儿。

呵！这似乎是我家乡中的景致！

我已有三年没有回家了！

小溪里的水汩汩的流着，

树上的小鸟喃喃的歌着，

牛和羊也时常散见于道旁的草原里。

呵！这似乎是我家乡中的景致，

我已有三年没有回家了！

坝上有许多大树，

田边时常显出茅屋，

田里还有许多作工的人们。

呵！这似乎是我家乡中的景致，

我已有三年没有回家了！

妇人们在茅屋前工作，

男人们在溪边担水，

小孩们在溪头游戏。

呵！这似乎是我家乡中的景致，

我已有三年没有回家了！

戏代聪哥题照片

太阳晒得我热极了，

毛厕里的臭气熏得我好醉。

我独自皱眉站在石榴树下，

可惜石榴树太小了不能遮住我。

诗是抄了，但我的诗却不是白给人看的，至少你得给我一个老实的批评作代价。

《大江集》曾大略看了一遍，差一点要叫我作三日呕。那种和谢楚桢相等的诗，亏他厚起脸皮来自称是"新诗的正宗"！更亏他在书面上标明是"模范的白话诗"！

六月十九日曾写了一信给你，不知你已收到了没有？我老实同你说，我有一信给你，你就得有一信回我；如若不然呢，我也只好拆烂污，无论你是怎样要紧的信我，只给你一个不回复。（你写好信封，贴好邮票，也是不行。）

《广陵潮》我是非看不可的，请你到你的朋友那里去拿来寄给我。

你的大作请寄几首来

再谈！

永

十，六，廿七。

致汪原放信（编号五）

原放：

前天托茂旦带一信给你，不知可曾交到？

请你设法替我借一笔钱（五元之上，十元之下），封在快信内寄到清华旅馆十九号。钱到之日，即我动身来沪之日。这不是笑话，请不要当作笑话看！

这次重游杭州，不及前次快乐，颇有"多此一行"之叹。但我不懊悔，懊悔无用。

余话面谈，祝你安好！

你大叔好！

思永。四月五号。

昌之哥①的名片，早收到了。

又及

钱，请你无论如何在明天上午寄出！

又及②

致汪原放信（编号六）

原放再看：

我决定搭后天（四月七号）上午九点钟的慢车来沪，请你在明天之内设法把钱寄来给我！要紧！要紧！

永。四月五日③。

致汪原放信（编号七）

原放：

你真是忍心呵！我写了几次信给你，你竟不肯回我一信吗？你忙吗？或者是有懊恼的事吗？否，否。你这个粪人，你要小心点，不久我就要到上海来了，那时你当有一顿手杖吃。

我去年十二月廿六夜到家，今年正月廿四由家起身返京。我这次回家，头尾住了不到一个月。在这不到一个月的光阴里面，说快乐呢，快乐得同天上的神仙一样，说苦恼呢，便苦恼的似地狱中的小鬼。看看我的家庭，又看看我未来的希望，真要使我老了十岁年纪！

---

① 即余昌之，系当时亚东书店员工，婺源人。
② 此信邮戳为 1922 年 4 月 6 日。
③ 此信信封注明为快信，寄自杭州清华旅馆十九号。

我这次回京是走杭州的路线，我写这信的时候已是在杭州最阔的旅馆（清华旅馆）里面了。我现在的预算是想在杭州游一星期，在上海游四日，在南京游两日，然后再回北京。由家至杭州的盘费，已由我在家筹备了；由杭到京的盘费，可是还无着落。我在家未动身的时候，曾写了一信给我四叔①，叫他在你那里拨一笔钱给我做盘费。假使我四叔有信给你，叫你拨钱给我，那么请你将所拨的钱汇到杭州第一师范学校胡冠英②君转给我。拜托，拜托，要紧，要紧，要紧。（汇一半到杭州，留一半让我到上海再取，也是一个办法。）

回信可寄到杭州第一师范胡冠英转交，请快点回一信罢。

思永。阴历二月二夜。

致汪原放信（编号八）

原放：

我日前收到由亚东寄来的两包书，未拆开时使我很奇怪：一部《儒林》，两部《文存》，一本《尝试集》，何以会包出这样大的两包。等到都拆开一看，才晓除了购的之外，还有送我的一部《儒林》，一部《独秀文存》，一本《尝试集》，还有日历和书签。而且托买的自来水笔，也替我买好寄来了。

托你的事既代我办得那样好，又送了我许多书，我没得说别的，我且寄你一个照片，算是代表我来亲自道谢。

照片照得不太好，但是精神还有一点。这是在我将病时照的，现在却病得不成模样了。

自来水笔很好，所可惜的就是笔尖太长大一点。好在还很硬，所以还可写。（我写字笔尖是偏直的，所以非硬不行）

笔的价钱是多少，请告我。两部《文存》，一部《儒林》，一本《试尝集》的钱是

---

① 四叔，即胡适。

② 胡冠英（1902—1961），又名胡昭万，绩溪宅坦村人，曾与汪静之、冯雪峰、程仰之等一起创办杭州最早的文学社团晨光社，时为曹诚英的丈夫。1922 年夏又与湖畔社诸同仁和胡思永、台静农、章衣萍、章铁民等十八人倡办文学社团明天社。

多少，也请告我，因为这是代别人买的，我还要报账。

我的腰痛还不曾全好，真把我苦了。我一生曾病过无数次的病，其病得有出气没进气，但都没有这病这样苦。因为那是昏迷，现在病精神却还是如旧，就是痛得很，恕我病不能多写，你的信和诗等日再回复。

永。十一月卅日。

致汪原放信（编号九）

原放：

得你汇款之后，曾有一信答复，想你总已收到了。

我的运气是十分的倒霉，在杭州快乐的过了几天，不料乐得太过，这个几天倒病了。今天还好，前两天很有点受不住。所以要病的缘因大概总不外是辛苦，和受了风寒。（在徽河船上七八日，最后几夜，竟是一毫不曾睡过；在杭州又是每夜到三四点钟才睡。）医生劝我多休息几天，静养，静养，所以我在这几天内，大概是不能来上海了。

你汇来的那叁拾元，又快用完了，可否请你再代汇拾元来？我明天要搬到第一师范里去住了，阔的清华旅馆我有点住不起。我四叔有信给我吗？我的朋友有信寄在你那里等我吗？请打总寄到杭一师校来。回信！快回信，越快越好！快！快！

永。三月十四夜十二时书。

拾元钱可封在快信里寄来。又及。

致汪原放明信片（编号十）

原放：

邮费是贵了，光阴是短了，写信和看信，两者都不合算。但是为了不得已的事，写一个明信片如我这个，我想你总可原谅一点的。

买自来水笔这实在比吃饭还要紧，请你用打拳的劲子替我办一办。

连着片算在内，我前后已给了你两信两片了，但是你并不曾复我只字。假使你觉得天地间有这个道理，那么我以后将不再写信。

永。十一月十八日。

致汪原放信（编号十一）

原放：

快信和拾元都收到了。

我真倒霉！旧病才好，新病又添！昨天从第一师校搬到城站旅馆（与沪杭车站相连），预备今天动身来沪，哪知忽然腰痛，竟痛得不能弯腰洗面。今早竟痛得不能起床。后来女师里的朋友来了，只得勉强起来。

腰痛如今天下午能稍松，那么我就搭明天下午一点廿分的快车来沪（七点十分到上海北站）；如腰痛不能稍松，那么就搭后天下午一点廿分的快车。

我在京未动身的时候，我四叔曾允许我出来时游杭游沪，现在他又写信给你，叫你汇叁拾元给我，免得我搁浅在杭州，这未免有点岂有此理！

永。三月十九日。

致汪原放信（编号十二）

原放兄：

你在西湖聚英旅社发给我的信，我已于八月十七日收到了。本想早点写信给你，但一来因为津浦路不通，二来因为近来穷得很，没有邮票寄信（我四叔在京时，我都是用他的邮票），不得已迟至今日才回复，望你原谅。

你在家乡中的时候，我曾有两次信给你，都是由你洛声哥转交，不知你都收到了没有？《广陵潮》第七、第八两册，你有没有呢？如果你有现成的，那么请你再寄来给我看看，如果没有也不要紧的。（千万不要因为我要看而故意去买）

《胡适文存》和《西游记》，不知已付印了没有？几时可以出版呢？

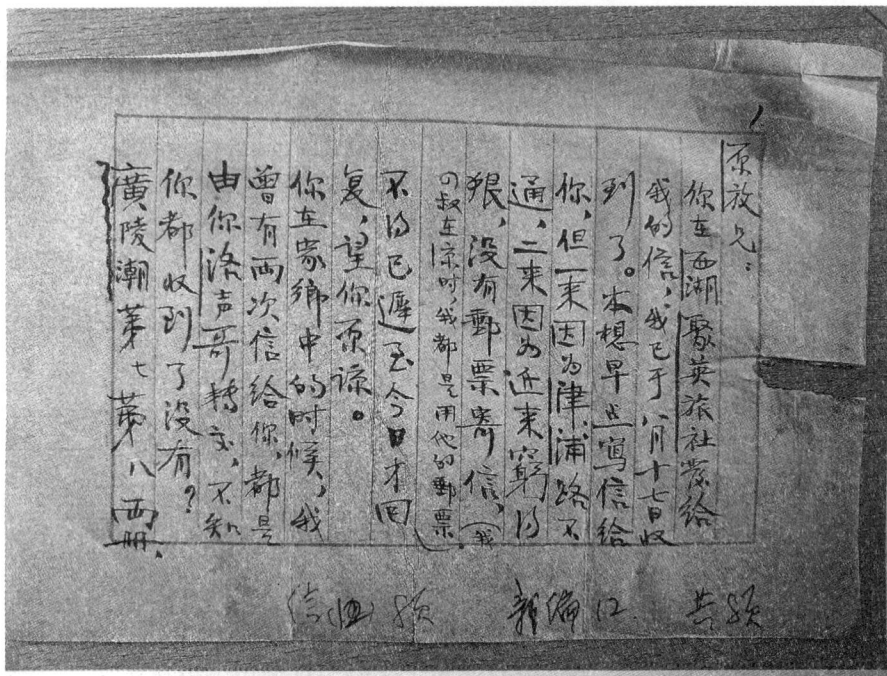

《恨海》《二十年目睹之怪现状》等书，究竟可不可翻印呢？你前曾说等我四叔到上海再决定，现在我四叔已到上海多时了，总该可以决定了。我以前曾主张名词、形容词之间用一小扁点，我四叔反对之于前，你附和之于后，以致未曾实行。在初实行的时候，诚然是有点困难、麻烦，但若不实行，有些句子又不容易明白。好几日之前，我友程君①给洪熙②一信，信中有两句话说："杭州同志还有冠英、佩声、静之、子元、广平③们到时，共有六人了。"（依原信的圈点）如果你不懂得在杭州一般朋友的情形，你一定很难懂得哪几位是已在杭州的同志，哪几位是同志而未到杭州。又如果程君写信的时候，于名词之间加入一小扁点，于已在杭州诸同志的名字之下用一Comma，我想，无论是谁大概都可一看就明白了。因此，所以我现在又要提出名词、形容词之间加一小扁点的问题。假使加入小匾点于排印上有困难，那么这个问题只有作为罢论；如果不然呢，似乎可以尝试一下。（因近来不看小说，故上面一例是从信札里引的）

---

①　程君，即程仰之，绩溪籍知名教授。

②　洪熙，即章洪熙、章衣萍，绩溪籍的知名作家。

③　这里提到的杭州的诸位同志，多为杭州的文学团体晨光社的成员。冠英即胡冠英；佩声即曹佩声，又名曹诚英，因其名字与丈夫胡冠英"犯冲"，后多叫曹佩声；静之即诗人汪静之。

选"新诗选"的事，现在已由我一人独选了。不过材料问题太困难，所以选了一点又停顿了。

九月初二写到这里，忽然觉得头晕，我恐怕要发痧，马上停笔，吃药，不写了。吃过药之后，还不见好，头还是有点晕，没奈何熬到吃过午饭，便上床睡了。哪知睡了未久，便大发寒热。到了吃晚饭的时候，竟是头痛欲裂，抱头而呼号，痛尚不能稍减。这一次的头痛，要算我有生以来所遇头痛中的大指头了。近个两日，病虽是好了，但精神却是非常的坏，一天到晚，一点都不起劲，只是昏昏欲睡。越是不幸的人偏越是多病，这个一个多月以来，我竟不曾好好的过过一个礼拜，总是两日一病，三日一病。我的脾胃一向是非常之好的，但这个一个多月以来，泻肚与肚痛，每样都病过几次；我向来是不大发痧的，但这一个多月以来，我所吃的痧药，已超过一百五十粒了！人和人欺我这个不幸者，也还罢了，连病魔都来欺我这个不幸者，真是倒霉！

在未病之先，觉得还有几句正经话要和你说，但是既病之后，却忘记得干干净净，一点都想不起来了。

你的洛声哥自回家之后，只给了我一次信，（是报告□家的），以后就没有信给我了。我曾有三卷报纸，两次信，一次明片寄给他，可是到如今还不见他有只字的回复，也不知是为了什么缘故。你可知道他的近况吗？

你的那件大事，为什么到如今还不告诉我呢？

永。十，九，十一①。

致汪原放信（编号十三）

胡思永诗稿七首

寄上一片花瓣

寄上一片花瓣，

我把我的心儿附在上面寄给你了。

———————————

① 此信写于民国十年九月十一日，即 1921 年 9 月 11 日。

你见了花瓣便如见我心，

你有自由可以裂碎他，

你有自由可以弃掉它，

你也有自由可以珍藏它，

你愿意怎样你就怎样罢。

寄上一片花瓣，

我把我的心儿附在上面寄给你了。

八月十五日作。

祷告

我用我满腔的怨愤，

强设那空中有那万能的上帝，

每当我闲暇无事的时候，

我常虔诚的向他祷告着。

我的眼不看便罢了，

凡我的眼所看见的

都是那沉脸和冷笑，

主呀！请瞎了我的双眼罢！

我的耳不听便罢了，

凡我的耳所听见的，

都是那讥讽和恶骂，

主呀！请聋了我的两耳罢！

我闭门深居简出了，

但风又时从窗外吹来，

带来恶臭和血腥，

主呀！请塞了我的鼻子罢！

虽残废了我的眼耳鼻子，

但我心还感觉到迷离惶乱，

还感觉到孤愤与悲哀，

主呀！请把我的心也闭了罢！

倘如以上的要求都不能做到呢，

万能的上帝！

那么请给我以伟大的权力，

让我把这世界打得粉碎！

十一，八，二十。

我友

在那大雾的早晨里，

我和我友走过那花园，

我见了那苍翠的竹枝，

我匆匆的走上前去。

我友说："小心点，露华正重了哩！"

我偶一徘徊，

露珠滴湿了我的衣裳了。

我放开手中的竹枝，

又惊动了那高歌的黄雀了。

我友说："走罢，别再留恋了！"

当我回转头的时候，

那屋旁的小狗又吠了。

我微微的笑了一笑，

随即走开了。

九月十五日。

刹那

这是最后的刹那了！

这是最后的接吻了！

真实长久的快乐我们已无望，

永久的悲哀也愿意呵！

我伏在你的怀里哭泣了，

你低声的安慰我，

又低声的感叹着，

你说："你前生怎的欠我这许多眼泪呢？"

我勉强的直起身来，

勉强的揩去我的眼泪，

你说："你嫌我吗？"

我的眼泪又来了。

我伏在你的耳边告诉你，

我是永远爱你的。

但你说："我不愿意你这样，

这样你便自误了。"

我含泪的吻着你，

我允你我自后要努力。

我们互劝着别伤心，

于是面上暂时开怀了。

这是最后的刹那了！

这是最后的接吻了！

真实长久的快乐我们已无望，

永久的悲哀也愿意呵！

十一，九，廿二，天津。

爱神

我想象着要见爱神，

爱神果然姗姗的来了。

她问着我说：

"少年，你要见我做什么呢？

你须知道，见我的人都应先把他的心裂碎，你肯裂碎你的心吗？"

我急的说道，

"神，我难道不可受特殊的待遇吗？"

她说："这是不能的。你见了我了，你的心要碎了。"

九月廿六日。

晚饭后散步归来作此

他们都成群结队的谈着走着，

我却是孤独的走在那路旁边，

负着手儿低着头的想着：

我厌恶人类，

我也厌恶自身了，

心中所感受的，

只是无人能领会，

我怎不痛苦而凄悲哩！

九月廿六晚。

小诗

成群的蝴蝶在我面前飞过，

我幽想而遐思了，

美丽的可爱的我的江南！

九月廿七日。

致汪原放明信片（编号十四）

原放兄：

九月十一日曾发了一信给你，想来总该收到了。到今天还不见你有回信，倒使我有点诧异。

九月十三日收到你洛哥的来信，说是初十边①动身，可是到今天还不见他到京，也没有信来。你洛哥这个人真是恋家，不回家则已，一回家便舍不得出来。你近来忙不忙呢？要是不很忙，请你给我一信。

若干年之后，我决计出家做和尚。

思永。九月廿六夜。

我真拆烂污！九月廿六夜写的信，到今天才寄出。

永。十月一日。

你洛声哥还未回京。

又及。

---

① 边，绩溪方言，即指初十前后。

致汪原放信（编号十五）

麟书①哥：

昨晚看见你给我四叔电报，知道《西游》又快要出版了。《西游》出得真快，竟是和《胡适文存》衔接着，真有点出我意料。

《草儿》今年能出版不能呢？

这两天因我四婶生了小孩子，人来人去，送礼谢礼，竟把阎海忙得没有工夫替我寄快信，故我这信写好了两三天竟还不曾寄出。今天我一定自己出马，一定要把这信寄出。可是这几天真是穷，——口袋里不但是没孔的钱，就是有孔的钱也都没有一个，——出门的车钱还不知在于何处呢！

《西游》的序，我四叔今晚大概可以做好。

永。十，十二，二十。

手好冷！

致汪原放信（编号十六）

原放：

听说洛声还没有回京，他如过沪时，请你告诉他，叫他过津时务必要留一夜，并请他到南开来找我。这是他未离京时和我所订的条约，他如不守约，我可不能饶他的。

他若到南开来找我，最好是下午一时半之前和三时半之后，因为这是我无课的时间。

我是住在校外第一宿舍，他到校里去找我，校役或者不能知道我的名字。但他可改找江泽涵②，泽涵是在校内，校役是知道的。他找着了江泽涵，便可找着我了。

---

① 麟书，汪原放的别名。
② 江泽涵（1902—1994），安徽旌德人，数学家、教育家，北京大学教授。

原放哥哥，我晓得你除了校书之外，对于别事都有点烂污，但这事却是不能烂污的呵！

"永远是疯癫的人"。

九月廿三日。

致汪原放信（编号十七）

原放：

《胡适文存》的定价，究竟是两元两角呢？还是一元八角呢？现在我有两位朋友，他要买两部《文存》，一部《儒林外史》，一本《尝试集》，请你就寄来。书由我收，钱也由我汇，书到了再寄钱给你。你现在是做些什么工作？

永。九月十七夜。

致汪原放信（编号十八）

原放兄：

几日前游天津回京，从洛声那里得到你的信，因为时间不够的关系，所以到今天才回复你，望你原谅！

你给你洛哥的信，昨晚我已代他收到了。你洛哥自初一、二以来，一直病到现在（病颇不轻），昨天我和我聪哥①送他到医院里去，大概几天之内当不能出院。我这信到时你如果还没有动身，那么请你马上写个信给我，告诉我你动身的日子，届时你洛哥虽不能接你，但我和我聪哥当可以到前门欢迎。

自校《红楼梦》以来，我真有许多对不起你们的地方，（若细说起来，真是几千字都写不完）。请你们——原谅我恕我！

你四月廿七日给我的信，有一句话说，"有许多的事请教你"。这种话我看未免客气的太过分一点。

---

① 聪哥，即胡思聪，胡适侄儿。

我有很多的话要和你谈，但我是一个有名的懒鬼，写长信我实在是怕；（我写长信给人家，老是写半封就搁下了。）不过好在你就要来北京了，待见面时我们再面谈罢。

我今午〔天〕下午要到首院医院，去看洛声，你给他的信，当于此时拿去给他看。

我在这里给你请安！

思永。

1921，5，11。

我要和你说的话，我自觉无论是谈哪一项，都是很多很长的。

永。

致汪原放信（编号十九）

原放：

八点整由沪动身（带点香烟给你吃），十二点半到杭。到杭时竟无一人在站迎接，可谓岂有此理！

到杭后得二感触，很悔我这次不该来杭。明天游湖，游后如所得之感触能稍平，那么下星期回沪，不然，后天就回沪了。

我近来抱定主义，得乐且乐，到不能乐，乐不起来的时候，只有想一个大解脱的法子。人生真无趣味，我的人生更是无趣味，若不抱这种主义，便一日不能过。

再谈，愿你不要太辛苦！

你大叔面前请代问好。

希吕、翼谋、昌之、鉴初诸兄均好。

思永。三月廿五夜。

请代买一把复音的口琴寄来。又及。

致汪原放信（编号二十）

原放：

我要哭了，我的命运是十分的不济：十九日下午从浦口上车，廿日下午十二时余到德州。火车在德州停下了，因为得到一个消息，说是前面的路不通了。（据说是青县之南，一个某铁桥被直军拆了。）下午三点多钟，火车从德州开回济南，晚上十点廿几分从济南往浦口开，今天下午三点多钟车到浦口。在德州时车上人本说在何处买的票，到何处去退钱。到了浦口，浦口的站长又是一个主意，说是退钱是不行的，但可在车票上签字，火车何日通，此票何日有用。原放！我再怎么办呢？倘使此次火车不通是为战事的缘故；倘使此次战事一时不得了结；倘使火车在半月一月内不能通行；你替我想想看，我将如何呢？要依我的脾气呢，上半年索性不回京了，索性在南方：一、到上海来替你校书，（你不是要出《曾文正公家书》吗？我可帮你标点）。二、跑到杭州第一师范去当旁听生，专学英文数学心理。不过我的夏衣全在北京，现在身边所带的都是几件冬衣；并且家中和亲戚们托带的东西，总不能常久的带在身边呀。这两事都很使我为难。请你替我想想看，我应该怎么办呢？

我现在是住在下关华洋旅馆，我还不知如何是好呢！我又想回上海，又想不回上海。钱呢，我是用光了。我本可以向乃刚借的，但乃刚的钱也用完了。明天只好商之于建人、昭佐①等了。我真不知如何是好，请你替我出个主意罢。

请你收到我这信后，马上就回我一快信！这是要紧的事，你无论怎样的忙，这信总不能不回的。我在南京等你的信！我走了之后，朋友们有信给我没有？如有，请附在快信内寄来。

永。四月廿一夜在乃刚房内写。

来信请由乃刚转交。

致汪原放信（编号二十一）

粪人②：

你五月三日的信，刚才已收到了。谢谢你替我转了两信来。

---

① 建人，姓不详；昭佐，即胡昭佐，又名胡梦华（1903—1983），绩溪宅坦村人，1928年与妻子合著的《表现的鉴赏》由现代书局印行；均为当时在南京高师即后称的东南大学读书的与思永熟识的绩溪人。

② 粪人，思永对原放的戏称。

烦恼大概和我已成了不解缘，我在上海觉得烦恼，来杭州后，还是觉得烦恼。世界上大概没有一个能使我快乐的地方！

木版本的《今古奇观》和《征四寇》，过两天再去替你访求，今天下雨不能出去。

那天走得很匆匆，无意中把你的烟盒（偷，冠英批）带到到杭州来了，对你不起，害得你不浅。不过好在你是一个大老官①，何妨再去买一个同样的烟盒呢？

在上海吃烟自由，吃酒不自由；在杭州吃酒自由，吃烟不自由。在杭州虽也有烟可吃，只是一枝才衔上嘴，便被他们抢去了。昨天在西湖边一个酒店里吃酒，吃得大醉而归。我没有别的快乐，只有吃烟吃酒是我的快乐。

拜托你一件事：你那里不是有好几种报吗？你们每天看过之后，可否抽一份寄给我呢？（不要《民国日报》和《时事新报》）这事诚然是很麻烦，但你若能按日寄给我，我到上海时一定要向你作三个揖。杭州第一师校里不是没有报，但是报纸却在事务室里，马校长在京时曾在我家吃过饭，我和他同过桌，倘使我去看报被他认识，岂不麻烦？我现在穿了一师校的校服，完全是一个学生了。

今天懊恼得厉害，恨不得立刻去死了。

永。五月四日。

致汪原放明信片（编号二十二）

五月二、三、四、五几日的《申报》或《时报》，你若能一总检出寄给我，我更是感激。

永②。

致汪原放明信片（编号二十三）

我已给了你两信、两片了，但是你并不曾复我只字。假使你觉得天地间有这个道理，那么我以后将不再写信。

永。十一月十八日③。

---

① 大老官又称大老倌，系绩溪方言对老板、阔少的称谓。
② 此信未标明写信时间，推算应为 1922 年 5 月上旬。
③ 此明信片邮戳日期为 1922 年 11 月 19 日。

致汪原放信（编号二十四）

汪龚先生：

　　你究竟搭星期六几点钟的车来杭呢？请你收到我这信之后，马上（最好在五分钟内）回一信给我，我好邀齐了众朋友到车站上来接你。

　　你是愿意住聚英呢？还是愿意住清华呢？请你回信说明，我好预先替你去定下房子（房子之大小，也请你说明）。

　　是谁和你同来呢？是昌之哥吗？

　　来时不要忘了买口琴！（不要太贵）

　　你大叔①前请代我问好。

　　祝你好！

　　翼谋、希吕、鉴初、昌之②诸兄均好。仰之③说，应该称"先生"，冠英说，熟不拘礼，称"兄"也好。我说，我从冠英。

思永。三月卅夜。

　　快信，速复！限收到这信后五分钟之内复！

致汪原放信（编号二十五）

原放：

　　得你信后，曾有一明片回复你，想必总已收到了。

　　书怎的还不寄来呢？我的同学已问过我无数次了。

　　我现在要批评你的诗了。你的诗我曾读过两遍，——不，我曾读过三遍，因为我写信时又读了一遍的缘故，——大概不至有不懂的了。我以为你的诗犯了一个毛病，这个毛病就是胡适之先生所说的"浅进浅出"。（我也是犯这个毛病。）你的诗太

---

①　大叔，即汪原放叔父汪孟邹。
②　翼谋，即胡翼谋；希吕，即章希吕；鉴初，即胡鉴初；昌之，即余昌之，均系亚东图书馆职员。
③　仰之，即程仰之（1902—1951），《胡思永的遗诗》由他主编出版。绩溪四都人，也曾写过一些新诗。

"直做"了，没有含蓄，所以读着觉得没有什么滋味。拿《嫌疑》和《夜学生》比起来，自然是《嫌疑》好得多，因为《夜学生》太近一篇演说的缘故。你的那首写女儿归宁的诗（题目似是《回家》），那是一首很好的诗，你何不多做一些像那种的诗呢？

我在朋友们中间，是以老实批评出名的。上面批评你的诗，自然是尤其老实了，你该不至于说天津没有好朋友了。

我赞成你译的《伊索寓言》出版，你若不放心，你可把译稿寄给"博士"看看，让他替你决定。你看何如？

四版的《尝试集》出版时，请寄一本给我，因为我要看看我所定的格式。

你的洛声哥现在是否已到了京，我不得而知，因为他无信息给我。我不回京则已，我若回京，要不和他打架，我不称为"马二"。

学"疯"是极其容易的事，只要你不怕得罪人，只要你不怕被人目为不懂世情，那就可真"疯"人中的一个了。

人不能进学堂，进了学堂便样样不自由了。我现在好比坐牢狱，我好比被流在一个荒岛上！

学校里的人，我第一讨厌的是一位斋务课的课员，第二讨厌的是一位训育课的课员，第三讨厌的是训育科主任；我若有权力，我一定要取他们的头。

现在要套你的话了："我诌了几首天下第一臭的诗，请你这位大匠看看，不知能用斧头改削改削不能？"

"要是没有切实的批评，我在上海便没有好朋友。"

匆匆草此，敬祝

你们大家都好！

永。1922.10.27。

致汪原放信（编号二十六）

原放：

我因病重，决于明天赴京调治，回□□期现尚未定。君如有信见赐，请写天津南开学校七斋二十四号江泽涵先生转交。

书价和笔价请速开单见示，因为书是为人代买的。

此颂日祺。

思永。十二月十六日①。

仰之附笔致意。

致汪原放信（编号二十七）

原放先生：

我欲将我三年来所做的诗刊成单本公开于民众之前。不知先生能代为②

原放：

我的朋友程仰之想写信给你，但是他写了廿九字之后，便再也写不下去了。他叫我代他续写，我因他这信的起头不好，所以只得又另起炉灶。

他是一个很有诗才的诗人，这三年来他做的诗很是不少，他很想把诗发表于世。他久慕亚东是一个专出新文化的书的书店，他想把他的诗集给亚东出版，但他又不晓得亚东要不要他的诗集，所以他要写信问问你。他的诗在我们一班朋友中，要算上等的了，亚东如肯发行，请你回他一信，他好将诗抄齐，寄来给你审查。

我有信吗？

我已决定主意，即使我四叔回信叫我上半年索性在南方，我也一定要回京的。

祝你好。

你大叔大婶好。

翼谋、鉴初、希吕、昌之诸兄好。

思永。五月八日③。

---

① 此信写于 1922 年。

② 以上为胡思永好友程仰之代写。胡思永出版诗集这一夙愿，在其病逝后由挚友程仰之整理为《胡思永的遗诗》，由亚东图书馆 1924 年出版，胡适为该诗集作序。

③ 此信据邮戳确认写于 1922 年 5 月 8 日。

致汪原放信（编号二十八）

原放哥：

第四、五、十一、十二、十三五五回的《西游记》大是不幸，适之先生又是把他交给我校对。

同五回《西游记》一起来的《胡适文存》，早就由我们的老板校好寄还你了；新近寄来的《校读后记》，我四叔也昨天晚上校好，今早寄出了；归我校的五回《西游记》，我实在不好意思再懒了，所以我下了决心，在今天之内要把它校好。（第四、五两回早就校好了。第十一回是昨天校好的。今天校第十二、十三两回。）一个多月才校五回书，我的架子可不小！

假使你把这五回《西游记》寄来，是专为给我们看样子，那么我校对过的这五回，于你将来标点别种书时，或者还有一点参考的益处；假使你把这五回《西游记》寄来，不是专为给我们看样子，兼且是专等我们校好寄回付印，那我可又闹了一次万分对不起你的事了！

这个五回，我所校出的，我不相信我校的就是对的：有一些是你错了，我把他改得不错的；有一些是你本来不错，而我把他改错了的；有一些是两人都不错，用你原来的标点符号也通，用我改的标点符号也通。我盼望你仔细再校一番。

一个月以来，我也曾天天记念着："小汪寄来的五回《西游记》应该要校了，再懒不得了！"可是从早晨记起，一直记到晚上睡觉，一天的光阴虽是混混而过，书却一行都不曾校得。写这信的时候，我发气要想想我这个一个多月以来，干了些什么事，这一个多月的光阴究竟是怎样的过去的。想了半天，除了几件无聊的事件外，竟是不能想出别的：

一、十一月初上曾病了一场，有一个多礼拜的光阴，不曾做过一点事。

二、一个礼拜之前，天天都是在外面乱跑，平均起来，每天总有五六点钟花在这个无益的乱跑上面。

三、我四叔近来在教育部国语讲习所讲《国语文学史》，买了许多中国旧小说来做明清的国语文学的参考，我（我是一个有［名］的"小说迷"）于是无日无夜的看得一个也不亦乐乎。（有十分之八九是温看的。）

四、因我四叔讲《国语文学史》的缘故，惹起我不少的文学趣味，所以近来很看了一些乐府诗词。（诗最无味，故诗看得最少。）

一个多月的光阴，就是干了这点事！就是这样的混混而过！

我四叔叫我告诉你说，《西游记》的序，钱玄同先生不做了。

近来我老哥（聪）和我的身体都大是不佳。我老哥得了肺病，已经有第一期的样子了。我呢，自从上个月病了一场之后，这一个月以来，竟差不多天天晚上都是失眠。"我并不曾欠下相思债，也不曾染着单恋病"，为什么要失眠，连我自己也莫名其妙。要说是用功，这句话叫人听了，真要笑掉牙齿。顶该死是晚上虽是失眠，却不敢重复起来点灯看书，因为怕我四叔四婶梦中醒来看见我房中还有灯光，第二天又该噜噜苏苏的说我晚上不睡觉。在漆黑的夜里，睡在床上，睁开大眼，时而望着帐顶，时而望着窗外，丝毫没有睡意，这个罪可真有点不好受！

今天阴历年假里，我也许要回家一趟。我现在预定的路线是，由北京到汉口，到上海，到杭州，到家。假使我这个计划可以实行，那么阴历年假里我和你又有半天的畅谈了。（我预算我只能在上海住一天。）

你如果愿意回我的信，那么请你把我前给你的那几次信合起一齐回复，不要单回我这一次的信。

这信写得极潦草，因为天寒手冻的缘故。

我在这里给你请安。

疯子老胡。十，十二，十八。

这信前半封是昨天写的，后半封是今天写的。昨天我正写这信的时候，忽然得到一个朋友的电话，说是，"老陈今天晚上走，请你到马圈胡同，我们给送行。快！快！"我于是放下笔，出门去了，到晚上十点钟之后才回家。

告诉你一件事：我四婶昨晚生了一个小孩子，你应该写信来贺贺我四叔。

你洛声现在真不得了，非常爱赌钱，时常出去打十块钱一底、五块钱一底的麻雀牌。上一个星期六，一夜都没有回家，昨天赌到下半夜四点钟才回家。请你写信来劝劝他罢，我是不好劝的，我一劝，他便骂我是吵死。

永又及。

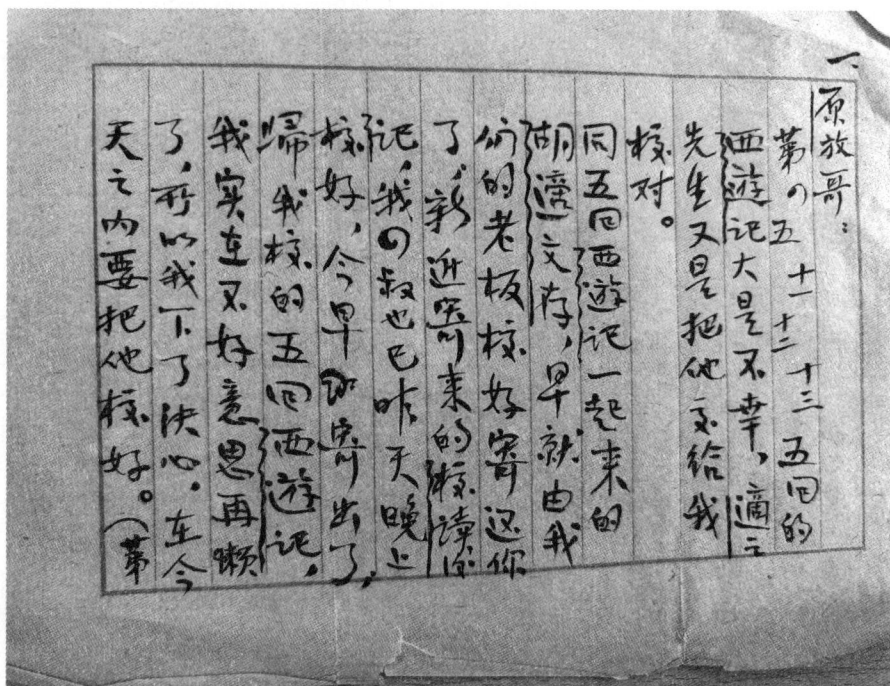

致汪原放信（编号二十九）

原放：

两日前曾写了一信给你，想必总已经收到了。

现在有三件事要托你：

1. 你翻《伊索寓言》的那种格子书，请代买五本寄来，以备我做记日记或抄诗之用。

2. 我从家中带出来的那一蒲包兰花，请速代我检出弃了。因为我那网篮中还有一蒲包干笋、干挂豆等东西，若再不把兰花捡出弃了，那么干笋等东西，恐就要被他的土气潮气带坏了。

3. 托你快点到永安去替我买一把复音的口琴寄来。

拜托拜托，费神费神，十二点了，要困了。

思永。1922，5，7。

致汪原放信（编号三十）

原放：

给你洛哥的信请交给他。

《三国演义》请送我一部精装的。

两日前所发的快信想已收到了。

愿你好！

永。

十一月四日早。

我的朋友仰之要来北京，不知他过上海时来看你没有？

又及。

致汪原放信（编号三十一）

原放：

昨天我曾寄了一信给你，想必总已收到了。

昨晚我偶然想起了一件事。我在上海时不是听见你说过，你们店里周年（记不清是几年了），纪念时要做一种书签送赠（兼且可作货品售卖）吗？我看除了书签之外，还可以做一种吸水纸，因为吸水纸也是大家都用得着的东西。附上一个吸水纸的粗样给你看看，不知可不可做？

永。八月十日。

（整理者单位：安徽绩溪胡姓著作收藏馆）

美籍华人顾毓琇是享誉国内外的文理大师，爱国主义的楷模，受到党和国家领导人多次接见。四川大学出版社原社长王锦厚先生为了出版谢文炳、闻一多、饶孟侃的著作，曾请求顾老题写书名，顾老有求必应。现将他们来往书信、题词全文刊登，以飨读者。书信为保持原貌，除明显笔误外，文字用语遵照原稿。

顾毓琇致王锦厚题词书信

王锦厚　整理

1

1995 年 5 月 26 日

四川大学出版社

Mr. Jin Hou WANG

29 Wang Jiang Rd.

Cheng du，Sichuan

P. R. China 610064

收到惠赐《谢文炳选集》十分感谢。本人与文炳学长同学七八年，甚为接近。但由美返国后即不复晤面。文炳兄历任武汉大学及四川大学教授，而与川大、武大在抗战前后关系甚深。前有《选集》出版，可垂久远。

专此布谢，即颂

著安

顾毓琇敬启

1923 级

Y. H. Ku

1420 Locust No.（22G）

Philadelphia PA. 19102 U. S. A

本人近年由北京清华大学出版社出版诗文集《耄耋集》及《水木清华》，为函北京校友总会承宪康先生，可以寄赠四川大学。

另有《齐眉集》北京人民文学出版社，恐已不易购得。

2

1995 年 6 月 25 日

王锦厚先生

四川大学出版社

6/16/95　大函收到，欣悉一切。

闻家骃兄为饶子离社友诗文集作序文，甚为精彩，盖能标举一多与子离二兄互相影响，非他人所能道出也。本人在清华文学社时对新诗未敢尝试。后在新月投稿，只有戏剧一种，近收入《顾毓琇戏剧选》（北京商务印书馆）。孙大雨先生在华东师大任教有年，数年前在上海曾见过一面。此间前曾遇见饶孟侃侄女或侄孙女，但近已失去联络。

家驹兄序中引子离兄七律二首（1962 年 7 月发表于《人民文学》），当抄寄北京《清华校友通讯》以广流传。

专复，即颂　撰安

顾毓琇敬启

本人近年由北京人民文学出版社出版《齐眉集》

北京清华大学出版社出版《耄耋集》及《水木清华》，新华书店代销，川大图书馆或可找到。

3

王锦厚教授：

大函及《后记》收到，谢谢。

承询各点，兹简答为下：

1. 新月派和新月社不同。新月社似与新月书店相关。凡投稿新月杂志者，世人认为是新月派。本人曾有一剧本载新月杂志。新月书局并出版了拙作《岳飞及其他》，新月书局售于商务，各书亦移交商务。

2. 新月派与清华文学社并无关系。清华文学社与中国文学研究会及创造社性质相同，本人及朱湘为清华文学社社员，亦为中国文学研究会会员。

3. 新月是否反共的文学团体，叶公超所言未必可靠。新月分子后有加入民主同盟的。

4. 闻一多属于"大江会"，为爱国团体，可参看《闻一多全集》。

专此，即颂　撰安

顾毓琇敬启

1996 年 9 月 30 日

《饶孟侃诗文集》及《谢文炳文集》请赐赠北京清华大学各一册。

4

丙子中秋四绝句　顾毓琇稿

胜利至今五一年，齐心抗战志同坚。升平天下烽烟熄，海外中秋月又圆。

建国而今四七年，艰辛奋斗仰群贤。升平天下烽烟熄，海外中秋月又圆。

去国至今四六年，钻研电学继前贤。升平天下烽烟熄，海外中秋月又圆。

过了金婚十七年，比如钻石志同坚。升平天下烽烟熄，海外中秋月又圆。

（注）一九九六年九月二十七日中秋，前一夕月全蚀。一九九〇年庚午中秋四绝句，有句曰"波斯湾上风云起"。今隔六年，祝天下升平，人寿年丰。

5

王锦厚教授：

您好！

现转去家父顾毓琇教授给您的信，请查收。另邮寄他著诗文集、词曲集各一本，收到后盼赐复：

200040

上海市延安西路358号8楼

上海电气（集团）总公司 顾慰庆 收

《饶孟侃诗文集》可否惠寄一册？

即致

敬礼！

顾慰庆敬上

1997.5.7

6

1997 年 9 月 26 日

王锦厚教授

四川大学出版社

成都

锦厚教授：

收到《饶孟侃诗文集》十分欣感。十年之功，卒达完成，可垂久远。

来书云寄两册，恐沿途包装损坏，幸芝加哥邮局代为包装运到，更可宝贵。

前嘱上海次儿顾慰庆寄上

①《顾毓琇诗歌集》清华大学出版（1996 十二月）

②《顾毓琇词曲集》南京大学出版（1997 春）

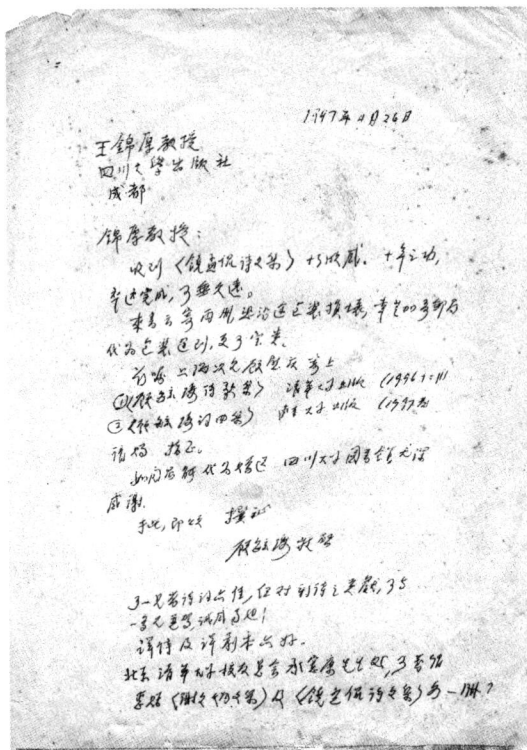

请赐 指正。

如阅后能代为赠送四川大学图书馆，尤深感谢。

专此，即颂 撰祺

顾毓琇敬启

子离兄旧诗词亦佳，但对新诗之贡献，可与一多兄并驾，诚感事也！

译诗及译剧本亦好。

北京清华大学校友总会承宪康先生处，可并请惠赠《谢文炳文集》及《饶孟侃诗文集》各一册？

7

锦厚先生：

您好！

11 月 17 日来信收悉。

惠赠《饶孟侃诗文集》早已收到，记得当时曾写了回信，并寄上一本家父的《诗歌集》，现查通讯录，只记有您的邮政编码和"四川大学出版社"，没有"望江路 29 号"，可能由于我没写清地址而未寄到，十分抱歉。

现寄上《顾毓琇诗歌集》和《顾毓琇词曲集》各一本，请查收。《词曲集》我处原存不多，早已分完，所以上次没寄给您（也没丢失），正巧今天收到南京大学出版社又寄来数本，特一并寄去一本。收到后盼示复。

我曾于今年 7－9 月赴美探亲，家父对您热心编印《饶孟侃诗文集》甚为赞赏，认为难能可贵！

今后盼联系。

即致

安康！

顾慰庆特此

1997.11.25

8

1998 年 1 月 3 日

锦厚教授：

寄上《闻一多与饶孟侃》书名题字，请察收为荷。

此颂　新年大吉！

顾毓琇敬启

9

1998年2月□日

四川大学出版社

王锦厚教授：

收到惠赐大著《五四新文学与外国文学》略看一过，十分钦佩，十分感谢。

此书自泰戈尔访华开始，兼及欧、美、日各国。美国部分，提及胡适、吴宓、闻一多、梁实秋等。法国部分，提及《赵氏孤儿》。

《冰心与泰戈尔》、《鲁迅与日本文学》，均可读。《郭沫若与德国文学》拜伦、哥德的影响等等，中国现代文学史与外国文学互相□□①，实为传世之作。

专函，布谢，即颂

教安

顾毓琇敬启

前题《闻一多与饶孟侃》书签，想已收到。

大著页 641，313 冰心为歌德逝世 90 周年纪念写的《响往》甚好。

---

① 此二字无法辨认，用□代替。

10

锦厚教授：

收到尊编

《闻一多与饶孟侃》，十年之功，可以侍世。书中材料丰富，除闻一多，饶孟侃外，涉及朱湘、杨子惠等。

中国诗史，不能不提及以上各位诗人，而此书尤为必读。

饶子离兄令媛在成都，请代致候。

专此布谢，即颂。

撰祉

顾毓琇敬启

2000 年八月廿一日

（整理者单位：四川大学出版社）

吴宓与胡适《红楼梦》研究的比较

王锦厚

1964 年 8 月 18 日，毛主席在北戴河和几个哲学工作者谈话，说：

> 《红楼梦》我至少读了五遍……我是把它当历史读的。开始当故事读，后来当历史读。什么人都不注意《红楼梦》的第四回，那是个总纲，还有《冷子兴演说荣国府》、《好了歌》和注。第四回《葫芦僧乱判葫芦案》，讲护官符，提到四大家族："贾不假，白玉为堂金作马；阿房宫，三百里，住不下金陵一个史；东海缺少白玉床，龙王来请金陵王；丰年好大雪（薛），珍珠如土金如铁。"《红楼梦》写四大家族，阶级斗争激烈，几十条人命。统治者二十几人（有人算了说是三十三人），其他都是奴隶，三百多个，鸳鸯、司棋、尤二姐、尤三姐等等。讲历史不拿阶级斗争观点讲，就讲不通。《红楼梦》写出二百多年了，研究红学的到现在还没有搞清楚，可见问题之难。有俞平伯、王昆仑，都是专家。何其芳也写了个序，又出了个吴世昌。这是新红学，老的不算。蔡元培对《红楼梦》的观点是不对的，胡适的看法比较对一点。①

近三十年，胡适对《红楼梦》的看法，经过某些人"拨云见适"，"重新发现"，不是"对一点"，而是"全对"，《红楼梦考证》不仅成了"新典范"……，而且是"中国青年运用科学态度与方法进行考证与研究的活生生的教本"。我们不必否认，也不能否

---

① 龚育之、宋贵仑：《"红学"一家言》，《毛泽东的读书生活》，生活·读书·新知三联书店 1986 年版，第 220—221 页。

认，他的《红楼梦考证》，在著者、版本两个问题上确实有过贡献，但绝对谈不上"新典范"，更谈不上"成为运用科学态度与方法进行考证与研究的活生生的教本"。

请注意：胡适炫耀自己的红楼梦研究，最主要的是炫耀研究方法。直到晚年，他还无不得意地说：

> 从1921年至1933年，我对《红楼梦》的研究历时十二年之久，先后作了五篇考证的文章。这项前所未有的研究的重要性是多方面的。在我作考证之前，研究《红楼梦》而加以诠释的已有多家，简直形成了一门"红学"。①
>
> 这种考证的方法，除了《董小宛考》之外，是向来研究《红楼梦》的人不曾用过的。我希望我这一点小贡献，能引起大家研究《红楼梦》的兴趣，能把将来的《红楼梦》研究引上正当的轨道上去，打破从前种种穿凿附会的"红学"；创造科学方法的《红楼梦》研究！②

胡适逃亡时，他从自己的藏书中就只挑选了《红楼梦》。看他怎么说的吧：

> 一年前我离开北平时，已有一百箱书，约计一二万册。离平前几小时，我暗想自己非藏书家，但却是用书家。收集了这么多书，舍弃太可惜，带走，坐飞机又带不了。结果只带了些笔记，并在那一二万册书中，挑选了一部书，作为对这一二万册书的纪念。这一部书就是残本的《红楼梦》，四本只有十六回。这四本《红楼梦》可说是世界上最老的抄本。收集了几十年书，到末了只带了四本，等于当兵的缴了械，我也变成了个没有棍子，没有猴子的变把戏的叫化子。③

可见胡适自己多么重视《红楼梦》的研究，学生顾颉刚更是不遗余力地加以吹捧，什么"新红学"的"开山祖"、"奠基人"……最后也是落脚到"方法"。

---

① 胡适：《胡适口述历史自传》，《第十一章　从旧小说到新红学》，《胡适文集》，北京大学出版社1998年版，第463页。

② 胡适：《红楼梦考证》（改定稿），《胡适红楼梦研究论述全编》，上海古籍出版社1988年版，第118页。

③ 胡适：《胡适全集》第34卷日记，黄山出版社1959年版，第606页。

20 世纪 50 年代也有人把吴宓和俞平伯连起来批判，说：

> 在所谓新红学家中，与研究《红楼梦》三十年的俞平伯好像"两峰对峙，双水分流"的，就是历年在各地讲《红楼梦》的名教授吴宓。吴宓的《红楼梦》讲学比起俞平伯的《红楼梦》研究，可以说是"各有千秋"，"互相辉映"。[①]

这是批判俞平伯《红楼梦》研究中的唯心主义开始后，一位叫做陈守元的先生著文《殊途同归》，呼吁对吴宓进行批判写下的话。事实上，吴宓不但在各地演讲《红楼梦》，而且同样撰写了不少具有开拓性的《红楼梦》研究著作，还着力培养研究红学人才……被业界人士，特别是青年"红迷"，誉为"红学大师"、"红学权威"……当年其名声远远超过俞平伯，也决不下于胡适。

由于"政治"决定了吴、胡二人的命运，声望发生巨变，地位出现落差。胡适愈来愈红，吴宓渐渐被人遗忘，连红学界的好些人也知之太少，甚至根本不知道其人。近三十多年来胡适的《红楼梦》论著及研究著作铺天盖地地出版，吴宓的红学讲演、论著却不见踪影……

胡适和吴宓的《红楼梦》研究到底有哪些不同？其成就和贡献又应该如何估量？吴宓对我们今天的《红楼梦》研究有没有什么启示？……难道不值得研究者注意吗？

好，我们先作一个图表，予以最简括的比较吧：

胡适与吴宓《红楼梦》研究对照

项目　　作者	胡 适	吴 宓
指导思想	杜威实验主义（实用主义）	白璧德新人文主义（包括希腊古典主义）
研究动机	"做国人之导师"、"重造文明"、"传播我从证据出发的治学方法"、"一项科学法则和科学精神"、"教人怎样思想"、"防身"、"不让人牵着鼻子走"	"根据吾国固有文明特长之处，以发扬而光大之。""阐述自己的人生哲学"，宣扬"殉道殉情"的人生观，"以我的一生所长给与学生"

---

① 陈守元：《殊途同归》，《西南文艺》1955 年 6 月号第 42 期。

续表

项目＼作者	胡　适	吴　宓
研究时间	1921—1933 1951—1962	1919—1978
研究内容	从实用工具去研究，始终局限于： 《红楼梦》作者身世 《红楼梦》版本	始终作为文艺作品，从文学、哲学、社会学角度去研究： 探索"宗旨"　估量价值 评论道德　剖析人性
研究方法	考据的方法： 大胆的假设　小心的求证	"重义理、主批评"，"平心审察，通观比较"，"尤注意文章与时事之关系"
研究结论	《红楼梦》这部书是曹雪芹的"自叙传"，"《红楼梦》是一部隐去真事的自叙：里面的甄贾两宝玉，即是曹雪芹自己的化身；甄贾两府即是当时曹家的影子"。 　　曹雪芹写《红楼梦》，并不是什么"微言大义"……只是老老实实描写一个"坐吃山空""树倒猢狲散"的"一部自然主义的杰作"。 　　《红楼梦》不是一部好小说，因为它没有一个 Plot。 　　比不上《儒林外史》，在文学技术上，《红楼梦》比不上《海上花列传》，也比不上《老残游记》。	《石头记》为中国小说之登峰造极之作，决不能与比之者。 　　实足媲美且凌驾欧美而无愧，求之西国小说中，亦罕见其匹。 　　《石头记》是"文艺作品"，"小说"，全书均为曹雪芹"一人"所撰。 　　《石头记》书中每一人物，各有其个性，而又代表一种典型，出一于多，乃成奇妙，乃见真实。 　　能描写封建贵族家中人性（尤其是妇女习性）。 　　若以结构或布局 Plot 判定小说等的优劣，则《石头记》可云至善。

　　从以上简表，我们可以清楚地看到胡、吴二人的《红楼梦》研究，从动机到方法到结论，处处针锋相对。

　　吴宓自始至终作为胡适的反对者而存在。人事纠葛与学术歧见相互交织，相互影响，极为复杂，又极为微妙，将吴宓与胡适的《红楼梦》研究做比较，不但是一件很有趣的事情，能够更好地还原两人的"真面目"，而且对红学史的研究也必定有一定的助力。

　　为了人们更好地看清胡、吴二人的"本来面目"，下面，就两人最突出的分歧再作几点叙述：

一、《红楼梦》有"微言大义"？还是没有？

　　什么是"微言大义"？

《辞海》、《辞源》、《中华成语大辞典》……都收了这个条目，并作了解释。《中华成语大辞典》的解释如下：

> 微言：精微，深奥的语言；大义：旧指有关诗书礼乐等经典书的要义。指在精心推敲的片言只语中包含着十分深刻的道理。汉·班固《汉书·艺文志》："昔仲尼没而微言绝，七十子丧而大义乖。"汉·刘欣《移书让太常博士书》："及夫子殁而微言绝，七十子卒而大义乖。"［例］这篇文章未必有什么值得大学反复推敲的。①

胡适谈《红楼梦》研究方法及成果时说：

> 我考证《红楼梦》的时候……找到许多材料。……我把这些有关的证据都想法找了出来，加以详密的分析，结果才得出一个比较认为满意的假设，认定曹雪芹写《红楼梦》，并不是什么微言大义；只是一部平淡无奇的自传——曹家的历史。我得到这一家四代五个人的历史，就可以帮助说明。②

这之前，已有不少读《红楼梦》的人就看出，并认定《红楼梦》是以史家笔法撰写，"微言大义"蕴含其中。如《脂砚斋重评石头记》就引用了乙丑孟秋青士、椿余同观于半庄园并识的话，说：

> 《红楼梦》虽小说，然曲而达，微而显，颇得史家法。余向读世所刻本，辄逆以己意，恨不得起作者一谭。睹此册，私幸予言之不谬。子重其宝之。③（圆点为引者所加）

---

① 向光忠、李行健、刘松石主编：《中华成语大辞典》，吉林文史出版社 1986 年版，第 1310 页。
② 胡适：《治学方法》，《胡适红楼梦研究论述全编》，上海古籍出版社 1988 年版，第 231—232 页。
③ 曹雪芹：《脂砚斋重评石头记》，上海人民出版社 1975 年版。

另一跋语则云：

> 《红楼梦》非但为小说别开生面，真是别一种笔墨。昔人文字有翻新法，学梵夹书。今则写西洋轮齿，仿《考工记》。如《红楼梦》实出四大奇书之外，李贽、金圣叹皆未曾见也。
>
> 戊辰秋记

这一条跋语道出了《红楼梦》所受西洋文学的影响。

这正是要探寻《红楼梦》的"微言大义"，因为《红楼梦》确确实实蕴含着"微言大义"。后来，季新在自己的《〈红楼梦〉新评》说得更明白，他说：

> 西方政治家有言，国家者，家庭之放影也。家庭者，国家之缩影也。此语真真不错。此书描摹中国之家庭，穷形尽相。足与二十四史方驾，而其吐糟粕，涵精华。微言大义，孤怀闳识，则非寻常史家可及。此本书之特色也。①

对胡适的"不是什么微言大义"的论调吴宓针锋相对，他在《〈红楼梦〉新谈》、《石头记评赞》、《红楼梦的文学价值》一系列文中作过阐释，"文化大革命"中还口头作过回答。

他说：

> 凡小说巨制，每以其中主人之祸福成败，与一国家一团体一朝代之兴亡盛衰

---

① 季新：《〈红楼梦〉新评》，《小说海》1915年1月1日第1卷第1期，1915年2月1日第1卷第2期。

相连结，相倚作。《石头记》写黛宝之情缘，则亦写贾府之历史。……

昔人谓但丁作 *Dirine Comedy* 一卷诗中，将欧洲中世数百年之道德宗教，风俗思想，学术文艺，悉行归纳。《石头记》近之矣。①

是故《石头记》一书中所写之人与事，皆情真理真，故谓之真，而非时真地真。若仅时真地真，只可名为实，不能谓之真；即是未脱离第一世界，不能进入第三世界。书中"甄"字（甄士隐、甄宝玉）乃代表第一世界（实），"贾"字（贾宝玉等）却是代表第三世界（真）。甄（假）贾（真）之关系如此。例如甄宝玉一类人，到处皆是，吾人恒遇见之；然其人有何价值与趣味？何足费吾笔墨（甄宝玉在书中，无资格，不获进大观园）；必如贾宝玉等，乃值得描写传世。由此推求，一切皆明了矣。

……

《石头记》之义理，可以一切哲学根本之"一多（One and Many）观念"解之。列简表如下：

一、太虚幻境——理想（价值）之世界。

人世：贾府，大观园——物质（感官／经验）之世界。

二、木石——理想、真实之关系（真价值，天爵）。

金玉——（人为／偶然）之关系；社会中之地位（人爵）。

三、贾（假）——实在（真理／知识），惟哲学家知之。

甄（真）——外表（幻象／意见），世俗一般人所见者。

四、贾宝玉——理想之我，人皆当如是。

甄宝玉——实际（世俗）之我，人恒为如是。

---

① 吴宓：《〈红楼梦〉新谈》，《民心周刊》1920年3月27日第1卷第17期，4月5日第1卷第18期。

附按：《石头记》作者之观点，为"如实，观其全体"；以"一多"驭万有，而融会贯通之——此即佛家所谓"华严境界"也。而《石头记》指示人生，乃由幻象以得解脱（from Illusion to Disillusion），即脱离（逃避）世间之种种虚荣及痛苦，以求得出世间之真理与至爱（Truth and Love）也。佛经所教者如此，世间伟大文学作品亦莫不如此。宓于西方小说家最爱 Vanity Fair（《浮华世界》）之作者沙克雷 Wm. M. Thackeray 氏，实以此故。①

宓不能考据，仅于 1939 年撰英文一篇，1942 年译为《石头记评赞》，登《旅行杂志》十六卷十一期（1942 年 11 月）自亦无存。近蒙周辅成君以所存剪寄，今呈教，（他日祈　带还）。此外有 1945 年在成都燕京大学之讲稿，论宝、黛、晴、袭、鹃、妙、凤、探各人之文若干篇，曾登成都小杂志、容检出后续呈，但皆用《红楼梦》讲人生哲学，是评论道德，而无补于本书之研究也。②

1972 年 11 月 4 日学习毛主席致江青函，中间休息时，有人询问吴宓《红楼梦》之价值何在？他不假思索地回答道：

在能描写封建贵族家中人性（尤其妇女习性）之真实。③

这一见解，与鲁迅先生的看法不谋而合，如出一辙。鲁迅先生在其《小说史大略》一书中批判了"清世祖与董妃故事说"、"康熙时政治状态说"、"纳兰容若家世说"、"作者自叙说"后指出：

此后叙宁国公、荣国公两贾家之盛衰，为期八年。所见人物，有男子二百三十五人，女子二百十三人，用字九十万。然其主要则在衔玉而生之宝玉，与其周

---

①　吴宓：《石头记评赞》，《旅行杂志》1942 年 11 月第 16 卷第 11 期。

②　吴宓：《致周汝昌》，《吴宓书信集》（人文读本），生活·读书·新知三联书店 2011 年版，第399 页。

③　吴宓：《吴宓日记续编》（第 10 册），生活·读书·新知三联书店 2006 年版，第 218 页。

围之金陵十二钗，曰：贾元春、迎春、惜春、探春、林黛玉、薛宝钗、王熙凤、与其女巧姐、李纨、秦可卿、史湘云、尼妙玉。又有副者十二人，皆侍婢也。

贾氏之统系及十二钗与宝玉之关系如下表：

......

紧接着，鲁迅对其关系作了简要分析。他说：

十二钗中，又以林薛与宝玉之关系贯全书。宝玉者，贾政次子，为父所憎，而为祖母所爱，性情甚异，恶男子而尊女人。己酉年（第一年）林黛玉、薛宝钗皆以事寄居贾氏，林与宝玉皆十一岁，薛十二岁。幼时尝从癞和尚得金锁，颇与宝玉之衔玉相应，而宝玉则远薛而慕林。……

最后明确指出：

据此文，则书中故事，为亲见闻，为说真实，为于诸女子无讥贬。说真实，故于文则脱离旧套，于人则并陈美恶，美恶并举而无褒贬，有自愧，则作者盖知人性之深，得忠恕之道，此《红楼梦》在说部中所以为巨制也。①

前人的见解，特别是鲁迅对《红楼梦》所作的这些阐述。大可以帮助我们理解《红楼梦》的"微言大义"。吴宓非常注意《红楼梦》的"微言大义"，他注意作品与时代的关系，特别是人性的发掘，对《红楼梦》中人物的人性剖析……这些虽然不一定都很准确，但随着时间的推移，他的剖析也在不断地进步！

二、《红楼梦》有，还是没有 Plot？

胡适说："《红楼梦》不是一部好小说，因为它没有一个 Plot。"他把 Plot 作为评判作品好坏的唯一准绳，这是十分荒谬的。《红楼梦》的"Plot"，前人早就指出过：

但观通体结构，如常山蛇首尾相应，安根伏线，有牵一发全身动之妙，且词气笔意，前后全无差别，则所增之四十回……觉其难有甚于作书百信者，虽重以父兄之命，万金之赏，使谁增半回不能也。②

吴宓在自己的文章中对《红楼梦》无"Plot"这一类论调多次进行过批判。他说：

然吾国旧日小说如《石头记》等，不但篇幅之长，论其功力艺术，实足媲美且凌驾欧美而无愧。西洋之长篇史诗（一译叙事诗）为文学之正体，艺术规律之源泉，宏大精美。吾国文学中则无之，然有长篇小说，亦可洗此羞而补此缺矣。但所谓长篇小说者，非仅以其字数之多，篇幅之长，而须有精整完密之结构。结构之优劣，则可别小说之高下种类。亦可觇小说进化发达之次第。……长篇章回体小

① 刘运峰编，鲁迅：《清之人情小说 小说史大略十四》，《鲁迅全集补遗》，天津人民出版社2006年版，第289—291页。
② 《增评补图石头记》卷首《读法》。

说，惟《石头记》足以代表之，篇幅甚长，人物甚夥，事实至繁。然结构精严，以一事为骨干，以一义为精神，通体贯注，表里如一，各部互相照应起伏，丝毫不乱。而主要之事，又必有起源、开展、极峰、转变、结局之五段，斯乃小说之正宗，文章之大观。而其撰著之难，亦数十百倍于短篇小说，非有丰识毅力，不敢从事也。①

这里，吴宓就"结构"（Plot）问题作了极好的阐释。抗日战争时期，他在《石头记评赞》等文中更是直截了当地指出：

若以结构或布局 Plot 判定小说之等第优劣，则《石头记》之布局可云至善。析言之：（1）以贾府之盛衰，为 钗——黛（宝）三角式情史之成败离合之背景，外圈内心，互同演变。（2）如一串同心圆，钗——黛（宝）以外，有大观园诸姊妹丫头，此外更有贾府，此外更有全中国全世界。但外圈之大背景，只偶然吐露提及，并不详叙，（如由贾政任外官，而写地方吏胥之舞弊；又如写昔日荣、宁二公汗马从征，及西洋美人等等）愈近中心则愈详，愈远中心则愈略。（3）依主要情史之演变，而全书所与读者之印象及感情，其 atmosphere 或 mood，亦随之转移，似有由春而夏而秋而冬之情景。但因书中历叙七八年之事，年复一年，季节不得不回环重复，然统观之，全书前半多写春夏之事，后半多写秋冬之事。

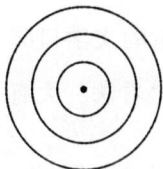

胡适口述自传的译者唐德刚先生在其著述中几次谈到这个问题。他说：

批评也有大小之分。胡适说："《红楼梦》不是一部好小说，因为它没有一个 Plot。"这话虽是西洋文学批评中的老调或滥调，但是这也是个从大处着眼的大批评。纪晓岚评《文心雕龙·原道篇》说："文以载道，明其当然；文原于道，明其

---

① 吴宓：《评杨振声的小说〈玉君〉》，《学衡》1925 年 3 月第 39 期。

本然。识其本，乃不逐其末；首揭文体之尊，所以截断众流。"现在受西洋文学训练的"红学家"，所搞的都是这个"大批评"派。从好处说，他们是"识其本，乃不逐其末"。从短处说：读"红楼"的人，如不从十来岁开始，然后来他个五六遍（毛泽东就说他看了六遍），不把《红楼梦》搞个滚瓜烂熟，博士们也就无法"逐其末"了。这大派便是当代文学界新兴的青年职业批评家。①

胡先生是搞"红学"的宗师。但是他却一再告诉我"《红楼梦》不是一部好小说"！为什么呢？胡先生说"因为里面没有一个Plot"（有头有尾的故事）。

"半回'焚稿断痴情'也就是个小小的Plot了！"我说。但是那是不合乎胡先生的文学口味的。这也可看出胡先生是如何忠于他自己的看法——尽管这"看法"大有问题。但他是绝对不阿从俗好，人云亦云的！②

唐先生既批评又辩护的论述，其实泄露了天机："那是不合乎胡先生的文学口味的。"是啊，胡适的"口味"已西化、洋化了。唐先生又辩称："尽管这'看法'大有问题。但他是绝对不阿从俗好、人云亦云的！"

看，胡适是何等的顽固，毫无在真理面前低头的学者风度。早年，胡适对《红楼梦》的看法却是另一个样。他在和陈独秀、钱玄同讨论古典文学时，曾给陈独秀的信中也曾赞扬《红楼梦》的结构。他说：

> 钱先生谓《水浒》、《红楼梦》、《儒林外史》、《官场现形记》、《孽海花》、《二十年目睹之怪现状》六书为小说中有价值者。此盖就内容立论耳，适以为论文学者固当注重内容。然亦不当忽略其文学结构。结构不能离内容而存在。然内容得美好的结构乃益可贵。（圆点为引者所加）……故鄙意以为吾国第一流小说，古人惟推《水浒》《西游记》《儒林外史》《红楼梦》四部，今人惟推李伯元、吴研人两家，其余皆第二流以下耳。质之足下及钱先生以为何如！？③

其时现时中国文学，足与世界第一流文学抗衡的，惟有白话文学一项。至如

---

① 唐德刚：《胡适口述自传/第十一章从小说到新红学》注释［5］，《胡适文集》（1），北京大学出版社1998年版，第410页。

② 唐德刚：《照远不照近的一代宗师》，《胡适杂忆》，广西师范大学出版社2015年版，第95页。

③ 胡适：《致陈独秀》，《胡适书信集》，北京大学出版社1998年版，第96页。

《水浒传》《红楼梦》《三国志演义》《儒林外史》……之类以及元代词曲都能不摹仿古人，而用白话实写社会情状，故能成真正文学。①

看，胡适一再说：《红楼梦》"内容得美好的结构"，是"中国第一流小说，足与世界第一流文学抗衡"……时过境迁，竟说《红楼梦》"没有 Plot"，"不是一部好小说"？特别是他晚年，一而再再而三地给他同伙或友人说：

> 我写了几万字的考证，差不多没有说一句赞颂《红楼梦》的文学价值的话，——大陆上中共清算我，也曾指出我止说了一句："《红楼梦》只是老老实实的描写这一个'坐吃山空''树倒猢狲散'的自然趋势，因为如此，所以《红楼梦》是一部自然主义的杰作。"此外，我没有说一句从文学观点赞美《红楼梦》的话。
>
> 老实说来，我这句话已过分赞美《红楼梦》了。书中主角是赤霞宫神瑛侍者投胎的，是含玉而生的，——这样的见解如何能产生一部平淡无奇的自然主义的小说!②
>
> 我写了几万字考证《红楼梦》，差不多没有说一句赞颂《红楼梦》的文学价值的话。大陆上共产党清算我，也曾指出我只说了一句"《红楼梦》只是老老实实的描写这一个'坐吃山空''树倒猢狲散'的自然趋势，因为如此，所以《红楼梦》是一部自然主义的杰作"。
>
> 其实这一句话已是过分赞美《红楼梦》了。
>
> 《红楼梦》的主角就是含玉而生的赤霞宫神瑛侍者的投胎；这样的见解如何能产生一部"平淡无奇的自然主义"的小说!③

口味的变化，太大太快，只能证明他中杜威之流的毒太深，更反映了他把《红楼梦》研究政治化。难道不是铁的事实么！

----

① 《胡适演说》转引自肖伊绯《1927 年：胡适首次为华侨讲解"新文化运动"——兼及新近发现的傅振伦旧藏《金山日报》剪报》，《胡适研究通讯》2019 年第 2 期。
② 胡适：《致高阳》，《胡适书信集》（下），北京大学出版社 1998 年版，第 1563 页。
③ 胡适：《致苏雪林》，《胡适书信集》，北京大学出版社 1998 年版，第 1559 页。

三、《红楼梦》比不比得上《儒林外史》?

胡适对《儒林外史》一向赞扬有加，特别花力气撰写了《吴敬梓传》、《吴敬梓年谱》，一次，在和友人的谈话时，还非常自豪地说道："我们安徽的大文豪不是方苞，不是刘大櫆，不是姚鼐，是全椒县的吴敬梓。"

1948 年底，卸任的安徽老乡，湖南省主席王东原到北平访问身为北京大学校长的他。两人一见面，胡适便开口就对王东原说：

"你是全椒人，在清朝康乾时代，全椒有一个大文豪，叫做吴敬梓，他用白话文写的《儒林外史》，对当时社会的毛病，描写无遗。他痛恨八股文取士制度，害死了读书人，他是八股国里一个叛徒。他反对女子缠足的，他反对讨小老婆的，他主张寡妇改嫁的，他反对对学生体罚的。他看破了功名富贵，他变卖家产救济穷人。他有新的观念，新的思想。我替他撰了一篇《吴敬梓传》，使出版商用标点符号印了《儒林外史》风行一时，连印三版，遂使这书畅销起来，你知道么?"

王东原回答说："我听说过有这么一回事，我在家乡听说他的家在康乾年间，是赫赫有名的，他的老宅在全椒南门大街街口，他过年的门联有'一门三鼎甲，四代六尚书'。到了吴敬梓这一代，他的才华，诗词歌赋，无一不精，著有《文木山房集》。不过，他中了秀才后，看破了功名富贵，乡试不应，科岁亦不考，亦不应政府征召。他好交朋友，变卖了家产救济穷人，逍遥自在，做他的学问，到后来衰落下来，卖文为生。他的后代有吴小侯者，在北洋政府时代做了国会议员，现在也不知道他的下落了。"

两个安徽人，对安徽的大文豪吴敬梓说了不少赞赏的话。《儒林外史》的确定写得不错，自此书问世"乃始有足称讽刺之书"。[①]

胡适抬高《儒林外史》，一再贬低《红楼梦》，说了又说：

---

① 转引自桑逢康：《胡适逸闻》，北岳文艺出版社 2017 年版。

如果拿曹雪芹和吴敬梓二人作一个比较，觉得曹雪芹的思想很平凡，而吴敬梓的思想则是超过当时的时代，有着强烈的反抗意识。吴敬梓在《儒林外史》里，严刻地批评教育制度，而且有他的较科学化的经验。①

他说《儒林外史》是部骂当时教育制度的书，批评政治制度中的科举制度。在吴敬梓的《文木山房集》中包括有赋一卷（四篇），诗二卷（一三一首），词一卷（四七首）。一百年前我国的大诗人金和，在跋《儒林外史》上说他收有《文木山房集》，有文五卷，诗七卷。可是一般人都说没有刻本，我不相信，便托人在北京的书店找，找了好几年没有结果，到民国七年才在带经堂书店找到了。我用这本集子参考安徽《全椒县志》，写成了一本一万八千字的《吴敬梓年谱》，中国小说家的传记资料，没有一个能比这更多的，民国十四年我把这本书排印问世。②

我常说，《红楼梦》在思想见地上比不上《儒林外史》，在文学技术上比不上《海上花》（韩子云），也比不上《儒林外史》，——也可以说，还比不上《老残游记》。（那些破落户的旧王孙与满汉旗人，人人自命风流才子，在那个环境里，雪芹的成就总算是特出的了。）③

我向来感觉，《红楼梦》比不上《儒林外史》，在文学技术上，《红楼梦》比不上《海上花列传》，也比不上《老残游记》。④

早在 1928 年，《大公报·文学副刊》上有篇文章明确指出：

夫《石头记》为中国小说登峰造极之作，决无能与之比并者，此已为世所公认。吾人当以西洋小说之技术法程按之《石头记》，无不合拍。因叹曹雪芹艺术之精，才力之大，实堪惊服。又当本西洋文学批评之原理及一切文学创造之定法，以探索《石头记》，觉其书精妙无上，义蕴靡穷。简言之，《石头记》描写人生之全体而处处无不合于真理。兹即不论内容，但观技术？《石头记》亦非他书所

———————————————

① 《找书的快乐》，台北：《中国图书馆学会会报》1962 年 12 月第 14 期。
② 《胡适全集》第 34 卷日记，黄山出版社 1959 年版。
③ 胡适：《致高阳》，1960 年 11 月 24 日。
④ 《致苏雪林》，1960 年 11 月 20 日夜。

可企及矣。至于《儒林外史》，专写读书人，又往往形容太过，刻画失真。而其书漫无结构，一人或数人之为一段，前后各不相关。仅借明神宗下诏旌儒之榜（第六十回）为之强勉辐合。与《水浒传》之梁山石碣刻示天罡地煞姓名同。而《儒林外史》近倾乃极为人所重。至选为学校读本，实为异事。此盖由攻讦中国旧礼教者，喜此书有摧陷廓清之功。故竭力提倡而奖遗之。然平心而论，《儒林外史》之所讽刺者，乃科第功名官爵利禄之虚荣心，非穷理居散修身济世之真学问。乃假讬欺人小廉曲隐之恶行为，非博思明辨克己益人之真道德。《石头记》为小说正宗，《儒林外史》为小说别体。一正一奇，故大小显分，谓可并驾。实属謇言，且以一己之性好嬉笑怒骂，而遂专务推崇刻画丑诋之小说。如斯人者实为未明文学与道德之真关系者也。[①]

《大公报·文学副刊》主编六年出三百十三期

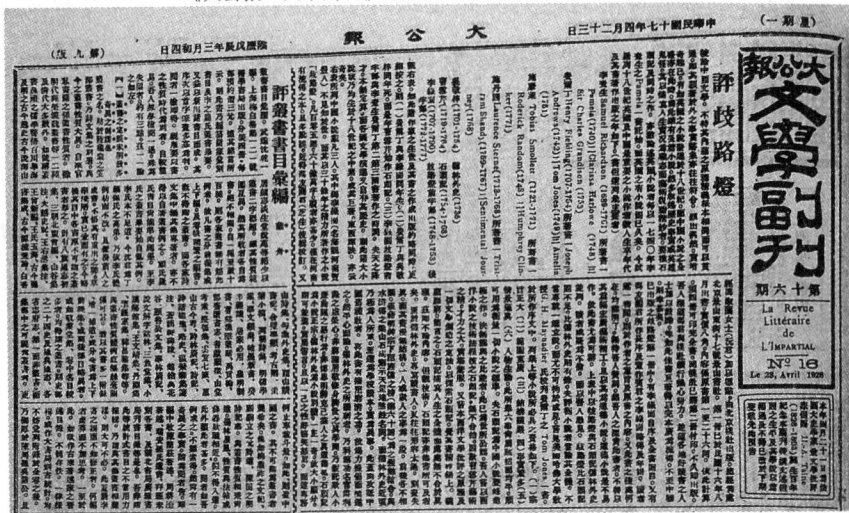

此为赞颂《红楼梦》的文章

　　文章未署名，但从整个文章的内容、语言、风格看，毫无疑问为吴宓所写。刘文典曾说："胡适之先生样样都好，就是不大懂文学。"这话说得过头了，不是他不太懂文学。他之所以如此看待《红楼梦》是别有用心，可惜，不少研究者没有注意到这一点。

　　唐德刚先生还为胡适辩解道："且把六十年来的文学家也点点名，试问又有几个比

---

　　① 文章未署名，从整个文章内容、语言、风格看，毫无疑问为吴宓所写。《评歧路灯》，《大公报·文学副刊》1928年4月23日第16期。

胡适更懂得文学?""红学界具有丰富创作经验的唯鲁迅与林语堂。"这种说法实在太绝对了,难道郭沫若、茅盾……吴宓……没有丰富创作经验吗?就是当代作家中有丰富创作经验的也不乏其人。

鲁迅确实懂文学,对《红楼梦》有过精到的见解,完全是事实。他说:"《红楼梦》以文意俱美,故盛行于时;又以摆脱旧套,故为读者所嘛,于是续作峰起,曰……诸书所谈故事大抵终于美满,照以原书开篇,正皆曹雪芹唾弃者也。"

林语堂也曾著文批评过胡适"不懂文学"。

著名作家王蒙还曾辛辣地讽刺胡适不懂文学,说:

> 我非常佩服胡适先生的学问、成就,可是我看胡适对《红楼梦》的评价,看完了我就特别难受,不相信这是胡适写的。胡适他说:"《红楼梦》算什么好的著作,就冲它的这个衔玉而生这种乱七八糟的描写,这算什么好作品。"哎呀,我就觉得咱们这个胡博士呀,他学科学,他从妇产科学的观点来要求《红楼梦》的呀,他要求医院有个纪录,那么到现在为止,我不知道有这个纪录,但是也可能有,全世界有没有这个纪录,哪怕是含着一粒沙子,或者是……这可能吗?子宫里头有胎儿,胎儿嘴里含着什么元素,假冒伪劣也可以,一个他批评这个,一个就是他批评曹雪芹缺少良好的教育,如果曹雪芹也是大学的博士的话。他还写得成《红楼梦》吗?他倒是可以当博导,有教授之称,甚或是终身教授,但他写不成《红楼梦》。①

资深文学史家刘梦溪说:

> 《红楼梦》与我们民族的关系太密切了,也太特殊了。如果没有了《红楼梦》,对我们历史悠久的民族文化来说,将是怎样的一种缺陷啊!《红楼梦》的问世,虽然是在已经进入封建社会末期的十八世纪中叶,这以前,我们的民族早经创造了光辉灿烂的古代文化,涌现出不少对民族文化艺术作出宝贵贡献的伟大作

---

① 王蒙:《红楼启示录》,安徽教育出版社 2010 年版。

家；但无可否认，《红楼梦》一经出现，就与我们的民族结下了不解之缘，成为我们民族文化的象征。①

除了"人神共钦"的胡适大叫《红楼梦》不是好小说，中国能够找出第二个这样评论《红楼梦》的吗?！

世界上凡是读过《红楼梦》的人，能找出第二人如此贬低过《红楼梦》吗？日本著名的文艺评论家盐谷温在他的《中国小说概论》一书中说：

"《红楼梦》之华丽丰赡，正配列天地人三才，不独在中国小说史上鼎立争雄，即入世界文坛，毫无逊色。"由此可见《红楼梦》的价值。②

有人说：

西洋小说多得很，但是文学史上所称为第一流的伟大小说，我几乎都读过。其中最长，最有名的，如俄国托尔斯泰的《战争与和平》《安娜小史》《复活》，好则诚然好，但是比起《红楼梦》来，我总觉得还不如。也许是因为文字隔膜。其他法国嚣俄的小说，福楼拜的小说，莫泊三的小说，英国的狄福、斯威夫特；狄金斯，奥斯丁，哈代，也无一可比拼。我问过许多深通西洋文学的人，也都说，未曾有，有个英国人说："为读《红楼梦》，也该学习中国文。"③

读完了这本《红楼梦研究》，谁也会想到有世界最伟大的四个文豪——但丁、莎士比亚、哥德、曹雪芹一并列在脑海里罢!④

吴、胡的见解如此针锋相对，全由于两人对传统文化的态度的迥异、研究目的方法的不同。

---

① 刘梦溪：《红学三十年》，转引自韩进廉《红学史稿》，河北人民出版社1982年版。
② 转引自红瓣：《红楼梦杂话》，中国艺术研究院《红楼梦》研究所、人民文学出版社编辑部合编：《红楼梦研究稀见资料汇编》，人民文学出版社2018年版，第714页。
③ 白衣香：《红楼梦问题总检讨》，《民治月刊》1938年9月1日第24期。
④ 雅兴：《红楼梦研究》，《文讯月刊》1942年8月第3卷第2期。

四、中国古代文化是有价值可爱，还是"不过如此"、"原来如此"？

1925 年 4 月 12 日，钱玄同质问胡适为什么不出面回击《学衡》、《华国》的攻击。他回信说他的方法是：

> "法宜补泻兼用"：补者何？尽量辅入科学的知识，方法、思想。泻者何？整理国故，使人明了古代文化不过如此。①

> 梁漱溟先生在他的书里曾说，依胡先生的说法，中国哲学也不过如此而已（原文记不起了，大意如此）。老实说来，这正是我的大成绩。我所以要整理国故，只是要人明白这些东西原来"也不过如此！"本来"不过如此"，我所以还他一个"不过如此"。这叫做"化神奇为臭腐，化玄妙为平常"。②

> 我们整理国故只是研究历史而已，只是为学术而作工夫，所谓实事求是也。从无发扬民族精神感情的作用。近时学者很少能了解此意的，但先生从朴学门户中出来，定能许可此意吧？③

《红楼梦》是中国古代最有价值的文化之一，是民族文化的象征，已成为中外人士公认，不可动摇的事实。

林纾说：

> 中国说部，登峰造极者无若《石头记》。叙人间富贵，感人情盛衰，用笔缜密，著色繁丽，制局精严，观止矣。其间点染以清客，间杂以村妪，牵缀以小

---

① 《致钱玄同》，《胡适书信集》（上），北京文学出版社 1998 年版，第 360 页。

② 胡适：《整理国故与打鬼给徐浩先生信》，《胡适文集》（4），北京大学出版社 1998 年版，第116 页。

③ 胡适：《致胡朴安》（1928 年 11 月），《胡适书信集》上，北京大学出版社 1996 年版，第465 页。

人，收束以败子，亦可谓善于体物，终竟雅多俗寡，人意不专属于是。①

鲁迅说：

　　至于说到《红楼梦》的价值，可是在中国底小说中实在是不可多得的。其要点在敢于如实描写，并无讳饰，和从前的小说叙好人完全是好，坏人完全是坏的，大不相同，所以其中所叙的人物，都是真的人物。总之自有《红楼梦》出来以后，传统的思想和写法都被打破了。②

苏联专家学者说：

　　曹雪芹的《红楼梦》在绵绵二百年里，一直广为流传，对这部作品的研究已成为一门专门的学问，其评论著述浩如烟海。在中国文学史上这种现象是绝无仅有的。……A. N. 科万科还认为这部作品淋漓尽致地描写了那个时代的日常生活，称得起是一部中国人生活的百科全书。……

　　В. Л. 瓦西里耶夫（1818—1900）后来在《论彼得堡大学的东方藏书》一文里写道：《金瓶梅》通常被誉为（中国）小说的代表作，其实《红楼梦》更高一筹，这本书语言生动活泼，情节引人入胜。坦率地说，在欧洲很难找到一本书能与之媲美。

　　著名中国文学研究家 Л. з. 艾德林的文章题为《伟大的现实主义者曹雪芹》。艾德林的论述很深刻，他认为"没有一部文学作品和历史著作，能像《红楼梦》那样鲜明地揭示行将灭亡的中国封建社会的全部特点和流弊"。③

　　①　林纾：《孝女耐儿传奇序》，引自朱一玄《红楼梦资料汇编》，南开大学出版社 2012 年版，第850 页。
　　②　鲁迅：《中国小说史略·附录·中国小说的历史变迁》，《鲁迅全集》（第 9 卷），人民文学出版社 1976 年版，第 398 页。
　　③　Б. 李福清 Л. 孟列夫：《列宁格勒藏抄本〈石头记〉的发现及其意义》，中国艺术研究院《红楼梦》研究所、苏联科学院东方研究所列宁格勒分析编定：《苏联列宁格勒藏抄本〈石头记〉第一册》，中华书局 1986 年版。

蒋介石悼念胡适当天的日记也不得不这样写道：

> 盖棺论定胡适，实不失为自由民主者，其个人生活亦无缺点，有时亦有正义心与爱国心，惟其太褊狭自私，且崇拜西风而自卑其固有文化，故仍不能脱出中国书生与政客之旧习也。①

"崇拜西风而自卑其固有文化"，是典型的民族虚无主义，其目的用胡适自己的话说是要"在思想文艺上替中国政治建筑一个革新的基础"。通过所谓"文艺复兴"，"再建文明"，即：再建所谓美国式的"文明"国家。难怪他要声嘶力竭地叫喊：

> 少年的朋友们，现在有一些妄人要煽动你们的夸大狂，天天要你们相信中国的旧文化比任何国高，中国的旧道德比任何国好。……
>
> 我要对你们说，不要上他们的当！不要拿耳朵当眼睛！睁开眼睛看看自己，再看看世界。我们如果还想把这个国家整顿起来，如果还希望这个民族在世界上占一个地位——只有一条生路，就是我们自己要认错。我们必须承认我们自己百事不如人，不但物质机械上不如人，不但政治制度不如人，并且道德不如人，知识不如人，文学不如人，音乐不如人，艺术不如人，身体不如人。②

吴宓对"固有文化"及欧美文明则是另一种态度，出道之始，他在《〈民心周刊〉发刊宣言》中明确宣布：

> 三、根据吾国固有文明特长之处，以发挥而光大之，使人人知吾国文明有其真正之价值。知本国文明之所以可爱，而后国民始有与之生死存亡之决心，始有振作奋发之精神，遇外敌有欲凌辱此文明者，始有枕戈待旦之慨。
>
> 四、唤起国民对于国家社会之责任心，使其不必依赖政府，诿责他人，而可自办种种国家社会事业，并讨论做人的方法，养成一种中坚社会富于自动及健实

---

① 潘光哲：《胡适和蒋介石"抬横"之后》，《胡适研究通讯》2019年第1期。
② 胡适：《介绍我自己的思想》，《新月》第3卷第4期。

精神。惟对于今日万象昏沉之社会神气沮丧之国民，专取鼓励抚慰主义。使其知事有可为，国未灭，发生一种愉快的希望心。始有活泼的进取心。

　　五、对于欧美输入之新思想及学说，皆以最精粹独立之评论观察审断之，不惟使普通国民具有世界知识，且使其对于西洋文化之真粹与皮毛有鉴别取舍之能力。至对于吾国一切固有之社会制度不为笼统的诋毁攻击，务以历史眼光究其受病之原，而求适当改良之方法。

这就是吴宓对"固有文明"和欧美文明的认识和采取的态度。这种认识和态度贯串了他的一生，无论是回国后办《学衡》杂志，还是办《大公报·文学副刊》，还是后来办《武汉日报·文学副刊》，都是如此。诚如他所说：

　　其办报目的，并无作用，亦无私心。不过良心冲动，出于不能自已。思刊行一健全之报纸，求有真正舆论之价值，以达其言论救国之初心，以尽其为国服务之天职。如此而已。①

对于《红楼梦》，吴宓更是尊重。可以说一生没有停止过对《红楼梦》的赞颂、辩护……无论是文章里、课堂上、演讲、书信、日记，还是闲谈中都能看到他对《红楼梦》的赞颂和辩护。

1919 年春，吴宓在哈佛大学所作《红楼梦新谈》时开头就说："《石头记》（俗称《红楼梦》）为中国小说一杰作。……若以西国文学之格律衡《石头记》，处处合拍，且尚觉佳胜。"以后，他将世界名著与《红楼梦》及国内作品作了反复比较，一再指出：

　　今英国大学汉文主教 Herbert A. Ciles 所著《中国文学史》一书，论《石头记》，谓其结构之佳，可媲美者费尔丁。吾则以《石头记》一书，异常宏伟而精到，以小说之法程衡之，西洋小说中，实罕见其匹。若必欲于英文小说中，其最肖而差近者，则唯沙克雷之《钮康氏家传》（*The Newcomes*）一书，足以当之。②

---

① 《〈民心周报〉发刊宣言》，1919 年 6 月 2 日。
② 吴宓：《钮康氏家传》译序，《学衡》1922 年第 1 期。

盖小说乃写人生者，而惟深思锐感，知识广、阅历多之人能作之。吾近三十年来，国家社会各方，变迁至钜。学术文艺，思想感情，风俗生计，尤有泡影楼台、修罗地狱之观，凡此皆长篇小说最佳之资料，任取一端，皆成妙谛。如能熔铸全体，尤为巨功，而惜乎少人利用之也。作此类小说之定法，宜以一人一家之事，或盛衰离合，或男女爱情，为书中之主体，而间接显示数十年历史社会之背景，然后举重若轻，避实就虚，而无空疏散漫之病。自昔大家作历史及社会小说者，靡不用此法。一者如曹雪芹，则以宝黛之情史，贾府之盛衰，写清初吾国之情况。二者如沙克雷，作 Henry Esmond，则以此人之遭遇及家庭爱情，写十八世纪初年英国之情况及一六一四年政变之始末。三者如 Geovge Eliot 作 *Middlemarch*，则以三对男女之爱情，写十八世纪初年英国村镇之情况，外此例不胜举，今均可取法也。①

吴宓对为什么要研究《红楼梦》、怎样研究《红楼梦》，也曾作过多次说明。1946年，他在武汉接受记者访问时，他的回答是：

问：吴先生研究《红楼梦》之经过如何？有何心得？

答：予有一贯综合之人生观及道德观。予之讲《红楼梦》，只是取借此书中之人物事实为例，以阐述人生哲学而已。

他在给他的朋友的信函中又说：

又弟在各地讲《红楼梦》，原本宗教道德立说，以该书为指示人厌离尘世，归依三宝，乃其正旨。②

深信宇宙间之精神价值永久长存，不消不灭，仅其所表露之形色，所寄托之事物，隐现生灭，变化不息，是为正信。由此而自愿毕生为一尽力，不疑不

---

① 吴宓：《论今日文学创造之正法》，《学衡》1923 年 3 月第 15 期。
② 吴宓：《致王恩洋》（1946 年 8 月 16 日），《吴宓书信集》，生活·读书·新知三联书店 2011 年版。此，初刊《文教丛刊》五、六两期，合刊的《通讯》栏。

懼，不急不忿，无论如何结果，仍可安心意得，有内心之安定与和平，是曰殉道殉情之人生观：即以仁智合一，情理兼到为其一生之目的与方针者也。①

宓近数年之思想，终信吾中国之文化基本精神，即孔孟之儒教，实为政教之圭臬、万世之良药。盖中国古人之宇宙、人生观，皆实事求是，凭经验、重实行，与唯物论相近。但又"极高明而道中庸"，上达于至高之理想，有唯物论之长而无其短。且唯心唯物，是一是二，并无矛盾，亦不分割。又中国人之道德法律风俗教育，皆情智双融，不畸偏，不过度，而厘然有当于人心。若希腊与印度佛教之过重理智，一方竞事分析，流于繁琐；一方专务诡辩，脱离人事，即马列主义与西洋近世哲学，同犯此病者，在中国固无之。而若西洋近世浪漫主义以下，以感情为煽动，以主观自私为公理定则者，在中国古昔亦无之也。（1955 年 11 月 6 日日记）

宓之人生观，道德观，一生殉道、殉情之行事。（1967 年 2 月 26 日日记）

吴宓谈《红楼梦》，讲《红楼梦》，赞颂和辩护《红楼梦》就是为了宣扬他的人生观、道德观：殉道、殉情。

五、是"大胆的假设，小心的求证"？还是"平心审察，通观比较"？

从 20 世纪初《红楼梦考证》出炉到 1962 年去世，只要谈到《红楼梦》，胡适从未离开过谈"方法"，如何运用杜威的实验主义方法，如何利用研究《红楼梦》推行杜威的实验主义，搞所谓的"文艺复兴"，"重建文明"。请看胡适是如何炫耀自己的研究"方法"的：

我对《红楼梦》最大的贡献，就是从前用校勘、训诂考据来治经学、史学的，也可以用在小说上，校勘必须要有本子，现在本子出来了，可以工作了。（《1961 年 6 月 21 日谈话》）②

---

① 吴宓：《一多总表》，《武汉日报·文学副刊》1947 年 4 月 1 日。
② 胡适：《〈红楼梦〉研究论述全编》，上海古籍出版社 1988 年版，第 376 页。

我是用乾、嘉以来一班学者治经的考证训诂的方法来考证最普遍的小说，叫人知道治经的方法。当年我做《红楼梦》考证，有顾颉刚、俞平伯两人在着一同做，是很有趣味的。(《1961 年 5 月 6 日谈话》))①

我这几年做的讲学的文章，范围好像很杂乱，——从《墨子·小取》篇到《红楼梦》——目的却很简单。我的唯一的目的是注重学问思想的方法。故这些文章无论是讲实验主义，是考证小说，是研究一个字的方法，都可说是方法论的文章。②

从 1920 年到 1933 年，在短短的十四年间，我以《序言》《导论》等不同的方式，为十二部传统小说大致写了三十万字［的考证文章］。那时我就充分利用这些最流行、最易解的材料，来传播我的从证据出发的治学方法。③

方法是什么呢？我曾经有许多时候，想用文字把方法取成一个公式、一个口号、一个标语，把方法扼要地说出来；但是从来没有一个满意的表现方式。现在我想起我二三十年来关于方法的文章里面，有两句话也许可以算是讲治学方法的一种很简单扼要的话。

那两句话就是："大胆的假设，小心的求证。"要大胆的提出假设，但这种假设还得想法于证明。所以小心的求证，要想法子证实假设或者否证假设，比大胆的假设还更重要。这十个字是我二三十年来见之于文字，常常在嘴里向青年朋友们说的。有的时候在我自己的班上，我总希望我的学生们能够了解。今天讲治学方法引论，可以说就是要说明什么叫做假设；什么叫做大胆的假设；怎么样证明或者否证假设。

……

要知道《红楼梦》在讲什么，就要做《红楼梦》的考证。现在我可以跟诸位做一个坦白的自白。我在做《红楼梦》考证那三十年中，曾经写了十几篇关于小说的考证，如《水浒传》《儒林外史》《三国演义》《西游记》《老残游记》《三侠五

---

① 胡适：《〈红楼梦〉研究论述全编》，上海古籍出版社 1988 年版，第 374 页。

② 胡适：《胡适文存·序例》，《胡适文集》(2)，北京大学出版社 1998 年版，第 1 页。

③ 胡适：《胡适口述自传·第九章"五四"运动》，《胡适文集》，北京大学出版社 1998 年版，第 257 页。

义》等书的考证。而我费了最大力量的，是一部讲怕老婆的故事的书，叫做《醒世姻缘》，约有一百万字。我整整花了五年工夫，做了五万字的考证。也许有人要问，胡适这个人是不是发了疯呢？天下可做学问很多，而且是学农的，为什么不做一点物理化学有关科学方面的学问呢？为什么花多年的工夫来考证《红楼梦》《醒世姻缘》呢？我现在做一个坦白的自白，就是：我想用偷关漏税的方法来提倡一种科学的治学方法。……拿一种人人都知道的材料用偷关漏税的方法，要人家不自觉的养成一种"大胆的假设，小心求证的方法"。①

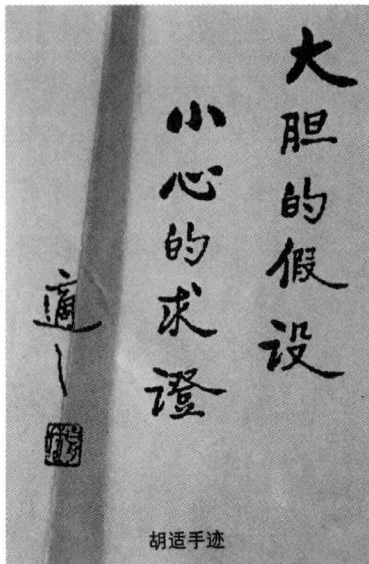

我治中国思想与中国历史的各种著作，都是围绕着"方法"这一观念打转的。"方法"实在主宰了我四十多年来所有的著述。从基本上说，我这一点实在得益于杜威的影响。②

近几十年来我总喜欢把科学法则说成"大胆的假设，小心的求证"。我总是一直承认我对一切科学研究法则中所共有的重要程序的理解，是得力于杜威的教导。③

他是怎样"得益"于杜威的"教导"呢？

他告诉我们："在1915年的暑假中，发愤尽读先生的著作，做详细的英文提要。……从此以后，实验主义成了我的生活和思想的一个向导，成了我的哲学基础。"

我的思想受两个人的影响最大：一个是赫胥黎，一个是杜威先生。赫胥黎教

---

① 胡适：《治学方法》，《胡适文集》(12)，北京大学出版社1988年版，第131、134—135页。
② 胡适：《胡适口述自传·哥伦比亚大学和杜威》，《胡适文集》(1)，北京大学出版社1988年版，第265页。
③ 胡适：《胡适口述自传·哥伦比亚大学和杜威》，《胡适文集》(1)，北京大学出版社1988年版，第269页。

我怎样怀疑，教我不信任何一切没有充分证据的东西。杜威先生教我怎样思想，教我处处顾到当前的问题，教我一切学说理想都看待证的假设，教我处处顾到思想的结果。这两个人使我明了科学方法的性质与功用，故我选前三篇①介绍这两位大师给我的少年朋友。②

我们总算明白了：胡适四十年来，不但大肆宣扬杜威的实验主义，想方设法实践杜威的实验主义（实用主义），而且一再号召少年朋友学习他的榜样，跟着他干、跟着他走！

吴宓谈《红楼梦》研究，绝对没有"方法"前，"方法"后，左一个方法，右一个方法。总是"主义理"，"重批评"，"平心审察，通观比较"，与时代联系。

我们现在能够找到的只有吴宓在 1922 年《学衡》第 2 期发表的题为《文学研究法》是谈"方法"的。这篇文章也不是专谈自己如何运用方法，而是对当时美国流行的文学研究四派，即"商业派"、"涉猎派"、"考据派"、"义理派"——作出了自己的评介，批判了前三派，肯定了第四派，并就"师友所言"及自己"平生所经验实用而获益者，条列十事，以为修学者之一助云尔"。

文章一开头就指出："吾国先儒所论列研究文学之法术义理，亦必与西洋之说，互相发明，是在学者之融会贯通，择善取长以用之耳。"接着便将先儒的"义理"之说与西洋的"义理"之说相互发明之处，"择善取长"，"融会贯通"，予以解说。不妨引录如后：

（四）义理派　此派文人，重义理，主批评，以哲学及历史之眼光，论究思想之源流变迁，熟读精思，博览旁通，综合今古，引证东西，而尤注意文章与时势之关系。且视文章为转移风俗，端正人心之具，故用以评文之眼光，亦即其人立身行事之原则也。此派文人，不废实学，而尤重识见，谓古今文字，固必精通娴习，以求词义无讹，而尤贵得文章之旨要，及作者精神之所在。然后甄别高下精粗。于古之作者，不轻诋，不妄尊；于今之作者，不标榜，不毁讥。平心审察，通观比较。于既真且美而善之文，则必尊崇之，奖进之。其反乎是者，则必黜斥

---

① 　三篇分别是《演化论与存疑主义》、《杜威先生与中国》、《杜威论思想》。
② 　胡适：《介绍我自己的思想》，《新月》第 3 卷第 4 期。

之，修正之。盖能守经而达权执中以衡物，不求强同，亦不惧独异。本其心之所是，审慎至当，而后出之。故其视文章作家，必当以悲天悯人为心，救世济物为志，而后发为文章。作文者以此志，而评文者亦必以此志。盖其所睹者广，而所见者大，其治学也，不囿于一国一时，而遍读古今书籍，平列各国作者，以观其汇同沿革，而究其相互之影响，至其衡文也。悬格既高，意求至善，常少称许，其待人接物也，风骨严正，而又和蔼可亲。盖希踪于古哲，深得文章之陶镕者之所为。其治世也，以崇文正学为本务。教育必期养成通人，化民成俗，必先修身正己，以情为理之辅，情须用之得宜，而不可放纵恣睢。谓幻想可助人彻悟，而不可堕入魔障。凡此毫厘之别，切宜注意。而非拘泥固执，以及囫囵敷衍者之所可识也。惟然，故此派文人，如凤毛麟角，为数甚少，或任大学教师，或为文坛领袖，其学识德业，所至受通人尊崇。而流俗则鲜能知之，且有名著欧陆，而在本国反无闻焉者。盖棺论定，异日文学史上，江河万古流，则必为此派之魁硕无疑。而此派者。实吾侪研究文学所应取法者也。……

文章介绍、分析了美国文学研究前三派的弊病后，着重指出应"从所言第四派之行"，且提出警告，说：

在吾其吾国因时势所趋，恐（一）（二）（三）派，亦将有日盛之势。然有志于文学者，应效法第（四）派之方法及精神。此不容疑者也。自新文化运动以来，吾国学生热心研究西洋文学者甚多，然盲从一偏，殊多流弊。吾另有文言之。今惟掬诚，为海内有志文学者正告曰：（一）勿卷入一时之潮流，受其激荡，而专读一时一派之文章。宜平心静气，通观并读，而细别精粗，徐定取舍（二）论文之标准，宜取西洋古今哲士通人之定论，不可专图翻案，而自炫新奇（三）研究文学之方法与精神，宜从上所言第四派之行事，外此则专书具在。不待末学之哓哓也。

后来，他又在一则"按语"中说：

吾人不废考据。然若专治考据而不为义理、词章，即只务寻求并确定某一琐屑之事实，而不论全部之思想，及中涵之义理，又不能表现及创作，则未免小大轻重颠倒，而堕于一偏无用及鄙琐。此今日欧美大学中研究文学应考博士之制度办法之通病，吾国近年学术界亦偏于此。吾人对于精确谨严之考证工作，固极敬佩。然尤望国中人士治中西文哲史学者，能博通渊雅，综合一贯，立其大者，而底于至善。夫考据、义理、词章三者应合一而不可分离，此在中西新旧之文哲史学皆然。吾人研究《红楼梦》，与吾人对一切学问之态度，固完全相同也。（《〈红楼梦〉之人物典型按语》）

吴宓研究《红楼梦》就是用的他所说的这些，特别是比较的方法，一贯如此，一生如此。两相比较，孰优孰劣，人人都会明白。

比较科学是当今一门显学。西方学者认为：行为科学家所掌握的锐利武器之一，便是"比较研究"（comparanvestudy）。

胡适晚年口述自己的历史时也说："人类文明发展到今天，任何民族的历史，都已不能孤立研究，'孤立'便有'偏见'，有偏见则无真知。"

鲁迅早就说过：比较是医治受骗的好方子[1]。

闻一多也说过，"一切的价值都在比较上看出来"[2]。

朱光潜更是斩钉截铁地写道："一切价值由比较而来。"[3]

唐德刚先生回忆胡适时，就直指他不懂现代社会科学、比较科学，不得不发出这样的疑问：

搞"整理国故"的人，多少要有一点现代社会科学、比较史学（comparative history）、比较文学（comparative littrature）、比较哲学（comparative philosophy）等等方面的训练，各搞一专科。否则只是抱着部十三经和诸子百家"互校"，那你就一辈子跳不出"乾嘉学派"的老框框。跳不出偏要跳，把一部倒

---

① 鲁迅：《随便翻翻》，《鲁迅全集·且介亭杂文》。
② 闻一多：《艾青和田间》，《闻一多选集》（第1卷），四川文艺出版社1987年版。
③ 朱光潜：《研究诗歌的方法》，《朱光潜全集》（第9卷），安徽教育出版社1993年版。

霉的老杜威的"思维术"也拖下水，那就变成贝聿铭所说的"穿西装戴瓜皮帽"一类不伦不类的"过渡时代的学术"了。①

他老人家治学，对任何学派都"不疑处有疑"，何以唯独对杜威"有疑处不疑"，还要叫他自己的小儿子"思杜"（思念杜威）一代接着一代的思下去呢？②

青年期的胡适是被两位杰出的英美思想家——安吉尔和杜威——"洗脑"了；而且洗得相当彻底，洗到他六十多岁，还对这两位老辈称颂不置。这也就表示胡适的政治思想，终生没有跳出安、杜二氏的框框。胡适之先生一生反对"被人家牵着鼻子走"，可是在这篇自述里，我们不也是看到那个才气纵横的胡适，一旦碰到安吉尔、杜威二大师，便"尽弃所学而学焉"，让他两位"牵着鼻子走"吗？适之当然不承认他被人家牵着鼻子走，因为他不自觉自己的鼻子被牵了。这并不表示他老人家没有被牵。相反的，这正表示牵人鼻子的人本事如何高强罢了。③

胡适从杜威那里学到"牵着鼻子走"的本领，真可谓青出于蓝而胜于蓝。原来他的谈方法就是谈政治，就是"牵着鼻子走"的方法，从而达到其不可告人的目的。

梅迪生说我谈政治"较之谈白话文与实验主义胜万万矣"，他可错了；我谈政治只是实行我的实验主义，正如我谈白话文也只是实行我的实验主义。

实验主义自然也是一种主义，但实验主义只是一个方法，只是一个研究问题的方法。他的方法是：细心搜求事实，大胆提出假设，再细心求证。……

我这几年的言论文字，只是这一种实验主义的态度在各方面的应用。我的唯一目的是要提倡一种新的思想方法，要提倡一种注重事实，服从证验的思想方法。古文学的推翻，白话文的提倡，哲学史的研究，《水浒》《红楼梦》的考证，一个"了"字或"们"字的历史，都只是这一个目的。我现在谈政治，也希望在政论界

---

① 《胡适口述自传·第十章》，《胡适文集》（1）注4，北京大学出版社1988年版，第391页。

② 胡适：《胡适口述自传·第五章哥伦比亚大学和杜威》，《胡适文集》（1），北京大学出版社1998年版，第287页。

③ 胡适：《胡适口述自传·第四章青年期的政治训练》，《胡适文集》（1），北京大学出版社1998年版，第253页。

提倡这一种"注重事实，尊崇证验"的方法。①

他在《介绍我自己的思想》一文中说得更露骨，他说：

> 我觉得我们做《红楼梦》的考证，只能在"著者"和"本子"两个问题上着手，只能运用我们力所能尽搜集的材料，参考互证，然后抽出一些比较的最近情理的结论。这是考证学的方法。我在这篇文章里，处处撇开一切先入的成见，处处存一个搜求证据的目的，处处尊重证据，让证据做响导，引导到相当的结论上去。
>
> 这不过是赫胥黎、杜威的思想方法的实际运用。我的几十万字的小说考证，都只是用一些"深切而著明"的实例来教人怎样思想。
>
> ……
>
> 我为什么要考证《红楼梦》？
>
> 在消极方面，我要教人怀疑王梦阮、徐柳泉一班人的谬说。
>
> 在积极方面，我要教人一个思想学问的方法。我要教人疑而后信，考而后信，有充分证据而后信。
>
> 我为什么要替《水浒传》作五万字的考证？我为什么要替庐山一个塔作四千字的考证？
>
> 我要教人知道学问是平等的，思想是一贯的。……肯疑问"佛陀耶舍究竟到过庐山没有"的人，方才肯疑问"夏禹是神是人"。有了不肯放过一个塔的真伪的思想习惯，方才敢疑上帝的有无。
>
> 少年的朋友们，莫把这些小说考证看作我教你们读小说的文字。这些都只是思想学问的方法的一些例子。在这些文字里，我要读者学得一点科学精神，一点科学态度，一点科学方法。科学精神在于寻求事实，寻求真理。科学态度在于撇开成见，搁起感情，只认得事实，只跟着证据走。科学方法只是"大胆的假设，小心的求证"十个字。没有证据，只可悬而不断；证据不够，只可假设，不可武断；必须

────────────────────────

① 胡适：《我的歧路》，《胡适文集》（3），北京大学出版社 1998 年版，第 365－366 页。

等到证实之后，方才奉为定论。

少年的朋友们，用这个方法来做学问，可以无大差失；用这种态度来做人处事，可以不至于被人蒙着眼睛牵着鼻子走。

从前禅宗和尚曾说，"菩提达摩东来，只要寻一个不受人惑的人"。我这里千言万语，也只是要教人一个不受人惑的方法。被孔丘、朱熹牵着鼻子走，固然不算高明；被马克思、列宁、斯大林牵着鼻子走，也算不得好汉。我自己决不想牵着谁的鼻子走。我只希望尽我的微薄的能力，教我的少年朋友们学一点防身的本领，努力做一个不受人惑的人。

抱着无限的爱和无限的希望，我很诚挚的把这一本小书贡献给全国的少年朋友！

十九，十一，二十七晨二时将离开江南的前一日　胡适①

唐德刚以自己的亲身经历谈了胡适宣扬的这种方法，他说：

生为胡适时代的大学生，我学会了"大胆假设"和"小心求证"。但是我也犯了胡适的毛病，不知道如何把求证的结果，根据新兴的社会科学的学理加以"概念化"（conceptualization）。为求证而求证来研究《红楼梦》，那就只能步胡适的后尘去搞点红楼"版本学"和"自传论"。②

胡适之先生求学时期，虽然受了浦斯格和杜威等人的影响，他的"治学方法"则只是集中西"传统"方法之大成。他始终没有跳出中国"乾嘉学派"和西洋中古僧侣所搞的"圣经学"（Biblical-Scholarship）的窠臼。③

正因为"胡适的治学方法"受了时代的局限，未能推陈出新，他底政治思想也就跳不出"常识"和"直觉"的范围。最主要的原因便是由于他的"治学方法"

---

① 胡适：《介绍我自己的思想》，初载《新月》第3卷第4期，后收入《胡适文选》自序，上海亚东图书馆初版1930年版。

② 唐德刚：《曹雪芹的"文化冲突"》，《史学与红学》，广西师范大学出版社2020年版，第237页。

③ 《胡适口述自传·第六章青年时逐渐领悟治学方法》，《胡适文集》（1）注释（2），北京大学出版社1988年版，第304页。

不能"支持"（Support）他政治思想的发展。①

尽管如此，胡适还是要顽固地教人按照他的方法去做。1961 年 6 月 5 日他给友人信中说：

> 你不妨重读我的《红楼梦考证》，看我是如何处理这个纷乱的问题。我在那时（四十年前）指出"《红楼梦》的新研究"只有不过两个方面可以发展：一是作者问题，一是本子问题，四十年来"新红学"的发展，还只是在这两个问题的新材料的增加而已。②

此时，胡适已行将就木，他还是要千方百计、竭尽全力将《红楼梦》研究引入他设计的轨道：作者、版本。不让人去触及"微言大义"，不如此，他"再建文明"梦想必将破产，推行的"方法"阴谋一定原形毕露。

胡适的《红楼梦》研究大概持续了二十年左右，前后可分为两个阶段：1921 年至 1933 年为前期，1951 年至 1962 年为后期。其研究随着政治形势的变化而有所变化。前期对传统文化的虚无主义，"不过如此"，"原来如此"，旨在从思想上反对马克思主义；后期则由"文艺复兴"，"再建文明"，到"改造中国"，旨在打着自由主义的旗帜，以不直接、公开参加蒋介石政权为掩护，从事反共的政治勾当。如他自己所说：

> 我在野，——我们在野，——是国家的、政府的一个力量，对外国，对国内，都可以帮政府的忙，支持他，替他说公平话，给他做面子。若做了国府委员，或做了一院院长，或做了一部部长，虽然在一个短时期也许有做面子的作用，结果是毁了我三十年养成的独立地位，而完全不能有所作为。结果是连我们说公平话的地方也取消了。——用一句通行的话，"成了政府的尾巴"！你说是不是？
>
> 我说，"是国家的、政府的一个力量"，这是事实，因为我们做的是国家的事，是受政府的命令办一件不大不小的"众人之事"。如果毛泽东执政，或是郭沫若当国，我们当然都在被"取消"的单子上，因为我们不愿见毛泽东或郭沫若当

① 《胡适口述自传·第六章青年时逐渐领悟的治学方法》，《胡适文集》（1）注释（3），北京大学出版社 1998 年版，第 305 页。
② 胡适：《答李孤帆书》，《胡适红楼梦研究论述全编》，上海古籍出版社 1988 年版，第 357 页。

国，所以我们愿意受政府的命令办我们认为应该办的事，这个时代，我们做我们的事就是为国家，为政府，树立一点力量。①

这就是胡适的本来面目，死心塌地做蒋介石的谋士。

1949年4月，胡适离开大陆去美国当寓公。到达美国后，人民解放军已攻克南京，蒋家王朝宣告灭亡。胡适表示："不管局势如何艰难，我始终是坚定的用道义支持蒋总统的。"他还三次去华盛顿活动，寻求美国政府对蒋介石继续支持。回台湾后，仍然千方百计效忠蒋介石。著名学者殷海光②不禁发出这样的声音：

有些人把我看成胡适一流的人，早年的胡适确有些光辉，晚年的胡适简直沉沦为一个世俗的人了。他先怕人家不捧他，惟恐忤逆现实的权势，思想则步步向后溜。我岂是这种名流。③

一贯鼓吹人性论，反对阶级论的梁实秋也不得不承认："任何人都不能和政治脱离关系，学生如何能是例外。"④

侯外庐先生说得好：

对胡适的文艺批判，如果忽视了他的政治目的，就易于被他俘虏。⑤

（作者单位：四川大学出版社）

---

① 肖伊绯、吴政上、王汎森：《关于胡适致傅斯年一封信的通信》，《胡适研究通讯》1918年第4期。
② 原名殷福生（1919.12—1969.9），湖北黄冈县人。1942年西南联大毕业，入清华大学哲学研究所。1944年参加青年远征军。1945年因身体不适提前退伍入重庆独立出版社任编辑。其间，在《扫荡报》发表大量论文，被陶希圣看中，调入《中央日报》任主笔。1949年，去台湾，11月与胡适、雷震等人创办《自由中国》半月刊，任编委加主笔。1954年以访问学者赴哈佛大学考察、研究、讲学一年。1955年回台，一面执教台大，一面继续为《自由中国》《祖国》撰稿。1969年9月6日离世，终年五十。台湾、大陆均有文集问世：《殷海光全集》，台北桂冠图书出版公司1989年版，台湾大学出版中心2009年版；《殷海光文集》张斌峰、何卓恩编，湖北人民出版社2009年版。
③ 殷海光：《致陈平原》，张斌峰、何卓恩：《殷海光文集》（第2卷），湖北人民出版社2009年版。
④ 梁实秋：《学生与政治》，重庆《中央周刊》1942年4月30日第4卷第38期。
⑤ 侯外庐：《揭露美帝国主义奴才胡适的反动面》，《胡适批判论文集》（第3集），生活·读书·新知三联书店1955年版，第58页。

20 世纪 50 年代初香港的通俗文学和纯文学

陈子善

我今天向大家报告的是 20 世纪 50 年代初香港的通俗文学和纯文学的一些情况，也就是说当时在香港文坛有没有可能也像 20 世纪 40 年代的上海一样，通俗文学与纯文学合流，比如有些文学杂志、文学副刊当中通俗文学和纯文学并存的情况有没有出现。

为什么提这样一个问题呢？因为不久前，我有幸看到了五份香港报纸，包括它们的副刊，这种报纸很稀少，目前所知，只有香港中文大学图书馆收藏了另外四份。大家知道，一种报纸不可能只出版九份，即使出版短短几个月，也要有一百多份。而我看到的这种报纸加上香港中文大学所藏的，一共只有九份，并且这九份报纸的出版时间并不连贯，从 1953 年底到 1954 年初都有。

我所说的这种香港报纸就是《中南日报》，它有不少副刊，有些副刊名很有趣，比如其中有一个副刊名叫"中南海"。今天我重点讲另外一个的文学副刊"说荟"，从刊名就可以看出，这个文学副刊与通俗文学有很大关系，因为新文学的副刊一般不会使用这样的刊名。

有意思的是，"说荟"上是纯文学作品和通俗文学作品并存的。这个副刊的编者，后来也是香港有名的作家慕容羽军，现在已经去世了。他在 21 世纪初发表过文章，抱怨这个文学副刊这么重要，但香港文学研究者中没有一个人提到。他生气地强调：你们写香港文学史、香港新闻史、香港报刊史，竟然把《中南日报》遗漏了，把"说荟"遗漏了，这是不可原谅的错误。实际上倒并不是因为研究者故意冷落"说荟"，而是因为大家都看不到这份报纸。

如今《中南日报》创刊和停刊的时间我们仍不清楚。回到文学的话题，我为什么说"说荟"这个文学副刊是纯文学和通俗文学的合流？因为香港几位写通俗文学的作家，如南宫搏这些历史小说家，都在这个副刊上连载过小说，如《杨贵妃新传》，从题目上就可以看出是通俗文学作品，而且"说荟"上的通俗文学作品以言情小说为主。20世纪40年代上海四大女作家之一的潘柳黛，是新文学作家，也在"说荟"上连载过长篇小说《一个女人的传奇》。她在香港出版的第一部长篇就是《一个女人的传奇》，现在才知道它最初就是在"说荟"上连载的。这些作家在香港文学史中都被提到了，其实他们作品中的通俗倾向是很明显的。如果写香港通俗文学史的话，这些作家就会被提到。

"说荟"有一个特点——在上面连载作品的作家，每人都有自己相对固定的一块版面，也就是说，他们在这个文学副刊上各有地盘。这个副刊上还有一个比较别致的地方——它有一日刊、两日刊、三日刊等。如果这篇文章分为上和下，就分为两天刊完；分为上、中、下，就三天刊完；杂感、随笔等，一日就可刊完；长篇小说需要连载，时间就长些。

那么，我为什么要专门讲《中南日报》的"说荟"呢？因为上面还连载了张爱玲的翻译小说，我们以前根本不知道！可惜的是，只能看到五天并不连贯的连载（我看到的这九份报纸里，后面四份没有连载这篇翻译小说）。所以这篇翻译小说具体有多大篇幅我们现在不知道。这篇翻译小说中译名为《冰洋四杰》，署名为"佛兰西斯·桑顿著 张爱玲译"。现在可以初步判断的是，张爱玲在翻译这部英文长篇时做了删减。小说讲的是"二战"中的一个动人故事，四位牧师和军舰一起沉入海底。这部连载小说的题目译为"冰海四杰"，也比较像晚清以来翻译小说的题目。我们看晚清民初的很多翻译者都喜欢用这样的名称，如果让鲁迅来翻译，肯定不会这样译。当然，我还在进一步梳理和研究。

有必要指出的是，张爱玲生前没有谈到过这部翻译作品，慕容羽军在回忆录里却曾经谈到此事，但他的回忆有很大的讹误。他说，一个偶然的机会，他在香港见到张爱玲（他当时是《中南日报》文学副刊的主编），就向张爱玲约稿，张爱玲婉言谢绝，说她没有创作。后来慕容羽军说翻译作品也欢迎，就刊登了这部小说，但他没有提小说的题目。事先张爱玲要求这部小说用笔名发表，但事实让张爱玲很生气：小说刊出时用的仍是真名而不是笔名。慕容羽军对她说："我们总编讲，要的就是有你真名的文章，署个笔名谁知道呢？"张爱玲说："我们事先约定用笔名，否则，就不再连载。"① 第二天小说连载时，就把"张爱玲"改成了"张爱珍"。张爱玲又提出了新问题：昨天小说的译者是"张爱玲"，今天变成"张爱珍"，读者还能联想到是张爱玲——最后就改成了"爱珍"。这是慕容羽军在回忆录里写的，写得很具体，很生动。但是，刚刚我介绍所见到的五份《中南日报》的"说荟"上，张爱玲这部翻译小说的连载虽然不连贯，其署名却都是"张爱玲"，根本不是"张爱珍"或者"爱珍"。慕容羽军的回忆在确认"说荟"发表过张爱玲的翻译作品这一点上是准确的，但其中关于从"张爱玲"到"张爱珍"再到"爱珍"的回忆却与事实完全不符。所以文学回忆录也要经过史实的检验。

谢谢大家！

（本文据陈子善先生在 2017 年 9 月 23 日苏州大学举办的"第二届中国现当代通俗文学暨武侠文学研究"学术研讨会的发言整理而成，题目为《苏州教育学院学报》微信公众号编者所加，初刊于《苏州教育学院学报》2018 年第 3 期）

（作者单位：华东师范大学中国语言文学系）

① 慕容羽军：《我所见到的胡兰成、张爱玲》，《沈浓淡淡港湾情》，香港：当代文艺出版社 1996 年版，第 133—141 页。

西南联大的美术创作

李光荣

中国美术史如果记载的是国画、油画、雕塑等新老传统美术作品，可能不会写到西南联大，如果记载的是素描、写生、漫画、木刻、篆刻、设计图、舞台美术等，就不能缺少西南联大的作品。

可是，西南联大没有开设美术系，自然也没有专业的美术教师。但这不等于西南联大没有美术活动，没有创作出有影响的作品，没有培养出美术人才。我们知道，西南联大开过画展，出版过画报（壁报），产生过较为著名、让人过目不忘的作品，培养出终身喜欢绘画和书法的学生，有的成了绘画和书法名家。可是，研究西南联大的美术作品却极为困难，因为当时的作品很少流传下来。没有实物，任何研究都是空谈；见不到作品，美术研究不可能展开。学术研究不能用后来的成就去证明先前的业绩，所以，不能用后来的名家作品充当材料去研究西南联大的美术创作。例如，沈从文后来的古代服装画非常好，不能说明他在西南联大时期搞过美术，汪曾祺后来的国画较为著名，不能推论他在西南联大时期如何用心地画画。当然，西南联大对于美的欣赏与陶冶是随时存在的，汪曾祺曾记录过沈从文和几个同学对着一块苗族的挑花布图案赞叹一个晚上的事，以及他自己在课程作业中所画的地图获得过老师"美术价值甚高，科学价值全无"的评语[1]；西洋哲学史课上，老师会安排从四五张画中选一张写一篇观后感的训练[2]。但是，这些不能代替美术活动，更与美术作品无关。

---

① 汪曾祺：《西南联大中文系》，《汪曾祺全集》（第 4 卷），北京师范大学出版社 1998 年版，第 355 页。

② 李光荣访周锦荪记录，2009 年 10 月 27 日，昆明周寓。

本文将描述西南联大的美术活动及其美术创作的概况。由于西南联大中期的美术材料匮乏，无法描述西南联大美术活动的发展轨迹，只能根据能够见到的作品和有记载的事迹对前期和后期的美术活动进行梳理。

一、西南联大的漫画

漫画在西南联大很受推崇。西南联大的早期和后期各有一个以漫画为主的美术社团，画出了一些著名的漫画，在师生中产生过很大影响，甚至对师生的生活发生过作用。中期由于政治压力大的原因，没有产生漫画社团，但仍有著名的漫画作品产生。可以认为漫画是西南联大的传统画种。

《热风》是西南联大早期的一份壁报，创刊于 1939 年 5 月，最初是群社的一份壁报，负责人是马杏垣。《热风》壁报以漫画为特色，多登漫画作品，兼登木刻和杂文。漫画作品以现实生活中的种种现象为材料，表达自己的观感，具有强烈的现实色彩。这些漫画每次张贴出来，很受师生欢迎。那时，西南联大借云瑞中学上课，壁报最初贴在云瑞中学的墙上，吸引了许多学生观看，其中不乏老师。

中文系教师吴晓铃是《热风》自始至终的作者，因缘于他与马杏垣的师生情谊。马杏垣是地质地理气象系的学生，1938 年入学。他的"大一国文"课是吴晓铃先生上的。在一次作文试卷中，马杏垣表现出色，他们遂开始了深交。那一次作文的题目是《释名》，释自己的名字。先生做示范：本人姓吴，出生时，天刚破晓，呱呱坠地，声音洪亮如钟鸣，故名晓铃。学生如法炮制，各释其名。马杏垣大掉其书袋，征引宋代陆游的《马上作》和叶绍翁的《游园不值》："平桥小陌雨初收，淡日穿云翠霭浮；杨柳不遮春色断，一枝红杏出墙头"；"应怜屐齿印苍苔，小扣柴扉久不开。春色满园关不住，一枝红杏出墙来"，说自己的姓名如何具有诗情画意，还在卷末画了一幅"红杏出墙"的钢笔画。文章新鲜别异，使吴先生对作文配画大有"百年今始破天荒"之感。这样，两人便成了师友。马杏垣是共产党员，群社的骨干。当时党员是隐蔽的，群社则是公开的。群社开展各种活动，为同学做好事，赢得了同学们的信任和支持，参加者达两百多人。群社虽然是一个学生的群众团体，但有较为完备的组织形式，有宗旨，有章程，有社长和干事会，干事会下设时事、学术、文艺、壁报、康乐、服务等股，聘请曾昭抡、余冠英为导师。马杏垣喜爱美术，擅长木刻和漫画，他和陈潜等几位爱好美术的同学便发起组织"热风社"，出版《热风》壁报，请吴晓铃做导师。吴晓铃当然支持。按照西南联大学生管理条例的规定，学生组织社团或出版壁报要到训导处登记，登记表上所写的热风社负责人是马杏垣，导师是吴晓铃。

吴晓铃先生是河北人，1937年北大毕业留校，1938年底到西南联大任教，1942年至1946年，应邀去印度国际大学中国学院任教。他主攻中国古代文学，在中国古代戏曲、小说的研究方面成就突出。作为导师，他为《热风》创刊号写了一首散曲小令《仙吕·锦橙梅》，咏"火炬游行"，刊登在壁报上。今天我们见不到吴晓铃的这首词了，但火炬游行是可以知道的。1939年"五四"，西南联大在昆明举行了大游行，游行在夜间，所以大家举着火把进行，称为"火炬游行"。游行轰动了昆明古城，搅动了许多人沉静的心灵。穆旦难以抑制内心的激情写了一首诗加以赞美。由于这首诗知者不多，节选于下：

> 祖国在歌唱，祖国的火在燃烧，
> 新生的野力涌出了祖国的欢笑，
> 轰隆，轰隆，轰隆，轰隆——
> 城池变做了废墟，房屋在倒塌，
> 衰老的死去，年青的一无所有；
> 祖国在歌唱，对着强大的敌人，
> 投出大声的欢笑，一列，一列，一列；
> 轰隆，轰隆，轰隆，轰隆——
> （我看见阳光照遍了祖国的原野，温煦的原野，绿色的原野，开满了花的原野）
> 用粗壮的手，开辟条条平坦的大路，
> 用粗壮的手，转动所有山峰里的钢铁，
> 用粗壮的手，拉倒一切过去的堡垒，
> 用粗壮的手，写出我们新的书页，
> （从原始的森林里走出来亚当和夏娃，他们忘了文明和野蛮，生和死，光和暗）
> ……①

---

① 穆旦：《一九三九年火炬行列在昆明》，昆明《中央日报》，1939年5月26日。

　　显然，吴晓铃也为这天的火炬游行激动了，他感到了人们精神中焕发出来的活力，所以填词歌咏。他不但填词，还画了四幅漫画，着上颜色，进行歌颂，形成了诗配画，形式很吸引人。马杏垣看出吴晓铃不是一个新手，便约他继续画漫画。在他的催促下，吴晓铃每期都提供了漫画，"好在当时昆明既有人从事着神圣的工作，也有人沉沦于荒淫无耻的生活，素材俯拾即是，信手拈来，便可收讽喻之效"①。

　　群社有一个不成文的规矩，无论开展什么活动，负责人都要带头参加。所以，打篮球时，有的动作并不协调的"老夫子"也会衣襟一撩，跳上场去，弄得满场大笑。由于群社在同学中的影响良好，参加者迅速增加。能人多了，组织的活动也就多了。各股及各股下属各小组都组织活动，负责人参加不过来。而且，每个小组的活动都要通过社里，管理工作量也太大。到了1940年，一些人数较多的小组便独立门户，开展活动。冬青社、腊月社、群声歌咏队等相继独立，热风社也是较早独立出来的团体之一。也是在独立开展活动的过程中，《热风》形成了以漫画为主，以讽刺为特色的风格。

　　《热风》壁报上的漫画，影响最大的是一组以女生恋爱生活为题材的作品。当时有的女学生在处理爱情方面不够慎重，发生了殉情共死的悲剧，有的轻易许身，最后遭致始乱终弃。根据这种情况，马杏垣和吴晓铃商讨后，吴晓铃画了一组六幅的漫画："第一幅的标题是'灯红酒绿，卿卿我我'，描写男女聚会的盛况。第二幅是一个跳舞的场面。第三幅是男的为女的提皮包背大衣。第四幅是'不能不以身相报'。双双走进旅馆。第五幅是女者抱着大肚皮痛苦。第六幅是一个老教授谆谆告诫：'这种事情只有你们女人才有责任。'"② 当时，西南联大里三青团和群社的斗争已经在明里暗里进行。看到这样一组漫画，三青团暗自高兴，以为有好戏看了。可是过了几天仍不见女生有什么反响，于是去南院女生宿舍贴了一张漫画，上书"联大女生无耻"。三青团把这组漫画对象化，并加以渲染。女生知道这是挑拨离间，不仅没有上当，还对"女生无耻"

　　① 吴晓铃：《〈热风〉壁报上的漫画风波》，云南省政协文史资料研究会等编：《云南文史资料选辑》（第34辑），云南人民出版社1988年版，第447页。

　　② 残年：《群社》，西南联大除夕副刊主编：《联大八年》，西南联大学生出版社1946年版，第130页。

云云提出了抗议。"后来了结的办法是汪君以团方负责人向全体女同学书面公开道歉。"① 这就是吴晓铃所说的"《热风》壁报上的漫画风波"。这组画具有巨大的思想和艺术冲击力，不仅险些被人利用惹出一场同学间的"战争"，还给同学以深刻的思考，因此，在同学们的心中留下了深刻的印象，漫画的内容被同学一级一级地传下来，不仅在1946年所写的《联大八年》中多次被写入，直至到了2004年前后，笔者访问西南联大学生时，还有多人说到。

1941年新年前，吴晓铃和马杏垣商量后，"画了一对门神，是两个光屁股的大胖子：一个抱了尾龙睛鱼，一个抱了锭金元宝；一个是脑满肠肥的孔祥熙，一个是皇亲国舅宋子文。还配上一副春联，全文由于年久，我忘记了，只记得下联结以'正好浑水摸鱼'六字，遣词刻薄，叫人家受不了"②。这幅漫画指名道姓，虚构夸张，但却直指人物的本性，形象生动，对联尖锐刻薄，老百姓看了拍手称快，为政者看了心惊胆战，终至惹了大祸。"训导长亲自把壁报木牌摘了下去，连同两个大胖小子扔进垃圾堆里。《热风》壁报完成了光荣的历史任务。"③《联大八年》说："'热风'最后一版是三十年六月一日出版的。"④ 显然有误。

其实，《热风》壁报的结束不光是那对门神惹的祸，而是另有政治历史原因。壁报的问题，按照西南联大的训育制度，只需要壁报负责人到训导处说明情况，接受批评，做出保证就可以再行出版了。以后怎么样，要看情况的。吴晓铃主动承担责任，是他心胸博大的表现。《热风》壁报的停刊是由于"皖南事变"发生后，学校的进步势力遭到威胁，共产党人秘密撤退到乡下隐蔽，群社停止活动，《群声》、《冬青》、《腊月》等壁报不再刊出，共产党员马杏垣负责的《热风》当然不能再继续了。

这之后，生动活泼的校园生活气氛消失，出现了冷清沉寂的局面。但大家的心并没有冷，一旦有时机，热情还是会喷发的。

---

① 行型：《由同学看"党""团"》，西南联大除夕副刊主编：《联大八年》，西南联大学生出版社1946年版，第137页。

② 吴晓铃：《〈热风〉壁报上的漫画风波》，云南省政协文史资料研究会等编：《云南文史资料选辑》（第34辑），云南人民出版社1988年版，第447—448页。

③ 吴晓铃：《〈热风〉壁报上的漫画风波》，云南省政协文史资料研究会等编：《云南文史资料选辑》（第34辑），云南人民出版社1988年版，第448页。

④ 资料室：《八年来的民主运动》，西南联大除夕副刊主编：《联大八年》，西南联大学生出版社1946年版，第41页。

"太平洋战事爆发后，香港危在旦夕，留居香港的党国要人和文化界名流被困无法脱身，孔祥熙竟以飞机抢运老妈子和洋狗，一时舆论喧哗，而沉闷已久的联大同学尤感愤恨……先是，有国民党党籍的两位同学在校门口贴出'喊'壁报，详述飞机运洋狗之事，全校为之喧嚷。接着有'响应'壁报出现，继'响应'之后，各系会，学会，级会，同学会都有响应的启事，不到两小时，新舍墙头尽是打倒孔祥熙的口号标语和有关时局的报道。"① 1942 年 1 月 6 日，住在昆华中学的叶华在床单上画了一幅漫画，画面上是孔祥熙的胖脑袋钻在钱眼里，他把漫画挂在宿舍楼下，激发了同学们的情绪，有人举起这幅漫画召集同学，沿途会合了师院的同学，到新校舍，迅速聚拢上千人的队伍，举着漫画上街游行，形成了震动朝野的"倒孔运动"。

叶华的孔祥熙漫画成为一时的美谈，也是西南联大中期的漫画代表作。

1942 年秋，工学院学生王伯惠、阎安素、吴铭绩、张天玑、吴宝初、陈炎创等，创办壁报《西南风》，每两周出刊一次，有文章有漫画，主要内容是讽喻当时工学院学生的清苦生活和社会上的不良现象。"墙报上吴铭绩的几篇连载'新儒林外史'，讽刺工学院同学日常的学习和生活，都引起同学们很大的兴趣。而吴宝初、陈炎创的漫画，每期都有一二幅，更为精彩，记得有一幅画的是在食堂里一大堆同学围着一个饭桶抢饭，有位同学的眼镜挤掉在饭桶里，狼狈不堪，却在外面地上来寻找。大家看了画都发笑——然而那是含着眼泪的笑！"②

1943 年秋开始，西南联大的自由气氛渐渐兴起。1944 年 4 月，一些爱好诗画的同学发起成立了新诗社，出版《诗与画》壁报。其中爱好美术的同学因版面有限其作品难以得到充分发表，便另组成立阳光美术社，出版《阳光》画刊。出版几期后，大家发现漫画最受同学欢迎，便渐渐走上了《热风》壁报的道路，以发表漫画为主了。这也可以看出西南联大学风的传统。阳光美术社最主要的骨干是赵宝煦。他最著名的漫画是用三本书叠成台阶，一位长髯者向政治中心爬的《登龙有术》。阳光美术社的最大功绩是充分发挥了漫画在"一二·一"运动中的作用。

阳光美术社最惹祸的漫画是《人的悲哀》：在一次演讲会上，人"狗"混杂，人惊

---

① 公唐：《倒孔运动》，西南联大除夕副刊主编：《联大八年》，西南联大学生出版社 1946 年版，第 18 页。

② 王伯惠：《忆西南》，东北清华中学校友联谊会编：《校友通讯》2004 年 9 月 3 日第 13 期。

奇地望着"狗"自问："我怎么能与狗为伍？"这幅画是讽刺三青团在"东北问题"上的表演，十分刻薄。弄得三青团恼羞成怒，逮着赵宝煦就要拉到校外打。幸好被同学发现，才免除了一场"全武行"。这次事件被称为"阳光事件"。

　　漫画要产生社会作用，必须针对现实生活中的问题进行讽刺，有时难免会惹麻烦。如果离开现实生活做技术表现，自会安全，但又失去了漫画的现实意义。所以，画漫画就要有风险意识的。西南联大的漫画家善于发现生活中的假丑恶，又敢于把它们描绘出来加以鞭挞，使漫画成为西南联大开展民主生活的重要方式。漫画在西南联大值得注意。

二、西南联大的木刻

　　马杏垣喜欢木刻，也善于木刻。他刻过许多图画，刊登在《热风》壁报上，使用"马蹄"为笔名。可惜壁报上的木刻作品都没有保存下来，也没有人做过记录，今天便无法谈论。有的作品他投出去发表了。十分可贵的是，他的一幅题名《汉奸的收场》的木刻，由于发表得到了保存。画面上，一个汉奸被反捆着双手，吊在壁边，表情痛苦，头边一块牌子，上面写着"汉奸××"。抗战期间，涌现出了无数勇士，也产生了一些民族败类——汉奸。人民在抗击侵略者的同时，还要清除汉奸。而在感情上，人们觉得汉奸更可恨，因为他们本是自己人。汉奸投敌叛变，出卖同胞和民族利益，干着敌人干不了的事情，使同胞的损失更大，因此人们对汉奸咬牙切齿。所以抗战初期，产生了许多"锄奸剧"。马杏垣选择汉奸为题材，正符合了当时人民群众的共同心理。

载《大公报》

把汉奸捆绑起来示众、惩罚，让人们认识汉奸的嘴脸，是大快人心的事。马杏垣画《汉奸的收场》意在警示，让那些软骨头的，无敌我界限的，自私贪婪的，心存侥幸的，另有图谋的人看看自己的"前行者"的下场，告诉他们不能执迷不悟。有意思的是，他把这幅画分别投给了香港《大公报》和昆明《云南日报》，两份报纸都刊登出来了，但两份报纸刊登的画面不一样，题目也稍有不同：《大公报》上的汉奸是站着的，题目为《汉奸的收场》；《云南日报》上的汉奸是仆伏在地上的，仿佛被拖着向前走，题目为《汉奸的末日》。从画面效果看，《大公报》刊载的用墨较浓，显得不够细腻；《云南日报》刊载的用墨较淡，线条更为清晰，人物的眼睛特别空洞，像个骷髅。

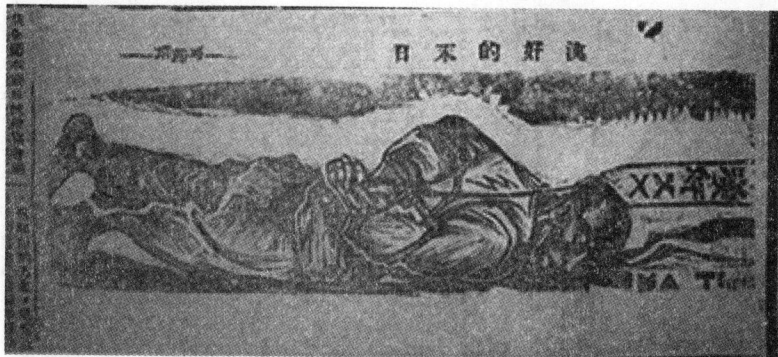

载《云南日报》

马杏垣和林元是同级同学，又都是群社的骨干。马杏垣主编《热风》，林元主编《群声》。皖南事变后，《热风》和《群社》都被迫停刊。

林元撤退到郊区海源河隐蔽，几个月后，形势缓和，他便回来复学。这时，马杏垣也回到了学校。可这时，学校里的歌声消失了，读书会、时事报告会、演讲会、辩论会没有了，琳琅满目的壁报不见了。他们不能忍受这种沉寂，想做一点事情，可是还不能在学校抛头露面，林元便想到办一份文学刊物，向社会公开发行。他把想法告诉马杏垣、马尔俄、李典，他们完全赞同。他们又和其他几位写文学作品的同学商量，同样得到热情赞同。这些同学便发起组织了文聚社，出版《文聚》杂志。1942年2月，《文聚》创刊，版面设计和插图是马杏垣和李典的手笔。他俩便是《文聚》的美术编辑和插画作者。因此，《文聚》上保留了他俩的一些画。

云南山地广阔，劳动人民日夕在山上活动，用歌声抒发感情，创造了无限多的山歌，来自大平原的知识分子，听到山歌那浓厚的泥土气息和湿漉漉的草木芳香，无不感到新鲜奇异。曾有大学生采集山歌。马杏垣根据一首山歌配了一幅木刻画，画面上一个骑驴人从山中转出来，大约是听到小妹挽留他的歌声从山间飘来，内心感动，回唱道：

请坐坐来请坐坐，

多谢阿嫂小山歌。

心想打【搭】妹唱到晚，

可惜小郎还要上大坡。

这幅画的一个显著特点是人像小。本来是画唱山歌，完全可以突出人的动作表情，把人物安排在画面中央，将背景画小，可画面却突出了山的形象，占居画面前景主体位置的是两棵青松，青松后面是高耸的石山，石峰边云雾缭绕，骑驴人从画面的右下角走来，形象渺小。这种安排让图画显出了意境：走山路的情趣与艰辛。因此，这幅木刻的构思是不同常规的。画面的笔调粗犷有力，写意性强。这是歌配画，也是创作。画面如右。

李典不是西南联大学生，但他住在西南联大新校舍学生宿舍，和同学们打成一片，不知者均以为他是西南联大学生。由于他融入了西南联大，林元在介绍文聚社时把他当作了一社员，笔

云南山歌（木刻）

者在研究文聚社的时候也一直把他纳入其中研究。他住在西南联大干什么？研究美术，且学有成就。中华人民共和国成立后，他在香港，是著名的美术家。当时西南联大壁报上的许多插图出于他的手，《热风》和《群声》上时有他的作品，可惜今天无从知道壁报上的那些作品了。刊登在《文聚》等报刊上的今天仍可以见到。他和马杏垣一同设计了《文聚》的封面，《文聚》中也有他的插图。《流亡》、《静静的山路》、《石林》等木刻作品是他的代表。

《静静的山路》描绘一队在山路上行走的驮驴。其实，作者要刻的是马帮，结果刻成了"驴帮"。马杏垣的《云南山歌》也把马刻成了驴。这也难怪，大城市的人很难分清马、驴、骡子的。云南山大坡陡，没有公路，运输多用马驮，因而出现了许多马帮。也有用驴驮的，但很少，而"驴帮"则更其少见。因此，马杏垣画一匹驴不太显眼，李典画一"驴帮"，就有悖于生活了。但这不足为病，只要画面清楚就好了。从艺术表现的角度讲，驴的大耳朵容易刻绘。大约是马杏垣和李典"刻马为驴"的根本原因。这幅画的中心意思是"静"。作品通过野地、树、风、飞鸟、碉楼、闲云等景物把"静"表现出来了，这些景物组合在一起，使我们感受到一种和平安宁的生活。画面正中的树，静静地迎候这大风的吹拂，享受着孤独的宁静；画面左侧的碉楼本是战乱时

瞭望和驻守的战争设施，现在孤立地站在野外，化作了风景；画面右边的群鸟在自由自在地飞翔。一切都显得那么宁静。取碉楼、树和飞鸟这三种景物显出了作者的匠心。在画面的布局上尤见机巧："驴帮"来的左边安排较满，去的右边空疏留白，给人以舒服感，但留白太多又会失去重心，于是在画面右上角刻上群鸟，这是很得构图三昧的。我们还可以注意到"山路"实际上没有路。"驴帮"只是在杂错的石包间行走。这是作者观察得细致。

石林　木刻

《石林》是一幅十分精美的木刻，画面干净，刀法细腻，石阶、瓦楞、亭尖、流云清清楚楚，甚至连雕梁上的图案都依稀可见。作者使用了西方画的透视原理，光源的运用也很准确。构图雄奇险峻，道路必经，若打起仗来，大有一夫当关，万夫莫开的态势。石林的姿态，石头的形状突出醒目，乃至石头的灰白或灰黑色都被刻画了出来。木刻到了这个程度，可以和色彩画与照片媲美了。

与马杏垣的木刻相比，李典的木刻更具写实性和细腻的特点。

我们知道，鲁迅先生大力提倡木刻。马杏垣和李典喜欢木刻是否受了鲁迅的影响，不得而知。但是，鲁迅的及门弟子魏建功学习木刻，或许带有怀念鲁迅的意义。1939年，魏建功从《热风》上了解到马杏垣会木刻，便向他学习，学习成绩大约可以打"优"。吴晓铃说："他从马杏垣学习木刻，刻了一幅鲁迅先生头像。我们给他发表了，他很高兴。这是他一生中的绝无仅有的木刻作品，他当然高兴！"① 假若这幅鲁迅头像保存下来，应该是一件文物了。

① 吴晓铃：《〈热风〉壁报上的漫画风波》，云南省政协文史资料研究会等编：《云南文史资料选辑》（第34辑），云南人民出版社1988年版，第448页。

三、西南联大的篆刻

西南联大搞篆刻的主要有两个教授：魏建功和闻一多。他俩所作篆刻不同时，彼此无交流。魏建功的篆刻在抗战前、中期，出于兴趣；闻一多的篆刻在抗战后期，为了生活。魏建功作篆刻时闻一多消失了篆刻的兴趣，埋头于古代文献里，闻一多搞篆刻时魏建功已经离开了西南联大。他俩都是文字学家，都对古篆有精深研究，其篆文均出于先秦，规范标准，典雅古朴，而在字体结构和章法布局上各有千秋，堪称西南联大篆刻的双璧。

魏建功多才多艺，爱好多种，他师从钱玄同治文字学，也学钱玄同的书法，因此，学书自篆入手。大概由于这个原因，"魏建功又喜篆刻，常于业余时间治印，他之治印，秉其小学功底，熔甲骨、鼎彝、战国文字、秦篆、汉隶于一炉；更以其金石见闻之广博，兼取秦汉古印及明清以来各家之长；于章法、字体、笔势均独具一格。他以天行山鬼为名，来治印"[①]。这是 1930 年以前的事。那时，他还参与了一个印社——圆台印社。印社并没有开展什么活动，但激发了大家的热情。魏建功治印的兴趣很高，常为朋友们刻印，还创造性地用注音符号刻字。因魏建功投入国语运动，且热情甚高。

孰料日本入侵北平，造成空前灾难。开初，魏建功和北大的一些教授打算留下来维持北大的教学。可是，情况紧急，学校再三催促他们南下，直到 1937 年 11 月 17 日，他和罗常培、罗庸、郑天挺、陈雪屏、赵乃抟等九人才得以乘火车去天津。一路辗转，绕道香港，才乘火车到达长沙。时间已经是 12 月 14 日了。长沙临时大学文学院已于 11 月 19 日上课，专业课无法安排，他们只能上一些如"大一国文"等公共课。战事不利，长沙危险，学校再迁云南。魏建功和周炳琳、赵乃抟、郑天挺等于 1938 年 2 月 15 日乘汽车南下，历时半个多月，于 3 月 1 日到达昆明。而后又随文法学院去蒙自上课，半年后回到昆明。魏建功在西南联大开设"音韵学概要"、"韵书研究"、"汉字形体变迁史"等课程。1940 年 6 月，他到四川省江津县白沙镇任教育部大学教科用

---

① 马嘶：《一代宗师魏建功》，文化艺术出版社 2007 年版，第 94 页。

书编辑委员会编辑。1941年9月，他应邀回昆明在中法大学创办文史系，任系主任。1942年5月返回白沙。这种生活真可谓流转颠簸。这期间，西南联大一直保留着魏建功的职位。

蒙自的街上卖一种产于越南的白藤手杖，许多老师都喜欢，买来用。一天，郑天挺说："可否断成截来治印呢？"魏建功试着一做，果然行。于是，创造了"藤印"。"自此，印学史上增添了'藤印'的新品种。藤印不仅为魏建功所创，且只有他一人所制刻，此亦为艺术史上的一个奇迹。魏建功也颇为这创举引以为自豪，自谓天地间堪充印材者何啻百千，富豪儿持金逐玉，争奇斗艳，实则败絮其中；君子安贫乐道，但得印中三昧以陶冶性情，又何必鸡血田黄？"① 魏建功兴之所至，先在手杖上刻字，后又刻了一些藤印送亲朋好友。

他为陈寅恪刻手杖，铭曰"陈君之策，以正衮矢"。陈寅恪很喜欢，终生不离此杖。他为郑天挺刻了隶书的两支手杖，其一曰"指挥若定"，题款曰："廿七年四月八日在蒙自，山鬼为及时老人刻此铭"；其二曰"用之则行，舍则藏"。当时郑天挺正向北大校长蒋梦麟辞去行政职务，罗常培见到手杖，以"危而不持，颠而不扶"相讥。他为自己的老师钱玄同刻了"玄同长寿"、"钱夏"，题款祝曰"藤性韧直，治玺表德，先生长寿，祝福无极。廿七年八月廿七日祀孔日建功在蒙自"。他为姚从吾刻了"襄城姚氏从吾藏书"。他为自己刻的是"如皋魏氏"、"天行天南行"。他为身边的罗常培、章廷谦、汤用彤、叶公超、钱穆、吴俊升、蒋梦麟等刻过印，也为远处的台静农、傅斯年、顾颉刚、罗家伦、顾毓琇、徐炳昶、胡小石等刻过印。

| 冰心 | 吴二作曲 | 李晓宇 | 张充和 |

1939年7月7日，抗战两周年纪念，昆明的教授举行书法义卖，所得款项悉数捐献前线部队支援抗战。教授们的书法争奇斗艳，滇中人士争相购买，誉为滇中盛事。

① 马嘶：《一代宗师魏建功》，文化艺术出版社2007年版，第139页。

魏建功独卖藤印，尤受欢迎。原定刻制一百方，每方法币二元。由于义买者太多，很快预订一空，有的熟人来购不好推却，增加至一百一十七方。吴晓铃在《记天行山鬼〈义卖藤印存〉》中记述：

> 我们住在三转弯义兴巷的时候，天行先生常常找我们聊天。他平易近人，没有教授架子。这次义卖藤印，我们干脆请他来住。方师铎负责采购南诏白藤手杖，杨佩铭则把藤杖锯成二寸左右的小段，然后用砂纸打磨平滑；我做"经理"，管收件和送件。同时还把刻成的藤印钤了十份，准备装订成册，名曰《义卖藤印存》，再行义卖九册，自留一册存念。我把那九册寄给北平琉璃厂的来熏阁书店，嘱为装订后寄回昆明。不想竟被邮局全部干没，卖给光华街的一个旧书店了。唐立庵（唐兰）先生发现之后，告诉了杨今甫（振声）先生去买了一部。等到我们听说，想去收回，又不想书贾以为奇货可居，不卖。最后，我把自存的一部孤本送给天行先生。①

抗战胜利后，魏建功在四川白沙写了题记：

> 廿八年客昆明时，倭寇焰张甚，西南流人群相为义卖备劳杀敌战士，七月七日起与溧吴晓铃、天津杨佩铭两君合作，两君代为罗致，余执刀镌藤印，每端一名氏酿法币二元，十日收件，至八月十九日竟实治一百零六端，得款二百二十六元，送昆明《益世报》转中条山雷鸣远神甫赠其所率义勇军。凡诸义买者皆流人也，于是自存初拓印样，曾题"聊以永日，不愧苍天"八字。回首前尘，百感交集，吴君为钤十份印存，意欲更作义卖之资，付诸昆明文明街邮局，寄北平书坊装订，乃邮局干没邮资，鬻印存于光华街旧书摊。嘉兴唐立庵君初见之，群相注意，未谋收回，贾人以为奇货，旋即藏去。杨今甫兄似曾购得部分。今复戮力国语，行将入台，在川检点行箧，出此晓铃畀予一本，因更记之。以为抗战以后，公务员渎职贪污小吏渐端之纪录云。安南白藤滇人制作手杖，余截之试作

---

① 吴晓铃：《记天行山鬼〈义卖藤印存〉》，北京大学校友联络处编：《笳吹弦诵情弥切》，中国文史出版社 1988 年版，第 110—111 页。

印，颇别致有趣也。长乐郑毅生君实启发之识，以告来者。卅四年十一月十五日如皋魏建功在四川江津之白沙，距离平日已八年少二日。

义卖之日称"天行山鬼"又记。[①]

通过以上两段引文，可以明白魏建功义卖藤印的史实了。

出于支援抗战的目的，一些人慕名购买，一些知名人士，如冰心、张充和、陈延年和西南联大教师郑天挺、江泽涵、容肇祖、郑昕、张清常、李嘉言等参加购买。冰心对魏建功的刻印十分喜欢，一直使用，她晚年对吴晓铃说："魏先生是文字学大师，他的治印不拘一体，富于书卷气。我那年从你手里用两块钱'义买'了一方，现在有人找我写点什么总是钤这方印，我喜欢它，也是怀念他。"

魏建功的治印是出于心性，自娱与娱人，义卖仅为一次。自用和送人加上义卖的印章，总共二百方左右。闻一多是迫于生活，也有自用和送

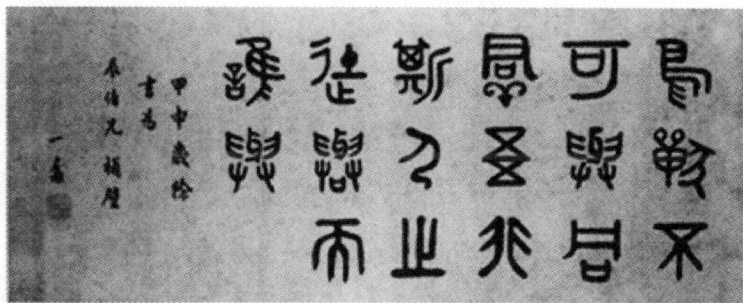

1945 年闻一多为吴晗题词

人的，收钱治印为时三年，总共在五百六十多方以上。闻一多治印种类繁多，成就较高，将另文专述。这里把魏建功和闻一多俩人的刻印做些比较。首先，他俩治印的材料不同。魏建功是用白藤刻印，闻一多是用石头和象牙刻印。石头和象牙的质地比白藤细腻。材质不同带来了刻字的不同。于是有其次，魏建功的篆字笔画相对粗率，闻一多的篆字笔画相对精细。这又带来了风格上的差别。于是有再次，魏建功的篆字古朴稚拙，原始味浓，闻一多的篆字秀丽美观，生动活泼，艺术性强。也是由于材质不同，有了最后，魏建功的印样多为圆形，印章大小差别不大，闻一多的印样圆方兼济，印章大小不一，变化多种。两个古文字家同刻篆文，各有千秋，令人赞叹。

说到篆刻，不能不说闻一多的篆书。闻一多的篆书久负盛名，许多人找他刻章指

---

① 马嘶：《一代宗师魏建功》，文化艺术出版社 2007 年版，第 94 页。

明要篆字，请他题字也要篆书。刻章将在下一节论述，这里讲书法和石刻。闻一多题字多写古文，他往往借古文抒发情怀，表达感情。他为吴晗题写篆书："鸟兽不可以同群，吾非斯人之徒欤而谁

国立西南联合大学纪念碑碑额

欤？"为育材同学篆书条幅："天下兴亡，匹夫有责。"为伦积学兄题篆书："岁寒然后知松柏之后凋也。"自书篆字条幅："帝高阳之苗裔兮，朕皇考曰伯庸。摄提贞于孟陬，惟庚寅吾以降。皇览揆余于初度兮，肇锡余以嘉名。名余曰正则兮，字余曰灵均。"等等。这些篆书，件件都是艺术品。

闻一多篆书中最具代表性也是最有影响、观者最多的是"国立西南联合大学纪念碑"碑额，笔法端庄流利，字形雍容华贵，大气磅礴，是绝佳的艺术品。

四、西南联大的其他美术作品

闻一多是西南联大艺术的先行者，也是西南联大艺术成就最高的人。这当然不奇怪，因为闻一多是西南联大最喜爱美术，专修过美术，美术学养最为丰厚宽广，又是在西南联大时间最长的人。由于长沙临时大学时期的美术资料缺乏，闻一多便是西南联大最早开始美术活动的人。1938年3月23日，还在贵州旅行途中，闻一多就开始画画了。他一路走一路画，到昆明积累了五十多幅（一说百余幅）写生画。今存的三十六幅是今见西南联大最早最完整的美术资料。到昆明后，他从故纸堆中抽身出来，做舞台美术设计，为《祖国》、《原野》和《黑字二十八》策划并绘制舞台布景和设置，取得了

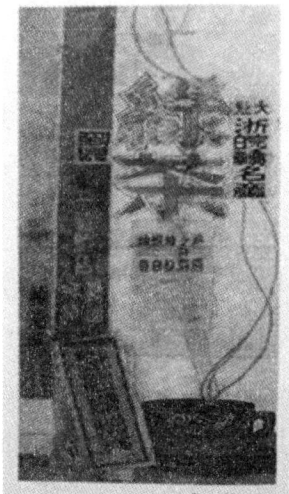

闻一多为罗隆基茶叶店画的广告

云南舞台史上空前的成就。1943 年，迫于生存的需要，他标价治印，创作了许多篆刻作品，被浦江清先生誉为现代的黄济叔、程瑶田，成为文坛佳话。闻一多在西南联大，以写生画、舞台美术和篆刻为艺术之三极，令人仰止。闻一多就是这样，什么事不做则已，一做就要做得最好，而且他在艺术上爱好广、跨度大，是中国历史上难得的多面手艺术家。

除写生、舞美和篆刻以外，闻一多在西南联大期间还留下了一幅广告画。大约1945 年，罗隆基在北门街开茶叶店，请闻一多设计销售广告，闻一多画了一幅广告画。画面下方一只土陶茶杯，茶香袅袅上飘，上方两个巨大的宋体美术字"绿茶"，"绿茶"右边用中号字写出"浙皖赣名产"，左边写"到昆"，下方用小字写出茶叶名目，画面左下方茶杯旁框出两列字："用最廉的价，买最好的茶"，有如一块牌子，十分醒目，其上是"平价销售，欢迎经销"几字，画面左下角标识接洽处。

这幅画将市场推销与艺术表现结合起来，构思新颖，匠心独具，最为突出的有三点：第一，主体突出，茶杯和"绿茶"占居了画面的中心位置，吸引眼球；第二，色彩运用，浅黄底板，深黄和绿色调，冷暖色调搭配醒目；第三，文字运用，大小变换，颜色配搭，位置讲究。这是现在仅见的一幅闻一多的广告画，它表明闻一多从绘画跨越到广告设计也是如此优秀！

赵宝煦是阳光美术社最著名的画家。他以画漫画著名，也画素描、写生、风景等画。这里介绍一幅平面设计图案画。这幅画似乎是为一种叫"圣灵水"的药物设计的"防伪标识"。画面精致，笔法细腻，纤毫毕现，虽然是

赵宝煦的圣灵水广告

画，如同印出来的一样，干净利落，准确到位。

《文聚》的封面是马杏垣和李典共同设计的，素雅大方，装饰性强，又具有民族特点，堪称范例，出版时每期变换装饰画的底色，新鲜别致。

同样是阳光美术社的骨干陈月开，在一段时间里，反复画一幅画。画面是一个中年男子，肩扛一口小棺材去埋葬。棺材里装着的是他的儿子。父亲的脸上是痛苦和愤怒的表情。中年丧子，白发人送黑发人是人生的莫大悲哀。从愤怒的表情看，儿子可

能死于他杀，作为父亲，怎能不痛苦呢？他反反复复地画，画了四五张，还要画下去……可以看出，作者和画中的人物融合在一起了，父亲的痛苦就是作者的痛苦。画面的内容或许是作者所感，或许是作者所见，绝对是真实的生活现象。作者反复画，说明内心非常痛苦。他不仅为画中的父亲痛苦，也在痛苦地思考着怎么办的问题。联系他后来参加革命，终至被恶霸地主杀害的经历，更能理解他这时的思考。

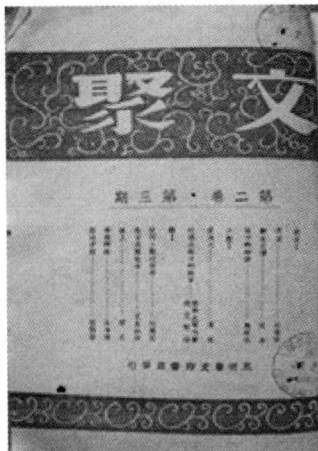

《文聚》封面

笔者访问周锦荪先生时，他说了这样一个"美术故事"：生物系的同学去昆明西山做教学实习，采集植物标本，在山上住了十多天。在此过程中，一男一女发生了感情，坠入爱河。这也是一种"实习成果"，大家为他们高兴。另外一男生用漫画表现此恋爱过程，画了十多幅画，画面传神，在同学中流传。画面用象征的手法，画的全是植物：在一棵树下，一朵花（甲花）慢慢展开花瓣，鲜艳美丽，芳香四溢；在树的另一侧，一朵花（乙花）嗅到了气味，便把花芯转向甲花，同样释放出芳香；甲花会意，扭怩作态，不好意思；乙花见状，喷射出更加浓烈的香气；甲花终于禁不住诱惑，转向乙花，却"犹抱琵琶半遮面"；乙花得到鼓励，振动着花瓣向甲花靠近；两朵鲜花在香气中交流感情；越靠越近，越靠越近，终于并在一起；最后两朵花占满了整个画面，花蕊嫩色欲滴，花瓣艳丽无比。这组画十分迷人，谁看了都会被感动[①]。

西南联大的美术作品一定还很多，笔者在访问西南联大老校友时曾听到过一些，但是，既见不到画面，又见不到记录文字，笔者不敢妄谈。只能将这个缺憾留待将来弥补。

（作者单位：西南民族大学文学与新闻学院）

---

① 李光荣访周锦荪记录，2009 年 10 月 27 日，昆明周寓。

"大文学观"视野下的郭沫若《答费正清博士》研究[①]

廖久明

收入《沸羹集》的《答费正清博士》写作于 1944 年 4 月 21 日,曾以《答国际友人的一封信》为题在《新华日报》1944 年 7 月 5 日第 4 版发表,通过对比北京郭沫若纪念馆馆藏稿释文可以知道,该文在发表和收录时有不同程度的差别。纪念馆文物部主任梁雪松先生在将藏稿释文发来同时告诉笔者:"附件中是《答费正清博士》的释文,底稿为《郭沫若全集·文学编》第 19 卷《答费正清博士》,批注中的内容是郭沫若纪念馆藏稿原文。/如上次和您说明的,本手稿除最后签名是郭老字迹外,其他都无法确定为何人笔迹,疑为他人抄录[②],请使用时注意。"郭沫若之女郭平英女士告诉笔者,写在格子之外的"答费正清博士"这六字是郭沫若手迹。由此可以推断,该信最初没有"答国际友人的一封信"、"答费正清博士"这样的标题,只是一封标准的信,是决定将该信发表时才写上题目"答国际友人的一封信",在决定收入《沸羹集》时才写上题目"答费正清博士"。通过对比还可以知道,《沫若文集》第 13 卷中的《答费正清博士》是在《沸羹集》版基础上修改而成,该文在收入《郭沫若全集》时编者未改动原文。现在,笔者拟在汇校版本差异并分析原因的基础上,以"大文学观"作为研究方法,论述该文的写作、发表过程并分析其原因。

---

① 本文系 2019 年度国家社会科学基金项目"民国时期郭沫若研究资料收集整理与研究"(项目编号:19BZW101)阶段性成果。

② 结合以下文字可以推断,"他人抄录"的怀疑是有事实依据的:"《墨子的思想》草成,'交人录副'。"(林甘泉、蔡震主编:《郭沫若年谱长编》(第 3 卷),中国社会科学出版社 2017 年版,第 1001 页)

一、《答费正清博士》四个版本的差异及原因

首先，笔者将郭沫若纪念馆藏誊抄件与《新华日报》版的差异列表如下（不同文字用着重号标注，下同）：

	誊抄件	《新华日报》版
1	亲爱的费正清博士	（无称呼）
2	时常都在	都时常在
3	听说你很忙	听说你回国后很忙
4	而且很羡慕	而且羡慕
5	你能把你的时间有效地用在人类解放的事业上是多么幸福的事啊！而我们是望着无限的工作，拱着手闲散。这痛苦实在是没有方法可以表现得出	因为你能够把你的时间最有效地用在人类解放的事业上是多么幸福的事
6	New Delhi	新德里
7	The Far Eastern Quarterly 和 De Francis 氏的 The Alphabetization of Chinese	《远东季刊》和 De Francis 氏的《中国语的表音化》
8	近几个月来，我在研究明朝末年的历史，读了一些古书，打算把李自成所代表的农民运动写成剧本，因此把写回信的事情拖延下来了，要请你特别原谅。我的剧本计划遭了打击。原因是三月十九日是明朝灭亡三百年祭的纪念日，我在《新华日报》副刊上发表了一篇纪念文字，不料竟遭国民党的机关报《中央日报》于三月廿四日用社论来作无理取闹的打击。我们的官方最近答复贵国的舆论时，说我们中国最民主，言论比任何国家都还要自由，这是多么有趣的事呀。我所写的本是研究性质的史学上的文字，而且是经过检查通过了的，然而竟成了那么严重的问题。这样的民主政府真真是世界上所没有的啊。但我并不萎缩，我只感觉着他们太可怜了，神经已经到了歇斯迭里的地步。我的计划，停一下还是要用全力来实现它的。我不久便打算下乡，仍回到你去年到过的我乡下的寓里从事写作	近几个月来，我依然在读古书，研究历史，打算写点东西，因此把写回信的事情拖延下来了，要请你原谅。我的计划是一部大规模的历史剧，不久我便要下乡，回到你去年到过的我乡下的寓里从事写作
9	你给我的信里面	你信里

续表

	誊抄件	《新华日报》版
10	人类争求理性底解放	人类争求理性解放
11	如不从人类共荣的观念出发	如不从人类共荣的观点出发
12	将来的战争仍然是不会避免	将来的战争仍然不会避免
13	固然当由轴心国家担负	固然当由轴心国家负责
14	我们中国应该改革的事情尤其是多到无以复加	我们中国应该改革的事情特别的多
15	政治的民主化与产业的现代化必须同时进行	政治的民主化与产业的现代化是必须同时进行的
16	这实在是很艰剧的工作	这实在是很艰剧的工作
17	有好些人的法西斯式的头脑，要肃清起来，恐怕比肃清德国人和日本人的，还要困难	日本人只须得走一步，而我们却还得走两步
18	教育的不普及和方块字的障碍互为因果的为法西斯思想酝酿出绝好的酒糟	教育的不普及和方块字的束缚互为因果地成为进步的障碍
19	无论新的东西或旧的东西都很容易为少数人的利益而魔术的地加以歪曲	无论新的东西或旧的东西都很容易被人魔术的加以歪曲
20	我们对于新的加紧吸收消化外，对于旧的也还须加紧清理，有时清理旧的效果，比正确地介绍新的还要来得大	我们除对于新的须加紧吸收之外，对于旧的也还须得加紧清理。有时候清理旧的效果，比正确地介绍新的似乎还要来得大
21	对于客体也才能有新鲜的感觉	对于客体也才能够有新鲜的感受
22	故我们多少还是在做着清道夫的工作的	故我们多半还是在做着清道夫的工作的
23	我们相信我们中国人一定会得到解放	我们相信中国人民是一定会得解放的
24	中国经过近百年的努力	中国经过了近百年的努力
25	始终在向着解放的目标前进	始终是在向着解放的目标迈步
26	被人认为标准的单音系的文字和语言，事实上在近年来，已经充分地在复音系化了	被人认为标准单音系的文字，事实上在近年已经充分地在复音系化了
27	从前用一个字或一个音表现的事物，现在差不多都使用复音	从前用一个字或音表现的事物，现在差不多都使用复音了
28	在前并不曾经过任何人的计划或约束	在前也并不曾经过任何人的计划或约束
29	只要政治能上轨道，加以有意识的有计划的推进	只要民主政治一上轨道，加以意识的有计划的推进
30	近代美国和苏联的史实早替我们把这个信念证实了	近代美国和苏联，早替我们把这个信念证实了
31	其实也并不是怎么样的难事	其实也并不是怎么了不起的难事

续表

	誊抄件	《新华日报》版
32	我们还须得不断地努力斗争，而且也需要国际的友人帮助	我们还须得不断地努力，也需要国际友人们的不断的帮助
33	我们大家也在向着这个目标努力	我们大家也都在向着这个目标迈步
34	译文极精确	译文极其精确
35	请代为转达鄙意	请转达鄙意
36	De Francis 先生的文章，我很想托友人把它翻译成中文	De Francis 先生的论文，我很想托友人译成中文发表
37	末了，祝你的健康	（删去祝颂语）
38	郭沫若　一九四四年四月廿一日　重庆	四月廿一日于重庆

看看以下文字可以知道，第5、8、17、18处的修改应该与国民党的书报检查制度有关：

> 大致说起来，凡有宣传共产主义嫌疑的文字者，有宣传八路军、新四军在敌后前线的重大战绩者，有宣传解放区政治经济文化的重大成就者，有影射国民党不独立自主的投降外交政策者，甚至其中包括法西斯等字眼者，都在被删检之列。因此，致使新华日报许多稿件，被删得支离破碎，有时甚至失去原文内容。[①]

除这4处外，还有34处差别与此无关，由此可以得出以下结论：这些差别应该是郭沫若本人造成的。理由为：不管是国民党书报检查机关还是《新华日报》编辑部的人，为了让该信达到发表要求，修改这4处即可，没必要对其他文字进行修改。就郭沫若而言，"我想我们的诗只要是我们心中的诗意诗境底纯真的表现，命泉中流出来的Strain，心琴上弹出来的 Melody，生底颤动，灵底喊叫；那便是真诗，好诗，便是我们人类底欢乐底源泉，陶醉底美酿，慰安底天国"[②]，这样的人不会有兴趣对一封信的写作或修改字斟句酌。既然如此，最大可能便是：为了让该信通过检查，郭沫若在原信基础上重新写作了该信，删改了可能无法通过检查的文字，对于其他文字，郭沫若

---

① 吴克坚：《艰苦复杂的斗争》，《新华日报的回忆》，四川人民出版社 1979 年版，第 94—95 页。

② 郭沫若：《三叶集》，《郭沫若全集》（第 15 卷），人民文学出版社 1990 年版，第 13 页。

并非采取逐字照抄方式进行，所以还出现了多达 34 处不同的文字。

据阳翰笙日记，郭沫若于 1944 年 5 月 30 日前往乡间住所后，直到 7 月 5 日都没有回城。由此可以推断，郭沫若重新写作该信的时间是在给费正清写信后不久。整个过程当为：4 月 21 日给费正清写信后，在将该信寄出之前，不但请人誊抄了该信，郭沫若还在原信基础上重新写作了该信。看看阳翰笙 5 月 7 日日记中的以下文字可以知道，笔者的推断是有道理的："报载图审会将取消审查图书杂志原稿制，惟出版后如有不妥处，仍将追究原作者及发行人以法律责任。"[①] 该引文告诉我们，5 月 7 日之前，报刊发表文章需要作者提供原稿。郭沫若既然要将原信寄给费正清，又希望署本名发表，他只能重新写作该信。由于原信需要寄给费正清，为了符合发表要求而重写的信又与原信存在较大差别，因此有必要誊抄原信以便留底。也就是说，即使郭沫若其他作品没有请人誊抄，这封给费正清的信却有必要请人誊抄。

其次，将郭沫若纪念馆藏誊抄件与《沸羹集》版的差异列表如下：

	誊抄件	《沸羹集》版
1	竟遭国民党的机关报《中央日报》于三月廿四日用社论来作无理取闹的打击	竟遭应该以革命为生命的某报于三月二十四日用社论来作无理取闹的攻击
2	这样的民主政府真真是世界上所没有的啊	这样的言论自由真真是世界上所没有的啊
3	我只感觉着他们太可怜了，神经已经到了歇斯迭里的地步	我只感觉着论客们太可怜了，竟已经到了歇斯迭里的地步
4	你给我的信里面所陈述的一些宝贵意见	你给我的信里面所陈述的一些宝贵的意见
5	应该以人类共荣为本位	应该以人民共荣为本位
6	不从人类共荣的观念出发	不从人民共荣的观念出发
7	将来的战争仍然是不会避免	将来的战争仍然是不能避免
8	互为因果的为法西斯思想酝酿出绝好的酒糟	互为因果地为法西斯思想醅酿出绝好的酒糟
9	我们对于新的加紧吸收消化外	我们除对新的加紧吸收消化外
10	加以有意识的有计划的推进	加以意识的有计划的推进
11	郭沫若一九四四年四月廿一日　　重庆	一九四四年四月廿一日

很明显，1、2 处改动是因为出版审查，3、4、7、8、9、10、11 处改动是语言原

① 《阳翰笙日记选》，四川文艺出版社 1985 年版，第 264-265 页。

因（既有可能是作者修改，也有可能是排版时手民所致），5、6 处改变是因为作者观点发生了变化。有学者认为："郭沫若的'人民本位文学'的最早提出，见之于一九四四年五月一日写的《序·不朽的人民》。"① 正因为如此，郭沫若 1944 年 4 月 21 日给费正清写信时仍然写的是"人类共荣"。1947 年《沸羹集》出版时，郭沫若早已奉行"人民本位"观，因此将信中的"人类共荣"修改为"人民共荣"。

　　一些学者在研究郭沫若的"人民本位"观时，引用了收入《沫若文集》第 13 卷的《答费正清博士》中的相关文字②，欠妥。笔者认为，在引用《沫若文集》第 13 卷或者《郭沫若全集·文学编》第 19 卷收录的《答费正清博士》中的相关文字时，有必要如此交代：郭沫若 1944 年 4 月 21 日致费正清信及以《答国际友人的一封信》为题在《新华日报》1944 年 7 月 5 日第 4 版发表时，"人民共荣"均写作"人类共荣"，直到该信以《答费正清博士》为题收入 1947 年版《费羹集》时，才将"人类共荣"修改为"人民共荣"。

　　在《答国际友人的一封信》发表之前，郭沫若写作的以下文章中也出现了"人民本位"：1、《新陈代谢》（5 月 19 日），《群众》第 9 卷第 18 期（9 月 30 日）；2、郭沫若 5 月 24 日就青年的教育问题写信答复《新华日报》记者，摘要发表于《新华日报》6 月 25 日第 4 版《青年生活》第 84 期"青年教育与思想问题特辑"，初收《沸羹集》时题作《答教育三问》；3、《为革命的民权而呼吁》（6 月 13 日），《沸羹集》，上海大孚出版公司，1947 年。以《答国际友人的一封信》为题在《新华日报》1944 年 7 月 5 日第 4 版发表时，郭沫若没有将"人类共荣"修改为"人民共荣"的原因当为：郭沫若确实是在 5 月 1 日前重新写作该信的，该信发表时他正在乡间，无从修改。

　　其三，将《沸羹集》版与《沫若文集》版③的差异列表如下：

	《沸羹集》版	《沫若文集》版
1	我和我的朋友们时常都在思念你	我和我的朋友们时常在思念你

---

① 谷辅林：《论郭沫若的"人民本位"说》，《郭沫若研究》（第 5 辑），文化艺术出版社 1988 年版，第 182 页。
② 如秦川：《论郭沫若的人民本位文艺观》，《郭沫若学刊》1994 年第 1 期；张剑平：《论郭沫若的"人民本位"思想》，郭沫若纪念馆、中国郭沫若研究会、四川郭沫若研究中心编：《中国社会科学论坛文集·郭沫若与文化中国》，中国社会科学出版社 2013 年版，第 163 页。
③ 收入《沫若文集》时还增加了题注和三个脚注。

	《沸羹集》版	《沫若文集》版
2	你能把你的时间有效地用在人类解放的事业上	你能把你的时间有效地用在反法西斯的事业上
3	New Deli	新德里
4	"The Far Eastern Quarterly" 和 De Francis 氏的 "The Alphabetization of Chinese"	《远东季刊》（"The Far Eastern Quarterly"）和德佛朗西斯氏的《中国语的拼音化》（The Alphabetization of Chinese"）
5	请你特别原谅	请你原谅
6	你给我的信里面所陈述的一些宝贵的意见，我全部表示同意	你给我的信里面所陈述的一些意见，我大抵表示同意
7	的确，我们每一个人都应该作为世界市民而思索	我想，我们每一个人都应该站在人民立场而思索
8	人类争求理性底解放	人类争求理性的解放
9	今后的一切施设	今后的一切设施
10	将来的战争仍然是不能避免	将来的战争仍然不能避免
11	为法西斯思想醅酿出绝好的酒糟	为法西斯思想酝酿出绝好的酒糟
12	加以意识的有计划的推进	加以有意识的有计划的推进
13	近代美国和苏联的史实早替我们把这个信念证实了	苏联的史实早替我们把吧这个信念证实了
14	极困难的文字拉丁化问题	极困难的文字拼音化问题
15	Bennett	本内特（Bennett）
16	De Francis	德佛朗西斯
17	祝你的健康	祝你健康
18	一九四四年四月廿一日	1944 年 4 月 21 日

表中所列 18 处改动，大致可以分为以下四种情况：1. 1、5、6、13 处改动是因为当时中美之间正处于敌对状态①，所以删改了与美国人费正清关系显得亲密的文字，

---

① 郭沫若在 1948 年 5 月 1 日写作的《庆祝"五四"光复》（1948 年 5 月 4 日香港《华商报》）中如此写道："今天我们要反帝，就是要集中力量来反对那集帝国主义之大成的美帝。美帝是我们当前的死敌，也正是全世界以无产阶级为领导的人民阵线的死敌。我们不仅要在民族意义的范围内积极地抗拒美帝所加于我们的殖民地化，我们还要联合全世界的人民（包含美国人民在内）形成广大的反美阵线，来推翻这个结束人类前史的世界垄断资本主义。"因此，在将该信收入 1961 年出版的《沫若文集》第 13 卷时，郭沫若进行这样的改动很正常。

"美国"更不能与"苏联"相提并论了；2. 2、7处改动是因为郭沫若的观点发生了变化；3. 3、4、8、9、11、14①、15、16、18处改动属于根据语言规范进行的改动；4. 10、12、17处改动是为了使语言更加简练、通顺。中华人民共和国成立以后，作为中国文化界的领军人物，郭沫若积极倡导中国文字改革和汉语规范，对此，《郭沫若年谱长编》第4卷的相关叙述为：1954年3月，"复函苏联的苏普伦，对其关心我国文字改革，表示感谢"（第1483页）；1955年10月15日，"上午，出席全国文字改革会议，作题为《为中国文字的根本改革铺平道路》的报告"（第1543－1544页）；1955年10月25日，"出席现代汉语规范问题学术会议开幕式，并致开幕词，摘要载26日《人民日报》"（第1545页）；1956年3月5日，"下午，出席政协全国委员会常务委员会扩大会议，听取吴玉章作《关于汉语拼音方案（草案）》的报告，并作发言，以《希望拼音方案早日试用》为题载14日《光明日报》"（第1576页）；1956年10月17日，"主持汉语拼音方案审订委员会第一次会议"（第1607页）；1957年8月，"作《文字改革答问》。发表于《文字改革》9月号、10月9日《人民日报》"（第1649页）；1960年4月17日，"上午，会见以土岐善麿为首的日本考察中国文字改革学术代表团"（1782）。在这种情况下，郭沫若当然有必要身体力行根据汉语规范修改自己的作品了。

现在来还原一下《答费正清博士》的写作、重写、发表、收录情况：郭沫若1944年4月21日给费正清写信，在将该信寄出之前，请人誊抄了该信，并根据国民党书报检查制度的规定重新写作了该信，两个多月后以《答国际友人的一封信》为题发表在《新华日报》1944年7月5日第4版；1947年大孚出版公司出版《沸羹集》时，为了让该信能够通过检查，同时根据自己的思想变化，郭沫若对抄件进行适当修改并加上标题《答费正清博士》后收录；1961年《沫若文集》第13卷出版时，郭沫若根据当时的中美关系、汉语规范、思想变化等情况对大孚版进行适当修改并收录。《郭沫若年谱长编》在介绍该信的写作、发表、收录情况时如此写道：1944年4月21日，"作《答国际友人的一封信》。发表于7月5日重庆《新华日报》。""初收上海大孚出版公司1947年12月初版《沸羹集》，题作《答费正清博士》；后收《沫若文集》第13卷；现收

---

① 《沫若文集》第13卷出版时，已决定采用拼音的形式给汉字注音，所以有必要将"拉丁化"修改为"拼音化"。

《郭沫若全集·文学编》第19卷。"① 根据以上梳理可以知道,有必要将以上引文修改如下:"给美国友人费正清写信,誊抄后原件寄费正清。为了能够署本名发表,郭沫若根据国民党书报检查制度的规定重新写作了该信,两个多月后以《答国际友人的一封信》为题发表于7月5日重庆《新华日报》。""将誊抄件略加修改后收入上海大孚出版公司1947年12月初版《沸羹集》时,题作《答费正清博士》,后收《沫若文集》第13卷,现收《郭沫若全集·文学编》第19卷。"

二、给费正清写信、发表的原因

尽管个别文字有差别,所有版本中都有以下交代二人交往的文字:"时间跑得很快,我们分手差不多要到半年了"、"你从新德里给我的信,我早就接到了"、"我不久便打算下乡,仍回到你去年到过的我乡下的寓里从事写作"②。现在,首先来看看阳翰笙日记的相关记载:

(1943年9月19日):美大使馆文化专员兼美国图书馆驻华代表费正清君来会访郭,陪他同来的有乃超、海观和他的一个翻译陈松君。

费是一个学者,能说几句中国话。他和我们谈了很多关于沟通中美文化的事情。在午餐时,他对我们说,他希望在战后中美两国都能多多相互派遣留学生来学习和研究两国的文化,并且希望郭老能到美国去讲学。

郭老苦笑着回答他:"到美国是我非常希望的,可是现在我到成都去都还有困难,哪还能到美国去啊!"

(1943年12月2日)费正清博士即将归美,郭老在百龄为他饯行。我当面把我的《草莽英雄》油印本送了他一份,并对他说明这是一本禁书。他似乎表示很喜爱。③

---

① 林甘泉、蔡震主编:《郭沫若年谱长编》(第2卷),中国社会科学出版社2017年版,第1036页。

② 郭沫若:《沸羹集·答费正清博士》,《沫若文集》(第13卷),人民文学出版社1961年版,第139—140页。

③ 《阳翰笙日记选》,四川文艺出版社1985年版,第197、221页。

根据阳翰笙日记可以知道，费正清到郭沫若赖家桥乡下寓所的时间是 1943 年 9 月 19 日，郭沫若为即将返美的费正清饯行的时间是 1943 年 12 月 2 日，根据日记内容还可以知道，郭沫若对费正清的建议是赞成的，只是遗憾在当时无法变成现实。

既然郭沫若为费正清饯行的时间是 1943 年 12 月 2 日，综合考虑以下因素，郭沫若收到费正清新德里来信的时间应该在 1944 年 1 月以后：饯行后费正清是否立即返美是一个未知数，费正清到新德里、写信、信件寄达都需要时间。

看看这段时间郭沫若的写作情况可以知道，郭沫若收到费正清新德里来信后的一段时间里很忙，以至于没有时间回信。除写作《甲申三百年祭》（1944 年 3 月 10 日脱稿）外，还写作了《韩非子的批判》（1944 年 1 月 20 日写成）、《由周代农事诗论到周代社会》（1944 年 2 月 17 日作讫）等很费时间的史学论文，以至于郭沫若 1944 年 1 月 20 日在致赵清阁的信中如此写道："忙得一塌糊涂，大作赶着读，仅读了二幕半，恐耽误出版，先行奉还，等出版后再细细拜读。恕罪恕罪。"[1] 既然 1944 年 1 月 20 日前后已经"忙得一塌糊涂"，意味着至少 1944 年 3 月 10 日《甲申三百年祭》脱稿之前郭沫若一直很忙。

看看阳翰笙日记可以知道，《甲申三百年祭》1944 年 3 月 19—22 日在《新华日报》连载后不久，郭沫若便陷入了烦恼中："午，同沫沙搭公路车一道进城。/到后即去访郭老。我问他读了《中央日报》那天的社论有什么意见？他说：还有什么好说的呢？只好置之不理！是的，这年月谁还跟你讲理呢！我也想，只好置之不理"（3 月 26 日）；"午后去看了几个朋友。到处都有人同我谈起郭老的文章所引起的问题。有的人还说，听说郭老已被扣，我等也失掉了自由呢"（3 月 28 日）；"日来各方面的朋友对郭老都很关心。今晨我把大家对他贡献的意见告诉他以后，他问我的意见怎么样。我说：沉默就是最好的答复。他认为很对，而且说：即使要答复，也没有地方登载出来"（4 月 2 日）[2]。关于郭沫若这段时间的心理状态，执笔写作《纠正一种思想》的陶希圣晚年如此写道："郭沫若一度大起恐慌，以为国民政府就要惩治他。"[3] 结合阳翰笙日记可

---

① 林甘泉、蔡震主编：《郭沫若年谱长编》（第 3 卷），中国社会科学出版社 2017 年版，第 1024 页。

② 《阳翰笙日记选》，四川文艺出版社 1985 年版，第 254—255 页。

③ 陶希圣：《潮流与点滴》，传记文学出版社 1979 年版，第 217 页。

以知道,陶希圣晚年的回忆符合事实。面对这样的处境,郭沫若应该很不满。鉴于"即使要答复,也没有地方登载出来"的现实,郭沫若只好给美国友人①费正清写信"告洋状"②,将自己这段时间的处境告诉对方,并借机抨击国民政府的做法和发表自己的看法,于是回信。

现在需要搞清楚的是,郭沫若致费正清信为何两个多月后在《新华日报》发表?此事应该与美国副总统华莱士访华有关。围绕其访华,国民党机关报《中央日报》和共产党全国性报纸《新华日报》展开了"话语争夺":"尽管同时使用中央社电讯,《中央日报》刻意隐蔽华莱士访华复杂的真实目的,使国内政治矛盾完全'消音','全景'展示华莱士访华的路线行程,营造出'中美和谐'的画面。而《新华日报》则突出华莱士访华意义的民主侧面,利用话语暗示、主体转换和概念取代,将外交事件与国内政治相关联。毋庸置疑,双方编辑、记者基于国共两党利益对外交事件展开报道。相比之下,《中央日报》显得较为被动,在外交辞令和游记记叙中游移徘徊。《新华日报》的建构方式更加灵活,注重利用舆论,策略性和目的性更强。"③ 在华莱士从兰州乘机返美的第三天,7月5日出版的《新华日报》便发表郭沫若的《答国际友人的一封信》,应该是《新华日报》采用的又一"策略"。

关于华莱士此次访华的目的,人们有如此看法:"华莱士访华的主要目的在于调解中苏关系和国共关系,以及争取蒋介石同意美军观察组前往延安等中共控制区域以获取情报"④,"鉴于挽救中国战场的困境和构造战后世界新秩序的思考,罗斯福派遣华莱士访华,希望推进其战时最大限度发挥中国抗日效力和塑造战后大国关系尤其是美中、

---

① 结合该则报道可以知道,当时的中国左翼人士确实把费正清视作友人:"美国新闻处国际文化资料供应委员会负责人费正清博士,一向热心沟通中美文化工作,且有伟大成就,近奉命不日将返国述职,郭沫若氏赠以精美册页一付,上有茅盾、阳翰笙诸氏之题字及徐悲鸿、傅抱石、高龙生诸名画家之绘画,颇能表现'中国作风',实为增进中美人们友谊优美礼品。"(《费正清返美 郭沫若等赠纪念册》,《新蜀报》1943年11月25日,第3页)

② "那天英国驻华使馆碰巧有个酒会,汉夫同志叫我去参加,把这个消息送给英国大使。汉夫风趣地说:'国民党怕洋人,咱们就告它一个洋状。'"(任以沛:《怀念章汉夫同志》,石西民、范剑涯编:《新华日报的回忆·续集》,四川人民出版社1983年版,第40页)

③ 钟新、张子晗:《国内国际政治对重大外交事件报道的建构:〈中央日报〉、〈新华日报〉美国副总统华莱士访华报道研究》,《新闻春秋》2017年第3期。

④ 付辛酉:《再论华莱士访华与1944年的中美关系》,《史林》2013年第4期。

中俄、美俄等关系的构想"①。对此，不但蒋介石知道，共产党人应该也知道。5 月 17 日，林伯渠为国共谈判事与王若飞、张治中、王世杰一起从宝鸡乘飞机到重庆②；5 月 28 日，蒋介石在"本星期反省录"中这样写道："美大使馆在渝接待共匪代表林祖涵并与共匪来往频繁，盖令人为之不安。"③ 这很明显与林伯渠在重庆期间积极开展外交工作有关：

> 由于国民党战场的大溃败，当时美国和英国都批评国民党腐败无能，说"国民党九百万军队只打败仗，共产党几十万军队却不断打胜仗"。根据美英态度的变化，林伯渠在重庆积极开展了外交工作，他招待和拜访美英驻华使节和知名人士，向他们介绍陕甘宁边区和敌后抗战情况，介绍中共对国共谈判的原则立场，代表中共中央欢迎外国记者和美军观察组到延安去进行考察。④

对华莱士调解国共关系，蒋介石相当反感，共产党人则非常欢迎：前者可以从蒋介石阻止美军观察组派驻延安看出来，后者可以从《新华日报》对华莱士的报道情况看出来。

1944 年 2 月 9 日，罗斯福致电蒋介石："目前关于在华北和满洲之敌的情报极为贫乏。为增加这类情报来源和观测未来空中和地面作战的可能性，立即派遣美国观察团去华北和山西以及华北其他之必须地区似乎时极为适当的。"⑤ 对此，蒋介石在 2 月 13 日的日记中表达了自己的看法："罗斯福总统来电欲派遣观察团到陕北、山西及华北，以侦察华北与东北之敌情，其实此为共匪宣传所迷惑，急欲前往延安明了共匪情形，而其在华一般幼稚武官中毒更深，进一步将欲利用共匪，并协助其武器，以为牵制我国军之谋。美国上级官吏之心理几乎全为共匪所动摇，此诚为一严重问题。吾人

---

① 张北根：《蒋介石对待华莱士访华的态度——以〈蒋介石日记〉为主要材料的分析》，《社会科学》2018 年第 4 期。

② 《林伯渠传》编写组编：《林伯渠传》，红旗出版社 1986 年版，第 298 页。

③ 梁惠芬编辑：《蒋中正总统档案：事略稿本》（第 57 册），国史馆 2011 年版，第 144 页。

④ 《林伯渠传》编写组编：《林伯渠传》，红旗出版社 1986 年版，第 305 页。

⑤ 转引自张北根：《蒋介石对待华莱士访华的态度——以〈蒋介石日记〉为主要材料的分析》，《社会科学》2018 年第 4 期。

惟有以事实证明与真诚对之耳。"① 因此，蒋介石不但要求将"观察团"（Observer Mission）降级为"观察组"（Observer Section）②，并且直到 6 月 23 日上午 9 时至 11 时与华莱士会谈后才同意其派驻延安③。该日，驻重庆美国陆军总部代理参谋长费尔利斯正式向林伯渠致信，内云："美国陆军总部获得国民政府准许，将派遣美国官员组成的观察组去中国北部延安及十八集团军作战地带及日占区地区进行调查访问。"④

关于《中央日报》、《新华日报》围绕华莱士访华的"报道总量"，人们有如此统计："在报道总量方面，笔者以'华莱士'为新闻标题关键词、以 1944 年为时间范围，在台湾公共资讯图书馆《中央日报》全文影像资料库（1928.2－1995）和大陆《新华日报》数据库（1938－1947）分别进行检索。在人工删除无关报道后，共获得《中央日报》报道 55 篇，《新华日报》报道 66 篇。报道量差异的原因主要在于报道形式的差异。在整个报道过程中，《中央日报》往往将华莱士在华期间多个行程整合进一篇报道中。而《新华日报》则多抽取当日行程中的重要事件单独成篇，连续性报道意味更强，颇有追踪报道式之感。"⑤ 由此可见《新华日报》对华莱士访华的重视。

遗憾的是，华莱士来华时间尽管长达半个月："华莱士 5 月 20 日离开华盛顿，在结束访问西伯利亚后，于 6 月 18 日经苏联边境到迪化（乌鲁木齐），6 月 20 日抵达重庆开始正式访问。两周时间里，华莱士先后到过迪化、重庆、昆明、桂林、成都和兰州等六地。7 月 2 日，华莱士从兰州乘机返回美国"⑥，打算调解国共关系的他却并未与中共接触——此时，陕甘宁边区政府主席林伯渠正在重庆与国民党代表张治中（字文白）、王世杰（字雪艇）谈判。这应该与罗斯福对华莱士访华的要求有关："为了避

---

① 梁惠芬编辑：《蒋中正总统档案：事略稿本》（第 56 册），国史馆 2011 年版，第 317－318 页。

② 钟新、张子晗：《国内国际政治对重大外交事件报道的建构：〈中央日报〉、〈新华日报〉美国副总统华莱士访华报道研究》，《新闻春秋》2017 年第 3 期。

③ 张北根：《蒋介石对待华莱士访华的态度——以〈蒋介石日记〉为主要材料的分析》，《社会科学》2018 年第 4 期。

④ 转引自杨冬权：《关于 1944 年美军观察组考察延安的几个问题——基于中央档案馆藏相关档案的研究》，《党的文献》2015 年第 5 期。

⑤ 钟新、张子晗：《国内国际政治对重大外交事件报道的建构：〈中央日报〉、〈新华日报〉美国副总统华莱士访华报道研究》，《新闻春秋》2017 年第 3 期。

⑥ 钟新、张子晗：《国内国际政治对重大外交事件报道的建构：〈中央日报〉、〈新华日报〉美国副总统华莱士访华报道研究》，《新闻春秋》2017 年第 3 期。

免在与蒋介石谈判时产生尴尬，罗斯福要求华莱士不去访问中国控制区域，并且回避史迪威，但可以访问陈纳德（Claire Lee Chennault）。"①

7月3日，华莱士7月2日向中央社记者发表的书面谈话在《中央日报》、《新华日报》等刊载后，7月4日的蒋介石日记中出现了以下文字："自美副总统华莱士来华访问以后，对中共迄无表示，而其于离华之前所发表之书面谈话，则对余及夫人为其详加说明表示感谢之意，是无异暗示中共之往日虚伪宣传之无效也。故林祖涵昨日又分访雪艇文白，询其态度，并请张王赴延安一访。张答以此事必须在重庆商谈解决后，始可赴延安一行，并对中共最近在延安《解放日报》上对中央攻讦之言论表示不满。张之态度固应如此也。"② 次日，两个多月没有发表的郭沫若的《答国际友人的一封信》便在《新华日报》副刊发表，这不应该是巧合。

搞清楚了写作、发表《甲申三百年祭》的情况后，结合华莱士访华及林伯渠7月3日拜访王世杰、张治中的情况可以做出如下推断：《新华日报》发表郭沫若致费正清信应该也是"我们"商量的结果。其大概经过当为：7月3日，华莱士7月2日离华前的书面谈话发表，"对余及夫人为其详加说明表示感谢之意，是无异暗示中共之往日虚伪宣传之无效也"；当日，林伯渠在拜访拜访王世杰、张治中时发现张治中对国共谈判态度有变；随后，"我们"商量决定将郭沫若两个多月前为发表而重新写作的致费正清信发表，以便将郭沫若的亲身经历和愿望通过《新华日报》告诉美国人民③。在笔者看来，"答国际友人的一封信"这一标题有可能是商量的结果：使用该标题后，费正清只是"国际友人"的一个代表，很明显比"答费正清博士"之类的标题好得多。

通过以上梳理可以知道以下结论：郭沫若1944年4月21日给美国友人费正清回

---

① 付辛酉：《再论华莱士访华与1944年的中美关系》，《史林》2013年第4期。

② 梁惠芬编辑：《蒋中正总统档案：事略稿本》（第57册），国史馆2011年版，第419—420页。根据以下事实可以知道，华莱士访华后，对蒋介石确实产生了一定的好感："在访华期间，华莱士多次在其日记中表示对蒋介石的好感，在24日的日记中他写道'大元帅正在成为一个克伦斯基。我喜欢他，但不能拯救他'，在其7月10日的报告中则强调'我们别无选择只有支持蒋'。"（付辛酉：《再论华莱士访华与1944年的中美关系》，《史林》2013年第4期）

③ 从重大外交事件的报道角度来看，作为国共两党在陪都重庆出版的党报，《中央日报》和《新华日报》是第二次世界大战期间同盟国了解中国抗日局势和中国内政的重要渠道，也是国共两党利用各自媒体向美国在内的国际社会表达利益诉求的主要方式。（钟新、张子晗：《国内国际政治对重大外交事件报道的建构：〈中央日报〉、〈新华日报〉美国副总统华莱士访华报道研究》，《新闻春秋》2017年第3期）

信，是由于自己的《甲申三百年祭》发表以后受到了国民党御用文人的攻击；重新写作该信和收入《沸羹集》时的改动都是为了应对当时的书报检查制度；《新华日报》1944 年 7 月 5 日第 4 版《新华副刊》发表该信，是国民党机关报《中央日报》和共产党的全国性报纸《新华日报》围绕美国副总统华莱士访华展开"话语争夺"的又一"策略"；收入 1961 年版《沫若文集》第 13 卷时的改动与当时的中美关系、汉语规范问题等密切相关①。笔者之所以能够得出这样的结论，很明显是因为采用了"大文学观"这一研究方法。

从古到今，不管是实践层面还是理论层面，"大文学观"的研究方法对我们都不陌生。就古代而言，"占主导地位的文学观念实际上是一种囊括一切文献的'大文学''泛文学'观念"；"在历代的古典文学研究中有一个源远流长的优良传统，这就是把作品文本和作家、环境、社会、历史、文化传统等等统统打成一片，融会贯通，作综合性、整体性的研究。因此，文学研究就必然地和其他各个学科，如哲学、史学、心理学、伦理学、政治学、社会学、文化学、民俗学等等，发生了千丝万缕的联系。"② 被称为"体大而虑周"③、"开源发流，为世楷式"④ 的《文心雕龙》则被认为是一部"大

---

① 田仲济对郭沫若的感情几经变化，一个不满原因是郭沫若将自己的作品"改来改去"（廖久明：《田仲济对郭沫若的感情变化过程探究》，《山东师范大学学报》2021 年第 4 期）。根据本文论述可以知道，郭沫若的改动是有原因的，一些改动甚至是必要的。郭沫若将自己的作品"改来改去"确实给研究者带来了麻烦，却为研究者提供了丰富且有说服力的史料。为了化弊为利，确实有必要出版郭沫若作品汇校本（廖久明：《一切遗物皆史料——谈郭沫若作品汇校本的出版》，《新文学史料》2007 年第 4 期）。

② 傅璇琮、郭英德、谢思炜：《关于中国古典文学学术史研究的思考》，《文学评论》1992 年第 3 期。可参看以下文章：1、张立克：《浙东"大文学"思想的综合探究——评郭庆财博士〈南宋浙东学派文学思想研究〉一书》，《山西师大学报（社会科学版）》2014 年第 3 期；2、颜同林：《文学传统与"大文学"史观的兴起》，《当代文坛》2017 年第 4 期；3、张卓霖：《先秦大文学观及其普适美学原理拟构》，《佳木斯职业学院学报》2018 年第 2 期；4、王立：《古代文学研究的"大文学"理念及学术史思考》，《广东社会科学》2018 年第 3 期；5、徐正英：《出土文献"大文学"研究与坚定文化自信》，《文学遗产》2018 年第 4 期；7、林涵：《南阳市汉画馆所藏汉画像石与汉代的大文学观》，《浙江树人大学学报（人文社会科学）》2020 年第 6 期。

③ 章学诚：《内篇五·诗话》，《文史通义》，岳麓书社 1993 年版，第 186 页。

④ 鲁迅：《集外集拾遗补编·题记一篇》，《鲁迅全集》（第 8 卷），人民文学出版社 2005 年版，第 370 页。

文学观"著作①。实际上，在进行人文社会科学研究时，人们常常采用"文史哲相结合"、"跨学科"等研究方法，"文史哲相结合"用于某一领域便分别是"大文学观"、"大历史观"、"大哲学观"的研究方法，"跨学科"的研究方法用于某一领域衍生出来的"大××观"就更多了。在专业知识越来越丰富的背景下，为了让自己的研究不囿于专业知识，避免出现一叶障目的现象②，笔者认为有必要在各个领域提倡"大××观"的研究方法。近三十年来，越来越多的知名学者正式提倡"大文学观"的研究方法，如童庆炳③、贾值芳④等，一些知名学者同时将其运用于自己的研究实践中，如：杨义⑤、

① 相关成果有：1、王钦峰：《刘勰的大文学理论——关于〈文心雕龙〉性质的思考》，《蒲峪学刊》1997年第3期；2、朱宏胜：《刘勰大文学观的逻辑疏漏及其文化阐释》，《许昌学院学报》2010年第1期；3、范立红：《"原文于道"与刘勰"大文学"观念的形成》，《广西社会科学》2012年第5期；4、郑珂：《大文学观中的古代文学研究——评赵耀锋著〈《文心雕龙》研究〉》，《宁夏师范学院学报》2013年第4期；5、周兴陆：《纯文学，还是大文学——现代"龙学"理论基础之反思》，《中国社会科学院研究生院学报》2019年第6期。

② 对此，郭沫若一百年前有如此论述："歌德死后距今已九十周年，科学之发达，骎骎乎有一日千里之势。学艺之分野愈严，专门之研究愈隘，因之乎人类之精神每每偏于一枯而不能互相了解。从事文艺者每多鄙夷科学，而从事科学者则又鄙夷文艺。才力之限人，自不能有所苛求，然而人智之全圆，吾人苟能稍稍分暇顾及时，终不至于肆口雌簧而妄相诋詈。"（郭沫若：《歌德对于自然科学之贡献》，《时事新报》1922年3月23日《学灯·歌德纪念号》）

③ 著名文艺理论家童庆炳教授在最近的一次学术沙龙上，提出了"大文学理论"的观念，引起了与会学者的极大兴趣和热烈讨论。（毛峰：《重建一种诗性尺度（走向大文学理论的时代）》，《文艺评论》1996年第2期；魏家川：《走向"大文学理论"?》《文艺评论》1996年第2期均围绕该观念发表了自己的看法。

④ 贾植芳、李波、咸立强、张大伟：《人文视野下的"大文学"观讨论（笔谈）》，《甘肃社会科学》2004年第3期。

⑤ 相关成果有：1、《通向大文学观》，安徽教育出版社2006年版；2、《以大文学观重开中国现代文学史写作的新局》，《湖北大学学报（哲学社会科学版）》2013年第3期。杨义：《京派海派综论（图志本）》（中国社会科学出版社2003年版）、《重绘中国文学地图通释》（当代中国出版社2007年版）出版后，被评为"'大文学观'的生动范例""又一部精彩佳作"：1、陈墨：《"大文学观"与现代文学研究新景象——读〈京派海派综论〉》，《中国新闻出版广电报》2003年2月18日第3版；2、刘纳：《"大文学观"的生动范例——读〈京派海派综论〉（图志本）》，《人民日报》2003年5月13日；孙伊：《"大文学观"笔下的又一部精彩佳作——读杨义新著〈重绘中国文学地图通释〉》，《中国社会科学报》2007年10月25日第2版。

李怡①、李建军②等。在这些知名学者的带动下，越来越多的学者加入了提倡或运用"大文学观"这一研究方法的队伍③。

当然，"大文学观"这一研究方法在研究文学时也有其适用范围，就文学作品而言，尤其适合于研究作品的写作、发表、收录、出版等问题。运用该方法，有助于我们搞清楚其背后的原因，同时也会丰富、深化相关领域的研究。作为主治文学的学者，对其他领域的研究不深入很正常，关键是我们应该有这样的意识，以便在研究文学时可以利用其他领域学者的相关研究成果。本文在研究《答费正清博士》时，便运用了史学界、新闻界的研究成果，同时也为史学界、新闻界的相关研究提供了文学界的案例。

（作者单位：乐山师范学院四川郭沫若研究中心）

---

① 相关成果有：1、《回到"大文学"本身》，《名作欣赏（上旬）》2014 年第 4 期；2、《大文学视野下的鲁迅杂文》，《鲁迅研究月刊》2014 年第 9 期；3、《国家与革命——大文学视野下的郭沫若思想转变》，《学术月刊》2015 年第 2 期；4、《大文学视野下的〈吴宓日记〉》，《文学评论》2015 年第 3 期；5、《大文学视野下的巴金——重读〈随想录〉》，《西北师大学报（社会科学版）》2016 年第 1 期（与张雨童合作）；6、《〈从军日记〉与民国"大文学"写作》，《首都师范大学学报（社会科学版）》2016 年第 1 期；7、《"大文学"需要"大史料"——再谈"在民国发现史料"》，《当代文坛》2016 年第 5 期；8、《大文学视野下的近现代中国文学》，《社会科学研究》2016 年第 5 期；9、《"大文学"可以做哪些事？——主持人语》，《当代文坛》2017 年第 4 期；10、《从"民国文学机制"到"大文学"观——在山东师范大学的演讲》，《当代文坛》2018 年第 3 期；11、《从"纯文学"到"大文学"：重述我们的"文学"传统 从一个角度看"五四"的文学取向》，《文艺争鸣》2019 年第 5 期；12、《文史对话与大文学史观》，花城出版社 2019 年版。迄今为止，李怡教授还主编出版了 5 辑《大文学评论》（前两辑分别于 2015 年 12 月、2020 年 1 月在花城出版社出版，后三辑于 2021 年 1 月、2021 年 3 月、2023 年 3 月在巴蜀书社出版）。从 2021 年起，李怡教授主持开通了"大文学研究"微信公众号。李怡教授还在其主编的《现代中国文化与文学》开设了"大文学视野"专栏。

② 相关成果有：1、《体现中国"大文学"的写作精神》，《文艺报》2014 年 12 月 24 日第 6 版；2、《大文学与中国格调》，《湖南文学》2015 年第 1 期；3、《大文学与中国格调》，作家出版社 2015 年版。《大文学与中国格调》出版后，迄今已有 4 篇书评文章：1、王鹏程：《历史的吁请与现实的召唤——论李建军的〈大文学与中国格调〉》，《当代作家评论》2015 年第 5 期；2、杨光祖：《建构"中国格调"的"大文学"》，《文艺报》2015 年 7 月 20 日第 8 版；3、李兆忠：《儒家审美视野中的现代启蒙精神——读〈大文学与中国格调〉》，《探索与争鸣》2015 年第 12 期；4、田泥：《批评的正义与激情——评李建军〈大文学与中国格调〉》，《名作欣赏（上旬刊）》2017 年第 3 期。

③ 相关成果有：杨辉：《"大文学史"视域下的贾平凹研究》，人民出版社 2017 年版；2、刘怀荣、张新科、冷卫国主编：《魏晋南北朝大文学史（上、中、下）》，高等教育出版社 2018 年版。王长华的《诗论与赋论》（学苑出版社 2011 年版）出版后，被评为"大文学视野下的新创获"：1、赵棚鸽：《大文学视野下的新创获——〈诗论与赋论〉简评》，《河北师范大学学报（哲学社会科学版）》2012 年第 4 期；2、赵棚鸽：《大文学视野下的先秦两汉文学研究——评王长华先生〈诗论与赋论〉》，《燕赵学术·二〇一二年秋之卷》，四川辞书出版社 2012 年版。除本文已经罗列的文章外，笔者以"大文学"为关键词通过中国知网检索篇名，还检索到 40 余篇相关文章，从略。

王余杞早期文学翻译考述

叶炘晨

1936 年 4 月，王余杞在天津《益世报》发表《〈百花深处〉抄存后记》，颇为系统地回顾了其 20 世纪 30 年代以前的文学经历与活动。其中着墨最多的便是他在 20 年代中期以来围绕新文化展开的文学、文化实践，并特别忆及了《小说月报》对于其开始新小说创作乃至走上新文化道路的启蒙和"起点"意义：

> 书摊上渐渐加多了新杂志，新杂志上面的文章到底是活着的人写的；活着的人所看见的，自己也都看见了；活着的人所听见的，自己也都听见了；活着的人所写出来的文章，其内容便使自己更感到亲切。欲罢不能，首先便订了一年《小说月报》。
>
> 看着看着手又发痒了，提起笔来就写小说。一九二五年，写成了第一篇较为完整的，题名叫做《慧》?①

而最为重要的是，这份"抄存后记"除了涉及现在已经颇受研究者关注的写作和办刊经历之外，还向读者较为详细地谈及了王余杞早期文化活动的另一重要维度，即文学翻译：

> 那时，又随便在翻译着一本书，原不过想借此学得一点技巧，难得是竟自把

---

① 王余杞：《〈百花深处〉抄存后记》，天津《益世报》副刊"益世小品"，1936 年 4 月 12 日。

它译完了，长约四五万字。这译稿，后来曾寄与《世界日报副刊》。据编者刘半农来信，稿子太长，副刊容纳不下，他曾介绍给北新出单行本，北新要明年才能付印，叫我取回来修改一下。结果，北新对这事并无诚意，以后再不曾提起过。

……

此时除创作外，又不断翻译，全数都登在上述两刊物上（注：文中指王余杞与同人主编的《华北日报》副刊"徒然周刊"和《北平日报副刊》），只有一篇契诃夫的《爱》是登在《奔流》最末一期的翻译专号。①

根据"抄存后记"回忆，王余杞的文学翻译尝试大约始于1925年，与小说创作同时起步。在20世纪20年代末至30年代初，他曾有多篇译作发表于《华北日报》、《北平日报》等报副刊以及《奔流》等文学期刊。目前可见王余杞最早的译作是1928年4月12日发表在《中央日报》"文艺思想特刊"的契诃夫短篇小说《医生》（*The Doctor*）。此后他又陆续发表了《精明人》（*The Nice People*）、《一个罪犯》（*A Malefactor*）、《大学生》（*The Student*）、《在圣诞节的时候》（*At Christmas Time*）、《歌女》（*The Chorus Girl*）、《托尔斯泰的情书》（*Tolstoi's Love Letters*）、《爱》（*Love*）等文。除译作外，王余杞还曾以笔名"李曼因"在《荒岛》发表与翻译相关的批评文字《翻译——丢脸》。

值得注意的是，王余杞发表于1928年的"首篇"译文《医生》，实际上早在1925年底便已完成。倘若联系"抄存后记"有关译作辗转投稿而出版无门的记述，便不难想见彼时王余杞作为翻译新人、文坛新人的尴尬境遇。时隔多年，忆及新人时期受到的慢待和冷遇，王余杞心中似乎仍有不忿，而他将翻译和作为新人的发表困境联系在一起，背后的原因其实也颇为复杂。对王余杞而言，早期翻译的外国文学固然在写作上对他具有相当重要的指导意义，但更为关键的或许是作为文化活动的翻译本身之于其整体文化活动的"起点"意义，以及他作为新人的"登场"意义。有鉴于此，本文有关王余杞文学翻译的讨论亦将关注影响翻译的诸多外部因素，即作为新人的王余杞因何开始翻译，如何选择翻译对象，以及有哪些外部因素影响了他的翻译策略、方法

① 王余杞：《〈百花深处〉抄存后记》，天津《益世报》副刊"益世小品"，1936年4月12日。

和理念的生成，借由翻译勾勒王余杞早期文化活动的丰富样貌，并还原王余杞作为文化新人的复杂心理。

一

　　1924 年，王余杞考入北京交通大学预科，尔后就读于经济部铁路管理科，并于1930 年毕业①。在当时，北京交通大学尤其重视学生的外语教学，不仅将"英语"设为第一学年的必修课程，而且要求学生修习"第二外国文法文或德文日文俄文"②。学生之间的外语氛围也相当浓厚，校刊《北京交通大学月刊》曾发表大量中国学生试作的英文随笔、杂文③，而这些写作尝试本身便是广义的翻译行为，即便在新文化运动发生多年以后也仍然颇为特殊。王余杞正是在这样的文化氛围中结识了一批同人，并就翻译与文化问题时有交流。在他的笔下曾多次提及与朱大枬有关翻译技巧的讨论，并盛赞后者翻译时的忠实态度④。之后与徒然社同人在主编《华北日报》"徒然周刊"和《北平日报副刊》时也有意识地选登了大量的文学翻译，其中包括了日后成长为翻译家的罗念生、李健吾等人的译作。

　　从翻译对象来看，王余杞在青年时代对于俄国文学的关注远胜于他国文学，在俄国文学中又尤其偏爱契诃夫的小说创作（详见附录）。然而由于王余杞本身并不精通俄文，他在翻译时选择的都是英文底本。譬如两度连载于《今天新报》和《国闻周报》的译作《托尔斯泰的情书》，转译自 1923 年霍加斯出版社（The Hogarth Press）出版

---

　　① 北京交通大学编辑：《北京交通大学同学录》，1928 年版，第 21 页；北京交通大学编辑：《在校同学录　庚午级》，《北京交通大学戊辰级毕业纪念册》，1928 年版，第 120 页。

　　② 北京交通大学编辑：《北京交通大学学科一览》，《北京交通大学一览》，1926 年版，第 2 页。

　　③ 英文随笔、社论有曾铸：*The Urban Life of Shanghai*，《北京交通大学月刊》1924 年第 1 卷第 2 期；李腾：*On Fire*，《北京交通大学月刊》1924 年第 1 卷第 2 期；吴泽湘：*Aviation in China*，《北京交通大学月刊》1924 年第 1 卷第 2 期；傅暾航：*A Visit to Tai Shun*，《北京交通大学月刊》1924 年第 1 卷第 3 期；许传音：*Chinese Government Railway：Conference on Car Control and Efficiency*，《北京交通大学月刊》1924 年第 1 卷第 3 期；胡立猷：*The Tariff Problem in China*，《北京交通大学月刊》1924 年第 1 卷第 3 期等。译文有 W. Wordsworth（威廉·华兹华斯）：《寄远友》，曾铸译，《北京交通大学月刊》1924 年第 1 卷第 2 期等。

　　④ 参见李曼因（王余杞）：《翻译——丢脸》，《荒岛》1928 年 5 月 1 日第 2 期；王余杞：《伤逝》，《北平晨报》副刊"北晨学园"，1931 年 5 月 27 日。

的英译本 *Tolstoi's Love Letters*（《托尔斯泰的情书》）①。而在较早完成的译作《医生》的落款处，更附有一则简短的说明文字，不仅记录了译作完成的具体时间，而且提示了翻译时参照的底本："一九二五，十二，二十，译自：Constance Garnett 英译的 *Love And other Stories*"②。

值得注意的是，这里提到的康斯坦斯·加尼特③在 20 世纪初期至中叶的中外俄国文学翻译界颇有影响。大约自 20 世纪 10 年代后期，她的英文译本便逐渐成为国人翻译俄国文学的重要底本。1918 年 9 月，刘半农便根据加尼特的译本在《新青年》上翻译发表了屠格涅夫的散文诗《狗》（*The Dog*）和《访员》（*The Reporter*）二题④。王余杞选择的底本 *Love and Other Stories*（《爱，及其他小说》）是加尼特在 1916 年至 1923 年间翻译出版的 13 卷英译本《契诃夫小说集》（*The Tales of Chekhov*）的末卷，由美国的麦克米伦出版公司（The Macmillan Company）于 1923 年 2 月出版，并由商务印书馆引进国内。沿此线索可以发现，王余杞公开发表的其余契诃夫小说均转译自上述的 13 卷本。其中，《一个罪犯》、《大学生》、《在圣诞节的时候》出自 *The Witch and Other Stories*（*The Tales of Chekhov* Vol. 6）（《女巫，及其他小说》《契诃夫小说集》〈第 6 卷〉），《歌女》出自 *The Chorus Girl and Other Stories*（*The Tales of Chekhov* Vol. 8）（《歌女，及其他小说》《契诃夫小说集》〈第 8 卷〉），《爱》出自

---

① 《托尔斯泰的情书》篇头的导引性文字同样译自英译版 *Tolstoi's Love Letters*，由英译本的译者撰写。由此可以基本确定王余杞翻译时参考的底本。在他之后，还有陈瘦竹、吴曙天等人选择了同样的英译底本进行重译。参见 P. Biryukov, *Tolstoi's Love Letters：With a Study on the Autobiographical Elements in Tolstoi's Work.*（《托尔斯泰的情书：兼论托尔斯泰作品的自传性元素》），Translated by S. S. Koteliansky, V. Woolf, London：The Hogarth Press（1923），pp. 19－20；（俄）托尔斯泰：《托尔斯泰的情书》，陈瘦竹译，《读书月刊》1931 年 8 月 10 日第 2 卷第 4、5 期合刊、1931 年 9 月 10 日第 2 卷第 6 号；（俄）托尔斯泰：《托尔斯泰的情书》，吴曙天译，北新书局 1935 年版。

② （俄）契诃夫：《医生》，（英）Constance Garnett 译，王余杞转译，《中央日报》"文艺思想特刊"，1928 年 4 月 12 日第 14 号。

③ 康斯坦斯·加尼特（Constance Garnett, 1861－1946），英国翻译家，其生平与翻译成就参见李文俊：《寻访康斯坦斯·加尼特》，《读书》1988 年第 1 期；（美）凯·海布伦：《康斯坦斯·加尼特》，赵少伟译，《世界文学》1988 年第 6 期；Richard Garnett, *Constance Garnett：A heroic Life*（《康斯坦斯·加尼特：史诗性的一生》），London：Sinclair-Stevenson（1991）.

④ （俄）Ivan Turgenev（屠格涅夫）：《狗 访员》，（英）C. Garnett 译，刘半农转译，《新青年》1918 年 9 月 15 日第 5 卷第 3 号，第 234－235 页。

The Love and Other Stories（*The Tales of Chekhov* Vol. 13）（《爱，及其他小说》，《契诃夫小说集》〈第 13 卷〉）。

王余杞如此忠实于加尼特的译本，与《小说月报》的大力推荐不无关系。20 世纪 20 年代初，全面革新后的《小说月报》曾相当积极地致力于域外文学尤其是俄国文学的译介与研究，而加尼特作为英语世界中俄国文学的重要译者之一亦颇受重视。1921 年，身为主编的沈雁冰在谈及 William Archer 的易卜生翻译时便以加尼特相比，盛赞两位译者的文学翻译都可称为"绝调"①。《小说月报》的"记者"在《关于陀思妥以夫斯基的英文书》文中曾一连举出 11 本加尼特的译作②。而郑振铎发表的介绍性文章在谈及有关俄国文学研究的重要书籍时，也将"格尼特"英译的《屠格涅夫著作集》置于推荐之列③。韦丛芜更是在小说《在伊尔蒂希（Irtysh）河岸上》中特别设计了这样一个情节："他热心地拿着五块大洋跑到北京饭店买了一本著名的 Constance Garnett 译的《罪与罚》来"④，显示了加尼特的译本在文学青年之间的影响力。而《小说月报》背后的发行者商务印书馆也相当积极地负责原版书的引进。在 *Love and Other Stories* 于海外出版的同年 6 月，商务印书馆便在《时事新报》的"学灯"、"合作旬刊"等栏目颇为及时地打出了原版书的广告："下列各书均系最新运到……Chekhov：*Love and Other Tales*……5.00"⑤。由此可见，《小说月报》及背后的人员组织对于王余杞的新文化启蒙实际上涵盖了多个方面，除了"抄存后记"中提到的小说创作，他的文学翻译显然也潜移默化地受到了《小说月报》的影响。

然而启蒙的"导师"最终成了反叛的对象。对当时的王余杞而言，面对《小说月报》一类的"知名刊物"以及若干质量良莠不齐的翻译作品，作为读者以及文坛后辈的心情实际上相当复杂：为何他的译作出版困难，而一些译笔粗糙的译文却得以发行？

---

① 沈雁冰：《海外文坛消息：从来没有英译本的易卜生的三篇戏曲》，《小说月报》1921 年 12 月 10 日第 12 卷第 12 号，第 8 页。

② 记者：《关于陀思妥以夫斯基的英文书》，《小说月报》1922 年 1 月 10 日第 13 卷第 1 号，第 24 页。

③ 西谛（郑振铎）：《关于俄国文学研究的重要书籍介绍》，《小说月报》1923 年第 14 卷第 8 号，第 8 页。

④ 蓼南（韦丛芜）：《在伊尔蒂希（Irtysh）河岸上》，《小说月报》1926 年 6 月 10 日第 17 卷第 6 号，第 1 页。

⑤ 《研究文学者之粮食》，《时事新报》，1923 年 6 月 3、5、8、11 日。

他该如何从"五四"一代基本确立的文坛等级与秩序中找到自己的出路？这些焦虑、紧张和不满的情绪影响着作为新人的王余杞，导致他在接受、化用来自《小说月报》等前辈文化资源的同时，也思考着反叛的可能与路径。

<h1 style="text-align:center">二</h1>

1928 年 4 月，在译作《医生》发表于《中央日报》特刊的同月，王余杞完成了一篇措辞相当激烈的短文《翻译——丢脸》，随后以"李曼因"为笔名刊登在同人刊物《荒岛》的第 2 期上。文章对于翻译界的诸多乱象进行了批评，认为晚近译者或不通外国文法而贸然尝试，或用心不专仅批评文字有"一读之价值"，而诸多不专、不精的译者又共同导致了现代翻译界浅近浮泛的整体风气①。王余杞此文篇幅虽短，但似乎酝酿已久，文中看似随意举出的若干"英文里最浅近的错误"（见下表），溯其源头，却都出自近年来颇有争议的名家译作，且矛头直指《小说月报》的译者及文学研究会的成员，似乎并非巧合。

"英文里最浅近的错误"	原文（着重号为本文所加）
Pear tree——夭桃	（英国）白朗宁：《异域乡思》，朱湘译，《小说月报》1924 年第 15 卷第 10 号，第 4 页 "我家中篱畔烂漫的夭桃/斜向原野，树上的露珠与花瓣/洒在金花草的地上——听哪，抓着曲下的枝条"
Dusk——书棹	（印度）太戈尔：《对岸》，郑振铎译，《小说月报》1921 年 1 月 10 日第 12 卷第 1 号，第 69 页 "日已完了，影子畏缩的在树底下，我爱回到书桌上去了。"
Flesh cry——新鲜的呼声	（爱尔兰）夏芝：《夏芝的太戈尔观》，高滋译，《小说月报》1923 年 9 月 10 日第 14 卷第 9 期，第 4 页 "在那里新鲜的呼声与灵魂的呼声，似乎只是一个，怎么能够粗忽草率的寻求它呢？"
Cards——邀请单	（美国）朗弗楼：《克司台凯莱的盲女》，王统照译，《文学》1925 年 4 月 20 日第 169 期，第 2 版 "当我倾听着歌声，/我想我回来的是早些时，/你知道那是在 Whitsuntide 那里。/你的邀请单可证明永无止息时"

---

① 李曼因（王余杞）：《翻译——丢脸》，《荒岛》1928 年 5 月 1 日第 2 期。

续表

"英文里最浅近的错误"	原文（着重号为本文所加）
At last——在末次	（美国）朗弗楼：《克司台凯莱的盲女》，王统照译，《文学》1925 年 4 月 20 日第 169 期，第 2 版 "他已来到！来到在末次！"
Blow out——吹出	（印度）太戈尔：《春之循环》，瞿世英译，郑振铎校，上海：商务印书馆 1921 年初版，第 6 页 "呵！学士。你的教训的一呼吸间吹出了野心的假火焰。"
Commit——交涉	（印度）太戈尔：《春之循环》，瞿世英译，郑振铎校，上海：商务印书馆 1921 年初版，第 54 页 "不，我们与各种社会交接，但不是那种。"
Cock Crow——孔雀	不详
Drawing room——图书室	不详
Art（verb to be）——艺术	（英国）雪利：《西风歌》，伍剑禅译，《晨光》1922 年 5 月 30 日第 1 卷第 1 号，第 151 页 "于是伟大的灵魂，到处显动他的艺术"
Glimmer——飘来	不详

王余杞以"准确"① 与否作为批评标准，客观上说有失公允。譬如文章以朱湘译 "Pear tree"作"夭桃"为例，批评译者态度敷衍、译笔随性，然而朱湘对所谓"错译"的批评早有专文澄清（最早对朱湘发难的是王宗璠，详见其 1925 年 2 月 25 日发表于《晨报副刊》的《通讯》）。根据朱湘的解释，之所以将"梨树"改作"夭桃"，是因为在音韵上"想与第三句协韵"，同时从意境上看，"将梨树改了夭桃，在我的想象中，并与不改一般，因为他们都是春天的花"②。显然，这场有关"桃梨之争"的焦点已经溢出了译作在词义层面"准确"与否的范畴，而牵涉译者本人的诗学品位以及"作者"与"读者"何者为中心的思考③。而王余杞看似遵循"原作中心"的原则，实际上却无意就"原作"/"译文"何者为中心的问题展开讨论，而只是简单地将"非原作中心"的译笔一概归为错译，并据此指摘译者态度不正。联系并对读王余杞的译文

---

① 这里仅指词义上的准确与否。

② 朱湘：《白朗宁的〈异域乡思〉与英诗——一封致〈文学旬刊〉编辑的公开信》，《京报副刊》1925 年 3 月 11 日，第 85 号。

③ 张旭：《"桃梨之争"的美学蕴涵——朱湘译诗中文化意象传递的现代诠释》，《解放军外国语学院学报》2007 年第 4 期。

和底本也可以发现,"准确"亦是他在翻译过程中的自我要求,主要体现在他以词为单位的逐词翻译方法和对原文语言结构、表达方式的基本保留①。这亦从侧面体现了王余杞翻译标准的单一化。

整体来看,朱湘译作引发的论争,显示了新文化运动以来有关翻译问题的讨论维度实际上相当多元,而这些话题直到 20 年代末仍在持续发酵。但王余杞的批评文章却避开了诸多翻译上的重要问题(譬如应当参考何种翻译底本,选择"文言"还是"欧化"语体,采用"直译"还是"意译"方法等),而仅着力于纠正若干错译、误译之处,态度值得玩味。

三

有趣的是,王余杞在文中列举的材料实际上不完全是作者本人直接收集、整理的结果,而大多抄录自其他已经公开发表的批评文章,以至于将文章中的错误也一并沿用。譬如文中的"Commit——交涉"应当参考的是唐汉森发表于《创造周报》的《瞿译〈春之循环〉的一瞥》一文。瞿世英在译文中将"commit"误作为"交接"②,唐汉

① 以民国时期译文版本较多的契诃夫短篇小说《歌女》为例,比较王余杞的译本和加尼特的底本,以及参考同一底本转译的张友松的译本可以发现,王余杞的翻译风格实际上相当生硬。譬如加尼特将《歌女》首句译为:"One day when she was younger and better-looking, and when her voice was stronger, Nikolay Petrovitch Kolpakov, her adorer, was sitting in the outer room in her summer villa."王余杞转译为:"当她还在更年轻更漂亮而且声音更清脆的一天,尼科勒·彼浊渭·郭耳巴可夫,她的心上人,坐在她消夏别墅的外间。"张友松则转译为:"当她年轻貌美歌喉婉转的时候,有一天,她的爱慕者尼古莱·伯特罗维支·科尔巴可夫在她的消夏别墅外面的房间里坐着。"除王余杞将"adorer"误译为"心上人"以外,他的翻译相当忠实于原文,词意、语序甚至标点都尽量还原。然而从文化交流的实际效果来看却不尽人意。契诃夫叙述的故事虽然发生在一天之内,但小说开头的三个比较级却使其自然而然地带上了回溯的意味(加尼特在这里也遵照了契诃夫的俄文原文进行直译)。王余杞将其翻译为"当她还在更年轻更漂亮而且声音更清脆的一天"固然忠实于原文,却因有违汉语表达习惯而带来生涩之感。参见 Anton Chekhov, "The Chorus Girl," *The Chorus Girl and Other Stories*(《歌女,及其他小说》), Translated by Constance Garnett, New York: The Macmillan Company (1920), p. 3.;(俄)柴霍甫:《歌女》,王余杞译,《华北日报》"徒然周刊",1929 年 5 月 21 日第 11 版;(俄)柴霍甫:《歌女》,张友松译注,北新书局 1931 年版,第 3 页。

② (印度)太戈尔:《春之循环》,瞿世英译,郑振铎校,上海:商务印书馆 1921 年版,第 54 页。

森却在文中将其误记为"交涉"①，而参考唐文的王余杞也不慎将这一错误移用到了自己笔下。同时可以作为旁证的是，在王文中与"Commit——交涉"相邻的"Blow out——吹出"一例，同样出自唐汉森的"一瞥"②。类似的情况还有在文中前后出现的"Cards——邀请单"、"At last——在末次"两例同出于胡适发表在《现代评论》的《胡说（一）》③；"Drawing room——图书室"和"Art（verb to be）——艺术"两例同出于成仿吾发表在《创造季刊》的《"雅典主义"》④。而表格中列举的其余几例也大多可以找到前人撰写的对应的批评文字："Pear tree"见王宗璠发表在《晨报副刊》"文学旬刊"的《通讯》；"Dusk"见成仿吾发表在《创造周报》的《郑译〈新月集〉正误》；"Flesh cry"见张非怯发表在《创造周报》的《"新鲜的呼声"——读小说月报太戈尔号内高滋君译的〈夏芝的太戈尔观讨论〉》⑤。

由此推断，王余杞在写作此文时极有可能参考了上述批评文字。而在这些可能的文章及刊物中，他又对创造社的机关刊物《创造周报》和《创造季刊》表现出了尤其的关注，也并非出于偶然。新文化运动以来，随着文化取向的日渐西化、"直译"与"忠实"伦理的绑定，晚清"意译"、"豪杰译"的主流地位逐渐被"直译"取代⑥。然而成为主流翻译方法的"直译"并未一劳永逸地解决跨语言、文化交流中的诸多问题，反倒因为译作的良莠不齐而引起新文化人内部争端不断。这些冲突有时又溢出翻译活动本身而成为社团与社团、刊物与刊物之间的派系或意气之争。对前期的创造社而言，《创造周报》和《创造季刊》是他们建立翻译文学批评体系并形成其独特批评原

---

① 唐汉森：《瞿译〈春之循环〉的一瞥（续前）》，《创造周报》1924年4月27日第50号，第13页。

② 唐汉森：《瞿译〈春之循环〉的一瞥》，《创造周报》1924年4月19日第49号，第13页。

③ 适之（胡适）：《胡说（一）》，《现代评论》1925年5月2日第1卷第21期，第16页。

④ 成仿吾：《"雅典主义"》，《创造季刊》1923年第2卷第1号，第18页。

⑤ 王宗璠：《通讯》，《晨报副刊》"文学旬刊"，1925年2月25日第26号，第4版；成仿吾：《郑译〈新月集〉正误》，《创造周报》1923年12月2日第30号，第9页；张非怯：《"新鲜的呼声"——读小说月报太戈尔号内高滋君译的〈夏芝的太戈尔观讨论〉》，《创造周报》1924年第29号，第13页。

⑥ 胡翠娥：《作为五四浪漫主义运动的"直译"之经典化历程——兼论"直译、意译"之争》，《中国翻译》2016年第4期；陶磊：《文化取向与"五四"新文学译者"直译"主张的形成》，《中国现代文学研究丛刊》2020年第7期。

则和批评方法的重要阵地，并由此对现代翻译的发展产生影响①。同时，倘若转换角度来看，创造社围绕翻译问题展开的若干论争，也是"新人"借自身优势挑衅、攻击已在文坛占据一席之地的文学研究会的"登场"策略②。郭沫若的《论翻译的标准》一文颇可以反映创造社同人在这一时期的翻译批评标准及策略：

> 张东荪氏说翻译没有一定的标准，这在文体上是可以说得过去：譬如你要用文言译，我要用白话译，你要用达意体译，我要用欧化体译，这原可说没有一定的标准。但是这些所争的是在甚么？一句话说尽：是在"不错"！
> ……
> 指摘一部错译的功劳，比翻译五百部错译的功劳更大：因为他的贡献虽微而他的贡献是真确的。这种人不独译者当感谢便是我们读者也当感谢。③

在当时误译、错译泛滥的翻译界，郭沫若强调翻译的"不错"，确实有着一定的现实针对性。同时，这番话又为创造社同人持续攻击、指摘文学研究会的译作及译者提供了合理性。面对已经颇具规模的文学研究会，创造社同人避免从翻译选材、目的等宏观角度与其进行论争，而从文学研究会成员具体的误译、错译入手展开批评，不失为确立其文坛地位并与文学研究会争夺、分享文坛话语权的绝佳策略④。

由此反观王余杞的《翻译》一文及诸多译作，可以发现其翻译风格和理念的形成，以及背后的策略性因素也都具有较强的"创造社"色彩。王余杞表面上虽然不像创造社那样具有明确的攻击对象，但在这一时期也同样摆出了文坛新人的"打架"姿态。在《翻译》一文的结尾，他将翻译乃至文坛的乱象归咎于刊物编辑选稿上的偏私，暗含边缘人对文坛既有秩序和等级的不满。据此联系他以"李曼因"为笔名在《荒岛》上发表的另外两文——《翻印与万能》和《编辑先生》——其攻击的态度及背

---

① 张勇：《前期创造社期刊编辑策划研究》，《中国现代文学研究丛刊》2011 年第 9 期。
② 陈宇航：《文坛攻战策略及前期创造社的翻译论战——从〈夕阳楼日记〉谈开去》，《中国现代文学研究丛刊》2008 年第 2 期。
③ 郭沫若：《论翻译的标准》，《创造周报》1923 年 7 月 14 日第 10 号，第 14—15 页。
④ 咸立强：《文学场域视野里的前期创造社翻译文学批评》，《华南师范大学学报（社会科学版）》2014 年第 4 期。

后的意味便更为明显。《翻印与万能》批评的是出版界大量翻印名人旧作以充作新书的现象，文章开篇便以"穷"、"阔"为喻大发感慨："你越有钱，你需要的东西越贱；贱，并不出奇，出奇的是有时还有种外力来帮助你，使你毫不困难就可以得到它。"①而《编辑先生》则延续了《翻译》一文未尽之批评，指责编辑选稿仅以"有名"/"无名"为凭，使有名作者的敷衍之作占据了本该属于无名新人的发表空间②。将《翻译》置于王余杞以"李曼因"为笔名在《荒岛》上发表的系列文章之间，不难发现他写作的出发点实际上并非"翻译"本身，而是借翻译现象发泄文坛新人对既有秩序的不满与挑战。而从这个维度来看，王余杞在实践与批评中对翻译的"准确"表现出近乎偏激的执着，也颇为深切地包含了他作为新人的压抑与无奈。

余　论

文学翻译是王余杞整体文化活动中不可或缺的一环。除了文学翻译自身独立的价值之外，本文的诸多发现——王余杞以英语为中介进行的俄国文学翻译、对创造社文化姿态的偏好——亦有助于我们思考其早期文学活动是否以及如何受到了上述因素的影响。相较于日后渐臻成熟的文学创作，王余杞早期的翻译活动更像是他作为"新人"初登文坛的一场训练。直到基本具备了立足文坛所需要的文化准备、办刊经验、发表渠道和人脉积累，王余杞也在不断地训练中完成了由"新人"向"名家"的身份转换。30年代以来，随着空间上的南下、西行，王余杞亦不断尝试在创作上拓宽其文学版图。与此同时，早期颇为重视的翻译活动却逐渐淡出了他的视野。然而，作为其文学、文化"起点"之一的翻译活动对王余杞而言仍然具有特殊的意义。1979年，经历了长达二十余年的政治、文化低谷，右派身份得以平反的王余杞如获新生，试图重新回归其中断已久的文学、文化道路。时移世易，无论是作家彼时的个人心境、人生阶段，还是作为背景存在的社会历史语境，都与半个世纪前截然不同。王华曼对此曾有回忆：

　　1979年，父亲得到平反，得到了新生。在为国为己欢庆之余，父亲痛惜失去

① 李曼因（王余杞）：《翻印与万能》，《荒岛》1928年4月15日第1期，第20页。
② 李曼因（王余杞）：《编辑先生》，《荒岛》1928年5月15日第3期。

了的岁月，他恨不能时光倒流，一面四处找寻失散的书稿，一面也认识到自己要重新创作已力不从心。于是他，一个七十五岁的老人，又埋头复习起英语来，他想搞翻译。①

岁暮平反的尴尬与无奈，显得被重新拾起的翻译活动尤为沉重。与其说王余杞又一次为翻译赋予了"起点"意义，不如说是翻译又一次为其提供了进入/重返文化领域的路径。而在这背后的诸多政治、文化以及情感的纠葛，则将有待我们进一步探寻。

附 录

王余杞译作年表

1928 年

4 月 12 日，《医生》（译自俄国契诃夫）发表于《中央日报》"文艺思想特刊"第 14 号。

1929 年

3 月 5 日，《精明人》（译自美国 Henry Cuyler Bunner）发表于《华北日报》"徒然周刊"第 10、11 版。

3 月 31 日，《一个罪犯》（译自俄国契诃夫）发表于《北平日报副刊》第 29 号。

4 月 18 日，《大学生》（译自俄国契诃夫）发表于《北平日报副刊》第 42 号。

4 月 23 日，《在圣诞节的时候》（译自俄国契诃夫）发表于《华北日报》"徒然周刊"第 10、11 版。

5 月 21 日，《歌女》（译自俄国契诃夫）发表于《华北日报》"徒然周刊"第 11 版。

8 月，《托尔斯泰的情书》（译自俄国托尔斯泰）署名"曼因女士"，连载于《今天日报》1929 年 8 月 8 日、1929 年 8 月 9 日、1929 年 8 月 10 日、1929 年 8 月 11 日、1929 年 8 月 13 日、1929 年 8 月 15 日、1929 年 8 月 16 日、1929 年 8 月 18 日、1929 年 8 月 20 日、1929 年 8 月 21 日、1929 年 8 月 23 日、1929 年 8 月 24 日、1929 年 8 月 25

---

① 王华曼：《怀念父亲王余杞》，《新文学史料》1991 年第 2 期，第 146 页。

日、1929 年 8 月 26 日、1929 年 8 月 27 日、1929 年 8 月 28 日，第 5 版。

12 月 20 日，《爱》（译自俄国契诃夫）发表于《奔流》第 2 卷第 5 号（译文专号）。

1930 年

1—2 月，《托尔斯泰的情书》（译自俄国托尔斯泰）连载于《国闻周报》1930 年 1 月 1 日第 7 卷第 1 期、1930 年 1 月 6 日第 7 卷第 2 期、1930 年 1 月 13 日第 7 卷第 3 期、1930 年 2 月 10 日第 7 卷第 4 期。

1933 年

9 月 16 日，《隐语》（译自英国 Henry Bradley）署名"曼因"，发表于《天津半月刊》第 2 期。

1946 年

4 月，《白色伤痕》（译自法国 B. Bardey）发表于《小说（上海 1946）》1946 年创刊号。

（作者单位：四川大学文学与新闻学院）

从《火把》的论争与修改看抗战时期艾青的"大众化"转向

王曼君

　　艾青的长篇叙事诗《火把》于 1940 年 5 月 1—4 日在湖南省邵阳市新宁县写作完成，同年在《中苏文化杂志》的第 6 卷第 5 期发表。全诗描绘了抗战期间革命群众进行"火把"游行的壮观场景，并以女主人公唐尼参加"火把"集会为线索，展现了一个原本天真柔弱女孩子在"火把"的召唤和指引下逐渐走出个人情感的泥潭，投入革命集体并获得成长的思想变化过程。诗作一经刊载便在文坛引发了强烈反响，但《火把》在为艾青赢得众多赞誉的同时也为其带来了不少争议。雷石榆就曾撰文评论道："艾青没有把握这首长诗之有机的结构，没有深入形象性的探求，没有辩证而又真实剔画出人物性格的特征，没有塑出形与神合理地融合的典型，人物的对话也有些超乎说话者所能理解的程度……作者把《尾声》太简略地，象征地结束了的"①；李育中对此也有着相似的评价："第一节的火把使人十分满意……可惜后面很软弱无力，而且主题也出了读者的意外，竟落在一段小小的恋爱葛藤上边，那是作者的太失策了……人物更是不明显不统一"②；对《火把》整体持肯定态度的朱自清也在称赞的同时提出了建议："这篇诗描写火把游行，正是大众的力量的表现，而以恋爱的故事结尾，在结构上也许欠匀称些"③；而一篇署名"壁岩"，实为王冰洋④所作的文章也同样指出了《火把》在人物塑造与结构布置上的种种问题，并认为《火把》将革命与恋爱分离开来的

---

　　① 雷石榆：《诗评》，《西南文艺》1941 年第 1 卷第 1 期。
　　② 李育中：《持火把到旷野——读艾青近作书后》，《中国诗坛》1940 年第 6 期。
　　③ 朱自清：《抗战与诗》，载《新诗杂话》，作家书屋 1947 年版，第 59 页。
　　④ 壁岩，即王冰洋。参见陈玉荧编《中国近现代人物名号大辞典：全编增订本》，浙江古籍出版社 2005 年版，第 49 页。

做法势必会导致"先革命后恋爱"与"要革命舍恋爱"的倾向，但"恋爱并不妨碍革命，有时且能使革命更活泼更富有精神和力量，只看人怎样处理它"①。

以上的质疑几乎都将矛头指向了《火把》在人物、主题、结构以及处理革命与恋爱之间的关系方面的不足之处。对此，艾青只是针对王冰洋的文章做出了回应，申明《火把》表现的是"群众的行动所发挥出来的集体的力量，群众本身所赋有的民主的精神，群众的不可抵御的革命精神"，其所否定的恋爱是资本主义社会的恋爱，"并不是任何恋爱都要受打击……各个救亡团体里，不妨碍工作的恋爱是自由的"②，因此并不存在"先革命后恋爱"或"要革命舍恋爱"的问题。表面上，艾青似乎全面回击了来自王冰洋的种种质疑，然而在其详尽的陈述中却依旧有着难以自洽的矛盾之处。倘若《火把》如艾青所言想要表现的是集体的力量与革命的精神，又为何要在个人恋爱的问题上占用大量篇幅，导致批评者们认为诗歌对个人恋爱的凸显弱化了群众革命的力量？而究竟怎样的恋爱才是不妨碍工作的恋爱，《火把》中又是否表现出了这样的恋爱，艾青也没有对此进行更为具体的阐释。除此之外，包括王冰洋在内的评论者们都针对《火把》的人物塑造与诗歌结构提出了批评意见，王冰洋甚至更加具体地指出诗中的"宣传卡车"一节"破坏了全诗写法与气质的一惯性"③，而艾青则认为设置"宣传卡车"的情节是自己有意识地变调以打破长诗的单调和沉闷，但在《火把》之后的版本修改中却唯有"宣传卡车"的章节曾被全部删去。对此，本文将围绕长诗《火把》的论争与版本修改进行细致的探索与梳理，试图为理解诗歌《火把》提供别样的维度，打开作品背后的纵深图景。

一、被误会的"恋爱"：暧昧的性别身份与犹疑的创作心态

《火把》全诗以主人公唐尼参加"火把"集会为线索，描述了在"火把"的召唤下唐尼所完成的自我蜕变，而诗中唐尼寻求"火把"的过程则可以被大致概括为三个阶段，即借助集体的力量点燃"火把"，继而在集体解散之后以个体情爱取代"火

---

① 壁岩：《评艾青的〈火把〉》，《时事新报》1940年7月27日《青光》副刊。
② 艾青：《关于〈火把〉——答壁岩先生的批评》，《新蜀报》1940年10月12日《蜀道》副刊。
③ 壁岩：《评艾青的〈火把〉》，《时事新报》1940年7月27日《青光》副刊。

把",又在恋爱受挫之后将革命伙伴李茵作为"火把"般的精神指引。在这三个阶段中,个体情爱的确如批评者们所言占有突出的比重,其既是吸引唐尼走入革命集体之中的动力,也是萦绕在唐尼心中挥之不去的创痛。相比之下,"火把"实体的召唤力量反倒被削弱,"火把"象征的群众"无限止地扩展着的'力量'和'精神'"也与主人公拉开了一段难以弥合的距离。

然而,艾青在《火把》中的关注点是否真的就是个体情爱,又是否仅仅因为对恋爱描写的不加节制而导致了诗篇整体的布局失衡?事实上,虽然《火把》在篇幅上对个体情爱有着明显的侧重,但倘若想要具体分析出诗歌描写出了怎样的情爱,便会发现属于主人公唐尼的恋爱实际上又显得虚无缥缈。所谓的恋爱只是作为引导唐尼走入革命队伍的中介,若非如此,大概一个梳子夹在《静静的顿河》里,"粉盒压在《大众哲学》上""口红躺在《论新阶段》一起"[1] 的天真柔弱的女孩子,内心也难以产生巨大的动力促使其参与到火把游行的集会中去。而后续唐尼所经历的恋爱波折也更像是个人屡屡受挫的恋爱幻想。

诚然,不论是一厢情愿还是两情相悦,爱情上的挫折与鼓舞大多司空见惯,并不能由此阐发出更深的内涵。然而,导致唐尼爱情受阻的原因却并不寻常,其既不取决于个体的喜爱与否,也并不是壁岩所说的革命阻挡了恋爱,为此只能"先革命后恋爱"或"要革命舍恋爱",而是本质上这只是被唐尼所"误会"的恋爱,无论唐尼怎样试图去接近心中的恋人,对方能够反馈的只能是属于集体的"同志"之情。因此当唐尼询问朝思暮想的恋人克明为何不回自己的信件时,克明的解释只是自己要忙于筹办大会而不愿过多分担属于唐尼个人的琐碎情绪。对于克明而言,其追求的人生目标与情感模式与同在革命队伍之中的李茵相似。如同李茵劝慰唐尼时所说的那样:"现代的恋爱/是一个异性占有的遁词",而其真正向往的则是"同志们对我很好,我才知道/世界上有比家属更高的感情"[2]。虽然这种情感缘起于共同的革命志向却又不是通常意义上的"革命加恋爱",而是抛却了个体对个体的占有所生发出的类似于友谊的革命情谊,身处集体之中的个体相互之间是平等互助的战士,而非隶属于彼此的恋人。

这种"同志"式的革命情谊也在一定程度上影响了《火把》中人物形象的刻画。

---

① 艾青:《火把》,《中苏文华杂志》1940 年第 6 卷第 5 期。
② 艾青:《火把》,《中苏文华杂志》1940 年第 6 卷第 5 期。

诗中虽然描绘了唐尼、李茵等众多女性角色，但这些女性角色的性别身份却存在一定的暧昧性，呈现出模糊了性别的中性面孔。例如诗歌第十三节中，走在克明身边的女子便有着中性的外形特征，其虽然穿着草绿色的裙装，但是头发短得像马鬃，习惯大声讲话，走路时也会摇摆着身体，以铿锵有力的口吻宣称要无情打击妨碍工作的恋爱，而唐尼的女伴李茵同样也被塑造成了坚韧的战士形象，能够与并肩战斗的男性一样，经历轰炸，参加突围，加入夜行兵，不畏惧任何疾病并在集会之中冲锋在前。即便对柔弱天真的唐尼而言，其做出的以李茵为"火把"的抉择也暗示了其形象转变的倾向性。

由此看来，诗作《火把》的描写重心并非个体情爱，围绕唐尼的恋爱波折所引申的情节也并没有按照革命加恋爱的路径予以延伸。既然如此，批评者们又为何会觉得诗歌在人物、结构与主题方面存在种种问题？事实上，真正困扰批评者的并不是所谓的"小小的恋爱葛藤"，而是作者艾青犹疑的创作心态。对此，雷石榆就在批评文章中指出，诗中唐尼的语言并不符合其真实的认知水平，如"李茵，年轻的敌人是幻想——它用虹一样的光彩和皂泡一样的虚幻来迷惑你"这样的句子"是诗人思索过的自己的语言，不是唐尼的语言"[1]。然而，雷石榆在这里只是指出了作者本人的思索干扰了主人公的真实形象，却没有更深一步点明作者犹疑的创作姿态与作品主题之间发生的微妙龃龉。事实上，艾青虽然再三声明《火把》表现的是群体的力量与民众的精神，但在其内心深处却恰恰隐含着无法将个体妥帖安置于集体之中的困惑和痛苦，并最终将这些情绪通过唐尼的话语表达了出来。诗中，唐尼在反思了"年轻的敌人是幻想"之后，慢慢向李茵敞开了自己的内心世界："我来在这世界上已经十九个春天/这些年，每到春天，我便/常常流泪，我不知我自己/是怎么会到这世界上来的/……/一个日子带给我一次悸动/生活是一张空虚的网/张开着要把我捕捉/所以我渴求着一种友谊/一种使我感谢一生的友谊……"[2] 在这段自述中，唐尼实际上抛出了对个体存在意义与价值的终极追问。这不仅再次证明了对唐尼而言所谓的爱情幻想不过是一种暂时的情感慰藉，也同时暗示了集体的队伍亦难以抹平个体对自身存在的探索。因为个人虽然能够被纳入集体的秩序之中，为集体的目标贡献力量，获得价值，但当队伍散去

---

① 雷石榆：《诗评》，《西南文艺》1941年第1卷第1期。
② 艾青：《火把》，《中苏文华杂志》1940年第6卷第5期。

之后，个体却终归要面对自我，而集体也终究无法取代个体存在的意义。

值得注意的是，艾青在《火把》中所流露出的犹疑与矛盾心态并非偶然，而是与其此前的创作有着密切的呼应。1940 年底，已经奔赴重庆的艾青在《为了胜利——三年来创作的一个报告》一文中回顾了自己抗战以来的创作实绩，将《火把》视作长诗《向太阳》的姊妹篇，但相较于《火把》，《向太阳》的情感基调却更加坚定和昂扬。与唐尼在火把的洪流中看到了"一种完全新的东西"但又是"我所陌生的东西"不同，《向太阳》中的主人公自始至终崇尚的就是太阳所代表的力量，爱着"那些原始的，粗暴的，健康的运动"[①]，太阳的照耀与其自身的生命气质也得以完全融合。作于《向太阳》之后的《火把》为何会平添上一抹沉郁的色彩，个中缘由还应当从艾青于1939－1940 年间在湖南新宁时的一段蛰居生活谈起。

二、心灵深处的行旅：新宁时期的山野所思

1939 年 9 月，艾青匆忙离开桂林去往湖南衡阳，后被新宁衡山乡村师范聘任为国文教员，遂从衡阳转道落脚于湖南邵阳的新宁县城。艾青此次的迁移既与战时动乱的大背景有关，也与其之前历经的两次情感风波有着直接的联系。或许情感上的变动与打击使得艾青在《火把》中似乎有意借助唐尼对恋爱的幻想表达出自身的许多心绪，但本文无意在作家的情感生活方面延伸过多，而是意图探讨风波过后，艾青在湖南新宁的山居生活中所进行的思考与转变。

在 1940 年 6 月初奔赴重庆之前，艾青共在新宁度过了半年多的时光。新宁虽因多山而相对闭塞，但也因此远离硝烟战火和世俗纷扰，能够让艾青得以在此安定下来，拥有宁静的环境和充足的时间进行创作与思考。在这段相对悠闲的山居生活中，艾青以新宁当地的风物为题创作了大量的诗歌和散文，也同时进行了诗学上的深入探索。之后艾青在新宁时期创作的诗歌被编纂为《旷野集》，与其抗战之前所作的《马槽集》一同被收入诗集《旷野》，并于 1940 年由生活书店出版，同期的散文被收录于 1940 年由微光出版社出版的《土地集》中，部分诗学反思则为艾青后来重要的诗学

---

① 艾青：《向太阳》，《七月》1938 年第 3 卷第 2 期。

著作《诗论》打下了基础。

与彼时文坛激情昂扬，如战斗号角般的抗战诗歌不同，艾青新宁时期的作品洋溢着一股浓郁的山林气息。对此，艾青曾怀着不无忐忑的心情作出过这样的解释："《旷野集》所收诗二十首，均系作者在西南山岳地带所作，或因远离烽火，闻不到'战斗的气息'，但作者久久沉于莽原的粗犷与无羁，不自禁而有所歌唱，每一草一木亦寄以真诚，只希望这些歌唱里面，多少还有一点'社会'的东西，不被理论家们指斥为'山林诗'就是我的万幸了。"① 然而，据艾青的友人牛汉回忆，艾青在湘南写下的这些短诗虽然发表的不多但艾青本人对此却一直情有独钟。艾青晚年的某日，牛汉和郭宝臣曾到北京协和医院看望病中的艾青，并就《艾青作品欣赏》一书的编选询问艾青的意见，艾青本人对书中"湘南旧作"所占的相当比重"深以为许"，认为是"触及了他内心深处的某些东西的"②。《旷野集》中所收录的诗篇也的确不同于一般的"山林诗"，其虽然徜徉于山林，远离了烽火，但发出的却不是轻松愉悦的"歌唱"，而是忧郁彷徨的低吟。那么这种既触及了艾青的内心又郁结在其心中的东西究竟是什么呢？

《旷野集》以诗歌《旷野》开篇，从诗集与诗篇的命名中便不难看出"旷野"在艾青心中引起的震动。在诗歌《旷野》的开头，首先映入眼帘的便是一片雾气迷蒙的旷野景象："看不见远方——/……/前面只隐现着/一条渐渐模糊的/灰黄而曲折的道路"③，道路两旁则是"乌暗而枯干的田亩"，随后作者又将视线移向池沼和山坡，但景色无一例外都显得寒冷萧索，其间行动的人群则是"人们走着，走着/向着不同的方向/却好像永远被同一的影子引导着/结束在同一的命运里/在无止的劳困与饥寒的前面/等待着的是灾难、疾病与死亡"④，诗中的"我"亦被这种无可逃避的命运所笼罩，迈着沉重的步伐"直至感到困厄/——像一头耕完了土地/带着倦息归去的老牛一样……"⑤

表面上，《旷野》似乎与艾青此前的作品如《大堰河——我的保姆》以及《雪落在中国土地上》等有着相似的叙述内容与风格，描写的都是土地、村庄与在困苦中艰难

---

① 艾青：《旷野·前记》，《旷野》，生活书店1940年版，第2页。
② 转引自程光炜《艾青评传》，南京大学出版社2015年版，第262页。
③ 艾青：《旷野》，《旷野》，生活书店1940年版，第1—2页。
④ 艾青：《旷野》，《旷野》，生活书店1940年版，第4页。
⑤ 艾青：《旷野》，《旷野》，生活书店1940年版，第5页。

挣扎的人们，但正如有学者所指出的那样，《旷野》与艾青过去"像木刻般具体而深刻的乡村叙说不同的是，展现在人们眼前的是旷野存在的'无边感'，是个人的渺小与无可奈何"①，而这种"个人"与"旷野"的关系实际上也可以被视作"个人"与"命运"的关系。面对无可选择的命运，一切痛苦与勤劳都"徒然而无终止"②。在《旷野》一诗的最后，作者发出了这样的叹问"旷野啊——/你将永远忧虑而容忍/不平而又缄默么?"③ 这在一定程度上也可以被视为彼时作者复杂又矛盾的内心世界的投影。在《旷野集》所收录的诗篇中，"我"常常一方面为"被山岩所围困似的宿命"感到沉重，向往着"闪烁着阳光的远方"④；另一方面却又"畏缩这严寒/对于远方的旅行/我踌躇了"⑤，并将自己比作"冬天的池沼"，一颗心"饱历了人世的辛酸""阴郁得像一个悲哀的老人"⑥。作者在心中仿佛已经知晓了"远方"的虚幻性与个体在命运面前的有限性，如其笔下的船夫一般，即便在眼前单调的生活中"诉说着时日的嫌厌"，但意图奔向"远方"的过程也不过是"徒劳地转动着"手中的船柄，"永远在广阔与渺茫中旅行/在困苦与不安中旅行"⑦。

然而，这些情绪看似消极，本质上却隐含着艾青对个体和命运更深层次的理解，这在其同期的散文中有着更为细致的体现。在《土地集》所收录的《虫》一文中，艾青详尽记述了蜘蛛结网捕捉猎物、蚯蚓翻土及蜜蜂采蜜等现象，而在这些看似寻常琐碎的细节中却有着艾青对个体生命形而上的深度思考。那些黏附在蜘蛛网上的小虫恰恰是"想从阴暗飞向明亮去的"时候被"俘虏"了，只能"无援助地挣扎着，挣扎着，终于寂然不动了"，"永远沉默的蜘蛛"则"安眠在网的中心"，等待网上沾满无数小虫的尸体，再缓慢而满足地"一个一个地把那网上的俘虏取来吞食"⑧；感受到温暖逐渐苏醒并开始翻土工作的蚯蚓却不知道土壤的温暖来自融化于雪水中的石

① 程光炜：《艾青评传》，南京大学出版社 2015 年版，第 258—259 页。
② 艾青：《旷野》，《旷野》，生活书店 1940 年版，第 7 页。
③ 艾青：《旷野》，《旷野》，生活书店 1940 年版，第 9 页。
④ 艾青：《解冻》，《旷野》，生活书店 1940 年版，第 39 页。
⑤ 艾青：《愿春天早点来》，《旷野》，生活书店 1940 年版，第 34 页。
⑥ 艾青：《冬天的池沼》，《旷野》，生活书店 1940 年版，第 15—16 页。
⑦ 艾青：《船夫与船》，《旷野》，生活书店 1940 年版，第 16—17 页。
⑧ 艾青：《虫》，《土地集》，桂林微光出版社 1940 年版，第 59 页。

灰，而"石灰是含有碱性的，蚯蚓一接触到牠，就被杀死了"①；同样辛勤采蜜的蜜蜂因为偶然飞到人的脸上，在人类下意识的拍打中刺伤了人类，而"蜂的刺一失了，蜂的生命也完了"②。

无论是小虫、蜘蛛、蚯蚓，还是蜜蜂都在自身生存本能的驱使下经历着无可选择的生命旅程，但即使服从生存规律的支配却也难以避免因偶然的打击送掉性命，而偶然或许也可以被视为宿命般徒劳的必然。由此，联系《火把》中唐尼所说的："生活是一张空虚的网/张开着要把我捕捉"以及"我不知我自己/是怎么会到这世界上来的/今天以前，我看这世界/随时都好像要翻过来/什么都好像要突然没有了似的"③，便可以与艾青本人的思索相互呼应。同样，在《土地集》所收录的《埋》一文中，当艾青看到那些从战场上负伤归来或不幸牺牲的战士，其在表示敬意的同时也对生命和战争本身发出了这样的追问："那十二个土堆竟排列得那样整齐，一个挨着一个，距离是那末均等——啊，他们在生前不也是以自己的生命安放在绝对的秩序里的么？如今他们死了，人们又把他们安排在永远的整齐的空间里了。"④将之与《火把》中李茵对唐尼的劝慰"生命应该是永远发出力量的机器/应该是一个从不停止前进的轮子/人生应该是/是一种把自己贡献给群体的努力/是一种个人与全体取得调谐的努力"⑤相对照，也就可以理解为何李茵的勉励无法完全对唐尼奏效，因为集体的绝对秩序并不能填充和取代个体生命的存在价值，也无法彻底安抚个体在面对命运时的不安和忧虑。但无论如何，这种低沉与怀疑的姿态终归在昂扬奋进的抗战氛围中显得不合时宜，与彼时占据诗坛主流的"大众化诗学"所倡导的抗战诗歌创作亦格格不入，而艾青也注定不能久做深山之中的"隐士"，必然要再度走向"远方"，走入"群众"，重新找寻自身的定位。

① 艾青：《虫》，《土地集》，桂林微光出版社1940年版，第60页。
② 艾青：《虫》，《土地集》，桂林微光出版社1940年版，第61页。
③ 艾青：《火把》，《中苏文华杂志》1940年第6卷第5期。
④ 艾青：《埋》，《土地集》，桂林微光出版社1940年版，第50—51页。
⑤ 艾青：《火把》，《中苏文华杂志》1940年第6卷第5期。

三、摇摆中的"大众化"：《火把》的版本修改与诗学思考

1940 年 4 月，《诗》月刊第 1 卷第 3 期发表了艾青的诗作《玛耶珂夫斯基》，这首同样作于新宁却未被收入《旷野集》中的诗歌显示出了与《旷野集》中的作品迥然不同的风格。诗中，艾青将"玛耶珂夫斯基"称作"不可比拟的/新人类的代言者"，称赞了其向全世界播送的"革命的语言/钢铁的语言"[①]。紧接着，艾青又创作了《没有弥撒》一诗，并对外发出了这样的宣告："'我是最后的田原诗人'吗？/不！/让那个可怜的耶勒善的农民/跟了他的弥撒/到赤杨树的下面去吧！"表示自己"不需要什么祈祷"，"旷野是和我一样的无神论者"[②]。然而，在作完《没有弥撒》的次日，艾青在《仇恨的歌》一诗的开头便引用了《圣经》中的话。虽然全诗在内容上是针对"不义者，叛徒，盗匪，败类"发出的战斗檄文，并在诗的最后发出了"用我们历史的巨轮/冲倒他们！撞死他们！轧碎他们！"[③] 但是无论从其前后对待《圣经》的矛盾态度还是语言表达的粗糙生硬中都能看出艾青此时急躁的心理状态，这不仅与其此前的诗学主张相违背，也在作品之间产生了强烈的反差。

值得一提的是，随着抗日战争的爆发与全民抗战热潮的兴起，此前围绕"国防诗歌"爆发过激烈论争的诗坛也实现了从未有过的大联合。虽然以"大众化诗学"与"纯诗诗学"为代表的两方立场针对"抗战诗歌"创作亦时有龃龉，但在抗日救亡的大背景下，"大众化诗学"将诗歌服务于抗战宣传的功利化立场却逐渐成了具有压倒性优势的诗坛主流。艾青虽然不是"纯诗"的倡导者，而是意图向着"大众化"靠拢，甚至有时流露出急于"战斗"的迫切心情，但在具体的创作实践中却又显示出与"大众化"诗学不尽相同的看法，这不仅在其试图"对大众化问题给以实践的解释"[④] 的《火把》文本中有着鲜明的体现，在《火把》之后的版本修改中也得到了进一步的佐证。

长诗《火把》于 1940 年在《中苏文化杂志》上发表之后，又于 1941 年 6 月由文化

---

① 艾青：《玛耶珂夫斯基》，《诗》1940 年第 1 卷第 3 期。
② 艾青：《没有弥撒》，《黎明的通知》，文化供应社 1949 年版，第 69 页。
③ 艾青：《仇恨的歌》，《土地集》，桂林微光出版社 1940 年版，第 20 页。
④ 艾青：《为了胜利——三年来创作的一个报告》，《抗战文艺》1941 年第 7 卷第 1 期。

生活出版社作为"文季丛书"之二十在重庆出版，烽火社则在同期出版了《火把》的单行本，之后《火把》经由北平市学生助学委员会于 1947 年再次印行，文化生活出版社也于 1946 年 10 月和 1949 年 8 月对其进行了两次再版。相较于《中苏文化杂志》上发表的版本，文化生活出版社与烽火社印行的《火把》均未作改动，然而由北平市学生助学委员会出版的《火把》却将诗歌的第七节"宣传卡车"单独删去，将原本十八节的长诗缩短为了十七节。此处有必有先对该助学委员会进行简要的介绍，1947 年 8 月至 9 月，由北京大学等 8 所中学，汇文中学等 6 所中学作为委员学校组成了北平市学生助学委员会。彼时，以蒋介石为首的国民党于 1946 年 6 月撕毁《双十协定》发动全面内战，大批的学生因战争导致的经济困难而面临失学的困境，该委员会成立的目的一方面是通过助学运动以帮助在战争中面临失学问题的经济困难学生，另一方面则以公开合法的方式进行反抗蒋介石统治的斗争，而运动幕后的核心策划与指挥者便为当时的中共地下党学生运动委员会①。

　　原本在《火把》的"宣传卡车"一节中，艾青试图通过对汪精卫辛辣的讽刺与群众同仇敌忾的描写以达成抗战动员的目的，但随着抗日战争的结束与国共内战的开始，民族矛盾已不再是牵动国家命运的主要矛盾，此时北平市学生助学委员会删去《火把》在抗战层面的宣传内容不仅符合现实的时代语境，亦有助于从更为宽泛的意义上凸显群众的抗争面貌与民主诉求以符合其自身的政治意图。然而对于牵一发而动全身的文学创作而言，大规模的删改并非易事，当完整的章节被去除之后也需要对诗歌整体进行重新的打量。此前针对《火把》的诗歌结构问题，壁岩曾指出"宣传卡车"一节因破坏了全诗写法与气质的一惯性而显得突兀，从北平市学生助学委员会印行的版本来看，虽不能说全诗因删除了"宣传卡车"的部分而显得更加顺畅，但诗歌在整体上确实未受到明显的影响，因为全诗除了在"宣传卡车"一节有明确的抗日主题之外，其余章节的斗争描写都较为模糊，并没有清晰的斗争对象，在诗歌整体的映衬下，"宣传卡车"一节反倒更像是诗歌中穿插的"闲笔"，而这也从侧面证明了长诗《火把》与"大众化诗学"将诗歌完全服务于抗战宣传立场的偏离。

　　事实上，《火把》最初刊载的《中苏文化杂志》第 6 卷第 5 期同时也是该杂志为纪

---

① 祝小惠：《1947 年北平市学生助学委员会和助学活动》，《社团管理研究》2010 年第 4 期。

念高尔基逝世四周年所开辟的文艺专号。在这期纪念专号上，诗歌《火把》的最后特意附录了一段高尔基的文字，在这段文字中，高尔基强调了文学伟大的力量和使命，而这种力量和使命是为了"永远冲去种族、国家、阶层间一切冲突……使各种民族，意识到他们的苦难和热望，意识到一个共同目的，去追去一种美和自由的生活中的幸福，更从这种意识上，能够最坚强最亲密地联系他们在一起"①。而从《火把》的人物对话和情节设置中，我们也能从多处感受到跨越了国别种族与特定阶层的深厚情感，如李茵所说的"人类会有光明的一天/一切都将改变"以及诗中所吟唱的"感受不自由莫大痛苦/你光荣的生命牺牲/在我们艰苦的斗争中"② 等，这种对自由的热烈追求以及对全人类的温情注目也早已超越了部分抗战诗歌所流露出的狭隘的民族主义情绪以及"大众化诗学"所宣扬的民族主义立场。此前，针对曾为纯诗论者代表的诗人徐迟在诗刊《顶点》上所发表的《抒情的放逐》一文，"大众化诗学"曾予以激烈的抨击，对徐迟文中否定抗战诗歌的部分进行了谴责。对此，艾青虽然也提出了批评的意见，但为其所珍重的"抒情"这一"饱含水分的植物"③ 显然也并不等同于"大众化诗学"所强调的新的时代便需要"新的情感"。因为在艾青心中，能够付诸"抒情"行动的诗人是"自我觉醒的先驱，意志的无厌倦的歌手"④，可以自由自足地体验世间万物并赋予世间万物以情感和性格，这种源自个体的情感不仅不能被放逐和离弃，也无法被时代的情绪所彻底裹挟，让诗人只能充当时代的"传声筒"。

然而，抗日救亡的时代背景却很难容许诗人创作上的"模棱两可"，正如《火把》中唐尼诉说的那样："这时代/不容许软弱的存在/这时代/需要的是坚强/需要的是铁和钢"，"当大家都痛苦的时候/个人的幸福是一种耻辱"⑤。换句话来说，这个时代需要情感，但却不是个体自由无羁的情感；这个时代需要思考，却又暂时难以容纳那些超越时限的思考。对于艾青而言，其一方面想要遵从自我，以更广博的胸怀获得超越时代的体认；另一方面却又试图肩负时代重担，汇入集体的队伍，摆出战斗的姿态，两种相互缠绕的情绪落实到文本中便导致了诗歌在结构、人物与主题上的种种分裂。虽然

① 《中苏文华杂志》1940 年第 6 卷第 5 期。
② 艾青：《火把》，《中苏文华杂志》1940 年第 6 卷第 5 期。
③ 艾青：《美学》，《诗论》，三户图书社 1941 年版，第 15 页。
④ 艾青：《诗人论》，《诗论》，三户图书社 1941 年版，第 103、110—111 页。
⑤ 艾青：《火把》，《中苏文华杂志》1940 年第 6 卷第 5 期。

艾青创作《火把》的初衷是为了"对大众化问题给以实践的解释"①，但在实际迈向"大众化"的过程中却又显示出了左右摇摆的徘徊与自相矛盾的困窘，既与其自身的创作自述产生了偏离，又表现出了与"大众化诗学"不尽相同的思考与立场。

四、结语

通过对围绕艾青《火把》论争的分析与《火把》版本后续修改的梳理，本文认为《火把》既非如批评者们所言，文本的核心问题是由于对个人恋爱的凸显，也没有按照艾青的自述，达成了表现群众力量与革命精神的创作意图。在诗歌所暴露的种种问题背后实际上隐藏着艾青内心深处难以完全吐露的情感与思索。虽然艾青试图通过《火把》"对大众化问题给以实践的解释"②，但在向"大众化"靠拢的实际过程中却又显示出与当时占据诗坛主流的"大众化诗学"不尽相同的看法与立场。《火把》创作完成之后，艾青旋即奔赴重庆，历经半年左右的短暂居留北上延安，逐渐成长为了一名党的文艺工作者，以长诗《吴满有》完成了真正走入民间，走向大众的创作转向。面对以李育中为代表的批评者们针对《火把》所发出的"持火把到旷野中去呢？还是持火把到群众中来呢？"③的质疑，身在延安的艾青心中当有了明确的答案，但曾经遗留在文本中的半明半暗的火光与纠结缠绕的心绪却为我们理解艾青"大众化"转向的复杂提供了更为丰富的历史细节，深入探讨其中遗留的种种问题不仅有助于对《火把》进行更为全面的解读，也为从整体上把握艾青的心路历程与创作发展提供了别样的参照。

（作者单位：四川大学文学与新闻学院）

---

① 艾青：《为了胜利——三年来创作的一个报告》，《抗战文艺》1941 年第 7 卷第 1 期。
② 艾青：《为了胜利——三年来创作的一个报告》，《抗战文艺》1941 年第 7 卷第 1 期。
③ 李育中：《持火把到旷野——读艾青近作书后》，《中国诗坛》1940 年第 6 期。

陈敬容：一位现代女性独立生命求索与诗歌抒写

王　芳

陈敬容先生（1917—1989）是"九叶诗派"代表诗人中两位女性之一（另一位是郑敏先生），是中国现代诗创作的先行者。在中国现代文学史上，能称为"先生"的女性诗人不多，能称"先生"者，乃有思想和风骨也，而陈敬容称得上是有思想和独立人格的现代女性诗人。袁可嘉先生曾这样评论道："敬容无疑是以蕴藉明澈、刚柔相济为特色的最优秀的抒情女诗人之一。"① 指出"蕴藉明澈、刚柔相济"是其诗风主要特色。确实，阅读陈敬容诗歌，尽管是一位女性，但是她的诗歌抒写却不时洋溢和透露出阳刚之气、明澈之风，当我们吟诵着"想想吧，我便是那火／还得多少次燃烧，归向死亡？""老去的是时间，／不是我们！／我们本该是时间的主人"，多么振聋发聩的声音；"一样的海呵／一样的山／你有你的孤傲／我有我的深蓝"，多么孤傲独立且自信的灵魂；"凡是时间从你所夺去的／另一个春天都要为你召回"多么坚韧不屈的人格力量。我们不禁为一位女性诗人，她作品中反客为主，化生命的被动状态为主动姿态的果敢气魄所惊叹，惊异于诗人本身的刚毅性格和智慧品质。陈敬容诗中的刚毅明澈之风从何而来？笔者以为这和陈敬容作为一位现代女性，不断追寻和探索一个独立丰满的生命历程息息相关。20 世纪 80 年代学者蓝棣之就曾把陈敬容诗歌创作与其人生遭际联系起来，他认为："她的诗是人生遭际和情感发展的纪年，细心的读者会从中看她的传记。"② 确实，陈敬容诗歌创作伴随着其人生历程延续了大半个世纪（1932 年—1987 年

---

① 袁可嘉：《蕴藉明澈、刚柔相济的抒情风格（代序）》，《新鲜的焦渴——陈敬容诗选》，杜运燮、蓝棣之编，人民文学出版社 2000 年版，第 11 页。

② 蓝棣之：转引自《陈敬容诗文集》编后记，复旦大学出版社 2008 年版，第 738 页。

春），并且和她的人生经历难解难分，而本文立意选取现代女性独立生命求索角度，从陈敬容诗歌和诗化散文中去透视她追求独立精神人格的生命历程，以及她独立丰满的生命最终所呈现的状态。

何为"现代女性"？现代女性的独立生命又是如何实现以及以怎样的姿态呈现？"现代女性"不仅仅是把女性生活年代作一个时间上的划分，它深层内涵可以用世界女性主义文化先驱——英国作家伍尔夫《一间自己的屋子》中的叙述来阐明：现代女性应该拥有"一间自己的屋子"①。"一间自己的屋子"有两层意象内涵，其一是经济独立，女性要有钱买得起一间屋子，经济上自立可以使女性不再依赖任何关系而独立生存；其二更重要的是，女性要拥有一间屋子来写作，写下自己这一性别所见到的"象蜘蛛网一样轻的附着在人生上的生活"②。强调的是女性作为"我"，一个独立的生命体，更要有独立自主的思想意识空间，要通过创造去追求生命的"自我"价值实现。

我们知道，从人类社会发展史来看，直到18世纪末，法律、体制、风俗、舆论和一切社会环境构筑了男女不平等的社会现实，男性在家庭和社会关系中始终占据着主导和支配地位，而女性则受到男女不平等关系的束缚，只能以屈从于男性的附属地位存在，在经济和精神上无法独立，因此也无法去实现个体独立生命的"自我"价值。世界女性追求经济和精神独立的解放运动开始于18世纪末，但直到第二次世界大战前，女性追求自身权利的道路仍在缓慢进程中，二次大战后，世界女性解放运动再次高涨，争取女性自身的各项权益成为20世纪现代社会向前发展一个主要目标③。汇入20世纪世界现代社会发展大潮中的中国，也开始有越来越多的现代女性对自身的社会地位和社会处境觉醒。伴随20世纪中国"五四"新文化运动思想启蒙一路走来的陈敬容，正是这些觉醒的现代女性中的一员，并且勇敢地开始了她独立生命的求索历程。陈敬容曾说："我不知道哪一天/才能找到生命的丰满"。纵观陈敬容一生，出走家庭、离开恋人、再次出走家庭、离婚，最后只身与女儿度过余生构成其人生主线的几大节

---

① 弗吉尼亚·伍尔夫：《一间自己的屋子》，王还译，生活·读书·新知三联书店1992年版，第2页。

② 弗吉尼亚·伍尔夫：《一间自己的屋子》，王还译，生活·读书·新知三联书店1992年版，第50页。

③ 郑克鲁：《翻译后记》，（法）西蒙娜·德·波伏瓦著，郑克鲁译：《第二性Ⅰ、Ⅱ》，上海译文出版社2011年版，第602—606页。

点，"出走"、"离开"、"独立前行"构筑了陈敬容作为一位现代女性独立生命求索历程的主要脉络，正是在一次又一次不平等的男女关系中认识、审视和冲破过程中，在独立面对纷繁复杂世界的一切关系中寻找和确立"自我"存在价值，陈敬容完成了其独立生命的成长过程，并最终向我们呈现了一个丰满的独立的生命姿态。因此，本文以与陈敬容人生经历主线相对应的诗歌创作为分期线索，从女性"自我意识"觉醒与"自我"的确立（1935 年春北平—1945 年 3 月邠州）；"独立生命"的追寻与自我实现（1945 年 4 月重庆磐溪—1948 年夏上海）；"独立人格"的坚守和与生命呈现（1979 年春—1987 年春）来梳理陈敬容作为一位现代女性其独立人格及生命求索过程和艺术表现。

一、女性"自我意识"觉醒与"自我"的确立

"自我"是相对存在的，在人与人、人与自然、人与社会和人与自我四种关系中，"自我意识"是个人对于"自我"以及自我以外其他关系中的"自我"的认识。而一个独立生命开始于"自我意识"觉醒和"自我"的确立。1945 年 4 月是陈敬容生命和诗歌抒写的一个重要节点。在散文《渴意》（1945 年 4 月 21 日于重庆磐溪）中，陈敬容总结了此前她人生经历的三条"甬道"："我记起我曾在好几条阴暗的甬道中屏息独行。……第一条甬道吞没了我的童年（我那可怜的，不幸的童年呵，）第二条和第三条甬道吞没了我的一些'锦绣'年华。"[1]　"甬道"意象包括两个特质，一个是"束缚"，它是陈敬容"自我意识"觉醒过程中最深切的感受；一个是"阴暗"，它体现在陈敬容的诗歌抒写中。陈敬容的诗歌创作《盈盈集》第一辑《哲人与猫》[2]（1935—1939，即北平求学时期及成都时期），第二辑《横过夜》[3]（1940—1945，即西北生活时期）记录了她认识、审视和冲破"甬道"中重重关系的束缚，其女性"自我意识"觉醒与"自我"的确立过程。

---

①　陈敬容：《渴意》，《辛苦又欢乐的旅程——陈敬容散文选》，作家出版社 2000 年版，第 20 页。
②　陈敬容：《陈敬容诗文集》，罗佳明、陈俐编，复旦大学出版社 2008 年版。
③　陈敬容：《陈敬容诗文集》，罗佳明、陈俐编，复旦大学出版社 2008 年版。

陈敬容追求独立自由的"自我意识"是在其人生第一条"甬道"中觉醒的，童年对于陈敬容意义在于"自我意识"的双重开启。一是五岁时祖父就教她念古诗，培养了她对古典诗词的爱好，同时她少年时"偷读"的经历又培养了她广泛的阅读兴趣，做一个自由地阅读和写作的"自我"在她幼小的心里开始萌芽。二是对自己作为女性在这个祖传的父系大家庭的现实处境有了日益清醒的认识。散文《父亲》(1935 年9 月于北平)[①]记录了一个孩子眼中母亲与父亲的不平等关系，父亲是家庭的权威，他喝酒，发怒骂人，摔东西，甚至打母亲，而母亲则是孱弱顺从和隐忍的。对父亲的恐惧不安，内心自发地想去保护母亲反抗父亲，成为一个幼小女孩反抗父权"自我意识"觉醒的开始。与此同时，家里对待弟弟和她的不同待遇又使她再一次意识到男女不平等，促使她更加饥渴地去阅读藏书，去广泛涉猎一切知识，意欲追求男女平等的"自我意识"由此而萌生。而乐山省立女中的新式课堂的学习，尤其是青年诗人曹葆华的到来，以及曹葆华对她文学才华的赞赏，让陈敬容处于朦胧状态的追求独立和自由的"自我意识"因为新鲜思想的输入而变得明晰。1932 年陈敬容发表第一首诗《幻灭》(未入集)，通过一幻一灭对比，表达她对幻想中的理想世界的向往和对现实处境的叹息，诗中向我们透露她有一颗"不安定的灵魂"，她向往翻起一朵浪花的生命。这最终促使她毅然决然地离家出走，1934 年成功出走家庭是青年陈敬容做出的第一件人生创举，从此她走上了自由阅读和写作之路，这一创举显示了她生命中的反叛精神和勇敢气质，是陈敬容对传统女性命运的第一次主动性挑战。而关于第一条"甬道"带给她的感受，陈敬容诗歌里的抒写是"冷暗"的记忆。"峨眉，峨眉，/古幽灵之穴。"(《十月》1935 年春)；《夜客》(1935 年秋)中也有童年冷暗生活的回忆，"炉火死灭在残灰里/是谁的手指敲落冷梦？"但是诗人非常清醒：作为一个要在黑夜中远行的旅客，她的"枕下有长长的旅程，/长长的孤独"，尽管孤独寂寞，但是仍然不能阻止她独立生命的求索之路。

1934—1937 年在北平刻苦游学的经历对于陈敬容"自我意识"中"自我"的确立有着深远意义。北平三年使陈敬容完成了"现代知识女性"的知识转型，她学习并谙熟了英、法等多种语言，自学中外文学步入了世界文学的殿堂，她创作和发表现代诗

---

① 陈敬容:《父亲》，《辛苦又欢乐的旅程——陈敬容散文选》，作家出版社 2000 年版，第 4—8 页。

歌和散文，展露出创作才华，而将人生和艺术结合起来作为"自我"的神圣使命也在这一时期诞生。更为重要的是，发源在此的"五四"新文化运动倡导"理性、逻辑推理"的科学求真精神，主张"发展独立思考"的独立求索精神，追求"个性解放"的自由精神，开创"合理的未来社会"的民主意识等启蒙思想深深地植入了陈敬容的思想观念中，奠定了她作为现代知识分子一生的思想基础。正是这一思想基础促成她在通过其人生的第二和第三条"甬道"时作出了清醒的选择。

如果说第一条"甬道"，陈敬容挣脱了父权意志对于女性的束缚，那么第二条"甬道"，是陈敬容在两性意志发生隔膜和抵牾时对两性关系的一次突破，是她在"自我"人生追求目标已经明确之后做出的理性选择。陈敬容对于她与曹葆华相处的这段人生经历（1936 年夏—1940 年春）非常珍视，但散文《四月之忆》（1945 年 4 月 21 日于磐溪）① 中："我背负了美丽的十字架"、"缄默封闭住你的心，也封闭住我的"、"只是看见了你，而你……对于我的在场一无所知，那末再见吧"这些句子似乎向我们透露了一些信息。诗人曹葆华曾经是她的"哲人"，她的"灯"，一个带她追求独立生命的领路人，在《哲人与猫》（1937 年秋于成都）中我们同样感觉到"哲人"与"我"隐约的隔膜，"我"需要一个"温静的友伴"，能一起感受生命，能相互温存，能彼此沟通心灵。"我"需要"一盏青色的灯"，指引黑夜里的前路。然而，"雨锁住了黄昏的窗"，"雨在窗上做了疏斜的帘幕"，"雨"给人的感觉是冷的，"雨"同时又是一种隔断，诗人说"我的石室冷而寥寂"，说明两人共处一室让她感觉隔膜且孤独，而又因为彼此缄默不能达到相互理解，因此诗人说"我的眼中满贮着疑虑吧，/因为雨，因为黄昏。"诗中的"我"最终寻找的温静的友伴——"猫儿"只能是自己，诗人寻找的"灯"也只能是自己心中的灯，于是她决意要去"碧润草原上"和"林木"一起舞蹈，暗示她要离开。在《窗》（1939 年 4 月于成都）中我们找到了陈敬容选择离开诗人曹葆华的隐因，是因为"你的窗/开向太阳，开向四月的蓝天"，而"我的窗/开向黑夜/开向无言的星空"。因此陈敬容说"我将给你一个缄默的祝福，缄默地走开……"（《四月之忆》）。选择离开是因为陈敬容对自己人生追求有清醒的认识，《断章》（1937 年秋于成都）早已表明了她选择的人生："我爱长长的静静的日子，/……我爱单色纸

① 陈敬容：《四月之忆》，《辛苦又欢乐的旅程——陈敬容散文选》，作家出版社 2000 年版，第 21—23 页。

笔、单色衣履，/我爱单色的和寥落的生"。她选择的是人生和艺术结合的命运，他选择的是人生和政治结合的道路，理智和清醒第一次在陈敬容的人生选择中显示了出来。

陈敬容人生的第三条"甬道"——在西北高原生活的四年（1940 年夏—1945 年初），承载了陈敬容对男权社会中女性处境及女性"自我"归属的双重审视和思考。1940 年先生因故与曹葆华分手，后与青年文人沙蕾建立家庭，并一起转赴西北，在甘肃兰州、宁夏一带工作和生活。《盈盈集》第二辑《横过夜》是这一段生活的记录和抒写。这一时期陈敬容诗歌创作不再仅仅是苦难生活的感发，而是呈现出两个新走向：其一是关于男权意志对女性"自我"追求束缚的感受和思考。我们发现陈敬容诗歌中开始出现象征事物"边界"的系列意象，而"边界"正是自由意志被阻挡的象征。《给杏子》中，"去，去时间的岸边/筑一道堤。"如果诗人要"去那遥远的海洋找寻……"，那么"堤"正是阻挡通向大海的界线，诗人在此暗示婚姻关系中夫权对女性追求"自我"的一种束缚。《圈外》中，"谁能划一个浑圆的圈/将生命的流泉圈定"，明确说明"圈定"是对生命的束缚，而"圈外"之诗题则预示了诗人冲破束缚的愿望。《骑士之恋》是诗人直面这段婚姻中两性关系的总结和思考。诗人以"飞鸟"自比，她要"高飞"的自由，她要"歌唱"的权利，但是"骑士"限制她"只在我的园中默默地低翔"。"园中"正是婚姻家庭关系的一种象征，而诗人决意不再回到"你的园中"，表达了她要冲破家庭束缚去独立飘航的意愿。

这期间，陈敬容诗歌的另一面向是对冲破束缚之后"女性自我"独立形象及归属的思考。如果"黑夜"象征着诗人的生活处境，正如黑暗的"甬道"一样。"海"象征着诗人追求的人生方向，那么"你向辽阔的水/投掷一颗晶莹的珠"，"珠"的意象，是诗人"自我"形象在"飞鸟"基础之上又增加了新内涵，那就是她不仅要自由，而且要发出自己的光。它要在"一道长长的河"——时间之河里，"流过了/一些欢歌，一些哀歌"去历经生命的磨难，而最终投向"海"，一个广阔自由和更多磨砺的世界。在《横过夜》中诗人的"自我形象"——"环"的内涵又丰富了，"但你有一个环吗，/一个环，满缀着流星？"表达了诗人要成为独立"自我"生命体的向往。《创造》是这一时期诗人对"自我"生命历程的一次总结，同时更是对如何成为"自我"的一次清醒梳理，"我在你们的悲欢里浸渍而抽芽，/而开出一树树繁茂的花；/我的纸上有一片五月的年轻的太阳，/当暗夜悬满忧郁的黑纱。"诗人所说的"创造"就是诗歌创作，她要以纸上的创作来寻找人生的光明，抵御现实生活的黑暗。"没有什么你曾经失落，/一切都在音乐里向你归来"（《莫扎特之祭》1945 年 3 月 11 日郯州旅次），面对所经历的苦难，诗人不相信什么失落，如果莫扎特在音乐创作中收获自己，那么陈敬容也相信自己将在诗歌创作中收获自己。

然而，独立不是孤立，走向现代的"女性"如何在所面对的一切关系中确立独立的"自我"？陈敬容诗歌同时展开了对"女性归属"的思考。《归属》是陈敬容这一时期对于女性"自我"位置的一次突破性思考，她以自己的人生经历告之所有"女性"，将自己委身于"爱"或"幸福"的关系中，那么这种关系可能是束缚女性意志自由的"墓地"，带来的是"苦难"和"绝望"。女性因此会向往遥远的"海"，但作为"人生方向"的"海"的意象内涵在这首诗中有了新变化，既是人生方向，同时象征一种新的"关系依归"。诗人最终结论是：所有向往大海奔向大海的"水"，它们"是水！它们属于/你，也属于自身。"她试图说明女性真正的归属是"自身"，而不是只属于"大海"。

陈敬容生命中的三条"甬道"，分别代表着男权社会父女、夫妻及两性关系，陈敬容冲破了阻止她追求自由的父权意志束缚，在两性人生追求意趣出现抵牾时选择了离开，以及再次挣脱夫权意志对她女性独立意志的裹挟，通过对一重重束缚关系的认知、思考解析和突破，陈敬容一步步改变自己在这些关系中的被动处境，不断明确自己的追求，不断坚定自己要走的路，最终确立了"自我意识"中"自我"位置，而这也同时标志着陈敬容在两性关系中独立视角的形成。

二、"独立生命"的追寻与自我实现

一个独立生命开始于"自我意识"的觉醒，而它的形成却有赖于"自我"在生命的沉潜中不断历练和反思，并最终形成自己看世界的独立视角和理性思维，从而坚定自己的人生之路及生命价值认定。仍然是在散文《渴意》（1945 年 4 月 21 日于重庆磐溪）[①] 中陈敬容说："甬道已经走完，现在铺展于我脚前的是无际的平野；……黑暗已

---

① 陈敬容：《渴意》，《辛苦又欢乐的旅程——陈敬容散文选》，作家出版社 2000 年版，第 20 页。

带着它所能给我的噩梦远去哪，现在出现在东边天空的是玫瑰色的黎明……"确实，走完"甬道"的陈敬容从男权社会的生活苑囿中走出，获得人身和精神的双重自由。她开始面向"无际的平野"——一个全新的生命视野，她将要在广阔的自然宇宙和复杂的社会人生中，建立起她与世界的一切新关系，继续找寻和确认"自我"的位置，去实现独立生命的自我价值。袁可嘉认为重庆磐溪、重庆以及上海时期（1945年4月－1948年夏）是陈敬容诗创作中最重要、最出色的年代，而这一时期同时又是陈敬容独立丰满生命追寻和走向成熟的时期。

重庆磐溪（1945年，即《盈盈集》第三辑"向明天瞭望"）① 和重庆创作时期（1946年2—4月，即《交响集》第一辑）②，陈敬容向我们展示了一个"向明天瞭望"的"自我"。然而生命的每一次前行都伴随着对过往历程的回望和审视。过往的生活经历成就了陈敬容坚忍的生命品质。"我从疲乏的肩上／卸下艰难的负荷；屈辱，苦役，／和几个因狱的寒冬……"（《飞鸟》1945年四月二十六晨重庆磐溪）面对这段痛苦的生命经历，诗人的总结是："我爱生命……／连痛苦也爱"，她称自己为"你是最坚忍的织物"。而诗人准备让自己生命的潮流去伴和一切生命的潮流，著名的诗《新鲜的焦渴》中这样写道："我怀念你们，一些／永不复来的时光……／／但是我更怀念／不可知的未来的日子"表达了她要去寻找"生命的丰满"的强烈渴望。

重庆磐溪和重庆创作时期，更重要的意义是陈敬容在新生命潮流的融入中，确立了一个新生的"自我"。这一时期，在她象征"自我"的系列意象中，引入一个新意象"火"。我们可以从"火"意象内涵来探析陈敬容"自我"形象的变化过程。《自画像》（1945年5月9日写完于磐溪）和《边缘外的边缘》（1945年4月28日晨）几乎写在同一时间，在《自画像》中，诗人把自己比作"勇敢的飞蛾"，但是一只被"火"烧伤的飞蛾，如果"火"指代的是欢乐或痛苦的生活，那么"飞蛾"的被动地位可想而知，当然诗人还是肯定了"火"对于自己人生的锻炼作用"——你需要火"。《边缘外的边缘》中她把自己比作"一支白色的蜡烛"，一方面"安静地燃烧"，"燃烧"代表她心中已经有明确的人生方向——诗歌创作；一方面是用"烛火"照亮"夜的长堤"，"夜的长堤"代表男权社会的强力意志对于女性自由意志的束缚，"烛火照亮"意象则

① 陈敬容：《陈敬容诗文集》，罗佳明、陈俐编，复旦大学出版社2008年版。
② 陈敬容：《陈敬容诗文集》，罗佳明、陈俐编，复旦大学出版社2008年版。

代表陈敬容对这种意志束缚的清醒意识，而她要"在黑夜的堤外"建立起属于自己的"一片年轻的草原"，她要突破束缚的边沿以形成独立的"自我"生命体。一句"一片绿色的希望，/温柔地延伸/向边缘外的边缘"说明陈敬容的诗歌风格至此还是柔和且坚韧的。就在同一年创作的《不开花的树枝》（1945年10月）中，"火"意象内涵则有了突变，在这个变化来临之前，我们已经惊诧于诗人的另一个新奇的表达"不开花的树枝/有比花更美的战栗；"如果"花"惯常用来代表女性，那么诗人决意做"不开花的树枝"，向我们显示了诗人性格里的倔强和刚毅气质。更有甚者，她大声地向世界宣示："我便是那火，/还得多少次燃烧，归向死亡？"至此，诗人再也不要做被"火"烧伤的飞蛾了，她也不愿意让"火"把自己的热情烧成灰，而要变成"火"。"火"意象内涵的变化使陈敬容诗歌中增添了刚毅果敢的影子，而她也就此实现了由生命的被动状态向主动状态的转变，生命的主体性意识从此深深地烙印在她的思想观念中，对她此后诗歌风格带来长远的影响。

正是以这样一个新生的"自我"姿态，在重庆磐溪和重庆时期，陈敬容开始融入广阔的自然宇宙和复杂的社会现实中去感知去审视，以确立个体生命在其中的位置，而体验和感知又丰富和加深了她对生命和艺术的理解，她因此写下了一系列优秀诗篇。著名的《律动》（1945年5月16日晨）是诗人将自我生命融入宇宙的感受，律动是宇宙一切生命的存在方式，而诗人由此更深的感悟是那由"心灵的窗上"写出的诗句也是有着韵律的语言（陈敬容始终坚持诗的音乐性）。与此同时，投身于复杂社会现实的诗人开始以个体生命感知社会人生，《船舶和我们》（1945年6月2日晨）："人们在大街上漠然走过/……紧抱着各己的命运。//……人们的耳朵焦急地/等待着陌生的话语。"写下了个体生命在社会人群中的孤独感和期盼。这一时期的《判》（1946年2月28日）是诗人对女性在男权社会中自我位置的再度审视和思考，是诗人对"我与你关系"的审判，最终诗人决定"在你的凝望中屹立"自己，坚定地宣示了自己的独立存在。而《划分》（1946年3月28日）则代表诗人感知世界视角的又一次突破，代表着诗人对"自我"与"宇宙"关系的觉醒，"在熟悉的事物面前/猛地感到的陌生/将宇宙和我们/断然地划分"，"划分"使得陈敬容获得了看世界的独立视角，确立了她作为"自我"在世界中独立位置，这一突破为她之后的理性视角和思维奠定了基础。

1946年夏，陈敬容转入上海开始从事专业创作和翻译工作，并从1947年开始参与

《诗创造》和《中国新诗》的编辑和组稿工作。40 年代中后期，中国社会处于黑夜和黎明交接的时代，其时中国诗坛流行着一股"情绪感伤"之风，陈敬容以一首《智慧》（1946 年 9 月 29 日）："让智慧高歌，让热情静静地睡"向我们展示了她生命的新内涵——历经生活磨炼所铸就出的理性之光。在以默弓为笔名所撰写的《真诚的声音——略论郑敏、穆旦、杜运燮》诗评文章中，陈敬容认为："现代是一个复杂的时代，……现代的诗（以及一切艺术作品），首先得扎根在现实里，但又要不被现实绑住。"因此她主张诗应该表达诗人"对于现代诸般现象深刻而实在的感受"，现代诗人有责任"道破一些纷纭繁复的现象的那一份真实"[①]。正是理性的光照伴随着诗人现实视野的进一步拓宽，陈敬容步入了其艺术生命的成熟期（《交响集》第二辑、第三辑)[②]，她的诗风也因此走向凝练厚重，显示出刚毅明澈的风格。《逻辑病者的春天》（1947 年 4 月 1 日－4 月 5 日）是这一时期她对社会现实进行深入透视和开掘的名篇，在这首诗里，诗人赋予了自然科学现象以诗的生命。"谁是逻辑病者"，"谁呼唤逻辑病者的春天"，"逻辑病者的春天怎样才会到来"这是读者的系列之问，诗人并没有直接回答。全诗共分为五节，第一节诗人告诉我们世界的发展逻辑是转化的，是轮回的，总之是一定会变化的，就像"把老祖母的箱笼翻出来，/可以开一家漂亮的时装店。"诗人在这里暗含了她对世界发展的信心。确立了这一大前提之后，第二节诗人指示我们看世界的两大组成部分——自然和人类社会谁才是"逻辑病者"呢？"自然是一座大病院"，但是自然轮回的春天"叫枯死的草木复活"，所以"自然"遵循的是健康的发展逻辑，不是"逻辑病者"。而"阳光下有轰炸机盘旋"，"日子无情地往背脊上推"的人类社会才是真正的"逻辑病者"，在这现实里人们"尽管想象里有无边的绿"，渴望春天，但是却不拥有现实的春天。第三节诗人指示我们看现实社会里个体生存状况，他们一方面戴着面具在生活，"工作、吃喝、睡眠，/有所谓而笑，有所谓而哭"，他们个个"筑起意志的壁垒"，保护着自己防范着别人。但是他们一样的可怜，那就是他们一样过着看不到希望不健康的生活，他们也是生活的"逻辑病者"。第四节诗人代替人类发出了"我们只等待雷声——/雷，春天的第一阵雷"的呼声，希望

---

① 陈敬容：《真诚的声音——略论郑敏、穆旦、杜运燮》，《辛苦又欢乐的旅程——陈敬容散文选》，作家出版社 2000 年版，第 142 页。

② 陈敬容：《陈敬容诗文集》，罗佳明、陈俐编，复旦大学出版社 2008 年版。

"春天的雷声"让这个世界得到真正改变。全诗至此并没有结束，第五节诗人继续社会现实真相的揭示，被奴役被"摧毁着健康"的童工生存现实，现代都市人被"挤"得没有生活空间的生存现实，现代社会是一座大病院，那么这一病态社会的春天在哪里？诗人最后用理性的光芒给予我们信心，正如世界的发展逻辑是不断变化的，那么我们就应该相信病态社会的"终结后面又一个开始"，而诗人给病态社会开出的药方却不止是信心，她更给出了治愈病态社会的良药是"永远有话要说，有事要做"，即一方面要认清和揭露事实真相，一方面要去做事，去创造，诗人掷地有声地说："一旦你如果忽然停住，/不管愿不愿意，那就是死。"在"逻辑病者"的社会，人类要用自己的创造来拯救自己，创造自己的春天。这一时期诗人对于现代社会现象深刻而透彻揭示的作品还有《无泪篇》、《捐输》、《冬日黄昏桥上》、《英雄的沉默》、《叛逆》和《抗辩》等。

对社会事实真相进行深刻拷问和揭示的精神，也同时伴随陈敬容步入了其个体生命的成熟期。在命运的三条"甬道"走出过程中，她一直保持着与命运抗争的姿态；走出"甬道"之后苦难生活留下的暗影也一直跟随着她，然而她"抚摸自己的创伤"，接受了生命痛苦的"火"烧，把它当作成就坚韧的历练，但仍然保持着不屈从命运的抗争姿态。初到上海的陈敬容经历了一段生命沉潜期，正如"雨后"是自然界的一个短暂停歇，生命的沉潜使她对待生命的态度却发生了质的变化。《雨后》（1946年7月25日）："有什么在时间里沉睡，/带着假想的悲哀？/从岁月里常常有什么飞去，/又有什么悄悄地飞来？"对于受过创伤的生命，她不再因挣扎而愤怒，也不再因回忆而忧郁，如今她认为"悲哀"是"假想的"情绪，在生命的长河里，一切来去都是自然的，而她最终以释然的态度接受了创伤，完成了个体生命与命运的和解，这是陈敬容生命成熟的表现。

而作为一个现代社会独立的"自我"，陈敬容从来没有停止过对"自我"存在及存在价值的追寻。《陌生的我》是诗人对于"自我"的再认识，也是"我是谁"的诘问。当诗人把"我"当成一个陌生人来面对和审视时，她发现"自我"存在的本质：宇宙间的"一个偶然"，是转瞬即逝的存在。那么如何抵御生命的死亡？陈敬容的回答是"用创造消灭死亡"，来实现一个短暂的"我"的生命存在价值。她说："我想试把睡梦里/一片阳光的暖意/织进别人的思想里去"，在纸上"创造"出诗歌早已是陈敬容的人生方向，但是"创造"出"暖意"的思想去影响别人，生命视野和诗歌视野从"小我"

走向"大我"的深刻变化是陈敬容生命走向理性成熟的又一表现，而这也就是为什么陈敬容诗歌总带给我们一种向上力量的原因之一。

纵观陈敬容一路走来的人生经历，为了寻求一个独立自主的生命存在，陈敬容尽一切努力去塑造一个独立的自我，但是这个"自我"在冲破外在意志壁垒的同时，又筑起了自我的意志壁垒，正如《逻辑病者的春天》中所说："筑起意志的壁垒/然后再徘徊，/你宽恕着/又痛恨着你自己"，现代人的生命状态多呈现为一种自我保护同时也防范着别人的"矜持"姿态，这样的生命个体是自我封闭、孤独且自私的。现代人要凭借什么才能实现生命的真正价值？在《题罗丹作〈春〉》（1948年春于上海）中陈敬容带给我们她的感悟和结论，雕塑家罗丹的作品《春》，正是凭借艺术家罗丹对于艺术生命的热爱和开掘，才唤醒"岩石里锁住未知的春天"，才"煽起久久埋藏的火焰"，才给予了一块岩石以春的生命力，因此陈敬容大声宣称："庄严宇宙的创造，本来/不是用矜持，而是用爱。"用生命的"爱"去唤起一个新生命的诞生，这是陈敬容对生命存在价值理解的升华，从而也使她的生命焕发出成熟的光芒。

三、"独立人格"的坚守和生命呈现

陈敬容曾说：生命"最高的幸福是/给予，不是苦苦的沉埋"（《珠和觅珠人》1948年夏于上海），正当她步入个体生命和艺术生命的成熟期准备继续展示创作才华奉献给读者的时候，历史的转折却让她搁笔整整三十年（从1949年到1979年，其间写过《芭蕾舞素描》等几首）。试想三十年沉埋之后会呈现一个怎样的生命？赵毅衡先生总结陈敬容一生："对于杰出女性，被俘虏的历史，恐怕更是她俘虏的历史。"[1] 赵毅衡更多称颂的是陈敬容独立于两性关系之间的精神人格，但我们更愿意指出让陈敬容俘虏历史的不仅仅是其作为女性独立于两性的精神人格，而是她作为一代知识分子独立于世界的精神人格和生命史实。周策纵先生《五四运动史》中指出"五四"新文化运动对于中国文明发展史最大转折点的意义是在中国的知识分子阶层掀起了求"知"新风尚，他认为这里的"知"不仅指"知识"，也不限于"思想"，而是探索"是什么"、

---

[1] 赵毅衡：《诗行间的传记：序〈陈敬容诗文集〉》，《陈敬容诗文集》，复旦大学出版社2008年版，第10页。

"为什么"和"如何"的"知"，是指对客观实在认知的"知"，是纯粹逻辑推理的"知"①。其实质是努力去认知事件的真相和实质，意在倡导一种求"真"的精神。正是坚持独立人格和奉献精神，始终秉持一位真正现代知识分子的求真精神以及保持历经人生磨难练就而成的理性视角和理性思维，使陈敬容经历三十年风雨和冷落之后，生命不仅没有受挫反而更加丰满和坚实。"蝉"是陈敬容在沉埋三十年之后个体生命的自喻，正如蝉"多时蛰居泥土中"，归来之后的陈敬容也是"用火焰般热情，/固执地在生活的海滩/拾取珠贝"，把生命中经历的各种离合悲欢及无尽屈辱编织成诗。1979 年中国春回大地，陈敬容步入了她诗歌创作的第二个高峰期（诗集《老去的是时间》〈1979－1982〉及《集外辑诗》〈1979－1987〉)②，续写了一系列优秀诗篇，展现出其个体生命和艺术生命的双重光辉。

陈敬容说："青山是我思想的形象"，"水是我的性灵"，而她的诗歌则是凭借"激情"，在"哲理的甬道"（《无题二章》1985 年冬）中前行。在《学诗点滴——代序》中她说："时代永远要求诗人严肃地思考。作为诗人，怎么可以违背自己艺术的良心。"③她以诗歌批判和反思十年动乱历史，呼唤社会民主和自由，担当起一位有良知知识分子的社会良心。如果说"解放个性"、"发展独立思考"、"开创合理的未来社会"是"五四"以来中国社会发展的理想和方向，那么她对那场十年文化浩劫的直面和反思正由此展开。陈敬容以一首《不是等待》（1979 年 3 月于北京）向刚刚过去的历史发出了痛心疾首的反问："两代人抛洒的热血，/一代人丢失的青春，/这世界用什么偿付?"在《人世·风景》（1979 夏）中，诗人控诉十年动乱让"人世竟然变成了风景，/……任凭安排"，因为人为的损害，一群独立有尊严的生命像自然风景一样被任意处置，在十年间发生了无数起人间悲剧。她尖锐地指出："是真理"，就不应该植根于"怕"的土壤里，"太阳的光明"（意指"人民的党"）从来就不应该怕"黑子"（意指"错误的思想"）掩盖，而是应该在痛苦的考验中思索，"重新和人民"站在一起（《这个单纯的思想》1979 年 10 月）。《谁能说》（1979 年 3 月）是诗人对这段历史展开的一次深透

---

① 周策纵（美）：《认知·评估·再充——香港再版自序》，《五四运动史》，陈永明等译，岳麓书社出版社 1999 年版，第 12 页。

② 陈敬容：《陈敬容诗文集》，罗佳明、陈俐编，复旦大学出版社 2008 年版。

③ 陈敬容：《学诗点滴——〈老去的是时间〉代序》，《辛苦又欢乐的旅程——陈敬容散文选》，作家出版社 2000 年版，第 95 页。

反思，她以世界科学发展史的视角来透视中国在这段历史中显示出来的愚昧，"为什么总有人想要/扼杀真理的苗芽，/不惜用中世纪的火刑/来压制、威胁？"但正如时间永远向前，人类历史的脚步也会不断向前，世界的存在不可能以"神明的太阳"的绝对意志为转移，因为"相对运动意味着无限"，人类最大的智慧是承认青山外还有青山，蓝天外还有蓝天，人类社会的发展应该尊重一切个体独立存在的价值。诗人以一首《十行》（1981 年冬）态度鲜明地告诉世界"任何名目的奴役/都必须反对"，再一次申明人类社会对向往自由的意志是不可阻挡的。但同时，作为一位正直有良知的现代知识分子，她对于自己祖国的鞭挞其实正是出于最深沉的爱意。诗人说："啊，我的大地/永远，我要拥抱你/有时，哎，也要鞭挞你"（《黎明，一片薄光里》1980 年 3 月至5 月）。正是这种大爱的理性和智慧，当这场动乱过后所有人都认为时间夺去了他们宝贵的人生年华，让自己在时间里被动地老去，以至于对前途丧失信心悲观失望的时候，诗人适时发出了"老去的/是时间，不是我们！/我们本该是时间的主人"（《老去的是时间》1979 年 3 月 14 日于北京）这一截然相反的申明，在这振聋发聩的声音里，我们再次看到诗人独立面对世界的姿态，那么坚毅昂扬，那么阳光，是她又一次以明澈的理性视角和生命的主动姿态为历经十年劫难的中国重拾了信心。正是这种大爱精神，她能收拾起个人身心受到的伤害，转而向整个社会呼唤理性的回归："丢失的总该有时间成倍地收回，/除非真已经丢尽思维的光辉。"（《思维的光辉》1979 年秋）她相信"只要是广阔的世界，/就有丰满的生命——和爱"（《只要是广阔的世界》1979年 2 月），她用大爱承受和接纳了又一段苦难的历史，她更用大爱接续了社会的未来。她说："让我们，和你们，/手臂连接像长龙，/去敲响黎明的钟，/召唤那清新的风！"（《老去的是时间》1979 年 3 月 14 日于北京）正是秉承知识分子独立视角和理性思维，陈敬容诗歌不只是感性抒情，而是实现了感性抒情与知性思考的结合，如果刚毅是其作为知识分子独立人格的体现，明澈则体现在她对于社会历史现实深刻透彻的反思，刚柔相济和蕴藉明澈的诗歌风格由此呈现。

她同时以诗歌反观一代知识分子命运，肯定他们的存在价值，竖起现代知识分子应有的风骨和精神。《致白丁香》（1979 年春末），是她写给所有在十年中被剥夺了创造自由知识分子们的挽歌，但却哀而不伤。"一夜风雨摇落了无数/白丁香，……/春天看着你萌芽，生叶，/终于盼来了一片莹白"，"莹白，有如闪光的思维。/别问从今后还会有多少/风雨雷电，和无情的秋冬"，时间没有摧毁他们曾经的追求，他们亦不担心前面的路途，因为时间已经铸就他们坚定的信念"凡是时间从你所夺去的/另一个春天都要为你召回"。陈敬容称中国现代知识分子为"现代的普罗米修斯"（《现代的普罗米修斯》1979 年秋），当年他们负笈西游，通过自己不懈的努力把西方现代文明思想带回到中国大地传播，尽管历经战争和动乱等一次又一次人生浩劫，但是他们在"饱看过一切的纷纭"过后，不惜让"心碎成片片，飘入大海里"，也依然要让"海水托起"他们"思想的光华"，"收获到梦觉后严肃的清醒"，即使"被锁上悬崖"，他们对于自由的向往和信念正像悬崖一样坚不可摧。《黎明，一片薄光里》（1980 年 3 月至 5 月）让我们惊异于诗人纵横古今，跨越东西旁征博引的敏捷才思，陈敬容颂扬古今中外诗人艺术家们创造的人类文明和思想，"多少声音/响起在不同的时代/多少脚步/行走在不同的地方/美好的理想和情操"，她感谢这些"美好的理想和情操"，把她"深思的心灵/燃烧起来"，让她作为一名真正的诗人成长起来，让她收获十年动乱后关于社会历史发展的清醒认识，那就是人类历史发展的明天没有必要去"问天"，不要乞求个体以外的某一"神明"的恩赐，而应该寄希望于人类自己思索的智慧，寄希望人类自己从历史的泥沙里挣扎起来，亲手去夺取。

而作为一个现代女性独立生命的勇敢探寻者，陈敬容的生命历程是"辛苦又欢乐"的（《辛苦又欢乐的旅程——九叶诗人陈敬容散文选》），但她认为求索才是人类最纯洁最高尚的心路历程，相对于生命的辛苦，陈敬容更看重生命求索过程中激情的沉淀和理性的智慧。《羊群和波浪》（1979 年夏）是她对现代女性独立人生的一次总结。因为女性温柔善良的品性，以及女性在社会上的从属地位，陈敬容赋予她们一个"羊群"的名字，而她们经历的生活诗人称之为大海上的"波浪"。诗中"羊群"显然更有诗人个性色彩，是一名渴望独立自主平等自由的现代女性，如果"牧羊人"代表的是女性希望依附但同时又必然受到掌控的安全港岸，我们还记得在《边缘外的边缘》（1945 年4 月）中诗人曾发出"哪一个港岸/我将去投宿？"的探问，那么经过三十多年人生探索之后诗人给出的答案是："羊群"要寻找的"牧羊人"，其实并不是外在的，而只能是历经磨难成就的自己的智慧，现代女性要放弃依靠和依附于"牧羊人"的思想，做一个"纵身游向时间的汪洋"的自己的主人。从追求自由和独立"自我意识"觉醒开始，从《哲人与猫》（1937 年秋）中要寻找"一盏青色的灯"的"我"，到"我在你们的悲欢里浸渍而抽芽"（《创造》1943年冬于甘肃临夏）；从"我的灵魂不安的炽燃"
（《新鲜的焦渴》1945年5月13日磐溪），到"鞭打你的感情，从那儿敲出智慧"（《智慧》1946年9月29日于上海），再到《达摩立像瓷雕》（1982年2月）中"怀抱更多智慧""沉思的哲人"，陈敬容完成了从寻找哲人到成为哲人的人生转换，她因此收获了作为独立女性的人生智慧。

　　如果我们说"相和是诗和生命最高的德性"①，意味着心的成熟，生命的成熟，那么作为一个独立的生命体，陈敬容以悲悯的包容心态实现了生命与世界与诗的双重相和。历经命运艰辛之后，陈敬容不再囿于一己之私爱，而是以大爱——悲悯之爱看待世界，坚信只有爱才能拯救和创造世界。"达摩"形象正是她心中大爱智慧的形象写照，"热爱众生的你/傲视皇冠与宝座的你/静悄悄肃立，面对着/笑语不绝的往来观众"，"你合在胸前的双手/拱起成一句祝福/将久久蕴藏的愿望/默默地向人们倾吐"（《达摩立像瓷雕》1982年2月）。但还不仅仅是祝福，晚年她写下《柔情》（1979年春末），赞颂"它能够渗透/大地上每一条缝隙/于是有绿色生长"，它"像春风"，向世界"张开抚慰的手掌"，悲悯之爱不仅让陈敬容实现了与命运的和解，更让她实现了与世界的和解。《追逐》是诗人对自己一生追逐自由生命的总结，"漂泊在孤独灵魂的深处"的"无羁的水"是她追求自由生命的源泉，然而"寻找地平线/曾经是一种梦幻"，说明安全的生命港湾是不存在的。如何"超越尘沙"？超越世俗现实对自由呼吸的封锁？陈敬容的回答是让受挫的生命在艺术的天地里飞翔，去"追逐琴弦上、键盘上/战栗的音波"。《一滴泪——纪念贝多芬》诗人借音乐家贝多芬的人生完成了自己对命运与艺术创造相融合的深度思考，她指出不应该把不合理的世界归结为命运（"所有一切/并非由于命运"），而去接受一种不可知的被动安排。她认为世界"悲剧的存在/偏巧来源于太多的爱"，但即使这样，"你并不曾计较/也很少得到/报偿/纯真的心/只懂得奉献/和赠予/从有限的生命/汲取不绝的热情/对伟大或渺小/你都给赋形"，把生命的欢欣和痛苦转化为艺术，让悲剧的命运成就艺术的美丽，诗人认为这正是生命的意义所在，也是生命另一种自由形式的追求。

　　正是"——自由/它永远属于/勤奋探索的人"（《南方》1983年5月）。以描述"夜

---

　　① 艾略特：《什么是古典作品》，转引自袁可嘉《诗的道路》，《论新诗现代化》，生活·读书·新知三联书店1988年版，第125页。

客"孤寂"心情开始诗创作的陈敬容，在生命暮年以《孤寂再不是孤寂》（1985 年夏）组诗来说明一切归于沉静的心绪，"孤寂再不是孤寂/探索者从外星系归来……"对于陈敬容来说，"孤寂"已经不是一种心绪，而是历经生命痛苦和欢欣磨砺而成的精神境界。正是这种境界让她保持了清醒的意识，在人生和诗歌抒写中始终坚守着作为现代知识女性独立精神和人格，从而获得了"先生"之名成为与男性平等的独立生命存在。正是这种境界，使她在创作中始终保持冷静和智慧的抒情姿态，以哲人视角与哲理去观照自然宇宙，透视社会现实人生，审视处于两性关系及大千世界中的自我，把现代社会带给她生命里所有深刻且实在的情绪感受诉诸听觉、视觉，诉诸一篇篇以诗行打造的艺术世界，在艺术世界里超越命运，实现了和世界的和解，而陈敬容最终以其刚毅明澈的诗歌风格成为中国现代文学史上现代诗人中一个独立的存在。

（作者单位：浙江工商大学国际教育学院）

林如稷著译年表

林文光

1920 年（中华民国九年　庚申）　十八岁

本年，用他大姐林竹筠的名字发表了第一篇白话文（内容是关于反对四川女学堂的封建礼教和封建专制手段的），载《四川教育新潮》，具体文章名、时间与期数均待查。

12 月，作小说《伊的母亲》，发表于 12 月 17 日《晨报》第 7 版。后收入《林如稷选集》，四川文艺出版社，1985 年 8 月。

1921 年（中华民国十年　辛酉）　十九岁

1 月，作小说《死后的忏悔》，发表于 1 月 19、20、21 日《晨报》第 7 版。后收入《林如稷选集》。

2 月 27 日，作新诗《狂奔》，发表于 1923 年 3 月 25 日《浅草》第 1 卷第 1 期。后收入《林如稷选集》。

7 月 3 日，作新诗《微弦》，发表于 1923 年 3 月 25 日《浅草》第 1 卷第 1 期。

9 月，作新诗《秋》，发表于 1923 年 3 月 25 日《浅草》第 1 卷第 1 期。

1922 年（中华民国十一年　壬戌）　二十岁

1 月 13 日，作新诗《明星》，发表于 1923 年 3 月 25 日《浅草》第 1 卷第 1 期。

1 月 19 日，作新诗《盼春》，发表于 2 月 27 日《晨报副刊》，署名如稷。

1 月 25 日，作新诗《静的夜》，发表于 2 月 27 日《晨报副刊》，署名如稷。

3 月 9 日，作新诗《无题》，发表于 1923 年 3 月 25 日《浅草》第 1 卷第 1 期。

4 月 2 日，作新诗《龙华桃林下》，发表于 1923 年 3 月 25 日《浅草》第 1 卷第 1 期。

4月4日，作新诗《徘徊》，发表于1923年3月25日《浅草》第1卷第1期。

4月7日，作新诗《春夜》，发表于1923年3月25日《浅草》第1卷第1期。

4月8日，作新诗《幸运——西湖游记之一》，发表于1923年3月25日《浅草》第1卷第1期。后收入《林如稷选集》。

4月27日，作新诗《苦乐》，发表于1923年3月27日《新民意报》副刊《朝霞》。

5月3日，作新诗《思乡》，发表于1923年3月27日《新民意报》副刊《朝霞》。

5月25日，作新诗《夜渡黄河》，发表于1923年3月28日《新民意报》副刊《朝霞》。

5月，北京人艺戏剧学校上演其所写的话剧《余绍武》。

6月6日，作新诗《独游小函谷》，发表于1923年3月25日《浅草》第1卷第1期。

7月13日，作新诗《长江舟中》，发表于1923年3月25日《浅草》第1卷第1期。

8月11日，作小说《初秋的夜雨》，发表于1923年9月16日《民国日报》副刊《文艺旬刊》第8期。

8月17日，作小说《醉》，发表于1923年7月5日《浅草》第1卷第2期。后收入《林如稷选集》。

8月26日，作小说《狂奔》，发表于1923年3月25日《浅草》第1卷第1期。后收入《林如稷选集》。

10月12日，作新诗《孩啼》，发表于1923年5月2日《新民意报》副刊《朝霞》。

12月1日，作小说《婴孩》，发表于1923年3月25日《浅草》第1卷第1期。后收入《林如稷选集》。

12月5日，作新诗《戚啼》，发表于1923年3月25日《浅草》第1卷第1期。

12月7日，作新诗《在我归途的梦中》，发表于1923年3月26日《新民意报》副刊《朝霞》。

12月15日，作小说《止水》，发表于1923年3月25日《浅草》第1卷第1期。

1923年（中华民国十二年　癸亥）　二十一岁

1月13日，作新诗《无题的诗》，发表于5月8日《新民意报》副刊《朝霞》。

2月8日，作新诗《沪宁道中》，发表于3月26日《新民意报》副刊《朝霞》。

2月11日，作新诗《梦景》，发表于3月26日《新民意报》副刊《朝霞》。

2月13日，作新诗《长啸》，发表于1925年2月25日《浅草》第1卷第4期，署名白星。后收入《林如稷选集》。

2月15日，作小说《在上海过年》，发表于4月26、27日《新民意报》副刊《朝霞》第21、22号；作新诗《除夕》，发表于5月2日《新民意报》副刊《朝霞》。

3月15日，发表《〈浅草〉卷首小语》，载《新民意报》副刊《朝霞》，署名林如稷；又载3月25日《浅草》第1卷第1期，题名《卷首小语》，未署名。

3月16日，发表翻译法国Paul Verlaine作《秋歌》，载《新民意报》副刊《朝霞》。

3月25日，发表小说《童心》及《茵音》（十则），均署名白星；另有《编辑缀话》，均载《浅草》第1卷第1期。《编辑缀话》后收入《林如稷选集》。

4月1日，发表通讯《浅草社的几句话》，载《民国日报》副刊《觉悟》，署名如稷。

4月1日，作新诗《吴淞望海》（2首），发表于1925年2月25日《浅草》第1卷第4期，署名白星。后收入《林如稷选集》。

4月4日，发表《疑惑》、《自寿并给母亲》，载《新民意报》副刊《朝霞》。

4月12日，发表新诗《秋色》，载《新民意报》副刊《朝霞》。

4月16日，作新诗《西沽返棹》，发表于1925年2月25日《浅草》第1卷第4期，署名白星。

4月20日，作散文诗《踽踽》，发表于1923年7月5日《浅草》第1卷第2期，署名白星。

4月28日，发表新诗《小诗》，载《新民意报》副刊《朝霞》；作新诗《听雨》，发表于1925年2月25日《浅草》第1卷第4期，署名白星。

4月29日，作小说《流霰》，发表于1923年7月5日《浅草》第1卷第2期。后收入《林如稷选集》。

5月3日，发表《怀恩容》，载《新民意报》副刊《朝霞》。

5月4日，作新诗《游小南海》，发表于1925年2月25日《浅草》第1卷第4

期，署名白星。

5月11日，作《又一看了女高师两天演剧以后的杂谈》，发表于1923年5月16日《晨报副刊》第3版。

5月12日，作新诗《月波》，发表于1923年12月《浅草》第1卷第3期，署名白星。后收入《林如稷选集》。

5月13日，发表新诗《希望——贺志贤和峻霄恋爱成功》，载《新民意报》副刊《朝霞》。

5月14日，作新诗《春梦》，发表于1925年2月25日《浅草》第1卷第4期，署名白星。

5月16日，作小说《将过去》，发表于1925年2月25日《浅草》第1卷第4期；被鲁迅选入《中国新文学大系·小说二集》。后收入《林如稷选集》。

5月，作新诗《枕畔》（2首）、《游南海》，均发表于1925年2月25日《浅草》第1卷第4期，均署名白星。后收入《林如稷选集》。

7月5日，发表散文《晨话——初游西湖时画》，载《民国日报》副刊《文艺旬刊》第1期，署名白星。

7月10日，作新诗《送L返乡》，发表于1925年2月25日《浅草》第1卷第4期，署名白星。后收入《林如稷选集》。

7月15日，作新诗《雨夕之枕上》，发表于1925年2月25日《浅草》第1卷第4期，署名白星。

7月17日，作新诗《月光》，发表于1925年2月25日《浅草》第1卷第4期，署名白星。后收入《林如稷选集》。

9月3日，作《懋芳的死后》，发表于9月6日《民国日报》副刊《文艺旬刊》第7期。

9月6日，发表小说《太平镇》，载《民国日报》副刊《文艺旬刊》第7期，署名白星。

9月12日，作新诗《秋之夜》，发表于1925年2月25日《浅草》第1卷第4期，署名白星。

9月20日，作小说《葵堇》，发表于1923年12月《浅草》第1卷第3期。后收入

《林如稷选集》。

9月26日，作新诗《彷若》，发表于1925年2月25日《浅草》第1卷第4期，署名白星。

10月1日，作新诗《浮烟》，发表于1925年2月25日《浅草》第1卷第4期，署名白星。后收入《林如稷选集》。

10月10日，发表《弁言》，署名白星；新诗《题无名诗人董嚼辛遗稿》，署名如稷，均载《民国日报》副刊《文艺旬刊·国庆日增刊》。

10月11日，作散文《秋虫的泣血》，发表于1924年5月20日《民国日报》副刊《文艺周刊》第34期。

10月16日，发表新诗《我与你们留别》，载《民国日报》副刊《文艺旬刊》第11期。

10月18日，作《海外归鸿》，发表于11月15日《民国日报》副刊《文艺旬刊》第13期。

10月19日，作新诗《西贡公园中》，发表于1924年1月25日《民国日报》副刊《文艺旬刊》第20期。

10月21日，作杂论《碎感》，发表于12月6日《民国日报》副刊《文艺旬刊》第16期。

10月24日，作杂论《碎感》（二），发表于1924年1月25日《民国日报》副刊《文艺旬刊》第20期。

11月1日，作新诗《凄然》，发表于1924年5月13日《民国日报》副刊《文艺周刊》第33期；后经修改，发表于1925年10月17日《沉钟》周刊第2期。

11月26日，作新诗《淞汭河上》，发表于1924年3月25日《民国日报》副刊《文艺周刊》第26期。

12月4日，作新诗《宴席后——答君培》，发表于1925年2月25日《浅草》第1卷第4期，署名白星。

12月7日，作新诗《独行》，发表于1924年6月24日《民国日报》副刊《文艺周刊》第39期。

12月，发表《掇珠》（4则），署名白星；《编辑缀话》署名如稷，均载《浅草》第1卷第3期。

1924 年（中华民国十三年　甲子）　二十二岁

1 月 5 日，作小说《一瞬间的黄昏》，发表于 1925 年 10 月 24 日《沉钟》周刊第 3 期。

1925 年（中华民国十四年　乙丑）　二十三岁

2 月 25 日，发表小说《故乡的唱道情者》，载《浅草》第 1 卷第 4 期。后收入《林如稷选集》。

11 月 7 日，发表小说《死筵散后》，载《沉钟》周刊第 5 期。

12 月 12 日，发表新诗《幻想》，载《沉钟》周刊第 9 期。

1928 年（中华民国十七年　戊辰）　二十六岁

春季，作《恶心的旧事回忆——此篇赠与炜谟》，发表于 1929 年 1 月 5 日《华北日报副刊》第 2 号。

8 月，作《中国人的追悼》，发表于 1929 年 1 月 6 日《华北日报副刊》第 3 号。

9 月 30 日，作《乡居杂笔之一》，发表于 1929 年 1 月 30、31 日《华北日报副刊》第 23、24 号。

1929 年（中华民国十八年　己巳）　二十七岁

12 月 22 日，翻译 S. Rousselet 作《柴霍夫著作中永恒的要质》，发表于 1930 年 12 月 22 日《华北日报副刊》第 340 号。

1930 年（中华民国十九年　庚午）　二十八岁

8 月 25 日，发表翻译德国 G. Fachs 作《中国艺术之衰颓的原因》，载《骆驼草》第 16 期；1931 年又重译该文，载 1931 年 12 月 1 日《中法大学月刊》第 1 卷第 1 期。

1931 年（中华民国二十年　辛未）　二十九岁

1 月 8 日，发表小说《一个黄昏》，载《华北日报副刊》第 355 号。

1932 年（中华民国二十一年　壬申）　三十岁

10 月 15 日，发表翻译法国 B. deJouvenel（德·茹弗内尔）作《"鲁公马加尔丛书"之产生——我研究野心和贪馋之混乱翻覆》，载《沉钟》半月刊第 13 期。

10 月 30 日，发表翻译匈牙利 Dezso Kostolonyi（德瑞·戈兹多拉尼）作小说《灰色的灵光》，载《沉钟》半月刊第 14 期。

11 月 27 日，作散文《归来杂感》，发表于 12 月 15 日《沉钟》半月刊第 17 期，署名稷。

11 月 30 日，发表翻译希腊 L. Nakos（L·拉郭）作小说《未名的故事》，载《沉钟》半月刊第 16 期。

12 月 15 日，发表翻译匈牙利 Dezso Kostolonyi（德瑞·戈兹多拉尼）作小说《海及一个可怜人的故事》，载《沉钟》半月刊第 17 期；经修改后又载 1946 年 11 月 21 日《新新新闻》第 4 版，副刊《柳丝》第 245 号。

1933 年（中华民国二十二年 癸酉） 三十一岁

1 月 15 日，发表翻译的匈牙利 Zsigmond Moricz（日格蒙德·莫里兹）作小说《七个铜子》，载《沉钟》半月刊第 19 期。

1 月 30 日，发表翻译匈牙利 Dezso Szomory（德瑞·索莫里）作小说《一个故事》，载《沉钟》半月刊第 20 期。

2 月 15 日，发表翻译 IstvanStren 作小说《小咖啡馆》，载《沉钟》半月刊第 21 期。

2 月 28 日，发表翻译法国 Pierre Mille（皮埃尔·米勒）作小说《十三号》，载《沉钟》半月刊第 22 期；经修改后又载 1946 年 9 月 10、11 日《新新新闻》第 4 版，副刊《柳丝》第 192、193 号。

3 月 15、30 日，发表翻译苏联 Leonid Leonov（列昂尼德·列昂诺夫）作小说《哥比里夫的还乡》，载《沉钟》半月刊第 23、24 期；经修改后又载 1948 年 10 月 10 日《民讯》创刊号。

9 月 1 日，作散文《狗》，发表于 10 月 15 日《沉钟》半月刊第 25 期。后收入《林如稷选集》。

10 月 30 日，发表《随笔一则》，载《沉钟》半月刊第 26 期。

11 月 30 日，发表小说《调和》，翻译法国 Prerre Mille（皮埃尔·米勒）作小说《被碾压的母鹿》，均载《沉钟》半月刊第 28 期；《被碾压的母鹿》经修改后又载 1946 年 6 月 28、29 日、7 月 1 日《新新新闻》第 4 版副刊《柳丝》第 142、143、144 号。《调和》后收入《林如稷选集》。

12 月 15 日，发表翻译匈牙利 Jeno Helteai（耶诺·海尔陶伊）作小说《小红风帽》，载《沉钟》半月刊第 29 期。

12 月 30 日，发表小说《"忆云斋"》，载《沉钟》半月刊第 30 期。

1934 年（民国二十三年　甲戌）　三十二岁

1 月 15 日，发表小说《过年》，载《沉钟》半月刊第 31 期。后收入《林如稷选集》。

1 月 30 日，发表小说《办公室内》，载《沉钟》半月刊第 32 期。后收入《林如稷选集》。

1935 年（中华民国二十四年　乙亥）　三十三岁

2 月，发表法国 J. Giono 作的小说《孤寂的同情》，载《世界文学》第 1 卷第 3 期。

本年，受中法文化出版（基金）委员会委托翻译《左拉（选）集》，首先开始翻译《卢贡家族的家运》。

发表翻译匈牙利阿果斯·莫那尔作小说《午餐》，载 1935 年《文学时代》第 1 卷第 5 期。

1936 年（中华民国二十五年　丙子）　三十四岁

1 月 16 日，作《卢贡家族的家运》译者序。

12 月，翻译法国左拉著长篇小说《卢贡家族的家运》，由上海商务印书馆出版。

1937 年（中华民国二十六年　丁丑）　三十五岁

本年，已译出约 20 万字的法国左拉著长篇小说《萌芽》，因日军侵占北平而中断。

1945 年（中华民国三十四年　乙酉）　四十三岁

11 月 20 日，作《指环》（零余随笔），发表于 1946 年 7 月 5 日《茶话》第 2 期。

11 月 24 日，作《葬地》（零余随笔），发表于 1946 年 7 月 5 日《茶话》第 2 期。

11 月 26 日，作《沉默的悲痛——致敬亡妻淑慧之灵》，发表于 12 月 1 日《中央日报》第 4 版，《中央副刊》第 1488 期，署名如稷。

1946 年（中华民国三十五年　丙戌）　四十四岁

2 月 5 日，作《梳》（零余随笔），载 7 月 5 日《茶话》第 2 期。

2 月 10 日，作《溪流——回忆中的回忆》，发表于 2 月 23 日《华西晚报》第 2 版，《华晚副页》第 229 号；又载 10 月 5 日《茶话》第 5 期。后收入《林如稷选集》。

2 月 26 日，作《变戏法》（零余随笔），发表于 6 月 24 日《新新新闻》第 4 版，副刊《柳丝》第 138 号；又载 7 月 5 日《茶话》1946 年第 2 期。

3 月 19 日，作《追忆》（零余随笔），发表于 6 月 24 日《新新新闻》第 4 版，副刊《柳丝》第 138 号；又载 10 月 6 日《民主报》第 4 版，副刊《呐喊文艺》第 8 期；1946 年 11 月 5 日《茶话》第 6 期。

3 月 30 日，作《花与墓》（零余随笔），发表于 7 月 5 日《茶话》第 2 期。

3 月 31 日，作《被盗》（零余随笔），发表于 7 月 5 日《茶话》第 2 期。

4 月 7 日，作《豌豆花》（零余随笔），发表于 7 月 5 日《茶话》第 2 期。

4 月 9 日，作《信》（（零余随笔）），发表于 5 月 10 日《胜利报》第 2 版；又载 7 月 5 日《茶话》第 2 期。

4 月 11 日，作《稿》（零余随笔），发表于 7 月 5 日《茶话》第 2 期。

4 月 15 日，作《诗》（零余随笔），发表于 10 月 15 日《新新新闻》第 4 版，副刊《柳丝》第 218 号；又载 11 月 5 日《茶话》第 6 期。后收入《林如稷选集》。

4 月 28 日，作《疯妇》（零余随笔），发表于 10 月 14 日《新新新闻》第 4 版，副刊《柳丝》第 217 号，又载 11 月 5 日《茶话》第 6 期。后收入《林如稷选集》。

春季，作旧体讽刺诗《刺周作人一绝》。

5 月 24 日，作《左拉怎样反对不义战争》，发表于 8 月 15 日《萌芽》第 1 卷第 2 期。

6 月，作《谈"贪污"》，署名张朗，发表报纸及日期不详，见作者所存剪报。

6 月 2 日，作《无塔之谈》，发表于 7 月 12、19 日《胜利报》第 3 版，副刊《世纪风》。经修改后发表于《浙江日报》副刊《江风》第 1288、1289 期，标题作《略谈"象牙之塔"——呈杨晦兄》。后收入《林如稷选集》。

6 月 16 日，发表《〈升官图续集〉观后》，载《民众时报》副刊《民众副刊》第 44 号。

6 月 19 日，发表旧体讽刺诗《怀古杂咏四首》，署名万古江，载《华西晚报》第 3 版，《华西副页》第 337 号。

6 月，发表旧体讽刺诗《六洋真言》，署名万古洋，发表报纸日期不详，见作者所存剪报。（另一剪报署名羊洋）

7 月 15 日，作旧体诗《李公朴哀歌》，收入作者自编旧体诗集《待旦室诗草》（未刊稿)。后收入《林如稷选集》。

7月19日，作旧体诗《闻一多哀歌》，后发表于1956年7月15日《四川日报》；收入《待旦室诗草》，后收入《林如稷选集》。发表旧体讽刺诗《拟今吟》(4首)，署名万古江，载《胜利报》第2版。

7月21日，作旧体讽刺诗《"圣人"颂》(8首)，发表于1947年1月20日《评论报》；又载《文摘》1947年第7期，均署名万古江。其中6首后又发表于1958年《星星》第4期，署名林如稷。

7月28日，发表旧体讽刺诗《彭部长时事杂咏》，署名浩徐，载《中央日报》(上海)。

7月30日，作《生日》(零余随笔)，发表于9月23日《光明晚报》第2版；又载10月6日《民主报》第4版，副刊《呐喊文艺》第8期；另载11月5日《茶话》第6期。发表《追怀》，载7月30日、8月3、5日《新新新闻》第4版副刊《柳丝》第168、170、171号。

7月，作旧体诗《咏怀》(10首)，发表于1947年10月19日《时代日报》(上海)；收入《待旦室诗草》及《林如稷选集》(收入6首)。陈白尘曾将其中纪念鲁迅的一首(之六)抄寄许广平，后发表于1986年《鲁迅研究月刊》第5期。发表旧体讽刺诗《散会谣》，署名井查冰，载当月《民主报》，具体日期不详，见作者所存剪报；后又发表于1956年7月15日《四川日报》。作《画像》，发表于本年《东南日报》第6版，日期不详，见作者所存剪报。

8月5日，发表旧体讽刺诗《述怀》，载《新华日报》第4版，署名万古江。

8月11日，发表旧体讽刺诗《儿女》，载《新华日报》第4版，署名万古江。

9月3日，发表旧体讽刺诗《仿古拟今吟》(4首)，署名万古江，发表报纸及具体日期不详，见作者所存剪报。

9月11日，作《微薄的谢意——鲁迅先生逝世十周年纪念作》，发表于10月19日《华西晚报》第3版，副刊《文讯》第3期；另载同日《中国新报》(南昌)，又载10月22日《文汇报》(上海)第7版副刊《笔会》第77期。

9月12日，作旧体诗《均吾(默声)远道来访有赠》。收入《待旦室诗草》。

9月22日，作《秋曲》(零余随笔)，发表于10月1日《大公晚报》第2版。作个别文字修改后，又载 1946 年 11 月 5 日《茶话》第 6 期；11 月 11 日《侨声报》第 6 版。

10 月 4 日，发表《时代悲剧与诗人之死——从闻一多之死谈到雪尼的被杀》，载《民主报》第 4 版；又载 1947 年《文汇丛刊》（上海）第 4 辑，文字略有修改，无副标题。

10 月 17 日，发表翻译法国向佛尔作故事《公爵与大主教》，载《新新新闻》第 4 版，副刊《柳丝》第 219 号。

10 月，作旧体讽刺诗《胡适诸像赞》（4 首），发表于上海某杂志，刊名期数待查。又发表于《评论报》新春号（第 11、12 期合刊），署名万古江。后又发表于 1958 年《星星》第 3 期，署名林如稷。

11 月，作《书》，发表于 11 月 14 日《新新新闻》第 4 版副刊《柳丝》第 239 号。

12 月 11 日，发表翻译法国白唐·德·儒卫勒作《左拉青年时代的生活》，载《华西晚报》第 3 版，副刊《文讯》第 8 期；又载 1946 年《文艺生活（桂林）》（光复版）第 10 期（第 12 月号）及 1947 年《文艺》第 3 期。

12 月 31 日，发表《整稿小记——复一位勉励我的朋友》，载《大公晚报》。后收入《林如稷选集》。

大约本年，发表旧体讽刺诗《豆豉怨（锦城即景）》，署名奚麦魂；旧体讽刺诗《得意吟》（4 首），署名莫道美；旧体讽刺诗《仿唐一绝》，署名余铭绅；讽刺诗《伟大的翻戏》，署名江潮；发表报纸及日期均不详，均见作者所存剪报。

1947 年（中华民国三十六年　丁亥）　四十五岁

1 月 1 日，作旧体诗《对炉吟——呈炜谟》，收入《待旦室诗草》。后收入《林如稷选集》。

1 月 10 日，发表《狐狸篇》（包括旧体讽刺诗《"圣人"颂》（8 首）、《胡博士诸像赞》（4 首）、《宽心吟》（4 首），前有"怀霜"（陈炜谟）序，载《评论报》新春号（第 11、12 期合刊），署名万古江。

1 月 15 日，发表《青年左拉的新年》，载《大公报》第 2 版副刊《半月文艺》第 6 期；又载《四川时报》副刊《华阳国志》第 11、12 期；《青年知识（香港）》1947 年新 15 期。发表翻译法国白唐·德·儒卫勒作《左拉传——其一：在前进中的青年左拉》，载《文艺春秋》第 4 卷第 1 期；又载《四川时报》副刊《华阳国志》第 65、66、67 期，题名为《在前进中的青年左拉：我每天向前迈进一步》；同题又载《文艺垦地》（创刊号）。发表《青年左拉的新年》，载《大公报》第 2 版副刊《半月文艺》第 6 期；又载《四川时报》副刊《华阳国志》第 11、12 期；《青年知识（香港）》1947 年新 15 期。

1 月 18 日，发表旧体讽刺诗《老狐吟》（4 首），载《四川时报》副刊《华阳国志》第 1 期；又载 2 月 8 日《评论报》第 13 期。

2 月 8 日，发表旧体讽刺诗《妙语吟》（4 首）、《傅贤达诸像赞》（4 首）、《丧心吟》（4 首），均载《评论报》第 13 期，署名万古江。

2 月，发表《左拉的健康与逝世》，载 1947 年《文艺垦地》第 1 期。发表翻译法国白唐·德·儒卫勒作《在内战中的文人左拉》，载 2 月 5、6、7 日《四川时报》第 4 版，副刊《华阳国志》第 18、19、20 期。

3 月 9 日，发表翻译法国白唐·德·儒卫勒作《鲁贡马加尔家传的孕育》，载 3 月 9、10、11 日《四川时报》副刊《华阳国志》第 50、51、52 期。

3 月，发表旧体讽刺诗《过河吟》（2 首），载《四川时报》副刊《华阳国志》第 33 期，署名万古江。发表旧体讽刺诗《祖美吟》（4 首），载《四川时报》副刊《华阳国志》第 39 期，署名万古江。

4 月 19 日，作《吃草与吃人》，发表于 1947 年 9 月《文汇丛刊》（上海）第 4 辑。后收入《林如稷选集》。

4 月 25 日，发表《狮爪录》（《左拉与德莱菲事件》、《王尔德与德莱菲事件》、《一位唯美主义文人的晚年》），载 4 月 25 日《大公晚报》第 2 版，副刊《半月文艺》第 11 期。

4 月，发表《左拉与社会主义》，载《四川时报》副刊《华阳国志》；又载 10 月《时与文》第 2 卷第 6 期。

5 月初，作《"五四"文艺节的意义》，发表于 1947 年 5 月 4 日《华西晚报》第 3 版，副刊《文讯》第 15 期《文艺节特刊》。

5 月 17 日，发表《太炎白话电骂熊凤凰》，署名百惺；《不相干的尊农》，署名白泉；发表报纸不详，均见作者所存剪报。

5月25日，发表《狮爪录》（《托尔斯泰的固执与坚强》、《托尔斯泰暮年悲剧的主因》、《风暴的死与平庸的死》），载《大公晚报》第2版，副刊《半月文艺》第13期。《托尔斯泰的固执与坚强》又载9月26日《时与文》第2卷第3期；《托尔斯泰暮年悲剧的主因》又载5月《四川时报》副刊《华阳国志》。

5月，作《象征的"还政于民"》，署名余岂官，发表报纸及日期不详，见作者所存剪报。

6月10日，发表《春朝》，载《大公晚报》；又载6月19日《新新新闻晚报》第2版，未署名。

6月26日，发表《巴尔扎克型的理想与现实》，载6月26、27日《新新新闻晚报》；又载11月25日《大公晚报》。

7月1日，发表《狮子爪录》（《左拉与社会主义》、《王尔德与"德莱菲斯事件"》、《一位唯美派文人之暮年》），载《文艺知识连丛》第1集之三。

7月12日，发表《生死偶感》，载《四川时报》副刊《华阳国志》第176号。

8月9日，发表《勤奋一生的巴尔扎克》，载《新新新闻晚报》第2版。又题为《勤奋成功的巴尔扎克》，载8月25日《大公晚报》第2版。

9月6日，作旧体诗《不寐感赠翔鹤》，后收入《待旦室诗草》及《林如稷选集》。

9月12日，作旧体诗《呈均吾大兄》。后以《均吾来访有感》为题，发表于1948年3月4日《新民报晚刊》（重庆）。收入《待旦室诗草》，部分文字有修改。

9月13日，作旧体诗《有梦吟》。收入《待旦室诗草》及《林如稷选集》。

9月，作《左拉逝世四十五周年忌》，发表于10月3日《东南日报》第2版，副刊《垒笔》第1400期；经修改后又载10月10日《大公晚报》第2版副刊《半月文艺》第22期。

10月31日，发表《左拉逝世前后》，载《东南日报》第2版副刊《垒笔》。

10月，作旧体诗《寄远游人》，发表于11月11日《新新新闻晚报》，署名白星。

本年，发表《狮爪录》（《生活与艺术一致的巴尔扎克》），载《时与文》第2卷第23期。发表《法兰西大革命偶笔——但东二三事》，载《东南日报》，具体日期不详，见作者所存剪报。

1948年（中华民国三十七年　戊子）　四十六岁

1月26日，发表《冷昏的话》，署名吴抱安，载《新新新闻晚报》第2版副刊《夜莺曲》第 262 期。

年初，为四川大学、华西协合大学学生开展的助学运动、助学文艺讲座义讲《左拉的生活》。讲座内容由华西大学中文系学生侯让之记录，发表于 1948 年 4 月 6、7、8、9 日的《新民报》（成都）副刊《天府》。

2 月 5 日，作旧体诗《答友人问》。

3 月 9 日，作《寿杨晦兄五十》，发表于 3 月 25 日《大公报》（重庆）；另载同日《大公晚报》第 2 版副刊《半月文艺》第 33 期。大约同时作同题七言旧体诗，收入《待旦室诗草》。

3 月，作旧体诗《以插植玫瑰赠人》、《偶感》，均收入《待旦室诗草》。《以插植玫瑰赠人》后收入《林如稷选集》。

4 月 11 日，作旧体诗《再别鹤兄》。收入《待旦室诗草》时改题为《别翔鹤口占》，部分文字有修改。

4 月 25 日，发表《夜渡》，载《大公晚报》第 2 版副刊《半月文艺》第 34 期。

6 月 15 日，作旧体诗《送别牧野兄》，载 6 月 22 日《新新新闻晚报》。收入《待旦室诗草》时改题为《赠牧野行》。

6 月，作旧体诗《偶感》（8 首）。后收入《林如稷选集》。

6 月，作旧体诗《闻冯至不屑参加新路感赠》。收入《待旦室诗草》。又以《寄怀冯至兄》为题发表于 1949 年 2 月 17 日《大公晚报》第 2 版。

7 月 21 日，作旧体诗《悼乔大壮师》，发表于 8 月 19 日《新新新闻》；又载同日《新新新闻晚报》第 2 版；收入《待旦室诗草》；又发表于《四川日报》；均无序。作者手稿诗前有长序。

7 月 29 日，作旧体诗《送别一之兄》，发表于 8 月 12 日《新新新闻》；又载 8 月 20 日《新新新闻晚报》第 2 版。收入《待旦室诗草》。

9 月 10 日，发表《由几件琐事偶谈文人习性》（《孤僻自大的佛罗贝尔》、《屠格涅夫的贵族气质》、《坦率的莫泊桑》），载《大公晚报》第 2 版副刊《半月文艺》第 44 期。《屠格涅夫的贵族气质》又以《贵族气度的屠格涅夫》为题发表于 11 月 21 日《成都快报》。

9 月，发表翻译法国大仲马作故事《魔鬼桥》，载《风土什志》第 2 卷第 3 期。

10 月 10 日，发表《〈民讯〉发刊献辞》，未署名；《汉口美军集体强奸案》，署名罗无生；《"坦白"的官腔》，署名吴道周；均载《民讯》创刊号。

11 月 10 日，发表《清秋的、沉闷的杂感》，署名罗无生；《"良医颂"与"人口论"》，署名余达人；《苦命娃娃的血肉》，署名吴道周；《与胡适博士略谈叉麻将》，署名乔守素；《真实的幻术故事》，署名何兴；均载《民讯》第 2 期。

12 月 4 日，发表《草木无灵》，署名何兴，载《时论周报》第 4 版。

12 月 10 日，发表《古之"投靠"与走"新路"——苦雨硬记之一》，署名余达人；《侧面辟谣种种》，署名赵长民。载《民讯》第 3 期。后收入《林如稷选集》。

12 月，作旧体诗《柬舟子漾兮巴波两兄香港》。收入《待旦室诗草》。

本年，作旧体诗《无当室杂句》（4 首）。在收入《待旦室诗草》时，和另 4 首作于 1946 年至 1948 年的旧体诗，一起总题为《待旦室杂诗》。后《林如稷选集》选入其中 5 首。发表《关于胡适博士的"自称"》，署名向华；《提倡吃虫——请听专家介绍》，署名夷；《寒冬偶笔》（3 则），署名雍平；发表报纸及日期均不详，均见作者所存剪报。

1949 年（中华民国三十八年　己丑）　四十七岁

1 月 10 日，发表《"爬，骗，混，逃，术"发微》，署名张乃煌；《自由膏药的叫卖》，署名罗无生；《抢购与挤兑》，署名吴道周；均载《民讯》第 4 期。

1 月，作旧体诗《赠洪钟兄》，发表报纸及日期不详，见作者所存剪报。收入《待旦室诗草》。

2 月 20 日，发表《寓言二则》，署名何兴，载《民讯》第 5 期。

1950 年（庚寅）　四十八岁

1 月 28 日，发表《庆祝西南解放献辞》，载《工商导报》第 4 版，《庆祝西南解放特刊》。

3 月，写出《我所认识的第一个共产党员》初稿。

年初，作《〈我所见之贺龙将军〉普及本序》，载《我所见之贺龙将军》，新时代出版社，1950 年。

6 月 13 日，作《悼念史沫特莱》，收入《四川十年散文特写选》，四川人民出版社，1959 年 9 月。

1952 年（壬辰）　五十岁

5 月 23 日，发表《认真展开批评，坚决贯彻毛泽东文艺方针》，载《川西日报》。

12 月，发表《一点体会（参加第二届全国文代会）》，载 1953 年《西南文艺》第 12 期。

1955 年（乙未）　五十三岁

5 月 24 日，发表《必须彻底清算胡风》，载《四川日报》第 3 版。

7 月，发表《严惩胡风反革命黑帮》，载《西南文艺》1955 年第 7 期。

10 月 16 日，作《悼念陈炜谟先生》，发表于 1955 年《西南文艺》第 11 期。

1956 年（丙申）　五十四岁

暑假，写电影文学剧本《西山义旗》初稿，不甚满意。

10 月 5 日，发表《鲁迅先生给我的教育》，载《四川日报》第 3 版。收入《仰止集》（四川人民出版社 1962 年 9 月版）及《林如稷选集》。

10 月 7 日，发表《鲁迅杂文的思想与艺术特点》，载《红岩》1956 年第 4 期；又载 10 月 31 日《四川大学学报》（社科版）1956 年第 1 期。收入《四川十年文学论文选》（四川人民出版社 1960 年 6 月版）、《仰止集》及《林如稷选集》。

10 月，编选抗战胜利至解放前夕所写旧体诗编为一集，题为《待旦室诗草》，请其父亲林冰骨作序并书写，以留作纪念。

12 月 29 日，作《陈炜谟〈论文选集〉编后记》，载《论文选集》，作家出版社，1957 年 12 月。作旧体诗《炜谟遗稿编成感赋》。

12 月，修改《青年左拉的新年》，发表于《文艺学习》1956 年第 13 期；又载《红岩》1958 年 1 月号。

1957 年（丁酉）　五十五岁

8 月，发表《张默生——老右派分子》，载《草地》1957 年 7 月号。

10 月 16 日，作《学习鲁迅的最主要之点》，发表于 10 月 19 日《四川日报》第 3 版。收入《仰止集》。

10 月，作旧体讽刺诗《戏和流沙河所谓"亡命诗"》，发表于《星星》1958 年 2 月号，署名卓鸣。

11 月，发表《无独有偶》，署名文放，载《草地》1957 年 11 月号。发表《武训精神的结合》，载《红岩》1957 年 11 月号。

12 月 11 日，作旧体讽刺诗《赠张默生、张晓二文盗》（2 首），发表于《红岩》1958 年 2 月号，署名卓鸣。作旧体讽刺诗《戏咏新文盗》（2 首），发表于《星星》1958 年 2 月号，署名卓鸣。

12 月，修改《我所认识的第一个共产党员》，发表于《人民文学》1958 年第 4 期。后收入《林如稷选集》。发表旧体讽刺诗《赋寄张默生》，署名卓鸣，载《星星》1957 年 12 月号。发表讽刺诗《给一位奇异的隐士》，载《红岩》1957 年 12 月号，署名卓之鸣。

1958 年（戊戌）　五十六岁

2 月 14 日，作《看〈杜十娘〉悼廖静秋》，发表于 2 月 25 日《成都日报》第 3 版。

2 月，作《鲁迅将会怎样对待体力劳动》（与李隆荣合写），发表于《草地》1958 年 4 月号。收入《仰止集》。

3 月 1 日，发表《旧刺草》（十首），载《星星》1958 年 3 月号。

3 月，发表重写的《勤奋成功的巴尔扎克》，载《草地》1958 年 3 月号。

4 月，发表《词二首》（《江南好·春光》、《浣溪沙·春节试笔》），载《星星》1958 年 4 月号。

11 月，人民文学出版社重新出版林如稷翻译的法国左拉著的长篇小说《卢贡家族的家运》。

12 月 4 日，作《真实的生活，真实的诗文——〈日夜战威钢〉读后》，发表于《草地》1959 年 1 月号。

1959 年（己亥）　五十七岁

4 月 15 日，改订完成电影文学剧本《西山义旗》第 7 稿，发表于《草地》1959 年 4 月号；同年 9 月经再次修订后，由四川人民出版社出版单行本。后收入《林如稷选集》。

5 月 25 日，作《慎重对待小读者感情》，发表于《草地》1959 年 6 月号。

9 月 26 日，作旧体诗《观〈林则徐〉影片》，发表于《作品》1962 年第 11 期。

9 月 28 日，作旧体诗《国庆前夕种油菜王》。

10 月 3 日，发表《略谈影片〈林则徐〉》，载《四川日报》。

10 月，发表《学习鲁迅杂文的几点理解》，载《峨眉》10 月号（创刊号）。收入《仰止集》及《林如稷选集》。

11 月，发表重写后的《夜渡——回忆一位无名老船工》，载《峨眉》1959 年 11 月号。后收入《林如稷选集》。

1960 年（庚子）　五十八岁

1 月，作旧体诗《成都市川剧院一周年赠句》。发表《驳斥对群众文艺创造的诬蔑》，载《峨眉》1960 年 1 月号。

3 月 25 日，发表《分析〈对于左翼作家联盟的意见〉》，载《语文》1960 年第 3 期。收入《仰止集》。

5 月 9 日，本年上学期为中四班讲授《鲁迅研究》，已写出 10 万余字讲义，因作者 5 月 9 日突发脑溢血送医院抢救而中断。现有四川大学教务处所油印讲义 80 页，约 9 万余字，另有已完成待印的部分抄稿，有 1 万余字。

6 月，发表《驳巴人的"人道主义"》，载《四川文学》1960 年 6 月号。

7 月 10 日，发表《从巴人近年的文章看修正主义思潮涨落的痕迹》，载《新港》1960 年 7、8 月号合刊。

1961 年（辛丑）　五十九岁

9 月 17 日，作《鲁迅小说的艺术特色》，载《四川文学》1961 年 10 月号。收入《仰止集》及《林如稷选集》。

10 月 13 日，参加四川人民出版社学习鲁迅座谈会，并在会上发言。发言记录后经整理和补充，写成《关于鲁迅思想发展的几个问题》，发表于《四川文学》1962 年 2 期。收入《仰止集》及《林如稷选集》。

10 月 19 日，发表《论鲁迅小说的革命现实主义》，载《成都晚报》；该文后经修改，以《试论鲁迅小说的革命的现实主义》为题，发表在《新港》1962 年 8 月号。收入《仰止集》及《林如稷选集》。

10 月 20 日，作《〈仰止集〉后记》。收入《仰止集》。

10 月 22 日，发表《关于鲁迅的〈无题〉一诗》，载《四川日报》。收入《仰止集》。

10 月 29 日，发表《一个坚决反封建的斗士的艺术形象——读鲁迅的短篇小说〈长明灯〉》，载《成都晚报》。收入《仰止集》及《林如稷选集》。

11 月 29 日，发表《鲁迅对劳动人民美德的赞颂——读〈一件小事〉和〈社戏〉》，载《成都晚报》。收入《仰止集》。

1962 年（壬寅） 六十岁

2 月 4 日，发表《从杜甫的生日谈到他的两首"守岁"诗》，载《成都晚报》第 3 版；经修改后以《新春试笔谈杜甫——诗人的生日、守岁诗及其他》为题，发表于《新港》1962 年第 3 期；又翻译为日文，载《人民中国》（日文版）1962 年第 6 期。

3 月，林如稷编文、张文忠画连环画《西山义旗》由四川人民出版社出版。

9 月，鲁迅研究论文集《仰止集》由四川人民出版社出版。

12 月 10 日，作旧体诗《悼伯行校长》，载 1963 年 1 月 20 日《人民川大》（悼戴伯行校长专刊）。

1963 年（癸卯） 六十一岁

4 月，发表《如诗如画的〈南行记〉续篇》（与尹在勤合写），载《四川文学》1963 年第 4 期。

9 月，发表《关于文艺阅读的问题》（与尹在勤合写），载《四川文学》1963 年第 9 期。

10 月 1 日，发表《表现什么样的感情?》（与尹在勤合写），载《四川文学》1963 年第 10 期。

10 月 5 日，发表《从胜利走向新的胜利》，载《人民川大》第 406 期。

10 月 18 日，发表《深刻地反映阶级斗争——读沙汀同志的小说〈一场风波〉》，载《人民川大》第 407 期；又载《新港》1963 年第 11 期。

1964 年（甲辰） 六十二岁

9 月，作《伟大的苏联人民反法西斯战争不容诬蔑——简评康·西蒙诺夫的〈生者与死者〉》，有四川大学油印稿。

1966 年（丙午） 六十四岁

本年，将未发表的旧作历史小说《五湖之上》（内容为描写春秋时范蠡与西施的故事）焚毁。

1972 年（壬子） 七十岁

11 月，为给工农兵学员讲鲁迅小说，作《学习鲁迅小说》（未署名），有四川大学中文系资料室油印稿。

8月6日，作旧体诗《无题》（乱发心伤怨暮年）诗。后收入《林如稷选集》。

8月24日，作旧体诗《自寿》。

8月26日，作旧体诗《无题》（七三忧儿辈）诗。

10月2日，作旧体诗《自嘲一绝》。

10月5日，作旧体诗《文光儿归自石棉》。

10月，作旧体诗《续悼亡之一》。

1973年（癸丑）　七十一岁

4月，四川大学中文系选编的《鲁迅小说选》内部印刷出版，林如稷参加了部分篇目的注释。

1975年（乙卯）　七十三岁

初夏，作旧体诗《儿女劝余迁京养老，吟此见志》。

1976年（丙辰）　七十四岁

8月15日，作旧体诗《得中方自美来信有感》。

此年表系林如稷先生之子林文光费时数年收集资料为巴蜀书社出版之《中外文学论——林如稷学术文集》编辑而成。

（作者单位：四川大学文学与新闻学院）

南星著译年表简编（1932－1948）

刘子凌

20世纪三四十年代颇为活跃的新文学作家南星（1910－1996），原名杜文成，河北怀柔（今北京怀柔）人，笔名有南星、杜南星、杜纹呈、石雨、林栖、林檎、林绿、宜今、柳川、石灵等。

坊间常见的中国新诗选本里，南星是一个较为常见的名字。学界一般将他视为"现代派"诗人中的重要一员，认为他诗风"细腻敏感"，"苦心经营意象，调子哀怨"[1]，"带有田园牧歌的情调"[2]，自具一种特色。"诗人南星"，经由友人的叙说，于是颇为世人所知[3]。

而值得注意的是，南星的散文写作也大致与新诗同时启动。他于此倾注了相当的心力，落笔为文，或体物或纪事，风格内敛、婉转、清丽，既流露出"对生命的生长与失落的特殊敏感"，体现出"细腻、素朴文字中韵味的淳厚"，又不时"蕴含着寂苦"[4]，其间的文学史意义，不容轻忽[5]。另外，南星1936年毕业于北京大学外国语文

---

① 蓝棣之：《前言》，蓝棣之编选：《现代派诗选》（修订版），人民文学出版社2011年版，第8页。

② 吴晓东：《导言》，吴晓东编选：《中国沦陷区文学大系·诗歌卷》，广西教育出版社1998年版，第19页。

③ 张中行写有《诗人南星》一文（收入其《负暄续话》，黑龙江人民出版社1990年版），生动练达，流传较广。

④ 谢茂松、叶彤、钱理群：《导言》，谢茂松、叶彤编选：《中国沦陷区文学大系·散文卷》，广西教育出版社1998年版，第25页。

⑤ 钱理群在其最近编著的《中国现代文学新讲》（九州出版社2023年版）中突出"民族解放战争年代"里"日常生活的美学发现与展示"，选取的就是文载道与南星的散文（该书第492－510页）。

学系，译事堪称本色当行，也留下了不少译作。

南星的著译，1949 年之前曾有过几次结集，但并不系统；预定的出版计划，也多次夭折。直至 2023 年花城出版社的一部收罗较为完备的《寂寞的灵魂：南星作品全集》出版，读者了解南星作品才获得极大的方便。此书收录了南星的三本散文集——《蠹鱼集》、《松堂集》、《甘雨胡同六号》，四本诗集——《石像辞》、《月圆集》、《山灵集》、《三月·四月·五月》，补入了若干集外作品，还在"附录"中列进与南星有关的评述文字等，编者吴佳骏为此付出的辛劳，令人赞佩。

当然，"全"是理想，是追求，它的实现有待持续的接力。在已有成果的基础上，笔者采取"系年"的组织方式，整理出一份南星的著译年表，意在展现这位文坛多面手的创作概况，为研究者提供某种方便。疏漏之处尚祈研究者多所是正①。

本年表整理思路如下：

1. 起止时间为 1932—1948 年②。

2. 著译兼采，以呈现南星文学工作的不同侧面。

3. 按照发表或出版时间先后为序厘为两组，先单篇作品，后单行本。

4. 个人创作，在篇名前标注作品性质，如诗、散文、小说等，略示区别；译文，在篇名后括注体裁。

5. 作品凡署名"南星"者，径略。其他署名，则予以交代。

6. 原文误排之处照录，不径改，在注释中做出说明。

7. 部分作品有多次发表、修改以及重新编排后入集的情况，能查证者，也在注释中做出说明。

---

① 整理过程中，刘福春先生曾慨予教示，硕士生沙奕君也提供了不少线索，统此致谢。当然，所有疏漏概由整理者本人负责。

② 南星自称 1932 年在张友松编辑的《春潮》上首次发表诗作。查《春潮》上的诗，不见南星常用的几个笔名，且这份刊物 1929 年即已停刊，南星的自述一时无从确认。但本年表能够确认其最早发表作品的年份，确为 1932 年。1948 年以后，南星似乎中断了创作，本年表暂止于此年，如有新发现，俟后增补。

单篇作品系年

1932 年

译文《芭芭拉》（诗），亚力山大司米斯原作，杜南星译，《河南民报·丁香诗刊》第 2 卷第 1 期，1932 年 10 月。

1933 年

诗《初秋》，署名杜南星，《茉莉》创刊号，1933 年 6 月。

诗《茑萝》，《现代》第 3 卷第 6 期，1933 年 10 月 1 日。

1934 年

散文《冬梦》，《华北日报·每周文艺》第 5 期，1934 年 1 月 9 日。

诗《狂风次夜》、《早耕》、《欲行前日》、《欲春之夜》、《暮中》、《春晨》，署名石雨，《文学季刊》第 2 期，1934 年 4 月 1 日。

散文《夜食》，《文学季刊》第 3 期，1934 年 7 月 1 日。

诗《五月》①，《大公报·文艺副刊》第 85 期，1934 年 7 月 18 日。

诗《秋》，散文《随笔三篇》（包括《祈祷》、《冬天》、《风夜》）②，《现代》第 5 卷第 4 期，1934 年 8 月 1 日。

散文《更夫》，《水星》第 1 卷第 1 期，1934 年 10 月 10 日。

论文《A. E. HOUSMAN 及其诗》③，《文艺月报》第 1 卷第 2 期，1934 年 11 月 1 日。

诗《屋门》，《文艺月报》第 1 卷第 2 期，1934 年 11 月 1 日。

---

① 收入诗集《石像辞》。第一、二、三章，原样进入《五月》组诗；第四章，成为组诗《寒日》的第一章。

② 《祈祷》收入散文集《蠹鱼集》和《松堂集》。《冬天》收入散文集《松堂集》。

③ 曾以《谈 A. E. 蒿斯曼》为题发表于《绿洲》第 1 卷第 1 期，1936 年 4 月 1 日。重刊时做了修改，文末附《A. E. HOUSMAN 诗选》，共 6 首。又改题《谈霍斯曼》，收入散文集《松堂集》，又有较大修改。

译文《夏芝 BALLAD 两章》（诗），康纳馨、林擒①合译，《文艺月报》第 1 卷第 2 期，1934 年 11 月 1 日。

散文《散文二篇》（包括《安息》、《骡车》）②，《现代》第 6 卷第 1 期，1934 年 11 月 1 日。

诗《石像辞》，《水星》第 1 卷第 2 期，1934 年 11 月 10 日。

散文《庭院》，《水星》第 1 卷第 3 期，1934 年 12 月 10 日。

散文《散文二题》（包括《花》、《窗》），《文艺画报》第 1 卷第 2 期，1934 年 12 月 15 日。

诗《无尽的夜》（一）—（七），连载于《华北日报·每日文艺》第 24—30 期，1934 年 12 月 24—30 日。

1935 年

诗《石像之歌》③、《凋落》，《文艺月报》第 1 卷第 4 期，1935 年 1 月 1 日。

诗《幽囚》，《华北日报·每日文艺》第 50 期，1935 年 1 月 22 日。

诗《衰老》，《华北日报·每日文艺》第 57 期，1935 年 1 月 29 日。

散文《雨天》，《文饭小品》创刊号，1935 年 2 月 5 日。

散文《松堂》，《大公报·文艺副刊》第 141 期，1935 年 3 月 3 日。

小说《露斯》，《水星》第 1 卷第 6 期，1935 年 3 月 10 日。

散文《家宅》④，《文学季刊》第 2 卷第 1 期，1935 年 3 月 16 日。

散文《记念》⑤，《山雨》第 1 卷第 2 期，1935 年 3 月 28 日。

散文《古老的故事》⑥，《水星》第 2 卷第 1 期，1935 年 4 月 10 日。

散文《下午》，《山雨》第 1 卷第 3 期，1935 年 5 月 5 日。

---

① "擒"应为"檎"。

② 《安息》收入散文集《蠹鱼集》，《骡车》收入散文集《松堂集》。

③ 曾以《石像辞》为题，发表于《水星》第 1 卷第 2 期，1934 年 11 月 10 日。重刊时字句略有出入。收入诗集《石像辞》，又有较大修改。

④ 收入散文集《松堂集》。

⑤ 收入散文集《蠹鱼集》和《松堂集》。

⑥ 收入散文集《松堂集》。

散文《诉说》，《水星》第 2 卷第 3 期，1935 年 6 月 10 日。

散文《槐》，《文学季刊》第 2 卷第 2 期，1935 年 6 月 16 日。

论文《谈劳伦斯的诗》①，《文饭小品》第 5 期，1935 年 6 月 25 日。

译文《病及其他》（D. H. Lawrence 诗选），《文饭小品》第 5 期，1935 年 6 月 25 日。

散文《寒夜》，《大公报·小公园》第 1754 号，1935 年 8 月 3 日。

诗《同在》，《华北日报·每日文艺》第 249 期，1935 年 8 月 14 日。

诗《窗》②，《华北日报·每日文艺》第 256 期，1935 年 8 月 21 日。

诗《卜者》，《华北日报·每日文艺》第 262 期，1935 年 8 月 27 日。

诗《夜》③，《华北日报·每日文艺》第 268 期，1935 年 9 月 2 日。

散文《岸》，《大公报·文艺》第 3 期，1935 年 9 月 4 日。

诗《离绝》，《华北日报·每日文艺》第 287 期，1935 年 9 月 22 日。

散文《寄远》，《大公报·文艺》第 15 期，1935 年 9 月 25 日。

诗《令节》④，《华北日报·每日文艺》第 292 期，1935 年 9 月 27 日。

诗《守墓人（外三篇）》（包括《守墓人》、《午夜风》、《巡游人》、《暮》）⑤，《现代诗风》第 1 册，1935 年 10 月 10 日。

散文《夜雨寄北》，《大公报·文艺》第 49 期，1935 年 11 月 25 日。

散文《留别》⑥，《文学季刊》第 2 卷第 4 期，1935 年 12 月 16 日。

1936 年

诗《莫相遇》⑦，《大公报·文艺》第 75 期（"诗特刊"），1936 年 1 月 10 日。

---

① 收入散文集《松堂集》。
② 收入诗集《石像辞》，为组诗《有赠》的第一章。
③ 收入诗集《石像辞》，为组诗《蛰居》的第三章。
④ 收入诗集《石像辞》，为组诗《寒日》的第三章。
⑤ 《午夜风》、《巡游人》、《暮》，均收入诗集《石像辞》。《巡游人》独立成篇，《午夜风》、《暮》分别为组诗《寒日》的第五、四章。
⑥ 收入散文集《松堂集》。
⑦ 收入诗集《石像辞》，为组诗《一念》的第三章，有修改。

诗《静息》①，《大公报·文艺》第 85 期（"诗特刊"），1936 年 1 月 31 日。

诗《忧虑》②，《大公报·文艺》第 101 期（"诗特刊"），1936 年 2 月 28 日。

诗《一念》③，《西北论衡》第 4 卷第 3 期，1936 年 3 月 15 日。

诗《春夏秋冬五章》（包括《一 辞别》、《二 欲雨》、《三 雨止》、《四 秋怨》、《五寂寞》）④，《北平晨报·北晨学园附刊·诗与批评》第 74 期，1936 年 3 月 26 日。

论文《谈 A. E. 蒿斯曼》⑤（署名宜今）、译文《哥德 Johann Wolfgang von Goethe 致妹书》，《绿洲》第 1 卷第 1 期，1936 年 4 月 1 日。

诗《有怀》⑥，《大公报·文艺》第 137 期（"诗特刊"），1936 年 5 月 1 日。

诗《解脱》、译文《劳伦斯书信二篇》（柳川译）、《杜纹呈启事》，《绿洲》第 1 卷第 2 期，1936 年 5 月 1 日。

散文《小病》，《北平晨报·北晨学园》第 945 号，1936 年 5 月 11 日。

诗《良夜二章》（包括《良夜》、《致语》），《北平晨报·北晨学园》第 955 号，1936 年 5 月 28 日。

诗《题赠》⑦、译文《秋末二章》（散文，G. Gissing 原作，宜今译），《绿洲》第 1 卷第 3 期，1936 年 6 月 1 日。

诗《失眠之夜》，《小民报·南风》第 2 卷第 4 期，1936 年 6 月 8 日。

诗《寄》，《小民报·南风》第 2 卷第 8 期，1936 年 7 月 6 日。

散文《新居》，《北平晨报·北晨学园》第 984 号，1936 年 7 月 22 日。

诗《谢绝》⑧，《北平晨报·北晨学园》第 991 号，1936 年 8 月 4 日。

诗《行人曲》，《北平晨报·北晨学园》第 994 号，1936 年 8 月 11 日。

---

① 收入诗集《石像辞》，字句略有出入。
② 收入诗集《石像辞》，字句略有出入。
③ 收入诗集《石像辞》，为组诗《一念》的第四章。
④ 均收入诗集《石像辞》。《二 欲雨》、《三 雨止》分别为组诗《蛰居》的第二、一章，《四 秋怨》、《五 寂寞》分别为组诗《寒日》的第二、五章，《一 辞别》为《有赠》的第二章。
⑤ 文末括注"《蒿斯曼诗抄》下期登载"，实际未刊出。
⑥ 收入诗集《石像辞》，为组诗《一念》的第一章，有修改。
⑦ 作为卷首题记性质的文字，收入辛笛、辛谷的诗合集《珠贝集》（自印本，1936 年）。
⑧ 收入诗集《石像辞》。

诗《不见》①，《大公报·文艺》第 206 期（"诗歌特刊"），1936 年 8 月 30 日。

散文《夜雨寄北》②，《公路三日刊》第 201 期，1936 年 9 月 21 日。

诗《春晚三章》（包括《城中》、《遗忘》、《河上》）③，《新诗》第 1 期，1936 年 10 月 10 日。

诗《遗失》④，署名林檎，《大公报·文艺》第 236 期，1936 年 10 月 23 日。

诗《城中》⑤，署名林檎，《大公报·文艺》第 237 期，1936 年 10 月 25 日。

诗《离绝》，署名林檎，《大公报·文艺》第 241 期（"诗歌特刊"），1936 年 11 月 1 日。

诗《薄怨四章》⑥，《新诗》第 2 期，1936 年 11 月 10 日。

诗《九歌》，《新诗》第 3 期，1936 年 12 月 10 日。

诗《远赠》⑦，《烽炎》第 2 期，1936 年 12 月 30 日。

1937 年

诗《客心两章》，《诗志》第 1 卷第 2 期，1937 年 1 月 5 日。

诗《远别离》（包括《木马》、《壁虎》、《响尾蛇》），散文《〈石像辞〉后记》⑧，译文《AE 诗选》（包括《秘密》、《爱之沉默》、《草中喃语》、《继续》、《别辞》），译文《AE 的诗》（温源宁原作），《新诗》第 4 期，1937 年 1 月 10 日。

诗《湖上》，《烽炎》第 3 期，1937 年 1 月 20 日。

诗《信念》，《正中校刊》第 37 期，1937 年 1 月。

诗《寄辛笛》，署名林檎，《大公报·文艺》第 295 期（"半页诗歌"），1937 年 2 月 3 日。

---

① 收入诗集《石像辞》，但两版的第二章不同。

② 曾发表于《大公报·文艺》第 49 期，1935 年 11 月 25 日。改题《寄北二》，收入散文集《松堂集》。

③ 《城中》、《河上》收入诗集《石像辞》。

④ 收入诗集《石像辞》。

⑤ 列于《春晚三章》总题下，曾发表于《新诗》第 1 期，1936 年 10 月 10 日。

⑥ 第四章收入诗集《石像辞》，为组诗《有赠》的第六章。

⑦ 曾以《寄辛笛》为题发表于《大公报·文艺》第 295 期（"半页诗歌"），1937 年 2 月 3 日。重刊时后附南星诗集《响尾蛇集》广告，谓 1937 年 2 月将由新诗社出版。又改题《寄远》，收入诗集《石像辞》。

⑧ 改题《我的诗篇》，收入散文集《松堂集》。

诗《信念》①，《新诗》第 5 期，1937 年 2 月 10 日。

诗《神秘》，《诗志》第 1 卷第 3 期，1937 年 3 月 5 日。

诗《第二个冬天》（包括《雇客》、《读者》），《新诗》第 6 期，1937 年 3 月 10 日。

诗《夏夜五章纪念逝者》，署名林擒，《大公报·文艺》第 310 期，1937 年 3 月 14 日。

译文《我的朋友弗洛拉》（散文），E. V. Lucas 原作，杜南星译，《大公报·文艺》第 315 期，1937 年 3 月 26 日。

诗《请求》，《烽炎》第 4、5 期合刊，1937 年 3 月。

诗《黎明》，《新诗》第 7 期，1937 年 4 月 10 日②。

诗《招远》，《大公报·文艺》第 336 期（"诗歌特刊"），1937 年 5 月 16 日。

诗《午夜》，《诗品》第 1 卷第 2 期，1937 年 6 月 20 日。

散文《夜车——"乡野文札"第一》，《大公报·文艺》第 352 期，1937 年 6 月 23 日。

诗《留别正定》，《新诗》第 9、10 期合刊，1937 年 7 月 10 日。

诗《招远》③，《泰东日报·文艺》，1937 年 10 月 21 日。

1938 年

散文《访问》，《纯文艺》第 1 卷第 2 期，1938 年 3 月 25 日。

1939 年

散文《冬之章》④，署名林栖，《朔风》第 3 期，1939 年 1 月 10 日。

散文《夜之章》⑤，《朔风》第 4 期，1939 年 2 月 10 日。

① 曾发表于《正中校刊》第 37 期，1937 年 1 月。

② 本期刊物封底有南星诗集《石像辞》广告。

③ 曾发表于《大公报·文艺》第 336 期（"诗歌特刊"），1937 年 5 月 16 日。重刊时有修改。

④ 此文两节，系连缀旧文而来。第一节原题《冬梦》，发表于《华北日报·每周文艺》第 5 期，1934 年 1 月 9 日；第二节是散文《随笔三篇》中的《冬天》一篇，发表于《现代》第 5 卷第 4 期，1934 年 8 月 1 日。重刊时有修改。

⑤ 此文两节。第二节原题《夜食》，发表于《文学季刊》第 3 期（1934 年 7 月 1 日），重刊时有修改。修订版收入散文集《松堂集》。

散文《忆克木》，《朔风》第 5 期，1939 年 3 月 10 日。

散文《小病》①，署名林栖，《沙漠画报》第 2 卷第 15、16 期合刊，1939 年 4 月 15 日。

散文《松堂》②，《朔风》第 6 期，1939 年 4 月 16 日。

散文《寻觅》，《大公报·文艺》（香港版）第 600 期，1939 年 5 月 4 日。

散文《友人之书——"蛰居"第一》③，署名林栖，《沙漠画报》第 2 卷第 19 期，1939 年 5 月 13 日。

译文《草堂随笔》④　（散文），英国吉辛原作，《朔风》第 7 期，1939 年 5 月 16 日⑤。

散文《蠹鱼——"蛰居"第二》⑥，署名林栖，《沙漠画报》第 2 卷第 20 期，1939 年 5 月 20 日。

散文《岸——"蛰居"第三》⑦，署名林栖，《沙漠画报》第 2 卷第 21 期，1939 年 5 月 27 日。

散文《往昔——"蛰居"第四》⑧，署名林栖，《沙漠画报》第 2 卷第 22 期，1939 年 6 月 3 日。

散文《读夜——"蛰居"第五》⑨，署名林栖，《沙漠画报》第 2 卷第 22 期，1939 年 6 月 10 日。

---

① 曾发表于《北平晨报·北晨学园》第 945 号，1936 年 5 月 11 日。重刊时有修改。修订版收入散文集《蠹鱼集》。

② 曾发表于《大公报·文艺副刊》第 141 期，1935 年 3 月 3 日。重刊时有修改。修订版收入散文集《松堂集》。

③ 改题《黄叶》，收入散文集《蠹鱼集》和《松堂集》，文字也有修改。

④ 《文学集刊》第 1 辑（1943 年 9 月）刊出沈启无给友人的通信一束，题为《闲步庵书简钞》，内含致南星信两通。其一赞赏南星所译"雷克洛夫随笔""皆可读"，还说此书"依吉辛自己说，可以名为草堂随笔也（an author at grass）"。南星译文的篇名，或出于此。

⑤ 本期杂志还刊出辛笛的《珍简》，是辛笛致友人的五封信。前三封隐去了抬头，后两封的收信人为 N。实际上都是写给南星的。篇首有对这批信的说明，署"林栖记"。第一、二封信后还有"林栖案"，解释了信中的相应细节。第四信也有一则"案"，未署名，应该也是林栖（即南星）所写。

⑥ 以《蠹鱼》为题收入散文集《蠹鱼集》和《松堂集》。

⑦ 曾以《岸》为题发表于《大公报·文艺》第 3 期，1935 年 9 月 4 日。重刊时有修改。

⑧ 以《往昔》为题收入散文集《蠹鱼集》和《松堂集》。

⑨ 改题《夜读》，收入散文集《蠹鱼集》和《松堂集》。

散文《赠答——"蛰居"第六》①，署名林栖，《沙漠画报》第 2 卷第 25 期，1939 年 7 月 1 日。

散文《友人之树》②，署名宜今，《赈学》创刊号，1939 年 7 月 1 日。

散文《江水笺——"蛰居"第七》③，署名林栖，《沙漠画报》第 2 卷第 26 期，1939 年 7 月 8 日。

散文《故人——"蛰居第八"》④，署名林栖，《沙漠画报》第 2 卷第 27 期，1939 年 7 月 15 日。

散文《故人（二）——"蛰居第九"》⑤，署名林栖，《沙漠画报》第 2 卷第 30 期，1939 年 8 月 12 日。

散文《花溪山中来——"蛰居第十"》，署名林栖，《沙漠画报》第 2 卷第 31 期，1939 年 8 月 19 日。

散文《沙果——"蛰居第十一"》⑥，署名林栖，《沙漠画报》第 2 卷第 32 期，1939 年 8 月 26 日。

散文《早秋一夕雨——"蛰居第十一"》⑦，署名林栖，《沙漠画报》第 2 卷第 33 期，1939 年 9 月 2 日。

散文《求乞者——"蛰居"第十三》⑧，署名林栖，《沙漠画报》第 2 卷第 36 期，1939 年 9 月 23 日。

散文《花灯夜——"蛰居"第十四》，署名林栖，《沙漠画报》第 2 卷第 37 期，1939 年 9 月 30 日。

散文《秋暮》⑨，署名林栖，《沙漠画报》第 2 卷第 38 期，1939 年 10 月 14 日。

诗《初秋》，署名林栖，《沙漠画报》第 2 卷第 39 期，1939 年 10 月 21 日。

---

① 以《赠答》为题收入散文集《蠹鱼集》。
② 收入散文集《蠹鱼集》和《松堂集》。
③ 以《江水笺》为题收入散文集《蠹鱼集》和《松堂集》。
④ 以《故人一》为题收入散文集《蠹鱼集》和《松堂集》。
⑤ 以《故人二》为题收入散文集《蠹鱼集》和《松堂集》。
⑥ 以《沙果》为题收入散文集《蠹鱼集》。
⑦ 序号应为"十二"。
⑧ 以《求乞者》为题收入散文集《蠹鱼集》和《松堂集》。
⑨ 改题《迟暮》，收入散文集《蠹鱼集》。

散文《刊物创办者——"蛰居"第十五》①，署名林栖，《沙漠画报》第 2 卷第 40 期，1939 年 10 月 28 日。

译文《作家之家》（散文），George Gissing 原作，林栖译，《中国文艺》第 1 卷第 3 期，1939 年 11 月 1 日。

诗《彷徨》，署名林栖，《沙漠画报》第 2 卷第 43 期，1939 年 11 月 18 日。

诗《幽囚寄远》（包括《一 黄昏》、《二 岁暮》、《三 月圆》）②，《星岛日报·星座》第 442 期，1939 年 11 月 19 日。

小说《红螺草（一）》，署名林栖，《沙漠画报》第 2 卷第 44 期，1939 年 11 月 25 日。

译文《作家之家（续）》（散文），George Gissing 原作，林栖译，《中国文艺》第 1 卷第 4 期，1939 年 12 月 1 日。

小说《红螺草（二）》，署名林栖，《沙漠画报》第 2 卷第 45 期，1939 年 12 月 2 日。

小说《红螺草（三）》，署名林栖，《沙漠画报》第 2 卷第 46 期，1939 年 12 月 9 日。

散文《晓行》③、《〈唐绝句抄〉前记》（署名林栖），《辅仁文苑》第 2 辑，1939 年 12 月 10 日④。

小说《红螺草（四）》（署名林栖）、散文《圣诞节前夕》⑤，《沙漠画报》第 2 卷第 47、48 期合刊，1939 年 12 月 23 日。

---

① 以《刊物创办者》为题收入散文集《蠹鱼集》和《松堂集》。

② 均收入诗集《离失集》，独立成篇，取消了组诗形式。

③ 文末有南星诗集《石像辞》广告一则。

④ 本期刊物扉页前刊出《辅仁文苑·圣诞节增刊》的广告，称"准于二十日出版"。目录中列有林栖译《圣诞节前夕》（爱尔文作）。据林榕（李景慈）《三年来的〈辅仁文苑〉》（载《辅仁大学1941 年年刊》），"圣诞节增刊"确曾出版，笔者暂未寓目。本期刊物目录后又刊出《文艺杂志》的广告，谓之为"北方唯一诚实向上的纯文艺月刊"，称"准于二十九年元旦创刊"。目录中列有南星诗《夜坐》和译文《田园文札》。

⑤ 实为译文，未标注原作者，应即《辅仁文苑·圣诞节增刊》上的那篇爱尔文原作的作品。又，此文末也刊出《文艺杂志》的广告。目录中列有南星译《田园文札》，而诗《夜坐》的作者则写为林虹。此刊后似未出版。《辅仁文苑》第 5 辑（1940 年 11 月）发表的南星翻译的《不许穿行——"田园文札"第一》，或即此处广告中的文章。

诗《小别》、《栖止》、《收获》、《思念》，署名林栖，《华光》第 1 卷第 6 期，1939年 12 月 28 日。

1940 年

诗《水畔（集兴华句）》①，署名林栖，《覆瓿》1940 年 1 月号，1940 年 1 月 1 日。

论文《谈散文家露加斯（E. V. Lucas）（上）》，署名林栖，《中国文艺》第 1 卷第 5 期，1940 年 1 月 1 日。

论文《谈散文家露加斯（E. V. Lucas）（下）》②，署名林栖，《中国文艺》第 1 卷第 6 期，1940 年 2 月 1 日。

小说《红螺草（五）》，署名林栖，《沙漠画报》第 3 卷第 3 期，1940 年 2 月 3 日。

译文《咆哮山庄》（小说），爱密黎·勃朗特原作，林栖译，《中国文学》第 2 卷第 1 期，1940 年 3 月 1 日。

译文《苹果树（一）》（小说），高尔司华绥原作，林栖译，《艺术与生活》第 2 卷第 4、5 期合刊，1940 年 3 月 1 日。

诗《诗二章》（包括《乌鸦》、《早寒》），署名石雨，《辅仁文苑》第 3 辑，1940 年 3 月 20 日。

译文《咆哮山庄》（小说），爱密黎·勃朗特原作，林栖译，《中国文学》第 2 卷第 2 期，1940 年 4 月 1 日。

散文《有忆——〈沙漠〉二周年纪念》，署名林栖，《沙漠画报》第 3 卷第 12 期，1940 年 4 月 13 日。

诗《离情》，署名林栖，《覆瓿》1940 年 4 月号，1940 年 4 月。

译文《苹果树（二）》（小说），John Galsworthy 原作，林栖译，《艺术与生活》第 2 卷第 6 期，1940 年 5 月 1 日。

译文《咆哮山庄（三）》（小说），爱密黎·勃朗特原作，林栖译，《中国文学》第 2 卷第 3 期，1940 年 5 月 1 日。

---

① 兴华，即吴兴华。

② 《谈散文家露加斯（E. V. Lucas）》（上、下）合并，删去第六节，改题《谈露加斯》，收入散文集《松堂集》。

译文《咆哮山庄（三）》①（小说），爱密黎·勃朗特原作，林栖译，《中国文学》第 2 卷第 4 期，1940 年 6 月 1 日。

散文《山鬼》，署名石雨，《辅仁文苑》第 4 辑，1940 年 6 月 15 日②。

译文《苹果树（三）》（小说），John Galsworthy 原作，林栖译，《艺术与生活》第 3 卷第 1、2 期合刊，1940 年 7 月 1 日。

译文《咆哮山庄（四）》（小说），爱密黎·勃朗特原作，林栖译，《中国文学》第 2 卷第 5 期，1940 年 7 月 1 日。

译文《咆哮山庄（四）》（小说），爱密黎·勃朗特原作，林栖译，《中国文学》第 2 卷第 6 期，1940 年 8 月 1 日。

译文《回顾时节——名人写给孩子们的信》，林栖译，《沙漠画报》第 3 卷第 30 期，1940 年 8 月 31 日。

译文《回顾时节（二）——名人写给孩子们的信》，林栖译，《沙漠画报》第 3 卷第 31 期，1940 年 9 月 7 日。

译文《回顾时节（三）——名人写给孩子们的信》，林栖译，《沙漠画报》第 3 卷第 32 期，1940 年 9 月 14 日。

译文《回顾时节（四）——名人写给孩子们的信》，林栖译，《沙漠画报》第 3 卷第 33 期，1940 年 9 月 21 日。

译文《回顾时节（五）——名人写给孩子们的信》，林栖译，《沙漠画报》第 3 卷第 34 期，1940 年 9 月 28 日。

论文《小泉八云的生平及作风》③，林栖节述，《中和月刊》第 1 卷第 10 期，1940 年 10 月 1 日。

译文《草堂随笔·秋之卷（上）》，George Gissing 原作，《西洋文学》第 2 期，1940 年 10 月 1 日。

译文《回顾时节（六）——名人写给孩子们的信》，林栖译，《沙漠画报》第 3 卷

---

① 原文如此，下同。《咆哮山庄》连载时，序号多误。

② 又收录于《诗文》（1940 年 6 月）。据林榕（李景慈）《三年来的〈辅仁文苑〉》（载《辅仁大学 1941 年年刊》），《辅仁文苑》第 4 辑"因散文及诗歌特别丰富，另印《诗文》单行本一种"。

③ 改题《谈小泉八云》，收入散文集《松堂集》。

第 35 期，1940 年 10 月 5 日。

译文《回顾时节（七）——名人写给孩子们的信》，林栖译，《沙漠画报》第 3 卷第 39 期，1940 年 11 月 2 日。

译文《回顾时节（八）——名人写给孩子们的信》，林栖译，《沙漠画报》第 3 卷第 40 期，1940 年 11 月 9 日。

译文《回顾时节（九）——名人写给孩子们的信》，林栖译，《沙漠画报》第 3 卷第 41 期，1940 年 11 月 16 日。

译文《回顾时节（十）——名人写给孩子们的信》（林栖译）、散文《晓行》①，《沙漠画报》第 3 卷第 42 期，1940 年 11 月 23 日。

译文《不许穿行——"田园文札"第一》（散文），美国格累生原作，《辅仁文苑》第 5 辑，1940 年 11 月。

译文《草堂随笔·秋之卷（下）》（散文），George Gissing 原作，《西洋文学》第 4 期，1940 年 12 月 1 日。

译文《咆哮山庄（十）》，爱密黎·勃朗特原作，林栖译，《中国文学》第 3 卷第 4 期，1940 年 12 月 1 日。

译文《回顾时节（十一）——名人写给孩子们的信》，林栖译，《沙漠画报》第 3 卷第 44 期，1940 年 12 月 7 日。

译文《回顾时节（十二）——名人写给孩子们的信》，林栖译，《沙漠画报》第 3 卷第 45 期，1940 年 12 月 14 日。

译文《苹果树（四）》（小说），John Galsworthy 原作，林栖译（本章由何曼代译），《艺术与生活》第 14 期，1940 年 12 月 20 日。

1941 年

诗《失落》，《辅仁文苑》第 6 辑，1941 年 1 月。

散文《故人》②，署名林栖，《作家》第 1 卷第 1 期，1941 年 4 月。

译文《苹果树（五）》（小说），John Galsworthy 原作，林栖译，《艺术与生活》

---

① 曾发表于《辅仁文苑》第 2 辑，1939 年 12 月 10 日。
② 曾以《故人——"蛰居第八"》为题发表于《沙漠画报》第 2 卷第 27 期，1939 年 7 月 15 日。

第 15 期，1941 年 2 月 15 日。

译文《草堂随笔 The Private Papers of Henry Ryecroft·冬之卷》（散文），G. Gissing 原作，《中国与世界》第 6 期，1941 年 2 月。

诗《别辞》，署名杜南星，《艺术与生活》第 16 期，1941 年 3 月。

诗《深院》，署名石雨，《辅仁文苑》第 7 辑，1941 年 4 月。

译文《苹果树（六）》（小说），高尔斯华绥原作，林栖译，《艺术与生活》第 17 期，1941 年 4 月。

散文《山鬼》[①]，署名石雨，《沙漠画报》第 4 卷第 18 期，1941 年 5 月 24 日。

散文《山野文扎》（署名林栖）、《不许穿行》（署名杜南星）[②]，《沙漠画报》第 4 卷第 18 期，1941 年 5 月 24 日。

散文《二月》、《梦雨》[③]，署名林栖，《沙漠画报》第 4 卷第 19 期，1941 年 5 月 31 日。

译文《苹果树（七）》（小说），高尔斯华绥原作，林栖译，《艺术与生活》第 18 期，1941 年 5 月[④]。

论文《谈〈苹果树〉》[⑤]，署名林栖，《艺术与生活》第 19 期，1941 年 6 月。

译文《咆哮山庄》（小说），爱密黎·勃朗特原作，林栖译，《中国文学》第 4 卷第 5 期，1941 年 7 月 5 日。

译文《读书枝谈》（*Detached Thoughts on Books and Reading*）（一）（散文），Charles Lamb 原作，《辅仁文苑》第 8 辑，1941 年 8 月 31 日[⑥]。

论文《谈泰戈尔的〈黄昏之歌〉》（署名柳川）[⑦]、译文《咆哮山庄》（爱密黎·勃朗特原作，林栖译），《中国文学》第 5 卷第 1 期，1941 年 9 月 5 日。

---

① 曾发表于《辅仁文苑》第 4 辑，1940 年 6 月 15 日。
② 《山野文扎》篇名中"扎"或应为"札"。《不许穿行》实为译文，曾以《不许穿行——"田园文札"第一》为题发表于《辅仁文苑》第 5 辑，1940 年 11 月。
③ 均收入散文集《蠹鱼集》。
④ 刊物封底有《苹果树》广告，谓将出单行本，列为"艺生文艺丛书之二"。
⑤ 文末有林栖翻译的《苹果树》7 月 1 日出版的广告。
⑥ 出刊时间，封面写为 8 月 31 日，目录处写为 9 月。
⑦ 收入散文集《松堂集》。

诗《湖上》①，《星岛日报·星座》第 1036 期，1941 年 9 月 10 日。

译文《咆哮山庄（续）》（小说），爱密黎·勃朗特原作，林栖译，《中国文学》第 5 卷第 2 期，1941 年 10 月 5 日。

诗《蟋蟀入室》②，署名林绿，《沙漠画报》第 4 卷第 37 期，1941 年 10 月 11 日。

诗《晨起》③，署名林绿，《沙漠画报》第 4 卷第 40 期，1941 年 11 月 1 日。

译文《贞慧女儿》（小说），S. Richardson 原作，柳川译，《妇女杂志》第 2 卷第 11 期，1941 年 11 月 1 日。

译文《咆哮山庄（续）》（小说），爱密黎·勃朗特原作，林栖译，《中国文学》第 5 卷第 3 期，1941 年 11 月 5 日。

诗《SAPPHICS》，署名石雨，《辅仁文苑》第 9 辑，1941 年 11 月。

译文《咆哮山庄（续）》（小说），爱密黎·勃朗特原作，林栖译，《中国文学》第 5 卷第 4 期，1941 年 12 月 5 日。

1942 年

散文《岁初》④，署名林栖，《中国文艺》第 5 卷第 5 期，1942 年 1 月 5 日。

译文《修女及其他》（散文），露加斯原作，林栖译，《中国文艺》第 6 卷第 2 期，1942 年 4 月 5 日。

诗《春雨——沙漠四周年纪念》，署名林栖，《沙漠画报》第 5 卷第 14 期，1942 年 4 月 18 日。

译文《古磁器》（散文），查理司兰姆原作，林栖译，《中国文艺》第 6 卷第 3 期，1942 年 5 月 5 日。

译文《春暮随笔》（散文），吉辛原作，林栖译，《国民杂志》第 2 卷第 6 期，1942 年 6 月 1 日。

---

① 曾发表于《烽炎》第 3 期，1937 年 1 月 20 日。

② 收入诗集《离失集》。

③ 收入诗集《离失集》。

④ 系为刊物的"本刊基本青年作家"栏所作。篇首有照片，并附简介："林栖，河北人。二十五年北京大学毕业，然后在乡间教书。事变后谋事不得，艰苦之至。二十九年秋季起在北京大学任职。"

译文《携带着灯笼的人们》（散文），斯蒂文生原作，林栖译，《中国文艺》第 6 卷第 4 期，1942 年 6 月 5 日。

散文《旅店及其他》（包括《旅店》、《河水》、《庭院》），署名林栖，《中国文艺》第 7 卷第 5 期，1942 年 7 月 5 日。

散文《心绪万端书两线纸·欲对还读意迟迟》①，署名林栖，《国民杂志》第 2 卷第 8 期，1942 年 8 月 1 日。

1943 年

译文《现代散文二章》（包括《失去的手杖》，露加斯原作；《在书摊上》，密尔诺原作），林栖译，《中国文艺》第 8 卷第 2 期，1943 年 4 月 5 日。

散文《荒城杂记》（包括《一 寒夜》、《二 寄北》）②，《风雨谈》第 1 期，1943 年 4 月。

散文《荒城杂记（续）》（《三 秋花》）③，《风雨谈》第 2 期，1943 年 5 月。

论文《谈散文家露加斯与白洛克》④，署名林栖，《中国文艺》第 8 卷第 4 期，1943 年 6 月 5 日。

散文《冬天》⑤，《北大文学》第 1 辑，1943 年 6 月。

散文《尘泥》⑥，署名林栖，《华北作家月报》第 7 期，1943 年 7 月 20 日。

---

① 实际是致友人的七通信，发表时上款隐去，以"××"代替，也无下款。置于"书简特辑"栏内。

② 系连缀旧文而来。第一章《寒夜》，曾发表于《大公报·小公园》第 1754 号，1935 年 8 月 3 日；第二章《寄北》，原题《寄远》，曾发表于《大公报·文艺》第 15 期，1935 年 9 月 25 日。均收入散文集《松堂集》，《寄北》改题《寄北一》。

③ 曾以《花》为题，列于《散文二题》的总题下，发表于《文艺画报》第 1 卷第 2 期，1934 年 12 月 15 日。

④ 共两节。第二节以《谈白洛克》为题收入散文集《松堂集》，并恢复了初刊时因"排版不便"而删去的注释。

⑤ 共两章。第一章是《冬之章》（发表于《朔风》第 3 期，1939 年 1 月 10 日）的第二章，来自散文《随笔三篇》中的《冬天》一篇（发表于《现代》第 5 卷第 4 期，1934 年 8 月 1 日），即以《冬天》为题收入散文集《松堂集》；第二章是《冬之章》的第一章，来自《冬梦》（发表于《华北日报·每周文艺》第 5 期，1934 年 1 月 9 日）一文的前半。重刊时文字有修改。

⑥ 曾以《刊物创办者——"蛰居"第十五》为题发表于《沙漠画报》第 2 卷第 40 期，1939 年 10 月 28 日。重刊时有较大修改。

诗《卧病》，《风雨谈》第 4 期，1943 年 7 月 25 日。

诗《沉忧》①，署名石雨，《中国文艺》第 8 卷第 6 期，1943 年 8 月 5 日。

诗《流水（外二章）》（包括《流水》、《失落》、《呼唤》），《文学集刊》第 1 辑，1943 年 9 月。

译文《与初学者谈小品文》，渥德霍斯原作，林栖译，《文学集刊》第 1 辑，1943 年 9 月。

诗《秋晚五章》（署名石雨）、论文《读闻青诗》（署名林栖），《中国文艺》第 9 卷第 2 期，1943 年 10 月 5 日。

诗《节日及其他》（包括《节日》、《所遇》、《深院》），署名石雨，《中国文艺》第 9 卷第 3 期，1943 年 11 月 5 日。

诗《山城》、《寄花溪》，《风雨谈》第 7 期，1943 年 11 月。

诗《流水》②，《风雨谈》第 8 期，1943 年 12 月 25 日。

1944 年

散文《诗作者的命运》，署名林栖，《新民声》第 1 卷第 1 期，1944 年 1 月 1 日。

散文《远别》，《义运》第 1 卷第 1 期，1944 年 2 月 1 日。

诗《湖上》③，署名石雨，《新民声》第 1 卷第 3 期，1944 年 2 月 1 日。

散文《求乞者及其他》（包括《求乞者》、《沙果》、《往昔》）④，《天地》第 6 期，1944 年 3 月 10 日。

诗《凋落》（包括《卜者》、《灯光》、《枯叶》、《母亲》、《摈斥》、《哭泣》、《生疏》、

---

① 共三章。其中第一章曾以《致语》为篇题，列于《良夜二章》总题之下，发表于《北平晨报·北晨学园》第 955 号，1936 年 5 月 28 日。重刊时删去了篇题。

② 即诗《流水》（外二章）中的《流水》，发表于《文学集刊》第 1 辑，1943 年 9 月。

③ 曾发表于《烽炎》第 3 期（1937 年 1 月 20 日）和《星岛日报·星座》第 1036 期（1941 年 9 月 10 日）。此次重刊有修改。

④ 曾分别以《求乞者——"蛰居"第十三》、《沙果——"蛰居"第十一》、《往昔——"蛰居"第四》，为题发表于《沙漠画报》第 2 卷第 36 期（1939 年 9 月 23 日）、第 2 卷第 32 期（1939 年 8 月 26 日）、第 2 卷第 22 期（1939 年 6 月 3 日）。

《地灵》）①，署名林栖，《新民声》第 1 卷第 6 期，1944 年 3 月 15 日。

组诗《寄花溪》（包括《乌鸦》、《春阴一》、《春阴二》、《春阴三》）②，《中国文学》第 1 卷第 3 期，1944 年 3 月 20 日。

诗《独立（外三章）》（包括《独立》、《马车》、《窗》、《桥上》，署名林栖）、散文《锡兵》（署名石灵）③，《文学集刊》第 2 辑，1944 年 4 月 10 日。

译文《三家散文抄》（包括密尔诺《为艺术家辩》、《送礼的艺术》，柴斯特登《赋得生疏的城》、《忿怒之街》，白洛克《谈"无"》、《谈"终"》），后有说明文字一则，《文学集刊》第 2 辑，1944 年 4 月 10 日。

诗《三月》，署名林栖，《新民声》第 1 卷第 8 期，1944 年 4 月 15 日。

译文《疥蛤蟆堂的疥蛤蟆（一）》（剧本，据《杨柳风》改编），密尔诺原作，林栖译，《中国文学》第 1 卷第 4 期，1944 年 4 月 20 日。

诗《三月》，《诗领土》第 2 号，1944 年 4 月 25 日。

诗《梦》，《风雨谈》第 11 期，1944 年 4 月。

诗《春阴》，署名林栖，《新民声》第 1 卷第 9 期，1944 年 5 月 1 日。

译文《疥蛤蟆堂的疥蛤蟆（二）》（剧本，据《杨柳风》改编），密尔诺原作，林栖译，《中国文学》第 1 卷第 5 期，1944 年 5 月 20 日。

译文《童心（第一、二、三章）》（散文），瑞士查理·巴都安原作，《艺文杂志》第 2 卷第 5 期，1944 年 5 月 1 日。

译文《雪的田野》（散文），美国格雷生原作，林栖译，《国民杂志》第 4 卷第 5 期，1944 年 5 月。

译文《童心（第四、五章）》（散文），瑞士查理·巴都安原作，《艺文杂志》第 2 卷第 6 期，1944 年 6 月 1 日。

诗《南星诗钞》（包括《杨花》、《花束》、《宝藏》），《诗领土》第 3 号，1944 年 6

---

① 这组诗中的诗《卜者》曾发表于《华北日报·每日文艺》第 262 期，1935 年 8 月 27 日；《枯叶》曾以《午夜》为题发表于《诗品》第 1 卷第 2 期，1937 年 6 月 20 日。

② 南星曾计划以《寄花溪》为题出版诗集。纪果庵还为诗集作了"跋"，描述了诗人和几位文友的生活。诗集未出版，《跋〈寄花溪〉》发表于《中国文学》第 1 卷第 4 期，1944 年 4 月 20 日；又改题《寄花溪》，重刊于《风雨谈》第 14 期，1944 年 8 月 9 日。

③ 此文收入散文集《甘雨胡同六号》。

月 25 日。

诗《招远》①，《艺术与生活》第 38、39 期合刊，1944 年 6 月。

译文《疥蛤蟆堂的疥蛤蟆（三）》（剧本），密尔诺原作，林栖译，《中国文学》第 1 卷第 7 期，1944 年 7 月 20 日。

译文《童心（第六、七、八章）》（散文），瑞士查理·巴都安原作，《艺文杂志》第 2 卷第 7、8 期合刊，1944 年 8 月 1 日。

译文《童心（第九、十章）》（散文），瑞士查理·巴都安原作，《艺文杂志》第 2 卷第 9 期，1944 年 9 月 1 日。

诗《别意及其他》（包括《别意》、《一月寒夜》），散文《旅店及其他》（包括《旅店》、《河岸》、《蠹鱼》）②，《文艺世纪》第 1 卷第 1 期，1944 年 9 月 15 日。

译文《论散文要素》（论文），波里查德原作，林栖译，《文艺世纪》第 1 卷第 1 期，1944 年 9 月 15 日③。

诗《近作三章》（包括《使者》、《声音》、《谎言》），《诗领土》第 4 号，1944 年 9 月 15 日。

译文《疥蛤蟆堂的疥蛤蟆》（剧本），密尔诺原作，林栖译，《中国文学》第 1 卷第 9 期，1944 年 9 月 20 日。

散文《故居》④，《天地》第 13 期，1944 年 10 月 1 日。

散文《〈山蛾集〉后记》⑤，《光化》第 1 年第 1 期，1944 年 10 月 10 日。

诗《苹果》，《新民声·文艺战线》，1944 年 10 月 16 日。

译文《疥蛤蟆堂的疥蛤蟆（续完）》（剧本），密尔诺原作，林栖译，《中国文学》

---

① 曾发表于《大公报·文艺》第 336 期（"诗歌特刊"）（1937 年 5 月 16 日）和《泰东日报·文艺》（1937 年 10 月 21 日）。此次重刊有修改。

② 这组散文与《中国文艺》第 7 卷第 5 期（1942 年 7 月 5 日）所发表者同题而内容有异。第二篇，"《中国文艺》版"为《河水》，此处为《河岸》，内容相同。第三篇，"《中国文艺》版"为《庭院》，此处为《蠹鱼》，曾以《蠹鱼——"蛰居"第二》为题发表于《沙漠画报》第 2 卷第 20 期，1939 年 5 月 20 日。第一篇均为《旅店》。《旅店》、《河岸》收入散文集《甘雨胡同六号》，后者改题《走在一条长长的河岸上》。

③ 本期刊物有南星散文集《菩提树》的广告，列为"文艺世纪社丛书"第一种。

④ 改题《甘雨胡同六号》，收入散文集《甘雨胡同六号》。

⑤ 《山蛾集》是南星计划中的一本诗集的书名。

第 1 卷第 10 期，1944 年 10 月 20 日。

论文《读〈出发〉》①，《苦竹》第 1 期，1944 年 10 月。

诗《颤栗辑》（包括《颤栗》、《山蛾》、《河》），《风雨谈》第 15 期，1944 年 10 月。

译文《童心（第十一、十二章）》（散文），瑞士查理·巴都安原作，《艺文杂志》第 2 卷第 11 期，1944 年 11 月 1 日。

诗《花四章》（包括《海棠花》、《菩提花》、《马缨花》、《牵牛花》），《中国文学》第 1 卷第 11 期，1944 年 11 月 20 日。

诗《荚实》、《倾听者》，《新民声·文艺战线》，1944 年 12 月 3 日。

诗《使者》，《新民声·文艺战线》，1944 年 12 月 15 日。

诗《雨岸辑》（包括《雨岸》、《海》、《赠礼》），《诗领土》第 5 号，1944 年 12 月 31 日。

1945 年

诗《小病》，《新生命》第 7 号，1945 年 1 月 20 日。

散文《忆克木》②、《忘记》，译文《乐乡》（散文，白洛克原作）、《宫廷歌唱家》（剧本，德国微德金特原作，林栖译），《文艺世纪》第 1 卷第 2 期，1945 年 2 月 1 日。

诗《近作二首》（包括《夜枭》、《窒息》），《长江画刊》第 4 卷第 3 期，1945 年 4 月 1 日。

散文《寒日》（署名林栖）、《春雨》③，《文帖》第 1 卷第 1 期，1945 年 4 月 1 日。

散文《丁香雨》，《文帖》第 1 卷第 5 期，1945 年 8 月 1 日④。

---

① 文末括注"未完"，未见续刊。

② 曾发表于《朔风》第 5 期，1939 年 3 月 10 日。重刊时有修改。修订版收入散文集《松堂集》。

③ 《春雨》改题《我在 J 的家里》，收入散文集《甘雨胡同六号》。文末有南星散文集《菩提树》的广告，列为"文艺世纪社丛书之一"。《寒日》共四章，均收入散文集《甘雨胡同六号》。但《寒日》篇题下仅保留了前两章，第三章加篇题《宿舍的主客》，第四章加篇题《山城街道》，独立成篇。

④ 文末括注"下期续完"，未见下期刊物。文末还有《山蛾集》广告，系"文学丛书之五"，据称"现已付印，即将出版"。又，这期刊物封底另有南星散文集《菩提树》的广告。

散文《寂寞》（署名林栖）①、诗《竖琴》，《海风》新 1 卷第 1 期，1945 年 9 月 30 日。

诗《九月》②，《新野》创刊号，1945 年 10 月 1 日。

诗《诗三章》（包括《倾听者》、《荚实》、《小夜曲》），《创作半月刊》第 1 卷第 2 期，1945 年 10 月 1 日。

小说《马车（上）》，《海风》新 1 卷第 2 期，1945 年 10 月 7 日。

诗《水，桥，船》（署名林栖）、小说《马车（中）》，《海风》新 1 卷第 3 期，1945 年 10 月 14 日。

小说《马车（下）》，《海风》新 1 卷第 4 期，1945 年 10 月 21 日。

1946 年

散文《雪》，《青光》创刊号，1946 年 4 月 15 日。

译文《鸟语专家姆杰·贝克》（散文），马克·推恩原作，《天下周刊》第 1 卷第 3 期，1946 年 5 月 19 日。

译文《诺尔敦上尉写给他的夫人的信》，柳川译，《文艺时代》第 1 卷第 1 期，1946 年 6 月 15 日。

译文《诺尔敦上尉写给他的夫人的信（续完）》，柳川译，《文艺时代》第 1 卷第 1 期，1946 年 6 月 15 日。

诗《不遇》，《青年半月刊》第 1 卷第 4 期，1946 年 6 月 16 日。

诗《柳丝辑》（包括《柳丝》、《深院》、《轻梦》、《桥梁》、《船》、《花束》、《杨花》、《宝藏》、《纸页》、《烦忧》、《高楼》、《雨岸》、《报偿》、《颤栗》、《赠礼》、《海》、《河》、

---

① 改题《寂寞的灵魂》，收入散文集《甘雨胡同六号》。
② 即《花四章》中的《牵牛花》，发表于《中国文学》第 1 卷第 11 期，1944 年 11 月 1 日。

《约言》、《黄昏》、《密语》、《声音》、《使者》、《小夜曲》、《谎言》、《苦难》、《倾听者》）①，译文《都柏林的女客》（小说，乔治·慕尔原作，柳川译），《文艺时代》第 1 卷第 3 期，1946 年 8 月 15 日。

散文《回忆袁犀》，《文艺时代》第 1 卷第 5 期，1946 年 11 月 1 日②。

译文《故乡消息》（散文），波里斯特里原作，《文艺时代》第 1 卷第 6 期，1946 年 12 月 1 日。

1947 年

译文《街头奇遇》（散文），拉尔芙·萧原作，《文艺与生活》第 4 卷第 1 期，1947 年 2 月。

译文《时代歌人（上）》（剧本）③，微德金特原作，《文艺与生活》第 4 卷第 4 期，1947 年 5 月 1 日。

译文《巴利本法句经》，Max Müller 译，南星重译，《世间解》第 1 期，1947 年 7 月 15 日。

译文《巴利本法句经（续）》，Max Müller 译，南星重译，《世间解》第 2 期，1947 年 8 月 15 日。

诗《折枝》④、《歌声》，《北方杂志》第 2 卷第 3 期，1947 年 9 月 1 日。

译文《巴利本法句经（续）》，Max Müller 译，南星重译，《世间解》第 3 期，1947 年 9 月 15 日。

---

① 这组诗中的《花束》、《杨花》、《宝藏》，曾以《南星诗钞》为总题发表于《诗领土》第 3 号，1944 年 6 月 25 日；《使者》、《声音》、《谎言》，曾以《近作三章》为总题发表于《诗领土》第 4 号，1944 年 9 月 15 日；《雨岸》、《海》、《赠礼》，曾以《雨岸辑》为总题发表于《诗领土》第 5 号，1944 年 12 月 31 日；《高楼》曾以《海棠花》为题，列于组诗《花四章》下，发表于《中国文学》第 1 卷第 11 期，1944 年 11 月 20 日。这组诗与另一组诗《梦》（发表于《风雨谈》第 11 期，1944 年 4 月）内容也有交叉：《柳丝》原为《梦》的第一首，《深院》原为《梦》的第三首，《轻梦》则是从《梦》的第四首脱出，文字上作了较大修改。又，这组诗均收入诗集《三月·四月·五月》。

② 《文艺时代》第 1 卷第 4 期（1946 年 9 月 30 日）刊出魏彧诗《寄意（三章）》，第二章是《寄南星先生》。

③ 文末括注"下期续完"。未见杂志，不知是否续刊。

④ 曾收录于诗集《离失集》，有副标题"——答 PH"。重刊时有修改。PH，是南星好友唐宝心。

诗《春阴一》、《春阴二》、《春阴三》①，《北方杂志》第 2 卷第 4 期，1947 年 10 月 1 日。

译文《巴利本法句经（续）》，Max Müller 译，南星重译，《世间解》第 4 期，1947 年 10 月 15 日。

诗《窗》、《一月寒夜》②，《北方杂志》第 2 卷第 5 期，1947 年 11 月 1 日。

1948 年

诗《寄远》，署名杜南星，《行行》第 1 卷第 3 期，1948 年 5 月 15 日③。

诗《永夜辑》（包括《投寄》、《系念》、《永夜》、《夜枭》、《窒息》）④，署名林栖，《异端》第 2 期，1948 年 11 月 1 日。

单行本⑤系年

诗集《石像辞》（"新诗社丛书"之二），上海：新诗社，1937 年 6 月 1 日。

诗集《离失集》（"甘雨丛书"之一种），上海：中国图书杂志公司，1940 年 6 月 1 日。

诗集《春怨集：集应淡句》⑥（"喜雨丛书外集"第二种），署名林栖，1940 年自费出版。

散文集《蠹鱼集》（"沙漠丛书"之九），署名林栖，北京：沙漠画报社，1941 年 2 月 20 日。

---

① 这三首诗曾列于《寄花溪》的总题下，发表于《中国文学》第 1 卷第 3 期，1944 年 3 月 20 日。重刊时有较大修改。

② 《窗》即《独立（外三章）》中的《窗》，曾发表于《文学集刊》第 2 辑，1944 年 4 月 10 日。《一月寒夜》列于《别意及其他》总题下，曾发表于《文艺世纪》第 1 卷第 1 期，1944 年 9 月 15 日。

③ 刊物封二"本期作者介绍"谓杜南星系国立贵州大学教授。

④ 这组诗中，《系念》曾以《寄远》为题发表于《行行》第 1 卷第 3 期，1948 年 5 月 15 日；《夜枭》、《窒息》曾以《近作二首》为题发表于《长江画刊》第 4 卷第 3 期，1945 年 4 月 1 日。

⑤ 除《苹果树》与《甘雨胡同六号》外，其他单行本的目录，均载《中国现代文学总书目》（贾植芳、俞元桂主编，福建教育出版社 1993 年版），本年表不再列出。

⑥ 应淡，即朱英诞。

译著《苹果树》（小说，"艺生文艺丛书"第四集），高尔斯华绥作，林栖译，北京：艺术与生活社，1941年9月20日①。

散文集《松堂集》，北京：新民印书馆，1945年4月30日。

诗集《三月·四月·五月》，北平：文艺时代社，1947年3月。

散文集《甘雨胡同六号》，北平：文艺时代社，1947年3月②。

（作者单位：山东师范大学文学院）

---

① 目录：谈苹果树、第一章　故地、第二章　初逢、第三章　夕步、第四章　祝祷、第五章　宵候、第六章　密约、第七章　夜会、第八章　叙旧。

② 目录：我在 J 的家里、走在一条长长的河岸上、宿舍的主客、甘雨胡同六号、山城街道、寂寞的灵魂、锡兵、旅店、十二月。

清末民初著作家马钟琇编著述录

许振东

马钟琇（1881—1949），字仲莹，一字箸羲，又字菊禅，清末民初顺天府安次县（今河北廊坊安次区）得胜口村人。早年从学于大城县名士刘钟英，后毕业于天津北洋法政学堂。清光绪、宣统中历官刑部山东司、法部制勘司主事；后任中华民国国会众议院议员、黎元洪总统府顾问。其一生嗜古工诗，著述宏富，纂辑抄刻大量书籍，生前即有"著作家"之称，藏书逾十万卷，在京城有与张之洞齐名之说，对京畿及更大范围内的我国古代与近代典籍的保存和文化发展做出巨大贡献，是我国近代文学与文化发展史上一个值得高度重视和深入研究的人物。

1949 年 1 月，马钟琇于北平逝世时，将自己所纂辑抄刻与收藏的全部书籍均捐献给今国家图书馆。笔者据该馆藏书目录查考，其现藏马钟琇纂辑抄刻的各类书籍共 62 种，其中含《味古堂诗草》、《味古堂集》、《顾曲谈屑》等马钟琇个人诗文别集 9 种，李继本《一山集》、李九鹏《冬风阁诗集》等他人诗文别集 24 种，《古燕诗纪》、《清诗征》等诗文总集 16 种，《曲学书目举要》、《菊部人部志》等志传谱录 13 种。下文即分此四类，择要述录三十种，以飨读者。

一、马钟琇诗文别集

1. 《味古堂集》，抄本，四册，凡八卷，续集六卷，马钟琇撰。卷首有《味古堂集序》，下署"古平舒老友芷衫刘钟英撰"，无撰写年月。后有《辑评》录大城刘芷衫（钟英）、东安县令周少莪（如铤）、新城王晋卿（树楠）、贵阳熊大令（济熙）、宁河高熙廷（赓恩）五人对马钟琇的诗文创作、方志编纂、品格追求、地位影响等方面的介绍与评价。其中，王晋卿评摘自其手札，下署"乙卯阳历四月二十七日"，当撰于民国四年（1915）。再后载马钟琇父马骧《竹荫斋诗存》，收《山行》、《渔家乐》等诗共六首，下附小记一篇，尾署"民国六年丁巳二月二十三日男钟琇谨识"。小记后始有《味古堂集目录》。

据《味古堂集目录》记，此集卷一收四言古诗 2 首、五言古诗 26 首，卷二收七言古诗 48 首，卷三收五言律诗 82 首、五言排律 4 首，卷四收七言律诗 67 首，卷五收七言律诗 89 首，卷六收五言绝句 28 首、六言绝句 2 首，卷七收七言绝句 127 首，卷八收杂文 29 首。八卷总计收诗 475 首，杂文 29 篇。

续集无目录，卷首有《颉云公履历》，述马钟琇父马骧生平，下又录马骧撰《竹荫斋集》，较前集卷前所收多《题画》、《听雨》、《卖花声》，另有深州李芷周作《和仲莹感事》。集内收五言古诗 1 首、七言古诗 5 首、五言律诗 6 首、七言律诗 8 首、七言绝句 6 首，合计共载诗 26 首。

除第三册以行草抄录，较难辨识外，其余三册均以楷体抄就，清楚工整。

2. 《味古三十自订年稿》，一册，稿本。卷首镌"味古三十自订稿，辛亥正月题，东安马钟琇箸羲撰"。卷末记"味古新稿，壬子五月念（廿）一日雨中菊禅自订"。

此集有诗有文，体例前后不一。前半部，主要为诗，分五古、七古、五律、七律、五绝、七绝六类；后半部包括《辛亥集》和《味古近稿》，《辛亥集》仍均为诗，《味古近稿》则除诗外，另有《冯述先沙屿游记》、《沙滩记》、《王节妇小传》、《晚学斋记》、《吾园记》、《东安艺文志序》等文。约凡诗 57 首，文 10 篇。

根据作者个别篇章所标注的年份，最早在光绪二十五年（己亥，1899），有诗 2 篇；其后是光绪二十七年（辛丑，1901）1 篇、三十年（甲辰，1904）1 篇、三十四年（戊申，1908）3 篇、三十五年（己酉，1909）1 篇、三十六年（庚戌，1910）4 篇、宣统三年（辛亥，1911）3 篇；光绪三十年有文 1 篇，其后是三十五年 1 篇、三十四年 1 篇、宣统三年 2 篇。

3. 《味古堂诗存》，一册，稿本。书名页题"味古堂诗稿　己巳寒食前一日仲莹甫题"。卷前题"味古堂诗存"，下有识语记："余自戊戌夏始学为诗，每有所得，辄将草稿置之箧中，两易寒暑未暇，都为一册也。庚子之乱，原稿皆散失无存，未尝自惜也。

尝与友人话及，友人每劝余追录成帙，以备遗忘。余唯唯，公余之暇，仅择其稍可者，共录为一册，既毕，因述其缘起云。光绪己巳寒食前一日为此诗者自识于味古堂"。

凡诗 68 首，依年次分别含《戊戌稿》7 篇、《己亥稿》14 篇、《辛丑稿》13 篇、《癸卯稿》22 篇、《甲辰稿》7 篇、《己巳稿》5 篇。

4.《东溪草衣诗钞》，一册，稿本，马钟琇撰。封面左侧题"菊禅二十三岁以前稿"，右侧题"中华民国十一年壬戌重阳前二日重订"。首页卷端题"东溪草衣诗钞，东安马钟琇箸羲著"，故知菊禅为马钟琇别号，此集即收其 23 岁前的诗歌作品。

此集共收诗 35 首，多见收于马钟琇光绪间稿本《味古堂诗草》的《己亥集》、《辛丑稿》中，但题目有变化，且所属写作年份也不一致。

二、他人诗文别集

1.《竹荫斋丛稿》，铅印本，一册，马骧撰。卷首题"竹荫斋丛稿，安次马骧子龙甫撰"。收《山行》、《渔家傲》、《题画》等诗六首、《卖花声》词一首，应试律赋若干首。另有附录，简述马骧生平与师承渊源，录其师耿经畲诗多首。跋一篇，尾署"时中华民国十一年双十节前一日马钟琇谨跋"。

马骧，字子龙，又字颉云，以字行。少治《孝经》、《四子书》、《诗》、《书》等，光绪二年应童子试，县府院皆第一，声振庠序。以酒遘疾，辍举子业。光绪三十三年岁贡生，虽得举官而未仕，后以次子钟琇官刑部主事诰封中宪大夫。性好施与，笃志佛学，终年疏食，不臧否人物，被乡里称为善士。所为诗词，多散佚。著《颉云词》一卷，亦不存。

2.《德馨逸老吟稿》，抄本，刘煦撰，马钟琇辑。卷前《自序》，署"同治五年岁在丙寅长至后一日德馨逸老自序"；《题词》，署"受业石树珠恭跋"；《叠石君韵》诗二首，署"棣城后学刘希愈谨跋"；《传》，无题署，估计当为马钟琇撰。正文首页卷端题"德馨逸老吟稿，清大城刘煦春甫撰，小门生安次马钟琇编"。凡诗五十余篇，主要为同治二年（癸亥，1863）至四年（乙丑，1865）间的诗作。

据卷前《传》记，刘煦（1792—1873），字春甫，大城人，生有异秉，幼受业于同邑解元王涤源，精研锐学，弱冠补博士弟子员，试辄冠军。道光八年（1828）举于乡，又师事孝廉刘毓瑶，屡困春闱，售道光甲辰恩科大挑二等，选授宁津县教谕，以母年高乞终养。养亲之暇，乐善不倦，振拔孤寒之士成就者甚众。同治二年（1863）坐补原缺，奖六品顶戴，年未半而罢官归里，后主讲文安广陵书院。同治十二年（1873）十月卒，年八十有二，著有《德馨堂集》，子开弟，道光二十年（1844）举人，工书法，官庆云训导；孙钟英，光绪十一年（1885）拔贡，著述宏富，尤以诗名。

3.《三余堂诗约钞》，铅印本，一册，刘钟英撰。封面题"三余堂诗约钞"，卷前有《三余堂诗约钞自序》、《小传》。目录页题"三余堂诗约钞题目"，下列："第一卷五言绝句诗三十一首、第二卷六言绝句诗十九首、第三卷七言绝句一百零三首、第四卷五言律诗一百一十首、第五卷七言律诗五十七首、第六卷七言律诗八十三首、第七卷五言长律诗八首、第八卷七言长律诗五首，共五百零六首。"正文首页顶端题"三余堂集约钞，大城刘钟英紫山著"。卷末《三余堂诗约钞跋尾》，署"甲寅中天节安次门人马钟琇谨跋"。

4.《十洲外史吟稿》，稿本，一册，刘钟英撰。封面题"十洲外史吟稿"、"壬子十一月二十日菊禅拜题"。"壬子"当为民国元年（1912），"菊禅"应为刘钟英晚辈的别号。不分卷，无序跋目录。诗作多题"自在诗社，十洲外史"，文字有涂改粘贴痕迹，稀疏不一，间有小字注。录诗 140 余首，内含《山左诗钞》马骕所作诗 3 首，另还有至马钟琇信 1 封，下题"老友刘芷衫鞠躬"。

5.《三余漫草》，抄本，一册，刘钟英撰。卷首题"三余漫草，平舒刘钟英紫山著"。凡诗约 160 首，主要为南游江浙和师友唱和之作。未分类，大概依时序而列，主要创作于民国四年（1915）。

6.《蜀游草》，稿本，一册，刘钟英撰。无序跋，凡诗 133 首，为诗人游蜀记景、咏史、抒怀之作，语言奇警瘦硬，不乏雄浑之气，如《白盐赤甲歌》、《夔府览古》等诗作。

7.《湘帆剩稿》，抄本，一册，刘希愈撰。国家图书馆记此本为两册，此为第二册，另有第一册为《湘帆集》；而查同一索书号的另一本却为《湘帆剩稿》抄录者所撰的诗集《东溪草衣诗》，是否确实存有《湘帆集》而疏忽混装，不得而知。

此集封面题《湘帆剩稿》，下署"庚戌九月廿五日味古钞"。"味古"，即为马钟琇味古堂的简称。卷前有《湘帆先生小传》，末署"东安后学马钟琇撰"。又有《序》，末署"咸丰七年八月中浣长白桂山识于古棣官厩"；《郑心慈先生兆同题词》，末署"同治癸亥心慈识于古棣官厩"；《弁言》，末署"光绪十五年中和月杪小韩刘希愈记于顺受斋，时年七十有五"；《湘帆剩稿序》，末署"光绪戊戌前三月下旬大城刘钟英撰"。凡收诗60首，其中五古7首、七古2首、长短句2首、五律8首、七律11首、五绝10首、七绝20首。

从封面题署知此本抄于宣统二年九月，马钟琇刊印《大城诗选》亦收有此集，刻于民国元年（1912）十月。民国元年印本共收诗80首，凡多20首。其中五律13首、七律14首、七绝32首，其他五古7首，五绝10首无变化，七古长短句合到一起共4首。另，卷后马钟琇所撰跋，宣统二年本亦无。

三、诗文总集

1.《清诗征》，二册，稿本，马钟琇辑。前有《清诗征序》，尾署"中华民国四年己卯冬日安次马钟琇仲莹撰"；又，《清诗征题词》，尾署"中华民国五年丙辰冬日安次马钟琇箸羲题于味古堂"。

第一册收钱谦益《初学集》诗45首，王士禛《渔洋山人精华录》诗85首，查慎行《敬业堂集》诗81首；第二册收恽格《鸥香馆集》诗110首，章铨《染翰堂集》诗136首，舒位《瓶水斋集》诗86首。两册合计，共收诗歌543首。国图所藏此两册非足本。马钟琇撰日记《己未八月入粤记》收《致伍秋老总裁乞清诗征检题书》（载李德龙、俞冰编《历代日记丛钞》第180册，学苑出版社2006年版），对《清诗征》的规模、体制、刊印情况等载录较详，内记："琇不揣简陋，尝折衷诸家选例，辑有清一代之作为《清诗征》一编，书分三集，曰前集、曰正集、曰余集。作者约五千余家，都凡百二十卷。明室遗老，入诸前集，诸名大家，编入正集；每家自为一卷。钞诗多者，或数百篇，少亦不下五六十首。卷首系以小传，详其爵里出处，并采轶事诗话若干条，庶几知人论世者，有所取资焉。至若高僧羽客，淑女名媛，及诗名不甚显著，或存诗无多者，并入余集。历数寒暑，编次粗定，现付钞胥未竟，颇思刊版印行，伏乞先生政务余暇，俯赐检题以克简端，无任感荷。"相比这样原貌，现存只是很少的一部分。

就现存两册，价值也不可低估。编者在序中说："窃以为有清风雅之盛，超越宋元，易代以来从无人焉。思踵吴、顾、竹垞诸先生，汇清朝二百七十年之作都为一集者，俱非两间一阙典哉。因翻丁部引为己任，虽不敢侧选家之列，庶几长留大雅之音，于世道人心不无小补焉耳。"可见其意在汇全清近三百年诗作之大成，以留"大雅之音"裨补世道人心。集中所收恽格的原诗集现已很难找到，章铨的诗作也很难见，本集的辑存则有重要的史料价值。钱谦益的《白沟河题张于度屋壁》、《蔺相如墓》，章铨的《过浑河》，舒位的《邯郸》、《正定》等诗，对今人了解京畿地区的昔日图景也有较大意义。

2. 《全唐诗补遗》，八册，三十卷，抄本，刘钟英辑、马钟琇校，民国三年（1914）刊。

卷前有二序，马钟琇序记："顾是编《全唐诗》虽称巨制，而挂漏良多，盖当日儒臣惟就内府藏书编辑之，彼时书阙有间未跻全盛。职此之由，吾师刘芷衫先生重有感焉，尝因日本河世宁《全唐诗逸》乃闻风而起，搜罗秘笈，如入海求珠，殚册年之精力，蔚为补亡之巨观。作者凡千余人，诗得二千余首，而三唐风雅庶几乎备矣。出以示琇，嘱其参校付刊，公诸海内焉。吾知此书一出，当与吴兴陆氏《全唐文》拾为学者所并重也。手此一遍，以求风雅之正变，岂非艺林一快事哉！中华民国三年安次门人马钟琇箸羲谨撰。"刘钟英序记："国朝康熙中修《全唐诗》成，凡九百卷。嘉庆中修《全唐文》成，凡一千卷，极一代之巨观，为百世之模范，猗欤盛哉！考《全唐文》作者三千余家，而《全唐诗》仅二千余家，何以故？盖康熙中，未修《四库全书》，故逊唐文之盛也。逮光绪中，吴兴陆氏补葺唐文七十卷，而补全唐诗者只日本河世宁一家，惜其寥寥无几。唐贤遗稿日就飘零，岂非两间一阙事乎？仆不揣固陋，广搜秘笈，积四十余载之功，得逸诗二千余篇，厘为三十卷，尘露之见似可稍益高深，但未睹《四库全书》不能无遗憾焉。盖尝论登高而呼，则众山皆响。此书一出，吾知海内英贤必有继起而欲出乎其上者，洵如是，则万首唐诗不难致矣。"

序后有《全唐诗补遗凡例》，凡六则，言所增补有五代、闺秀诗、联句诗、颂，以及爵里无考者、庆云诗人刘希愈家藏残本等。各卷卷端题"大城刘钟英紫山辑，安次门人马钟琇仲莹参校"。所补诗作，题下有简介，如卷十七有记："裴迪，字升之，河东闻喜人，朱温镇宣武辟节度判官，既位拜右仆射。"

3.《古燕诗纪》，味古堂民国四年（1915）稿本，十卷，马钟琇辑。

第一册封面题《野史亭古燕诗纪》，扉页题"古燕诗纪十卷，仲莹"。卷首有《叙》，后署"中华民国三年甲寅夏日安次后学马钟琇叙于味古堂"。又《题词》，载《题门下马箸羲比部古燕诗纪》诗两首，后署"古平舒老友芷衫钟英稿"；另无题诗一首，后署"同砚弟大城刘霈森润卿稿"；《古燕诗纪跋》，后署"乙卯人日安次马钟琇箸羲甫跋"。下又列《古燕诗纪采用书目》，凡 115 种，其中有《汉魏六朝一百三家集》、《全唐诗》、《元诗选》、《列朝诗集》等大型总集，还有《怀麓堂集》、《朱笥河集》、《三十二兰亭室诗存》、《小隐诗钞》、《南湖诗集》等个人别集，还有《畿辅通志》、《顺天府志》、《东安县志》、《霸州志》等地方史志，《畿辅诗传》、《宋诗纪事》、《明诗纪事》、《随园诗话》、《红豆树馆诗话》等笔记与诗话作品，类型多样，涉及面广。

全书共收诗 1244 首（含集句一篇），最早起于古逸时期的黄帝，终于清。其中数量较多的为清代 740 首、明代 172 首、元代 116 首（含集句 1 篇）、宋代 53 首、金代 37 首、唐五代 69 首；作者共 363 人，其中数量较多的为清代 213 人、明代 46 人、宋代 12 人、元代 23 人，金代 24 人、唐五代 22 人。收诗最多者为马钟琇，共 118 首，其他超过 30 首的分别为宋代石延年 35 首、明代顿锐 38 首、清代刘钟英 35 首，其中还有李玉英、刘锡友、胡宝琴等女诗人。每位诗人后俱附简介，包括字号、籍贯、履历、著述、风格特色等，部分诗作内还夹有释文，包含信息丰富。有数量众多的稀见诗人及诗作，借此书得以保存和流传，并成为研究京畿地区文学发展的重要资料。

4.《马氏文录》，抄本，十二册，马钟琇辑。

第一册卷前有《编辑马氏文录告成欣题长律一首》，尾署"癸丑新秋东安马钟琇仲莹甫题"；后载《马氏文录凡例》，凡七条，尾署"宣统三年辛亥七月既望东安马钟琇箸羲识于味古堂"；又《姓氏考》，援引数条史料探究马姓的源流；后又列分卷目录。第二册卷前仍列第一册卷前内容，但有不同与增加。首为《姓氏考》，次为《编辑马氏文录告成欣题长律一首》，下为《马氏文录采用书目》、《凡例》，后又有马氏文录编纂同人衔名、总校、分校者身份和姓名名单，无分卷目录。《凡例》与第一册所载有异，多两条，其他同。

综合两册《凡例》所述，本书的主要内容和体制为：文、诗均收，文为甲编，诗为乙编，词人余编，共二十卷；自汉迄唐，其间遗文遗诗凡所及见者，悉行收录，自宋以下，专集行世者较多，每家只取若干首；作者爵里，凡所知者悉为小传，以资考证；所采自书目均列卷首，约一百四十种；安次马氏诗文录于卷尾，另为二卷；乩仙巫鬼之作，皆出于委托，皆芟汰不录。

据目录所列统计，甲编共收作者 107 人、文 158 篇，乙编共收作者 366 人、诗1512 首，余编共收作者 11 人、词 68 首。《凡例》所提安次马氏诗文并未见列于目录，卷尾亦未见。不知是未收，还是佚失。

乙编卷九题"东安马钟琇仲莹、鸿翱鹏卿编"，其余各卷均题"安次马钟琇仲莹编"。纂辑历代同姓作者所撰诗文成集，国内尚不多见。此集对地域与家族文学的发展变化及特征研究，具有一定价值和意义。

5.《名章类捃》，抄本，一册，马钟琇辑。卷首《弁言》录诗两首，尾署"古平舒老友刘芷衫未定草"；《名章类捃序》，尾署"辛亥七月壬辰序于味古堂东安马琇箸羲"；又《名章类捃后序》，尾署"乙卯重阳前三日安次马钟琇仲莹序于野史亭"。据后序所署时间，知此本当抄成于民国四年（1915）秋。

本书自隋代卢思道而下，共录 66 家，诗词 86 首。每家均以诗词作者所得的绰号或美称标目分条以记，如记隋代卢思道为"八采卢郎"；唐代张志和为"烟波钓徒"，韩翃为"春城无处不飞花韩舍人"；宋代词人宋祁为"红杏尚书"，张先为"张三影"、"张三中"、"桃杏嫁东风郎中"，秦观为"山抹微云学士"，柳永为"晓风残月柳屯田"，贺铸为贺梅子。明清两代诗词作者的绰号或美称当时记载不多，流传不广，本书也多有所见，如记明代诗人杜庠为"杜赤壁"、黎遂球为"牡丹状元"、邝露为邝鹦鹉，清代诗人王士正（禛）为"王桐花"、查慎行为"烟波钓徒查翰林"、董潮为"红豆诗人"、吴绮为"红豆词人"。每家下均载有该家所指称的原诗词作者的姓名、籍贯、官位、代表作品或风格特色，获得绰号或美称的原因与来历等。

本书所记诸家，采自《全唐诗》、《唐才子传》、《七修类稿》、《诗话总龟》、《坚瓠集》、《养自然斋诗话》、《两般秋雨盦随笔》等总集与个人别集及诗话、笔记，搜罗广泛，别成一家，具有较高的史料价值。

此外，国家图书馆另存一册油印本，清宣统三年（1911）印。

6.《沧海一粟集》，二册，稿本，马钟琇辑。无题跋，书内见题"沧海一粟集，东安马钟琇箸羲编"。三处署抄录时间，年份分别为甲申、癸卯、甲辰，据之推测主要抄录在 1904－1906 年前后，至 1944 年仍有所补入。抄录作品大部为清代著名文人的诗歌，既有龚鼎孳、陈廷敬、施闰章、查慎行、顾嗣立、陈维崧、朱彝尊等的全国知名者，也有天津梅成栋、大兴舒位、真定梁清标、南皮潘震乙、南宫张寄、河间李燧等京畿诗人。诗歌内容较为广泛，有写景、咏史、抒怀、题画、和陶等不同类型，其中《过海淀诸国感赋》（潘震乙）、《良乡旅舍题壁》（陶元藻）、《陶然亭》（吴鉴南）等篇对当时京畿场景有所写及。此外，集中对明初文人瞿佑的诗作也有所收录，原因不知。

7.《国会同人诗钞》，马钟琇辑。民国间稿本，见收于清宪政编查馆编《清末民初宪政史料辑刊》第十一册，2006 年由北京图书馆出版社出版。此集卷首有《珠江新报》中华民国九年（1920）1 月 22 日登《征求国会同人诗第二启》，下署"马钟琇敬启"，又有《征诗小启》，下署"马钟琇谨启"，后录《诗人小传》，列有 30 位作者的姓名、籍贯、官职等。

在启事中，马钟琇倡议汇集国会同人诗作，"乞将爵里示知，通往来讨简，知原籍住址，著述存目，备国史之征，出处宜详"，并称"诸公知名当代，不假以此传，而后来论世知人，或可借参考"。集中所录诗人均为"非常国会"时期议员，凡 31 人（小传少列 1 人），其中江苏 6 人，直隶、浙江各 5 人，云南 3 人，湖北、广东各 2 人，福建、江西、陕西、广西、山西、贵州、河南、奉天 8 省各 1 人，有杨天骥、林森、孟森等著名人物。每个作者选诗数量不等，多为原作手稿，保留有诗人的原始手迹。诗集大部分为感时伤世之作，因诗人分布的地域广，所展示的内容也颇为多样，除去写京师及周边地区的北地风光，还写到羊城怀古、黄花岗凭吊、香港夜行等场景。多数诗作是以信函来呈递，内中的不少文字具有史料价值，如贵州万宗乾的信中即提到当时燕社雅集情况，十分稀见。

8.《国雅》，抄本，一册，马钟琇辑。由民国九年（1920）稿本《国会同人诗钞》抄录而成，卷首有《国雅序》，下注"以启代之"，文末题"马钟琇撰于广州众议院之河南公寓，民国九年一月"，内容与《国会同人诗钞》卷首的《征诗小启》同；又有《后序》，下注"以第二启代之"，内容与《国会同人诗钞》卷首《征求国会同人诗》同，而文末无题署，另收《附录》一篇，篇末题"弟何铨绳顿首"；再后为《国雅诗家小传》，而非《国会同人诗钞》卷首的《诗人小传》，且多孙光庭小传，凡记 31 人。

集内所载诗作与《国会同人诗钞》基本相同，个别地方有微小差异，如林森有诗在本集题为《途次寄太炎》，而《国会同人诗钞》题为《途次口占却寄太炎》。本集全用楷体抄成，而稿本多为草书，极难辨识；另本集各篇仅录诗作本身，而稿本诗作多带原寄呈信函的形式和套语。

9.《嘉惠堂酬倡集》，抄本，一册，马钟琇辑，民国七年（1918）印行。卷首有《嘉惠堂酬倡集序》，尾署"中华民国七年戊午夏六月十又七日安次马钟琇仲莹序于嘉慧堂"。又《诗人姓名略》，尾署"安次马钟琇仲莹又字箸羲辑"，内收刘钟英、高赓恩、边履泰等21人的传略。篇末录《野史亭古燕诗纪序》，尾署"丙辰孟秋宁河高赓恩撰"。

此集分上下两部分。上部分以人为序，载刘钟英以下诸人与马钟琇相酬唱的诗作，其中以刘钟英的诗作所收最多，包括1912－1918年他们间相互酬唱的诗作凡120余首。下部分以类为序，载菊垞联吟、似园十咏、祭诗龛、小绿天、丁香坞等不同韵部或主题的酬唱之诗。全集作品参与人数多，形式类型丰富，反映出当时创作者间的风流雅韵与较高的诗歌造诣。

四、志传谱录

1.《芷衫诗话》，抄本，二册，刘钟英撰。卷前有《芷衫诗话弁言》，下署"民国六年八月下瀚古平舒十洲外史题于安次马氏味古堂，时年七十有五"。平舒为今河北省廊坊市大城县的古称，十洲外史即刘钟英的别号，味古堂是安次马钟琇的堂号。

全书无目录，上册二十篇，有《论题目》、《论押韵》、《论章法》、《论登览》、《论咏古》、《论咏物》、《论起句》、《论结局》、《论五言古诗》、《论七言古诗》、《论七古转笔》、《论古乐府》、《论长律》、《论五言绝句》、《论七言绝句》、《论雅颂》、《论唱和》、《论脱俗》、《论运实于虚》、《论杂体诗》；下册十篇，有《识途》、《去滞》、《论择师友》、《论改诗》、《论和古人元韵》、《论好諛》、《论变化》、《论接引后学》、《论舒铁云》、《论安身立命处》。

另，上册《论七古转笔》后有附录一则，记刘钟英十岁作诗事；下册《论改诗》有附录一则，记东坡龟山诗事；《论舒铁云》后有附录四则，记与舒铁云唱和诗。

卷末有序，简述刘钟英生平及成就，并介绍此书是马家子弟记录刘钟英为其讲诗之语而成。序末署"中华民国六年丁巳十月廿四日灯下安次门人马钟琇箸羲谨序"。

2.《学林丛话》，封面镌印书名，扉页题"丁巳菊月十又二日印讫，校录者为介吾、右武，印刷者咏裳、巨然也"。卷前刊《学林丛话序》，记："房山殷君景纯朴素嗜古，闻琇治旧学，今秋枉造敝庐，执礼甚恭，乃欲叩所学焉。闻足音跫然而喜，矧感其好古诚意乎。爰集先氏之成说，间附鲰生之刍言，期瀹灵源，为读书之一助。荟写既竟，以应同声，要言不烦，愿待商榷云尔。中华民国六年丁巳八月安次马钟琇仲莹"。末页尾署"丁巳重阳复一日，雨中录讫，马荣福介吾志"。主要载录颜之推、朱熹、曾国藩、张之洞等名家所述读书心得和方法，并介绍相关为学书籍。

3.《顾曲谈屑》，二册，剪贴本。马钟琇撰，马钟琦辑。封面题"顾曲谈屑，辛未秋八月集大公、商、庸、天风、报，诗癯"。卷前有马钟琇撰《小引》，记："当吾家全盛时，复值承平无事，家兄诗癯先生酷好昆弋戏剧。凡昆弋诸老伶工，类多旧识，厥后五弟实甫及侄子博纯，并嗜戏曲音律之学，研究成癖。今者世变方亟，俗尚淫哇，雅乐陵夷，不绝如缕。顾曲余暇，感慨无端。爰就鲰生所习闻，草为伶官之新传。难辞罣漏，仅录识面诸人。语贵有征，间采各家题咏。仲莹识"。第一册，主要载录当时著名昆弋艺人的名号、籍贯、所属戏班、唱腔特色等，凡三十四则，另有数则介绍集美社、奎德社的歌舞和艺演情况。第二册，主要载录马钟琇分咏当时著名昆弋艺人和集美社、奎德社歌舞演员，内亦多有所咏人物的小传，均有较高史料价值。

4.《戏剧杂考》，抄本，一册，马钟琇辑。封面无标题和其他字迹，卷首题"戏剧杂考"四字，无目录序跋，卷末题"庚辰四月仲莹辑"。由此知，本书当成于民国二十九年（1940）。全书18页有字面，字迹密密麻麻，叙述我国戏剧的起源、体制、类别、唱法、角色等内容，基本与当时的主流说法相同，或可是辑者的读书随录。

5.《江南访古记》，一册，国家图书馆馆藏目录记为"油印暨抄本"。作者目录记为"佚名"，实为马钟琇。内分三部分，各为《江南访古记》、《南游记》、《中华民国八年南游日记》。

《江南访古记》前半主要记游历金陵故宫、半山寺、明孝陵、钟山、秦淮河等著名景点或历史遗迹的所见所感，并杂有少量题诗；后半主要收录作者南下广州所撰的诗文作品，如文《岭南游记》，诗《广州竹枝词十首》、《沪宁路中杂咏》、《津浦路中杂咏》等。前后两部分均非以月日为序记事，无日记体特征。

《南游记》记事从十一月十五日记起，至十二月二十三日止。年份未记，应为民国七年（1918），内中有记民国八年（1919）元旦，赴国会行团拜礼事。记载撰者从乡启程，经天津、南京、上海、香港到广州，参与宪法会议，与友人交往应酬、购书等内容。

《中华民国八年南游日记》记从民国八年（1919）二月十三日起，至五月十五日止，著者途经天津、南京、上海、香港，到达广州，参与两院联合会之事。除公事之外，著者多记有各地形胜，在广州专程瞻仰烈士遗迹，如二望冈滇军将士墓、黄花岗七十二烈士墓等，介绍其历史。日记内还收有著者数十篇诗文，内容多样，如国会议员联名声援北京被捕学生等两篇电文，有治喉症、治小儿疹子固结不出、治蝎子马蜂螫等验方多则。

本册三种见收于学苑出版社 2006 年出版，由李德龙、俞冰编《历代日记丛钞》，依原本均署作者为"佚名"，实际上作者当为马钟琇。马钟琇为第一届国会众议员，曾与避居上海的国会议员通电反对北洋军阀非法解散国会，偕胞弟马钟璞南下广州，参加孙中山领导的军政府国会护法运动。《江南访古记》内记："水西门外，古横塘即在是处，石桥上即大街也，与香弟寻先世故居，不得其处。口占一绝：'寻幽缓步水西门，茅屋斜连隔水村。五百年来碁棋劫，吾家故宅了无存。'"这与得胜口马氏家族均自认祖籍为金陵相同，且马钟琇子敦文在四种文稿中多有写及，作者几次外出的路线也与马钟琇家乡所处位置相合，因此此四稿为马钟琇所作无疑。此四稿记录了马钟琇参与广州两院联合会、宪法会议的相关史料，是其生平行历、与友交游和诗词创作的重要实录。

6.《己未八月入粤记》，一册，稿本。馆藏目录记作者为"佚名"，实际当为马钟琇，亦见收于学苑出版社出版，由李德龙、俞冰编《历代日记丛钞》。

记录作者于民国八年（1919）八月二十日从家里启程，由落堡到北京，又经天津、南京、上海、香港到广州，并于十二月十六日原路返回到家的历程。以记在广州参加宪法会议活动为主，包括重要事件程序、审议报告、会议讨论的内容及会后茶会等。作者凡到一处或游历某地方，多赋诗以抒发情感，如于厦门停舟上岸一游即赋诗一首，游广州白云山白云寺晚归又赋诗三首等等，多见记。此外，还记录旅途购书、国会同人诗作征集、《清诗征》等修纂等情况，对了解作者的书籍编纂、藏书及当时相关书籍的传播情况具有较大意义。

7.《东安人物志》，油印本，一册，马钟琇辑。卷前有序，后题"辛亥九月邑人马钟琇箸羲"；又《东安地理沿革考》，无题署，亦当为马钟琇撰。两者字迹均为手写体，与正文铅印字体不同，当非同时成书而后加。志内卷端题"东安人物志，东安马钟琇箸羲辑"，下有小序介绍编辑大意，尾署"丁未秋日马钟琇识"。

全书分两部分，第一部分先以朝代为序，自五代周至清，记扈载以下 21 个人物；后分列女、名宦两类，记明清两朝的 9 个人物；第二部分为续编，字迹又为手写体，卷前有小序，署"辛亥九月朔，马钟琇志"，后文先以朝代为序，记辽、元、明、请人物 35 人，又记清朝列女 10 人、名宦 8 人，补记后蜀人物 1 人。

8.《安次马氏清芬记》，一册，抄本。目录页题"安次马氏清芬记，甲寅菊月北门第三支十三世钟琇敬编"。目录下列：始迁祖墓摄影、祠堂摄影、士表、往行篇、翘节篇、摘藻篇、艺术篇、丛录，凡八部分。

卷前题词一则，对安次马氏的悠远家世和清雅家风进行歌咏，署"古平舒刘钟英紫山氏拜稿"。《安次马氏士表》载录自七世迄十六世在文武科第获得功名的家族成员名、字、功名类别、曾任官职等，共包括进士、举人、庠生、贡生等约 130 名。《往行篇》记载马俊民、马承基、马锡麟、马文阁、马钦等 16 位先人的生平事迹，《翘节篇》记载马氏本族的女性家人马解氏、马刘氏、马王氏、马于氏等 33 人的淑行和节操。《摘藻篇》主要收录马氏族人的重要或较为优秀的代表作品，如马龙骐《马氏族谱序》、马钟琇《马氏族谱序》，以及马丕敬、马鸿翙、马鸿翱等的诗文等；《丛录》收录较杂，较重要的有马钟琇《四门十三支始祖世次表》、《安次得胜口马氏北门第三支家谱约书》，刘钟英《诰赠奉直大夫候选教谕马公墓表》。《始迁祖墓摄影》、《祠堂摄影》未见；《艺术篇》可能有所收录，但未见标目。

9.《城南诗社齿录》，一册，油印本，马钟琇撰，民国二十八年（1939）刊。

封面镌"城南诗社齿录，严修题"，卷首顶端题"城南诗社齿录，以姓氏笔画为序，己卯正月"。下分"姓名"、"别字"、"籍贯"、"年龄"、"住址"五栏而记，凡记 48 人。内录马钟琦，别名诗瘿，籍贯安次，年龄六十六，住址为法租界二号路大陆大楼三楼；马钟琇别名仲莹，年龄六十，其他与马钟琦同。此外，还记有王揖唐、章梫、张同书、赵元礼、刘春霖、刘庚垚等名人的相关情况。

10. 城南诗社小传，卷首题"城南诗社小传，马仲莹编，己巳九月十五日缮稿"。所记成员如下：严修、胡浩如、王守恂、陈恩荣、孟广慧、杨懿年、徐世光、赵元礼、朱士焕、顾祖彭、李金藻、刘宝慈、陈宝泉、王武孙、刘庚垚、严侗、吴寿贤、张同书、冯文洵、赵芾、李国瑜、李广濂、王金鳌、陈中岳、李其诰、林兆翰、张念祖、章士钊、彭粹中、管凤龢、杨晋、俞殿荃、孙松龄、李维翰、张豫骏、徐敏、任传藻、周学辉、陈惟壬、张尔震、桂宪章、赵子莪、叶树章、张宗和、金以庚、丁其愍、刘祖培、刘春霖、周登皞、周庆榜、乔曾佑、曹经元、马钟琇、王贤宾、孙凤藻、黄赞枢、谢崇基、吴廷祁、徐宗浩、高文才、杨赞贤、蒋汝中、黎炳文、冯学彦、卢吏田、谢嘉祜、杨鸿绶、丁（王）揖唐。

以上文本对国家图书馆现藏马钟琇纂辑抄刻的 30 种书籍进行了述录，所分四类主要为述录方便，可能尚有不严密之处。此 30 种书籍，不足笔者检索国图馆藏目录所发现数量的一半，此外其他尚未见于国图馆藏目录中的马钟琇纂辑抄刻书籍也有不少。如 1929 年马钟琇编《城南诗社小传》内记马钟琇的著作时载："著有《味古堂集》七（八）卷、《味古堂藏书志》八卷、《安次县志》十二卷、《古燕诗纪》十二卷、《河北历代诗传》十五卷、《畿辅诗传续编》八卷、《野史亭笔记》五卷、《名章类捃》一卷、《清诗征》三百卷。"其中的《味古堂藏书志》八卷、《河北历代诗传》十五卷、《畿辅诗传续编》八卷、《野史亭笔记》五卷今均未在国图馆藏目录见到。因而，对于马钟琇纂辑抄刻的书籍及其藏书需要查考研究的方面还有很多。随之不断深入，马钟琇在我国文化与文学发展史上的地位和贡献，也将得到更高评价和认识。

（作者单位：廊坊师范学院文学院）

大文学讨论与中国书法

李生滨

　　大文学之讨论 20 世纪末比较热烈和集中，析疑问难，至今影响大者还是杨义"重绘中国文学地图"，涉及中国文学的民族性、"整体性、多样性和博大精深的形态"。还有李怡对"大文学研究可以做哪些事"等问题的回应，进一步揭示了大文学概念的生成、内涵和外延以及相关研究的价值意义。当然，大文学讨论也包括了研究思路、方法和理论、实践等一系列问题，尤其要进行具体问题的具体分析。正因如此，李继凯、孙晓涛、李徽昭《中国现当代作家与书法文化》一书的出版，特别引出了中国书法与中国现当代文学的关系问题。这也是大文学讨论走向深入的一个新途径、新领域。

　　古典文学研究者所谓大文学者，旨在回归文学的历史文化语境，历史文献、诸子语录、新语杂说，皆可纳入文学文本研究之范畴。尤其是先秦两汉文献，"均可为先秦时代指文学为博学与文献之证。迨及两汉，更以文学泛指一切学术而言"。此种历史状况的当下折射，21 世纪以来上古、中古文学研究已经从文史典籍研究走向文献学的精密研究了。文学之现代概念只能包涵古代文史典籍的部分文本，而且看重小说叙事和日常抒情，忽略了中国文化发乎情止乎礼、注重经世致用的载道观。而相反的路径上，1932 年郑振铎在《插图本中国文学史》之《自序》里则抱怨当时坊间出版的文学史雅俗之间遗漏了许多，未能包罗中国文学之全部。现代文学研究者所谓大文学者，文学须包含各民族、港台地区及海外华文文学，特别是中华民族发展到今天，"华夏边缘与华夏合二为一，过去被视为'蛮夷'者成为中国国家内的少数民族"，少数民族语言文学更须纳入中国文学的总体研究版图。

　　中西文化的激荡，晚清、民国产生了不少大师级的学者。王国维在《沈乙庵先生七十寿序》说："天而未厌中国也，必不会亡其学术；天不欲亡中国之学术，则于学术所寄之人，必因而笃之，世变愈亟，则所以笃之者愈至。"从学问道，须从大处着眼，细处入手，问道东西，对中国文学近代之变有所了解和思考。古有经史子集之区分，亦有文章之学。古之文学所指是文字记录的所有著述和文章，亦即文章学术之总称。文学的当下所指，乃西学之 LITERATURE 转译而专指文学之学科和艺术门类。传统语境，诗文有区分，文史不分家。"从战国到秦汉，人们对文史分途，在思想上并不一定明确。一些大史学家同时是大文学家，他们撰写的史书极有文采，在史学和文学上兼有很高的价值。"这样的路径上文的内涵意义倾向于史的正宗地位。刘知几强调文学修辞的表达对历史著作的意义，归结为："言之不文，行之不远。"中国二十四史，有艺文志、文苑传，文学没有独立。说明文学作为独立的概念和门类，在中国古代重视典章、制度和学术文献的语境里是不成立的。今天，所有治中国文学史者想把光辉灿烂的文化典籍和古老丰富的历史文献全部纳入文学史研究的范畴和领域。这是中国高校学科发展的必然，也是学院派知识分子试图让文学复归文化和学术范畴的自我矜持和反思。

文学与文学史的输入是近代新学流布的结果。文学是以抒写个人情志为主的语言艺术形式。这是一个具有现代性指向的学科门类和艺术种类。新旧思想观念转折之间，近代文艺复兴和启蒙宣传的先驱梁启超，把小说和戏剧叙事推崇为"文学之最上乘"，自然就有了王国维《宋元戏剧考》和鲁迅《中国小说史略》的集大成之作。王国维有《文学小言》十七则议论精湛，加之《屈子之文学精神》、《红楼梦评论》和《人间词话》，文学之为文学的现代性内涵和审美意义阐发，已备矣。鲁迅从科学救国的思想转而"弃医从文"，从新学启蒙的社会革新意义上突破了传统的士大夫文学价值观，翻译域外小说、考察中国小说史和尝试各种文体的白话写作，并有不少文本解读、作家风格和文艺理论的经验性批评，贯通了古今、中西和个人的文艺活动。

因此，从传统文论的否定之否定来阐释文学之为文学的现代性内涵，梁启超、王国维、鲁迅可以为代表。孔门四学之"文学"，与德行、言语、政事并列，重典章、制度、文献、法令和学术。现代语境中启人思想和情感的"文学"不是孔门四学的文学所指，而是现代人文学科之独立门类，与历史、哲学相互区分，各自的学科特色和研究对象很明确。历史文化语境中文学是注重文献学习的实用学科，现代所谓文学者是语言抒情和叙事的艺术门类，在文化功能之外更重视审美特性，具备了艺术最大门类之独立地位。晚清、"五四"新文学倡导与批评确立了文学启蒙的尊崇地位，研究整理旧文学，介绍翻译世界文学，促进新文学的创作，成为20世纪整个社会的新风尚。

从文学审美的现代性而言，中国文化发展中承担抒情审美功能的是《诗经》、《楚辞》，是李白、杜甫为代表的言志诗歌，其次是民间歌谣和文人辞赋。中国文学讨论的文学性在于文的辨析，而不是诗的阉割。从甲骨文的发现来肯定卜辞中存储的"巫术文学"，这是华夏五千年文化史、文字史和文学史文献的共名。中国散文研究"就必须把它放在整个古代历史文化的大背景中加以考察，方能得出正确的认识"。上古典籍，多追记之作，伪托之作。仅遗存《尚书》内容来说，全部是政治文献。先秦诸子散文和历史散文又分别归之于今天学科批判之历史叙事和哲学范畴，与现代所谓文学文体的散文还是有着本源上的区别。文学辞藻的赋可以归之于诗的抒情，文学文体的说理抒情散文至唐宋八大家的古文运动而凸显。方苞《古文约选序列》，可谓散文文体的艺术批评，以保持完整性和回避思想深邃为借口，严格排斥历史叙事文本和自由思辨之篇章。"古文"只求文体的典雅和语言的简洁，还要求取材和行文的精当。对"古文"（散文）提出了极其明确的艺术要求。所以诗以言志，文以载道。这二者之间的区分分工是非常明确的。

当然，中国文学需求现代性的百年发展和批评，又是不断回归传统和反思自我的过程。肯定之肯定，有了大文学的学术反思。有感于现代学术语境里"纯文学"所指诗歌、散文、戏剧和小说的理论教条，试图复古，借用传统文学概念无所不包的杂文学概念来拓展文学研究的大视野。上海书店出版社2010年7月出版了"一部特殊的中国文学史著作"，将民国时期出版的八部断代文学史合为《中国大文学史》，包括柳存仁《上古秦汉文学史》、陈中凡《汉魏六朝文学》、陈子展《唐代文学史》、杨荫深《五代文学》、柯敦伯《宋文学史》、吴梅《辽金元文学史》、宋云彬《明文学史》和张宗祥《清文学史》。以此破解过于教条化的现行的学院派文学通史，暗示文学和文学史研究的多元视角和独辟蹊径。也就是说，中国文学之讨论与历史文化的紧密包容关系，决定了文学研究必须要有开阔的宏大的历史文化和现代学术视野。

综上，大文学讨论基于文学作为独立学科确立过程中的逻辑断裂，首先对文史不分的中国文化的历史状况考察不够充分，因而文学和文学史的研究无法概括和涵盖传统文学资源；其次是当代学界的文学研究过于重视西方理论所核定的文学及文体分类，割裂了中国文学与中国文化之间的辩证浑融关系；第三是文学的现代形态的发展中，小说文体一家独大，诗文为正宗的文学创作及其文化传统的建构意义被淡化或遮蔽。

进一步而言，中国文学丢掉了文字和文字书写的根本，这也是当代作家在"小学"亦即文字审美涵养方面有所欠缺的根本原因。阿来的文字流畅生动，自成风格，却少了如汪曾祺文字简古的修炼，莫言、贾平凹在当代也算文名显赫，但与周氏兄弟的文字（文章）放在一起，就显得有些寡淡和粗浅。文学是语言的艺术，仅从中国文字的独特性而言，中国书法与文学紧密的文化血缘关系也应是题中之义。这种血缘关系的显黯存在，在莫言、贾平凹等当代作家都有反省，自觉地在心追手摩的路径上时时琢磨中国文字书写。

因此，从"大文学"更加开放的意义上认真探究，中国文字的书写包含了意义所指和艺术创造的双重文化密码，或者说中国文字书写蕴含有中国文化的创意功能和审美功能。

第一个层面，中国文学离不开文字的书写。这是一个根本性的问题。人类精神的表达也不是今天学科分类这样单一的自然存在，正如《诗经》在当时的社会大部分是音乐与跳舞的附庸。甚至有学者认为，三百篇者乐经也。郑樵在《乐府总序》中说得更明白。而至今，书法与诗词，书法与文学，无法完全剥离艺术表现的共情存在。如鲁迅表达个人情志的旧体诗是《自题小像》，自己多次书写赠友人。书法因诗好，诗由书法传，至今流传甚广——五十一岁时再次郑重书写二十一岁的作品，可见诗人与书家鲁迅"我以我血荐轩辕"情怀之深沉。还有他人书写，我在西师文学院 615 工作室饰壁的是我舅父范增序书写的鲁迅《自题小像》，河北刘玉凯先生赠我的书法（作品）亦敬录了鲁迅这首《自题小像》，我望月楼书房里收藏的是陕西师大李继凯先生手书此诗墨宝。又如毛泽东诗词大多以书法形式流传，特别是《沁园春·雪》，从诗、书两方面代表了毛泽东抒情言志的最高艺术境界。书家、诗人和民国元老于右任其所有诗作皆是毛笔书写，书写古典诗文、创制书写交友文章，可以说将中国书法与文学紧密结合，文质彬彬，诗书并臻，凸显了人生艺术化的审美性情。

第二个层面，书法虽然讲求的是点画线条结构布局的形式美。但离开了文学的诗意抒情，无所附丽。书法其实本身就是文学抒情与形式抒情的完美结合。中国书法史上极为有名的是流传至今的临摹本《兰亭集序》，这一方面是代表了魏晋书法写作的艺术特色和篇章完整性，另一个方面是因为蕴藉了中国文化的本源性内涵。首先是巫术活动的流传，修禊（古同禊）事也，春三月，临水沐浴，去病患，除鬼魅，洁净祈福；二是曲水流觞的雅兴，徜徉山水间怡情释怀，得半日清闲；三是天地生命得感伤，中国人敬天敬地，知晓生命在天地间的倏忽，与物推移。天人观，道家学说，玄学思想，天地之间感物抒怀，文辞之流丽情感之婉转，感慨之自然，悲悯之率真，千古奇文。文字落于纸上，岂能再誊写。时也情也，空间、天地、生命，天然去雕饰，妙手著文章。若《兰亭集序》形式文字少了上述三个方面的内涵，只能是一纸空文。再说《祭侄文稿》，家国情怀，自周秦汉唐，春秋大义，求仁修德，中华民族家国一体的政治要求里，官宦世家，家族承恩，年轻一代就是家国栋梁。共赴国难，"父陷子死"，"天不悔祸"，从王朝离乱和家族悲剧来说，都是极为疼惜之事。悲愤难以抑制，提笔记之，情感起伏，下笔踯躅，行文难得整齐，涂改要合于四言祭文格式。这是另外一种风格的法书和泼墨，忠贞不贰，情深意切，杨柳萧萧，满纸沉痛之气。文学乎？抒情乎！儒道之间，中国文人崇尚情志的自由舒张，《陋室铭》书法规约的文体典范，山水比兴，称德以警戒，短小精悍，句式整齐，朗朗上口，蕴藉丰赡，情志饱满。这种书法与文学抒情的完美结合，还有一个特别的个案，2014年秋独自去武夷山，绕山而行，在一管理的入口处发现巨石上的铭文，近前细读，是贾平凹的小品文，说武夷山茶。近旁工作人员说，这是专门请来，求刻石之文，一字千金。勒石铭金，书刻文体，与《陋室铭》异曲同工，极为简约，文白之间，字字顺口，说茶之生长、制作和特性，自然贴切，读来不劳神。这是贾平凹散文之美的极致，无怪乎小说家情有独钟，在古城西安创办《美文》，挹当代文苑之清芬。

第三个层面，书写的艺术化也是作家审美性情的涵养。艺术批判和书法美学的广泛而深入的把握和研讨，自然就会走向书法与文学关系的学术观照，自觉认识中国作家的人文素养离不开书法涵养的审美情态。笔者曾专程到黄帝陵敬香，见郭沫若题写的"黄帝陵"，三个斧劈大字"顶天立地"，这是《女神》天狗精神的张扬，也是《屈原》爱国情怀的深化，彰显的是大学者的历史情怀。这种审美情态的书法涵养，不说古代，现当代作家在李继凯、孙晓涛、李徽昭《中国现当代作家与书法文化》一书资料丰赡，辨析精微。笔者可以补充三位作家，说明中国文字的书写确实是文学创作者值得静心修炼的功课。回族作家石舒清是进入 1978－2000 年中国小说 50 强的作家，其短篇小说《清水里的刀子》2001 年获第二届鲁迅文学奖；他喜欢鲁迅和孙犁，更喜欢写毛笔字，其题写的商家牌匾在银川已经有四五家。书法的瘦、简、秀，亦可以用来批评他小说的文笔风格。王怀凌是西海固乡土文学的代表诗人，除了参加过一届《诗刊》社青春诗会，几乎没有什么读书和修学的特别路径，但他有一个每天早晚用毛笔抄写中小学语文课本里诗词作品的习惯，这使他诗歌抒情的文字简洁、意蕴深厚，多了意境的营造。这在当代诗人中已经是凤毛麟角。索南才让是蒙古族，用汉语写作，青海首位获鲁迅文学奖的青年作家。2022 年 8 月其中篇《荒原上》获奖后，2023 年 2 月 16 日我专门去青海海晏县采访过他，在一个旧楼两居室工作室里，我看到他练习毛笔字的书案，并挥毫有所交流。他在抄录中华文史典籍和汉语佛教经典，小楷和行草的练笔已经有模有样。这就让我们理解其小说语言生动和有力之根本缘由了，也理解了其作品蕴藉的宗教情怀和悲悯精神，不是来自寺庙和佛堂。

第四层面，文学著作的手稿研究，已经逐渐成为现代文学和其他人文学科研究的热点。王锡荣发表于《现代中文学刊》2023 年第 1 期《"危"中之"机"：中国手稿学要怎样发展》，文章来自 78 卷本《鲁迅手稿全集》出版的学术践行经验和思考。这是"书法"与大文学研究的重要显证，包含了理论和方法。中国现代作家出于传统，毛笔的书写多有童子功，承前启后，书法感悟与文学创作的审美精神和情态契合度很高。亦如前述，当代莫言、贾平凹、阿来，可能缺少了这种童子功的书写涵养，进而影响到文化根脉的基因传承，语言艺术的锤炼与情志的涵养，无法达到至纯的境界。从书法考察中国现当代作家的文化修养和艺术情怀，李继凯、孙晓涛、李徽昭《中国现当代作家与书法文化》涉猎极为广泛，值得我们借鉴和学习。这也是引发我阅读和思考的原动力。

大文学之讨论，就是要打破以纯文学之内部来讨论文学的框范，倡导从更为宏阔的文化视野和理论视野讨论文学。书法是中国文字的抒写方式，至而成文人留存文本的技艺，与作家的审美心态密切，不论从外部显证的文本性考察，还是从内部审美的个性化建构，大文学与书法研究之学理关系是紧密的。从南开罗宗强等为代表在中国文学思想史方面的开掘而言，与文学史研究和文学批评史并行，历史还原和文人心态之间，不仅是看得见的史料文献考证，还有中国古代文学观念的真实内涵和文化的集体无意识。

书法的现代嬗变和隐形呈现，也与文学或者说文学载体紧密契合。一般人论书法，只讲书写工具所刻写的作品。忘记了工具之工具的创造和嬗变。从我们今天所珍视的宋版书探究，宋体是符合刻板印刷的特别创造，形体方正，笔画劲健，起板拓印，清爽干净。从书写而言，篆体之形象，隶书之便捷，真楷之规范，皆是书写工具的改进和完善，也是实用与美术的创造性结合，拙朴或严正，可表现汉字嬗变发展之美。魏晋以来楷隶和行草并行不悖，个性化与艺术性发挥到极致。正式文本很少用行草，行书和草书是个人化的书写，书信往来和诗文抄写，大多是民间个体之间交流。金文蕴拙朴，篆书求形象，汉隶重气象，唐楷在结体，笔走龙蛇，行草显性情。中国文字的"书法"嬗变在现代印刷技术发达之后，有多样的字体属格和功能沉潜。宋体、楷体和黑体为代表的印刷体既深蕴历史密码又新增现代价值，此中深蕴的丰富性常被人忽视。《黄河文学》主编闻玉霞曾反复给笔者分析过各种字体的性格，还有各种文体和文章排版的字体、字号的要求，包括标题、作者、版式、天头地脚，非常讲究。这在鲁迅，从传统走来，懂得中国文字和美术，熟悉传统书籍之装订、现代刊物著作之编辑，其自编文集或编辑他人著作，皆很用心。从晚清以来，一份文学刊物，自有其个性，包括整体结构的自足性。文学评论类期刊绝对与学报类刊物有鲜明的区别，科学类著作和文史类专著的编辑不一样。又如《红楼梦》自晚清出了许多版本，如齐集眼前，好的几个版本自然会吸引大家的眼球。书法是文化之大者，书写、装裱、存储、印制和传播，一本书就是中国文字为主的书（书写刻制印刷）和法（编辑排版装订）的集大成。书写之基本要求、法则和规范，与艺术化的抽象，皆是一致的。书写的本体以及书写的文化内涵和审美内涵，包括了笔画结构、形势布局。书写的工具，书写的载体，书册的完整性，也取决于广义的书写实践和态度。随手取 2018 年人民文学出版社出版《陈忠实传》，硬伤三，封面书名手写体"陈忠实传"旁多出中断的七个字"白鹿原头　信马行"，从版权页看不出与书名有关，且封面文字信息竖排和横排还混搭；扉页制版，引半句话"走你认定的路吧，不要耽搁了自己的行程……"还衍生出一个"的"；让喜欢读书的人无语。其三，读到《后记》，可以确认，这是 2015 年版《陈忠实传》的增订本（修订本），却在封面和版权页都没有标注。现代功利的大旗招展，"敬惜字纸"已没有人在意，失去了对文字自然也是对文化的敬畏，自然理解不了书就是文字书写、编排和装订的综合成果。文学研究的当代名家传记，缺失了文字、排版和法则的严谨，何谈"文学"呢？文学是语言的艺术，文字与书写借助纸张等物质载体构成文学的存在实体，具有了文学书写和审美表达的文化价值，包括公共的精神空间建设。纸质印刷和网络版面，也是中国文学——文字书法——别样的彰显和存在，其历史的渊源和现代的价值必然是沟通人文、艺术和情感的多重融合。文化离不开文学，文学离不开文字的书写。中国文化和中国文学从来没有像今天这样活跃过，但也从来没有像今天这样泥沙俱下、乱象丛生。

魏碑之雄强，唐楷之谨严，真正的书法关乎文学的奥妙和时代之风气，如果打破纯文学的规约和西方美学理论的框范，开通古今、中西合璧的大文学批评视野，书法的美学理论和文学批评的概念范畴亦有许多异曲同工之处。这是大文学讨论与中国书法更为密切的另一个广阔领域。

（作者单位：西北师范大学文学院）

文心翰墨，出古入新

——《中国现当代作家与书法文化》读后感

丁 政

2021 年 6 月，中国社会科学出版社出版了《中国现当代作家与书法文化》（以下略为《书法文化》）一书，在学术界、书法界产生了颇为不小的影响，引起了广泛的关注和热烈反响，好评如潮。该著被认为"是国内第一本对现当代作家的书写行为进行整体性、系统性研究的学术专著"（司新丽语），"是当代背景下，在'大文化'、'广书法'视野下，对中国现当代作家与书法文化关联性研究的开山之作，扛鼎之作"（孟令祥语），这些评价是准确的，公允的。《书法文化》由李继凯先生和他所指导的两位博士孙晓涛先生、李微昭先生合著。三位作者对现当代文学、文化、书法及相关领域，都有各自擅长和专门的研究，相关资料显示，该著的完成，也正是建立在其各自前期研究成果之上的。三位作者，有分工，有合作。全书共分十章，各章既可独立成篇，又统一于"文心铸魂，翰墨传神"这一主旨。该著不仅拓展了现当代作家研究、现当代书法研究的领域，而且将二者紧密结合起来，进行全方位、综合性的研究，出古入新，有筚路蓝缕之功，其研究成果，可谓新见迭出，胜义纷呈。

《书法文化》的主要作者李继凯先生，既是著名的文化、文学研究学者，同时也是著名书家。早在 1988 年，他就出版过《墨舞之中见精神》一书，我曾写过简短的书评。在该著中，作者基于对中国书法历史文脉的考察，较早地探讨了古代人文墨客借书法抒情冶性的书写活动，揭示了在艺术创作背后的文化精神和心理活动因素，这在 20 世纪 80 年代书法研究还处在起步阶段的时候，是非常难能可贵的。《墨舞》不限于就书法而论书法，行文也笔挟风涛，其研究方法和写作方式上都很有特色。从某种意义上来说，《中国现当代作家与书法文化》虽成之于今日，其写作之构思，实肇始于当时。

　　《书法文化》出版不久，我就拜读过，受益良多。2023 年 7 月，《翰墨中华——熊召政诗文书法学术回顾展》暨学术研讨会在京、汉两地相继举行，展览与研讨会都非常成功。熊召政先生是当代著名作家、茅盾文学奖获得者，著有长篇历史小说《张居正》。在研讨会上，我想起另一位当代著名作家刘斯奋先生，同样是茅盾文学奖的获得者，其获奖作品《白门柳》也是长篇历史小说。有趣的是，熊、刘二位作家，不仅都担任过各自省份的文联主席，还都喜欢书法，对书法艺术有着许多真知灼见，书法创作水平也都达到了相当不错的水平，而且两位作家都有很深的家学渊源，自身的古典文学修养深厚、诗词歌赋皆擅，二位作家有着惊人的相似性。这似乎绝非偶然，颇有值得深思的东西。在武汉的研讨会上，我有个简短的发言，大意是：在当代著名作家中，除熊、刘二位作家外，在文学创作同时兼善书法、喜爱书法或对书法有所研究的，还大有人在，如贾平凹、莫言等。许多作家，在早已习惯于键盘写作之今天，仍表现出对书法、书写文化有着浓厚的兴趣并予以高度关注，这一现象，现当代文学研究者、书法研究者，应予以关注。另一方面，书法家中，也有人开始意识到，书法家必须提高自身的文学，尤其是古典文学方面的修养。书法发展到今天，无论是其表现形式还是表现内容，乃至其功用、展示和欣赏方式，都与古代发生了本质的变化。当代由于社会分工的细化，作家、书法家的社会身份认同成为一种特殊的标签，文学和书法成为各自独立的艺术，而文学创作和书法创作似乎也成为各不相干的活动。但无论时代怎样变，书法家、作家的身份怎样变，作为"文人"，毕竟有不可变的东西，这就是精神，也就是《中国现当代作家与书法文化》一书引言中提到的"文心铸魂与翰墨传神"。当我提及李继凯等三位先生的这部著作并简要介绍其研究内容时，不少与会者均表现出极大的兴趣。《翰墨中华》研讨会结束后，我又找出《书法文化》重读了一遍，复有新的收获。

　　无论是现当代文学研究，还是书法研究，无疑是越来越深入。研究的方法、手段、视角等，也越来越多样化，交叉研究也越来越受到重视。但文学与书法之间的交叉研究，尤其是关于中国现当代作家的文学创作活动与书法创作活动整体性、综合性、系统性之研究，几乎仍是一片空白。就现当代文学研究而言，谈及作家研究时，对一些兼善书法的作家，研究者对其书法成就和书法活动或做过一些个案研究，但很少能将作家的文学创作和书法（或书写）活动之间深层次的关系揭示出来；而书法研究者对作家书法创作的研究，往往又仅限于书法本身，或有时也涉及"书法文化"，但对作家的文学创作活动却又很少涉及。可以说直到《书法文化》一书之出版，这一空白才得到填补。

作者在《书法文化》一书中，提出了"大现代"、"大文学"、"广书法"、"文学书法"、"武术书法"、"第三文本"等概念，这都是很有创见的。新概念的提出，并非为了哗众取宠，而是不如此表达，不足以表达其所指。这与研究的对象有关。作家、书法家的身份，是现代才出现的称谓，严格意义上，古代是没有如此分野的。在古代，作家、书法家统一于"士大夫"这一身份，如王羲之、陆机、颜真卿、苏轼、黄庭坚、赵孟頫、文徵明等，既是著名的文人，也是著名的书法家。当然，也有些诗文名家书名不显，或有些书法大家却并不怎么擅长诗文，但至少，古代的书家都是懂文学、懂文化乃至懂文学家的；而诗文名家，也都是能懂得欣赏书法的，即使不善书，但都还是会写毛笔字的。现当代，由于西方文化的输入、书写工具的革新、教育制度和教学内容的改革、职业的分工等，使得大多数作家的写作逐渐远离毛笔，甚至只用键盘，而大多数书法家除了抄写现成的诗文外，缺少相关文化、文学的修养。不得不承认，现当代作家、书法家所处的时代环境、对文学和书法的认知、文学创作活动和书法创作活动，与古代相比，已有着相当大的区别。因此用"大文学"、"广书法"等视角，以区别于我们过去对古代文学、书法的固有观念，来观照"大现代"的文学和书法作品及相应的创作活动，是非常恰当的、合理的，也是很有创见的。

中国现当代作家，群星璀璨，名家辈出，是一个相当大的群体，尤其是现代作家中，突出者如鲁迅、郭沫若、茅盾、老舍、台静农、沈从文、周而复、沈尹默、姚雪垠等，都是集著名作家与著名书家于一身的。从"大文学"观来看，还有诸多文人、学者，虽然不是小说家，甚至也不以诗歌、散文创作见长，但仍有大量广义的文学创作，如王国维、罗振玉、章太炎、胡适等，他们的书法也都具有相当高的水平。当代作家中，善书者虽不如前辈现代作家那么普遍，但也不乏如刘斯奋、熊召政、贾平凹、张贤亮、白描等佼佼者。除书法创作外，现当代作家中，不少作家还有专门的书法论著、论文以及一些书法评论文字。《书法文化》整体地、系统地、综合地处理如此庞大的研究标本，工作量之大，这是相当不容易的。该著除前面提到的"筚路蓝缕"之功、"开山之作"、"扛鼎之作"外，至少还有以下几点值得我们注意。

其一，作者功力深厚。相关资料和成果显示，本书的三位作者不仅对中国书法史、书法文献、书法理论相当熟悉，对现当代文学现象有着深刻的见解，熟悉作家的生平事迹和作品，这些，在书中都有很好的体现。

其二，该书的研究成果，是建立在对第一手材料的广泛收集、阅读、分析、鉴别等扎实的基础工作之上的。现当代作家众多，他们的书迹，除"正式"的"书法作品"外，还有大量的诸如书信、手稿、日记、札记、签条等"日常书写"。作家的日常书写，于文学创作、书法创作，有意无意之间，是一类非常重要的、具特殊研究价值的文学创作和书法创作。另一方面，作家的书论，除一部分书法专著外，一些真知灼见和精辟论述都散见于以上所列之书信、手稿、日记、札记、书画题跋中。要想研究工作深入，搜集资料工作之难度和阅读量之大，自是可想而知。举例来说，如作者论及汪曾祺时，谈到其小说《鲍团长》、《子孙万代》、《名士和狐仙》以及《金冬心》中的人物和有关书法的描述；论及金庸在小说中充分发挥文学想象，改"因武生书"而成"因书生武"，提及小说《笑傲江湖》中以一杆笔头缚着一撮羊毛的判官笔为武器的秃笔翁，提及《神雕侠侣》中的"天南第一书法名家"等。若非对作家的原著有过深入细致的阅读、研究，是绝不会写出来的。将小说中虚构人物的书法活动、虚构书法作品的描述，纳入作家与书法文化研究，以小说虚构人物中之书法家作为研究对象，这在此前的任何书法研究中，是不曾有过的，是该著之首创。窃以为正是此类研究，才将"书法文化"研究落到了实处。

其三，该著资料翔实，学术规范，论证严谨，图文并茂。书中所征引的资料、图版，皆清楚注明资料出处，便于读者复案，而书末所附主要参考文献更达数百种之多，分门别类，层次清楚，有益于读者在阅读此书时拓展眼界，做进一步研究。

就我有限的了解，有关书法与文化的研究，近数十年有过一些著作和论文，如刘石的《书法与中国文化》，大概是比较早的一本，后来有金开诚、王岳川主编的《中国书法文化大观》及欧阳中石主编的《书法与中国文化》等，或面面俱到，或点到为止，很少能就一些具体现象、具体问题而深入。余秋雨的《笔墨祭》，作为散文颇能感染读者，涉及一些笔墨、书法乃至文人精神层面的问题，但毕竟不是严肃的学术研究，很能煽情，却无严谨的论证，有些表述还相当片面，甚至靠不住的。《书法文化》首次将作家的书写（广义的书法）与相关的现象结合起来，使书法的文化研究具体而翔实，不仅拓宽了书法的研究空间，也拓宽了作家的研究领域，开创了一个交叉学科研究的良好范例。

现当代作家的书法和手迹，此前书法界有一定的关注，但仅限于像鲁迅、茅盾、郭沫若等特别著名者，如早年出版的《鲁迅书信手迹选》，不少书法爱好者、书法家曾以之作为习字帖使用，但很少有人进行学术上之研究。近年来，作家的书信、手稿等书迹，才逐渐受到人们的重视，如大型文学刊物《花城》，每期都刊有折页的作家手稿，这对于文学界、书法界关注作家的书写，了解作家的书法，都有一定的促进作用。随着《中国现当代作家与书法文化》的出版，我相信将有越来越多的文学研究者、书法研究者，关注并从事于现当代作家与书法文化的相关研究。事实上，古代的文人（作家、书家）与文化天生就是一体的，不可分割的，作家与书法文化的研究，在传统学术研究中，皆是题中应有之义。这一学术传统，现当代虽有些式微，但不绝如缕，前辈学者如启功、吴丈蜀、徐无闻等，都一直是文学、文化、书法研究并重的。研究现当代作家的书写活动，研究他们的书迹，还有许多可以拓展的空间。

《书法文化》，内容丰富，精彩纷呈，非此短文所可介绍的。最后还说一点，该著作者，重视地域文化，比较集中研究了北方、南方、延安、西安等地作家群与书法文化的关系，这也是该著的一大特色。稍显不足的是，如果将海派作家、岭南作家、巴蜀作家等地域作家群与书法文化的关系，也纳入其中，或许视野更开阔、内容更丰富一些。当然地域文化与书法文化之关系，或许应是另外一个研究课题，期待三位作者新的研究成果。

（作者单位：上海师范大学美术学院）

新曲艺与人民文艺普及关系的"显"与"隐"

——评周敏新著《口头性与人民文艺的普及问题："十七年"新曲艺研究》

董朝县

曲艺是我国历史悠久、极具民族性和民间元素的一种艺术形式，以"口语说唱"为主要特征，在娱乐、知识传播方面扮演着重要的角色。此外，曲艺有着地域分布广、类型多样、表演形式丰富的特点，有研究者就指出，"曲艺是我国民族历史和民族文学的特殊承载体和是中国古典章回体小说和许多戏曲剧种形成的桥梁与母体"①。可见，曲艺在中国文艺发展过程中发挥着不可替代的作用。这种以"口语说唱"为主要特征的艺术形式，在不同的时代有不同的内涵，在不同的时期则会被注入新的元素，而20世纪就是曲艺新特质突出明显的阶段。20世纪前半叶中国社会进程的一大特征则是"革命性"语境的突显，而曲艺在与革命的碰撞中，则呈现出不少新的闪光点。学界将这种特质进行概括提炼，认为这个时期的曲艺是民间曲艺熔铸了革命的意识形态的一种文艺形态，并强调时间是从"五四"以来逐渐走向艺术自觉并趋于成熟的艺术形态，同时将其命名为"新曲艺"②。事实上，"新曲艺"是真实存在的，当前学界对"新曲艺"概念的系统界定、内部的纵横演变、作用的彰显等问题的探索都是处于一种单向、零散，甚至是边缘化的状态，尤其是在对新曲艺的内部研究和对"新曲艺"在何种程度上参与大众文艺的传播方面的研究力度依旧偏弱，甚至可以说是学术研究的"荒地"。

在此现状下，周敏最近出版的《口头性与人民文艺的普及问题："十七年"新曲艺研究》（浙江大学出版社2022年版，以下简称"周著"）一书，抓住新曲艺的"口头

---

① 蔡源莉、吴文科：《中国曲艺史》，文化艺术出版社1998年版，第7页。
② 吴文科：《对新曲艺的形成与发展的探索》，《文艺研究》1991年第4期。

性"特征，聚焦于"十七年"时期的新曲艺，以文学社会学、情感研究、听觉研究等方法，对"新曲艺"这一文艺形态进行系统的爬梳与考证，对"新曲艺"是如何产生和演进、它的"口头性"特征为何在文艺的普及中扮演重要作用和对"新曲艺"的理论建构与创作如何进行互动等问题，都进行了全面系统的论述，这对于学界对"新曲艺"过去的回望和对未来的发展与研究，都提供了重要的理论指导意义。更重要的是，这还为研究界重新进入"十七年文学"提供了新的角度和范式。

一、何为"新曲艺"：新曲艺流变之路的阐释

"新曲艺"是在近代以来融入新的艺术特质而形成的艺术形式，它与传统的曲艺有着传承与对话，但如何阐释和如何对其概念进行系统科学的界定仍是一个学术难题。另外，"新曲艺"在近代以来是如何由自发走向自觉，如何一步步从民间走到舞台中间，如何浮出历史地表，成为"人民文艺"实践的一大推手，这些问题显然在周著中是绕不开的话题。周著由导论和四个章节组成，其中导论部分和第一章，是对新曲艺概念的系统界定、对新曲艺如何从民间舞台一步步参与到新的文艺建设中的历史爬梳。总的来说，周著主要从两个维度来阐述"新曲艺"的流变之路。

一是从历史纵深的视野，对"新曲艺"进行系统界定。虽说"新曲艺"真实存在于20世纪中国的文艺形态中，但只有对其系统的界定，才能更好地明晰"新曲艺"的演绎之路，正可谓明正则言顺。学者吴文科就指出了"新曲艺"的时间范围与革命的关系。与此不同的是，周著在对"新曲艺"的概念界定中更多的是切入历史的纵深，重点将其放置在左翼的文学语境和社会变革的环境中对其进行阐述，对"新曲艺"概念的界定主要突出几个特征：一是时间的精确化。时间集中在左翼文学兴起以来，"新曲艺"是传统民间曲艺与新的革命意蕴碰撞的结果。二是突出"新曲艺"的口头性特征。三是"新曲艺"的艺术特征，形式的灵活、表演的便利等。四是突出"新曲艺"由自发到自觉的过程中对实践文艺大众化具有重要作用。周敏对"新曲艺"的概念做出了系统、科学的判断，这不仅是基于对"新曲艺"的实践、创作历程的把握和思考，还是在前人研究的基础上的提炼和升华。其中，概念有对先前研究者的沿袭借鉴，也有新的突破，不变的是原则，变化的是发展。随着时代的发展进步，"新曲

艺"的创作和研究的推进，这一概念的外延和内涵肯定还会有进一步调整和更新的可能，但周敏在其新作中对"新曲艺"概念的界定，显然是与当前的时代性最为契合的。

二是以史料呈现与文本实践结合的方式再现"新曲艺"的"前史"。曲艺这一说唱艺术在我国历史悠久，但由于国家话语的分歧与文化语境等的差异，这一以说唱为主的艺术形式在以前并未取得社会认同，也没有得到与其自身艺术价值相匹配的社会地位。但在近代以来这一情形发生转变，民间元素得到重视，鲁迅先生是这样看待民间文艺的作用的，"我相信，从唱本说书里是可以产生托尔斯泰、弗罗培尔的"①。可见，民间文艺在这一时期是被重视和关注的。周著的第一章，就是阐述晚清到"五四"之后知识分子的集体话语和个人话语，甚至是国家话语中对"民间"的发现，视野整体下移。

一方面，周著在论述过程中将"新曲艺"放置在"现代说唱文艺"的演化过程中，重点突出从"五四"以来中国的文艺有着目光下移的倾向，也即是走向通俗化的倾向。"五四"伊始，新文化阵营就极力倡导文学要有人道主义关怀，要启蒙更多的底层民众，从文学实践上看，这一时期有在尝试但收效甚微，但总体都在朝向民间，到了 20 世纪 30 年代左翼思潮爆发后，众多作家都在不同程度上倡导"大众文艺"，其中较为典型的是瞿秋白、冯雪峰、郭沫若等人。在 20 世纪 40 年代，《在延安文艺座谈会上的讲话》出台后，更是为文艺的通俗化、大众化奠定了基调，它也成为众多文艺创作实践的指导原则。而这一由通俗化走向大众化的线索，正是"五四"以来中国文艺发展的内在演变之路之一。在这一过程中，民间的作用日益凸显，而"新曲艺"亦是这一通俗走向大众的重要组成部分。周著在叙述过程中，通过史实的呈现和辩证的思考，强调"新曲艺"与说唱文艺的现代性演变之路的内在性勾连，是其本书的一大特色。

另一方面，该著立足于"现代说唱文艺"的演变之路，对发现民间和在文艺通俗化道路上实践的，具有代表性的学者和作家的思想进行了深刻的阐发。作者分别对顾颉刚、老舍、赵树理三位大家在对民间的激活和对民间思想的运用，都做了具体而深刻的论述。周著深度还原了顾颉刚在发现民间和运用民间的来龙去脉，充分肯定他的

①　鲁迅：《论第三种人》，《鲁迅全集》（第 4 卷），人民文学出版社 2005 年版，第 337 页。

"旧瓶装新酒"的方法和对民众的发现与尊重。与此同时，周著还特别指出，顾颉刚的"到民间去"的实践理念倡导，"一定程度上，又与由左翼知识分子所主导和推动的文艺大众化运动相互呼应，并在'民族形式'的讨论中，产生了一种合流的趋势"①。这种判断，是基于对顾颉刚思想与实践做出的学理化判断。此外，著作还对老舍和赵树理在通俗文艺实践上对民间的发现与激活进行系统论述，二人的民间文艺实践有效地推动了大后方和解放区通俗文艺的创作与传播，深层次地影响到了中华人民成立共和国初期有关人民文艺的建构。周著对"新曲艺"的"前史"有了系统的交代，并将其放置到更长的历史时段中，从具体的民间文艺实践进行史料的梳理和思考，指出这些极具代表性实践者的民间思想，都是"新曲艺"演变形成的重要环节。这使得对"新曲艺"的考察，有了更多切实可靠的历史内涵，这种学术方法亦是著作的一大亮点。

总的来说，周著不仅对"新曲艺"的概念进行了系统的界定，对它的演变之路做出"鸟瞰式"的学术审视，而且还深入民间文艺实践的代表者思想的内在肌理中进行深描，这体现出一种研究旨趣和学术实践路径。

二、从"口头性"的视角介入人民文艺实践

说唱艺术在融入新的现代性元素之后，逐渐被革命通俗文艺所吸收和接纳，最终汇聚在中华人民共和国成立后的"新曲艺"之中。"新曲艺"的演变过程就注定它不是单纯的艺术形态，它承担着传播思想、启蒙民众、参与构建国家话语体系的角色。在中华人民共和国成立后的文艺普及工作中，"新曲艺"的传播思想、话语建构的作用，更是得到有效的发挥。然而，"新曲艺"能扮演这样的角色，是由于本身的口头性艺术特质得以彰显。口头性作为与书面语相对的艺术特质由来已久，即使在曲艺的演变过程中，这种口头传统在对文艺的传播与创造中也得以保存，一直延续到中华人民共和国成立初期的"新曲艺"内。值得关注的是对于口头性的重视在不同的时代是迥异的，"在教育和人文学术领域，重文字、轻口传的倾向长期存在。口头传统作为古老

---

① 周敏：《口头性与人民文艺的普及问题："十七年"新曲艺研究》，浙江大学出版社 2022 年版，第 64 页。

而又常新的信息交流方式，一直未得到学界应有的重视。"① 然而，原先不被重视的口头性，周著中却提升为一种探究性的学术视角，以此来观测"新曲艺"如何与人民文艺的普及进行联动。作为聚焦点的口头性被激活，口头性作为通向文艺通俗化的一个向度，已然成了周著的一种研究策略。

在周著中，口头性贯穿始终。从口头性出发，著者对"新曲艺"进行了定位，还对口头性为何在"新曲艺"中发挥作用做了合理性的阐释。著者没有一开始就论述"新曲艺"与人民文艺之间的复杂关系，这种口头性如何在人民文艺的普及实践中扮演作用，而是分别介绍了"普及第一"方针对它的推动、口头性特征在"十七年"时期的阶段性发展，注入新的时代内涵，中华人民共和国成立初期如何在普及的基础上进行提高的讨论。另外，著者还阐述了地方刊物在"说唱化"栏目的调整和曲艺人的改造，从多个方面来进行关联对照，指出"新曲艺"在"十七年文学"时期与官方话语的互相依存关系。这说明，"新曲艺"在这个时期成为传播思想、普及文艺的一大载体，是国家话语的主动选择。"新曲艺"的口头性特征，就是架在二者间的纽带，使之能够成为实现普及文艺的实践途径和载体。此外，著者还特别指出"十七年文学"时期"新曲艺"口头性所承载的内涵，是与先前通俗文学所承载的内涵是有区别的，它主要是"服从于其整体上的革命意识形态教育功能（"塑造社会主义新人"）以及"文艺为工农兵"的方向性②，最终实现对人的欲望的限制和改造。

也就是说，由于"新曲艺"的口头性特征此时被官方话语所征用。一方面，文艺普及工作将"新曲艺"视为传播载体，就不得不利用它的口头性特征。文艺普及是中华人民共和国成立后的工作重心之一，普及对象主要是工农兵群体，文化程度参差不齐，而这种通俗性、文娱性、政教性结合的艺术形式在内部和外部的干预下粉墨登场。这就是说，新曲艺扮演的角色、采用口头性特征介入，主要是便于普及对象的接受。在传播方式的改良、媒介技术的加入后，这种口头性的作用被最大化，最终也成为文艺普及工作中的一大助推器。另一方面，著者充分分析了"新曲艺"在"十七年文学"时期的创作特征和叙事风格。中华人民共和国成立初期，大量的杂志、刊物的建立

---

① 朝戈金：《作为认识论和方法论的口头传统》，《内蒙古社会科学》（汉文版）2019 年第 2 期。

② 周敏：《口头性与人民文艺的普及问题："十七年"新曲艺研究》，浙江大学出版社 2022 年版，第 16 页。

（如《说说唱唱》的创刊），都为"新曲艺"的创作提供了便利，呈现出创作的井喷态势和新面貌。这种情况主要表现在两个方面：一是内容新，将政治性的内容转化到文学叙事中去，实现政教性和娱乐性的结合；二是地域性强和类型多样。随着国家话语、方针政策的提出和新兴媒体的推动，地域性的"新曲艺"流向全国并且类型多样，有新评弹、鼓曲等。以上种种，都是由于口头性在传播与生产中的重要地位被充分利用，这种突显"新曲艺"的口头传播方式，不仅促进了人民文艺的普及实践，还间接参与了"十七年文学"内部秩序的建构。

在革命的视域中注重口头文艺、突出"新曲艺"的"口头性"，是贯穿本书的核心，著者创造性地运用这一视角来切入"十七年文学"中的"新曲艺"，考察人民文艺普及与"新曲艺"内在联动的关系，突破了以往研究中从阶级、革命、纯文学等视角切入的拘囿，这不仅使口头文艺与文艺普及的"集体性"相呼应，而且也使其充满"人情味"。

三、理论与创作互动形态的精准把握

"新曲艺"的产生，是政教、文艺和多重因素共同互动的结果。中华人民共和国成立后，这一艺术形式如何创作才能更好地满足广大群众的需求，本身涉及"新曲艺"自身的一个发展逻辑。借助国家话语，"新曲艺"本身的创作也在寻求不断的进步和超越，力求从自身的审美和思想的传播上都得到更好的提升。书中，著者对中华人民共和国成立后的"新曲艺"做了精准的分析，从它的创作发展的理论建构、具有代表性的作品中进行剖析、对话与思考，这是对"新曲艺"在寻求和政教性进行融合的同时并兼顾艺术审美的分析。在著者看来，"所谓的粗制滥造之作，则往往是因为在文本内部没有处理好政教、文艺、普及的多重互动关系，或者成为一个庸俗的故事，或者成为政治的传声筒，尤其是后者，尽管在立场、倾向上可能相当正确，但实际上并无文艺效果，而徒具正确性"[①]。这就是说，要真正创作出"新曲艺"的"好作品"，必须处理好政教、文艺、普及这三者之间的多重互动关系。著者没有对"十七年文学"中

---

① 周敏：《口头性与人民文艺的普及问题："十七年"新曲艺研究》，浙江大学出版社 2022 年版，第 148 页。

"新曲艺"的理论和创作做全景式的呈现，避免陷入到描述性的泥沼中，而是选取"十七年文学"期间出版的代表图书、各大刊物刊发的重点文章与作品，来进行分析和对话，这在学术方法上既有宏观理论的阐释，也有微观的文本细读，其背后所呈现的学术方法和学术逻辑是值得学习和借鉴的，具体主要体现在两个方面：

首先，重视历史语境与自觉的理论建构意识。著者在对"新曲艺"的理论创作的讨论中，重心是观察它的创作在与革命意识的融合、政治教育、娱乐结合等几者间的关系。所选取的对象是这个时期出版的一些理论图书和理论文章，是出于对历史史实的尊重，从既有史实中去归类整理，显示出广阔、严谨的学术视野。所选取的有赵树理、老舍、王亚平等人对新曲艺创作的理论文章，和《文艺报》等刊物上具有代表性的文章，加以分析与阐述。著者从这些理论文章中归纳、总结出一致的特征，作为成功的"新曲艺"和大众文艺作品，其故事性要强。王亚平在总结故事性强的文本时认为有些关键元素，"有人物，有穿插，有起头，有曲折，有煞尾，有动人之处"①。这在其他曲艺人的创作过程中也趋于认同和有所体现，故事性能在一定程度上提升"新曲艺"文本的审美性、强化受众的接受，显然著者对此是持认同的观点。此外，周著的一大优点不仅是对"新曲艺"创作理论之一的"故事性"的梳理总结，还对"故事性"在创作中取得合法地位后出现的弊端进行归纳：一是过于强调其故事性本身，会使得"新曲艺"构思出来的故事出现千篇一律的问题，同质化严重；二是"新曲艺"的创作需和人民性相结合，但革命的神圣性、严肃性等往往在创作中被消解，也就是说过于强调"故事性"会使得"新曲艺"的创作偏离人民性，甚至走向人民性的反面。同时，著者提出自己的见解，认为最好是将人民性与故事性进行有机融合。对于"新曲艺"理论创作的梳理总结，周著是站在一定的学理高度，从搜集、整理的史料中俯视和观察它这个时期的理论创作逻辑，从动态梳理与静态观察的结合上阐述其理论的建构。

其次，作品细读中的对话与思考。著者在对"十七年文学"的"新曲艺"理论建构进行考察时，还对其典型的文本创作进行个案解读，这种细读是其对理论建构的补充，实现了理论与创作的互动。周著选取了山东快书《一车高粱米》，新评书《一锅稀

---

① 赵树理：《大众文艺论集》，工人出版社 1950 年版，第 33 页。

饭》、《两情愿》、《买猴儿》等经典文本进行分析与对话。通过文本细读，著者在书中指出"十七年文学"时期的"新曲艺"创作呈现出了新的面貌，主要体现为"新"的战斗英雄的描写。这些新英雄都是普通的劳动人民，但他们身上有着机智、勇敢、坚毅等新的品质，这是人物形象塑造的变化。同时，著者还指出，此时期所呈现的故事性主要是来自人民内部的矛盾，即是来自劳动人民的日常生活，这契合了与人民性互相融合的创作原则。其中，尤为值得关注的是，周著特别提到"新曲艺"反映"人民内部矛盾"的作品类型在"十七年文学"后期呈现出的衰落姿态，这是文学与政治互动关系的体现。周著对作品的分析与对话动态的呈现，透露出那时官方话语对"新曲艺"创作的引导，这给读者呈现出"新曲艺"创作内部的不断调适与多种创造类型的景观。

周著从动态梳理和静态考察入手，对"新曲艺"在"十七年文学"时期的理论建构和经典文本进行梳理、分析，既有史料呈现，也有个案分析，对新曲艺创作与政治、娱乐性等的多重互动进行内在肌理的研究，这对于"新曲艺"过去的回望、当下创作的勃兴，都是富有积极意义的。

综上所述，该书在以往"新曲艺"的研究之外另觅思路，从其"口头性"特征出发，去考察"十七年文学"时期的这一艺术门类和人民文艺普及之间的内在关联，将它参与人民文艺普及这个隐含的现象重新呈现出来，以点带面，系统性的阐发它的发生和演绎逻辑，伴随着翔实的史料和详细严谨的论述，扎实地推进了"新曲艺"的研究。同时，一时代有一时代之学术，"十七年文学"时期的文艺与政治错综复杂，如何介入和把握这个时期的文艺实践，一直都是学术界争论不止的，周著也给研究界进入"十七年文学"时期的文艺提供了参照维度，这是对读者学术方法和观念上的启迪。此外，作为研究对象的"新曲艺"，本身存在着复杂性，它作为承载着国家话语、审美意识、文艺普及等的一种文艺形态，对其研究的价值不容忽视，其研究也远没有穷尽，期待周敏先生能在这个方向上持续耕耘和挖掘，给学界呈现更多的硕果，进一步丰富和完善它的研究。

（作者单位：贵州师范大学文学院）

编辑后记

本辑《大文学评论》在"大文学研究"、"大文学视野"、"学术史"等常设栏目基础上，特增设了"学人日记"、"名家书信"、"著述年表"等文献史料专栏，着力于发掘、收集、整理与研究工作的同时，更尝试探索建设中国现代文献学和构建中国现当代文学研究文献保障体系的可能性。

新辟"学人日记"专栏近期将连载北京大学谢冕先生的日记。本辑收录的中学日记详细地记录了谢冕先生 1946 年 1—6 月的校园生活，由徐丽松、刘福春整理，谢冕先生授权首发，是一份珍贵的历史文献。

新辟"名家书信"拟刊中国现当代著名作家、学人之重要书信。本辑首发胡思永致汪原放信函三十一通。新诗人胡思永是胡适的侄儿，胡适称其为"新诗中胡适之的嫡派"。在胡适的印象里，胡思永"长于写信，写的信都很用力气"，并希望"将来这些信稿收集之后，也许有付印的机会"。值胡思永逝世百年之际，《大文学评论》完成胡适遗愿，刊示这些信件以飨读者。美籍华人顾毓琇是享誉国内外的文理大师，爱国主义的楷模，受到党和国家领导人多次接见。四川大学出版社原社长王锦厚先生为了出版谢文炳、闻一多、饶孟侃的著作，曾请求顾老题写书名，顾老有求必应。现将来往题词、书信全文刊登，图文并茂以供读者赏阅。

新辟"著述年表"专栏中《林如稷著译年表》是林如稷先生之子林文光先生费时数年收集资料整理而成。成都解放以后，林如稷参与创建四川大学中文系、中国现当代文学教研室，为新中国西南地区高等教育贡献良多，该文是了解其学术贡献的重要文献；许振东《清末民初著作家马钟琇编著述录》与刘子凌《南星著译年表简编

（1932－1948年）》不仅是扎实的文献研究，也是近、现代述录年表方法路径的探索与示范。

常设专栏"学人视野"与"大文学研究"本辑不仅有王锦厚、陈子善等当代文史大家的最新力作，也有青年学子的发硎新试，更感谢李光荣、廖久明等老友一如既往的大力支持。本刊追求学术质量但不设年龄门槛，将继续支持优秀硕、博士研究生以及本科生的精工新作。

本期执行副主编　周　文

2024年3月

稿　约

　　《大文学评论》由李怡主编，旨在将"纯文学"之外更为广阔的文本纳入文学研究的视野，不仅乐于"文"、"史"互证，更要从"史"中发现被遮蔽的"文"——探寻"纯文学"研究所忽略的各种"文学性"。

　　《大文学评论》将继续开设"大文学的世界"、"大文学视野"、"学术史"等栏目，新辟"学人日记"、"名家书信"、"著述年表"、"学术随笔"专栏，将大文学的研究推向深入，使大文学研究能够获得"方法"上的自觉，并与其他研究达成交流互动，甚至争鸣。欢迎相关的理论探讨与具体案例分析，共同促使"文学"研究能够获得观照历史文化的视角和把握社会现实的能力。此外特设"大文学批评"栏目，不限于一般学术文体，接受更为自由而有创造力的批评。

　　《大文学评论》采取页下注释，脚注请使用带圈字符，注释除了需要符合学术规范之外，还应注意使用中文标点。

　　《大文学评论》实行匿名评审制度。正式出版后，有微薄稿酬，并赠送作者该辑两本。

　　来稿请提供电子文本，发送至 dawenxuepinglun@163.com。

《大文学评论》编辑部